Nuala Ellw
Der Unf

GOLDMANN
Lesen erleben

Nuala Ellwood

Der Unfall

Roman

Aus dem Englischen
von Elke Link

GOLDMANN

Die englische Originalausgabe erschien 2019 unter dem Titel »The Day of the Accident« bei Penguin UK.

Dieses Buch ist auch als E-Book erhältlich.

MIX
Papier aus verantwortungsvollen Quellen
FSC® C014496
FSC
www.fsc.org

Verlagsgruppe Random House FSC® N001967

1. Auflage
Deutsche Erstveröffentlichung Dezember 2019

Neumarkter Str. 28, 81673 München
Umschlaggestaltung: UNO Werbeagentur, München
Umschlagmotiv: Magdalena Russocka / Trevillion Images
Redaktion: Annekatrin Heuer
AG · Herstellung: AA
Satz: Vornehm Mediengestaltung GmbH, München
Druck und Bindung: GGP Media GmbH, Pößneck
Printed in Germany
ISBN: 978-3-442-48986-2
www.goldmann-verlag.de

Besuchen Sie den Goldmann Verlag im Netz

Für Nerina

Prolog

Lewes Crown Court

August 2017

Nun bin ich also hier. In diesem Moment wird mir klar, dass ich mehr als alles andere das Gefühl habe, eine Last los zu sein. In meinem tiefsten Inneren wusste ich schon immer, dass die ganze Geschichte am Ende herauskommen würde und irgendjemand dafür bezahlen muss.

Die beiden Polizisten rechts und links von mir starren geradeaus, mein Blick jedoch richtet sich unwillkürlich zur Decke. Das Wabenmuster scheint sich zu verschieben und zu verbiegen, während wir durch den Saal laufen, wie kleine Wellen auf einem Fluss. Irgendwo dort oben werden sie ihre Plätze einnehmen, die Fremden, in deren Hand nun mein Schicksal liegt. Sie werden höflich grüßen, mit Papier rascheln, Unterlagen lesen. Für sie ist dieser Fall Routine, eine klare Sache laut meinen Anwälten. Aber für mich nicht. Nicht für mich.

Elspeth ist bei mir, als wir bei einer kunstvoll verzierten Holztür stehen bleiben. Ich spüre ihre Anwesenheit wie eine zweite Haut. Der erste Polizist tritt vor, um die Tür zu öffnen, und fordert dann seinen Kollegen und mich mit einem Nicken auf einzutreten.

Die Beamten führen mich an meinen Platz. Obwohl mich mein Anwalt auf diesen Moment vorbereitet hat und alles mit mir einübte, bis ich es perfekt beherrschte, ist es nun doch ein Schock, in diesem Raum zu sein. Vor mir sehe ich ein Meer von Gestalten in schwarzen Roben, die sich erhoben haben. Sie erinnern mich an eine Kohlezeichnung von Elspeth, in der sie die Krähen, mit denen die Wiese bei Larkfields immer übersät war, festgehalten hatte. Als sie mit dem Bild fertig war, hängten wir es an die Wand in der Küche, damit es alle bewundern konnten. Elspeth war zwar immer sehr stolz auf diese Zeichnung gewesen, aber ich fand das Bild unheimlich, als würde es auf etwas viel Dunkleres anspielen, etwas Verdorbenes, das im Herzen unserer Familie verborgen lag.

Der Richter ergreift das Wort. Während er die Anklagepunkte vorliest, senke ich den Blick und versuche, die Erinnerung an Elspeth wieder heraufzubeschwören. Doch ich sehe nur den Fluss vor mir und den geheimen Ort, wo die beiden Erlen, kahl und knochenblank, die Wipfel zueinander neigen. Ich denke an den Schmerz, an die gespenstische Stille. Die Panik. Die Angst. Ich höre, was ich mir selbst immer wieder eingeredet habe. Es ist das Beste. So kann ich reinen Tisch machen, und alles wird besser.

»Margaret Rose Allan.«

Der Richter spricht mich an. Ich stehe auf. Ich versuche, ruhig zu wirken, aber mein linkes Bein zittert heftig.

Der Richter redet weiter. Das Wort »Totschlag« fällt, und obwohl ich mich darauf vorbereitet habe, trifft mich die Ungeheuerlichkeit dieses Wortes völlig unvermittelt.

»Erklären Sie sich für schuldig oder nicht schuldig?«

Verzeih mir, Elspeth, denke ich, während ich antworte. Bitte verzeih mir.

TEIL EINS

1

Lewes Victoria Hospital, Lewes, East Sussex

Fünf Wochen zuvor
Montag, 17. Juli 2017

Als ich aufwache, ist die Welt flüssig. Gelbe Lichtkugeln hängen vor mir. Ich will sie wegblinzeln, aber sie werden immer größer, bis ich nur noch ihren aufgeblähten Umriss erkenne.

Ich schließe die Augen. Plötzlich setzt der Schmerz ein, zunächst nur leicht, dann heftig, unerträglich. Mein Kopf birst in tausend Splitter, die in den unsichtbaren Raum um mich herum regnen, während ich hier liege und mich nicht regen kann. Auf einmal nehme ich Bewegung im Zimmer wahr und Stimmen, leise und gedämpft. Eine Hand berührt mich am Arm, schließlich durchdringt etwas Spitzes meine Haut.

»Sie rührt sich.«

Eine Männerstimme. Es klingt, als wäre der Mann unter Wasser. Ich bleibe still liegen. Mein Atem hebt und senkt sich mit dem Schmerz, ein verqueres Gespann. Auf und ab, auf und ab.

»Konnten wir ihren Mann erreichen?«

Die Wasserstimme gurgelt irgendwo am Rand des

Raums. Sie dringt nur in Wellen an mein Ohr. Eine andere Stimme antwortet, aber ich verstehe nicht, was sie sagt. Dann spricht der Mann wieder. Diesmal klingt er deutlicher, als würde er das Gesicht direkt an meines drücken.

Jetzt erkenne ich seine Stimme. Es ist der Mann aus meinem Traum. Ich will ihn ansehen, aber meine Augen stellen sich nicht richtig scharf. Alles ist verschwommen.

»Maggie, hören Sie mich?«

Ich will etwas erwidern, aber mein Mund ist voller Wasser. Flusswasser. Der milchige Geschmack des Flusses, der Ouse. Es rauscht in meinen Ohren, läuft mir in die Nase. Ich will atmen, aber das Wasser verschluckt mich.

»Maggie.« Der Mann wiederholt meinen Namen, als wäre er ein Stein, mit dem er mir an den Kopf schlägt. »Hören Sie mich?«

Die Antwort ist ja, ich höre ihn. Und nicht nur jetzt in diesem Moment, sondern schon seit einiger Zeit. Ich habe mit seiner Stimme, mit all diesen Stimmen in meiner Traumwelt gelebt, der Welt, die ich nur widerwillig verlasse. Die Versuchung, wieder einzudämmern, ist überwältigend. Der Schlaf ködert mich mit seiner samtenen Umarmung, will mich verführen, damit ich mich in seinen Falten verliere.

»Maggie«, sagt der Mann entschieden. »Ich muss wissen, ob Sie mich hören können.«

Da wende ich den Kopf und sehe ihn direkt an. Der Nebel löst sich auf, und er wird sichtbar, ein Mann Anfang vierzig, er hat kurze, angegraute Haare und trägt eine dicke Brille mit blauer Fassung.

»Ja«, flüstere ich schließlich und höre das kollektive, erleichterte Aufatmen im Raum. Dann noch einmal lauter: »Ja.«

2

Mittwoch, 19. Juli

Etwas verschiebt sich. Langsam nehme ich Lärm wahr, Unterhaltungen. Meine Augen reagieren als Erstes, sie öffnen sich, als würde ein Schalter umgelegt, der mich aus der Dunkelheit ins Licht bringt. Vor mir befindet sich ein Glasfenster. Dahinter erkenne ich schemenhaft Farbe, Bewegung, Gestalten. Ich versuche mich auf die Gestalten zu konzentrieren, aber ihre Konturen lösen sich auf, wie das Licht der Straßenlaternen, die sich in einer Pfütze spiegeln. Ich blinzle, einmal, zweimal, dreimal, dann wende ich den Kopf. Die Bewegung ruft eine Art Reiseübelkeit hervor. Mir schnürt sich der Hals zu. Ich will ihn berühren, aber ich kann den Arm nicht heben. Ich blicke nach unten. An meinen Händen und am Brustkorb sind Kabel befestigt.

»Hallo«, bringe ich heiser heraus. »Hallo?« Lauter diesmal.

Die Tür geht auf. Ein Mann taucht am Fuß des Bettes auf.

»Maggie?« Er spricht laut und entschlossen.

Ich erkenne seine Stimme.

»Ich bin Dr. Elms.«

Dr. Elms. Zuletzt habe ich den Namen in meinem Komatraum gehört.

»Wobhinnhich?« Ich presse die Worte heraus. »Wobhinnhich?«

Es fühlt sich an, als hätte ich einen Knoten im Mund. Ich kann die Wörter nicht richtig bilden. Meine Lippen sind taub.

»Sie sind im Lewes Victoria Hospital.«

Er spricht sehr langsam, wie eine verbogene Schallplatte.

Hinter ihm stehen zwei Frauen, eine in einer blauen Schwesterntracht, die andere in Rosa. Die in Rosa lächelt mich an, dann tritt sie näher und setzt sich ans Bett. Ich spüre ihre Hand auf meiner. Sie ist warm.

»Sie machen Fortschritte, Maggie«, sagt sie sanft.

Ich drehe mich so, dass ich sie anblicken kann. Sie ist mittleren Alters und hat kurze mausgraue Haare und ein freundliches Gesicht.

»Ich bin Claire«, fährt die Frau fort. »Ich bin Ihre Krankenschwester.«

Als sie dieses Wort ausspricht, spüre ich ein Stechen in der Brust und balle die Fäuste, damit der Schmerz verschwindet.

»Ich hole Ihnen etwas Wasser«, meint Claire.

Sie schenkt mir einen Becher aus dem Krug neben dem Bett ein und hält ihn mir an den Mund. Ich trinke ausgiebig. Das Wasser schmeckt kühl und erfrischend, aber der Schmerz lässt sich nicht vertreiben. Panikschmerz.

»Wasss«, sage ich, als Claire den Becher wegnimmt. »Wassissspassiert?«

Ich habe das Gefühl, mein Gehirn hätte sich verflüssigt und meine Worte scheinen darin zu ertrinken.

Dr. Elms kommt her und setzt sich auf den Stuhl neben dem Bett.

»Sie waren leider in einen Unfall verwickelt.« Das vorletzte Wort betont er mit einem Nicken. »Sie haben das Bewusstsein verloren und lagen fast zehn Wochen im Koma.«

Claire reibt meine Hand. Mir läuft ein Schauer über den Rücken, und ich setze mich ruckartig auf.

»Ummfall?« Mein Mund zuckt, als ich versuche, das Wort zu meistern. »Ummfall?«

»Ja, ein Unfall«, sagt Dr. Elms. »Ein Autounfall.«

Plötzlich ergreift mich Panik. Ich sehe mich im Zimmer um. Ich erkenne Dr. Elms, Claire und die andere Frau in der blauen Schwesterntracht. Dann das Zimmer selbst, ein Raum mit einem Fenster zu einem Korridor. Ich schaue wieder zu den drei Anwesenden. Elms, Claire, Schwesterntracht. Jemand fehlt. Hier sollte noch jemand sein.

Elspeth.

»Elssch«, rufe ich und ziehe die Zudecke weg. »Elssch …«

Claire streckt die Hand aus, um mich zurückzuhalten.

»Langsam, Maggie«, sagt sie. »Versuchen Sie, ruhig zu bleiben.«

Der Name ist in meinem Kopf, aber meine Lippen formen ihn nicht. Der wichtigste Name, der wichtigste Mensch in meinem Leben, und ich bringe das Wort nicht heraus.

»Eeerr …«, beginne ich und zerreiße den Film, der meine Gedanken von meiner Sprache trennt. »Eeert … Elssch?«

»Was sagt sie?« Elms wendet sich an Claire.

»Ich weiß nicht so recht.«

»Elssssch«, schreie ich und trommle enttäuscht mit den Fäusten auf das Bett.

»Ruhig, Maggie.« Dr. Elms tritt mit erhobenen Händen auf mich zu. »Sie sind jetzt in Sicherheit. Es ist alles gut.«

Ich schüttle den Kopf, während er sich nähert. Der Arzt legt die Hand auf meine.

»Woiss«, keuche ich, aber meine Stimme wird schwächer. »Woissie?«

»Ich habe das nicht ganz verstanden, Maggie«, sagt Dr. Elms sanft. »Aber keine Sorge, versuchen Sie erst einmal, sich auszuruhen.«

Blanke Angst überkommt mich. Warum wollen diese Leute meine Frage nicht beantworten? Ich muss hier raus. Ich muss sie suchen.

»Nein, Maggie«, ruft Elms, als ich mich nach vorne stürze.

Ich spüre seine Arme.

»Claire, holen Sie das Midazolam.«

Ich will mich gegen ihn wehren, aber der Arzt ist zu stark. Claires Gesicht erscheint vor mir. Etwas sticht mir in den Arm, dann schmilzt der Raum. Ich lege den Kopf zurück auf das Kissen. Die Panik löst sich auf. Ich versuche mich zu erinnern, was ich fragen wollte, aber es fällt mir nicht mehr ein … es entgleitet mir … ich falle.

3

Freitag, 21. Juli

Elspeth sitzt am Fußende des Bettes. Ihre Haare sind tropfnass, und der lila Morgenmantel, den ich ihr letzten Winter gekauft habe, ist voller Schlamm. Sie zieht sich die Knie an die Brust. Ihre nackten Füße sind schmutzig.

»Ach, Gott sei Dank, mein Schatz.« Ich hebe den Kopf. »Wo warst du denn? Mummy hat sich solche Sorgen gemacht.«

Sie antwortet nicht. Ihre Augen wirken seltsam, fast glasig.

»Elspeth, was ist denn los?« Ich wünschte, ich könnte die Kabel herausziehen, die mich am Bett fixieren. »Was ist denn mit deinem Morgenmantel passiert?«

Sie öffnet den Mund, um zu sprechen, aber es ist nicht ihre Stimme, die ertönt. Es ist die Stimme einer Frau.

»Maggie.«

Meine Lider zucken, und ich merke, wie ich mich aufrichte.

»Maggie.«

»Elspeth«, rufe ich.

Meine Augen öffnen sich. Elspeth ist verschwunden. Stattdessen steht da eine Krankenschwester. Ich bin mir sicher, dass ich sie schon gesehen habe. Dann fällt es mir ein. Sie heißt Claire.

»Guten Morgen, Maggie«, sagt die Krankenschwester. »Sie machen ja schon einen etwas aufgeweckteren Eindruck.«

Ich schaue mich im Zimmer um, und meine Brust schnürt sich vor Angst zusammen.

»Woisssie?« Ich kann die Wörter immer noch nicht richtig bilden. »Wo … woisssie? Sss – sssie – wahda. Ssie …«

Es ist anstrengend herauszubringen, was mir auf der Zunge liegt. Erschöpft gebe ich mich geschlagen und lege mich zurück auf das Kissen.

»Ich muss Dr. Elms holen, Maggie«, sagt Claire ruhig. »Es dauert nicht lang.«

Die Erinnerung an Elspeth, wie sie auf dem Bett saß, beruhigt meine Nerven ein wenig. Sie ist natürlich in einem anderen Zimmer. Sie wird in der Kinderabteilung sein. Deshalb geht Claire den Arzt holen. Er wird diese Kabel entfernen, sodass ich Elspeth besuchen kann. Flüsternd rede ich mir diese Worte immer wieder ein und versuche, die Angst im Zaum zu halten. Aber zugleich habe ich das Gefühl, die Wände würden näher rücken. Der Geruch nach Desinfektionsmittel und gekochtem Gemüse hängt schwer in der Luft, und das erinnert mich an einen anderen Ort; einen Ort, den ich mein Leben lang ausblenden wollte. Denk nicht daran, sage ich mir, während ich hier in meinem Krankenzimmer liege und darauf warte, dass die Schwester mit dem Arzt zurückkommt, lass die finsteren Gedanken nicht ein. Alles wird gut. Sie werden dir erklären, wo Elspeth ist.

Die Tür öffnet sich, und ich blicke erschrocken hoch.

»Hallo, Maggie.«

Dr. Elms kommt herein, gefolgt von Claire.

»Wie fühlen Sie sich heute Morgen?« Der Arzt setzt sich auf den Plastikstuhl neben meinem Bett.

»Wo is…« Ich zwinge mich, das Wort auszusprechen. »Wo ist … meine … Tochter?«

Claire und Dr. Elms tauschen einen Blick. Einen Blick, der verrät, dass etwas nicht stimmt, dass etwas ganz und gar nicht stimmt.

»Bitte«, flehe ich ängstlich. »Sie … Sie müssen es mir … sagen.«

Claire setzt sich auf die andere Seite des Bettes und legt mir die Hand auf den Arm. Es gefällt mir nicht, wie sie mich anschaut. Das macht mir Angst.

»Was?«, frage ich. »Was … was ist denn?«

Dr. Elms nimmt die Brille ab und reibt sich die Augen. Dann setzt er sie wieder auf, beugt sich vor und spricht sehr langsam und sanft.

»Maggie, erinnern Sie sich, was ich Ihnen erzählt habe? Dass Sie in einen Autounfall verwickelt waren?«

Ich nicke.

»Ihr Auto war im Wasser versunken, im Fluss.«

Der Fluss. Ich sehe ein Blätterdach vor mir und die Äste der Bäume, die sich im Wind biegen.

»Sie lagen mit dem Gesicht nach unten am Ufer.« Er blickt mir direkt in die Augen, während er spricht. »Bewusstlos, mit Verletzungen am Kopf und an den Händen.«

Zum ersten Mal betrachte ich meine Hände. Ich habe keine Fingernägel mehr.

»Offenbar haben Sie das Auto aufhalten wollen, damit es nicht ins Wasser rollt«, fährt Dr. Elms fort.

Wieder mustere ich meine verletzten Hände. Es gibt nur einen einzigen Grund, weshalb ich versuchen sollte, ein rollendes Auto aufzuhalten. Jemand saß darin.

»Woisssie?« Mein Körper krampft sich vor Angst zusammen. »Elspeth?«

Ich will den Arzt am Arm packen, kippe bei der Bewegung aber fast seitlich um. Die Schmerzen in der Brust werden größer, und ich lasse mich wieder aufs Kissen fallen.

»Es könnte noch zu früh sein, Dr. Elms«, sagt Claire. »Vielleicht sollten wir noch etwas warten.«

»Meiner Erfahrung nach wird es nur schlimmer, wenn wir es nicht tun«, entgegnet Dr. Elms gedämpft, während er sich von mir abwendet. »Die Patientin hat die Frage gestellt. Ich bin verpflichtet, sie wahrheitsgemäß zu beantworten.«

Die beiden reden, als wäre ich gar nicht da.

»Schlimmer?«, frage ich. »Sagen … Sie … was … passiert ist.«

Der Arzt setzt sich gerade auf und räuspert sich. Er kann mir kaum in die Augen sehen.

»Na gut«, meint er. »Wir glauben, Sie wollten sie befreien, als Sie das Bewusstsein verloren haben.«

»Sie.« Die Wände des Krankenzimmers stürzen jetzt endgültig auf mich ein. »W-was?«

»Ihre Tochter«, fährt Dr. Elms fort. »Die Feuerwehrleute haben berichtet, dass die Kleine noch im Auto saß, als es ins Wasser rollte. Die Tür war versperrt.«

Ich schüttle den Kopf und bemühe mich aufzunehmen, was der Arzt sagt.

»Nein. Ich würde nie …«

Dr. Elms will etwas erwidern, dann unterbricht er sich.

Er schaut zu Claire hinüber. Die Krankenschwester schüttelt den Kopf.

»Aber sie … sie haben sie doch herausgeholt, oder?« Mein Körper pulsiert vor Entsetzen. »Sie haben meine Tochter herausgeholt … aus dem Auto …«

Claire und Dr. Elms antworten nicht.

»Elsp«, schreie ich und zerre an den Kabeln. »Bitte … Sie müssen … mir sagen, dass sie …«

Claire legt mir die Hand auf den Arm. Ihre Haut fühlt sich feucht an. Ich schiebe sie weg.

»Ich flehe Sie an«, rufe ich. Tränen steigen mir in die Augen. »Sie ist mein … meine Kleine … Sie ist mein … sie ist mein Leben.«

Elms schiebt sich mit dem Zeigefinger die Brille hoch, dann richtet er den Blick auf mich.

»Es tut mir sehr leid, Maggie.« Er spricht knapp wie ein Telegramm. »Aber Ihre Tochter ist leider am Unfallort gestorben.«

Ein hoher Ton erfüllt den Raum, so als würde Luft aus einem Ballon gelassen werden. Erst nach ein paar Minuten wird mir bewusst, dass das Geräusch von mir stammt.

»Es tut mir sehr leid, Maggie«, sagt Claire.

»Sie hat nichts gespürt«, erklärt Elms. »Es war wie ein Einschlafen.« Aber er weicht meinem Blick aus.

Ich fange an zu schaukeln, vorwärts und rückwärts, als würde die Bewegung das Entsetzen aufhalten.

»Uns ist klar, dass das die schlimmste aller möglichen Nachrichten ist«, setzt Elms hinzu. »Und es tut uns furchtbar leid.«

Ich blicke zu ihm auf, aber ich sehe nur Elspeth vor mir. Mein schönes Mädchen.

»Nein.« Ich schüttle den Kopf. »Nein. Sie irren sich. Sie wahier, da … da auf Bett. Nasse Haare. Friert. Sie … sie braucht mich.«

Elms schüttelt den Kopf.

Ich wende mich zu Claire. Sie hat Tränen in den Augen.

»Helfen Sie«, wimmere ich. »Helfen Sie mir … sie zu finden.«

»Sie ist nicht hier, Maggie.« Claire wischt sich mit dem Handrücken die Augen ab. »Sie ist nicht hier.«

Und dann steigt etwas in mir auf. Heiße Wut.

»Das ist doch verrückt«, rufe ich. »Ich habe sie gesehen. Sie war hier. Ich suche sie.«

Ich werfe die Bettdecke zurück und versuche aufzustehen.

»Maggie, nicht«, sagt Claire.

Ich will herunterspringen, aber die Kabel halten mich zurück. Ich schnappe mir den Tropf, der an meinem Arm hängt, will ihn herausreißen, aber Elms packt mich fest an den Schultern.

»Lassen Sie mich los«, rufe ich. »Lassen Sie mich bitte einfach los.«

»O Gott«, flüstert Claire neben mir.

Elms hält mich fest, während Claire den Tropf richtet. Der Arzt und ich schauen uns an. Und etwas an seinem Gesichtsausdruck bestätigt alles. Meine Elspeth, meine schöne Elspeth. Ich schreie. Mein Körper zuckt. Elms ruft Claire etwas zu, aber ich höre es nicht.

»Nein«, rufe ich, als sie mich mühsam wieder auf das Kissen legen. »Nicht Elspeth. Nicht meine Kleine. Nein, nein, nein.«

»Schnell, Claire«, zischt Elms, der mich immer noch aufs Bett drückt.

Ich blicke hoch zu Claires Gesicht, als sie das Beruhigungsmittel vorbereitet. Ihre Augen sind von Tränen geschwollen, und ihre Unterlippe zittert.

»Es tut mir leid.« Die Krankenschwester beugt sich vor und schiebt mir die Nadel in die Haut.

Ich starre sie ausdruckslos an. Dann lasse ich den Kopf in das Kissen fallen. Als sich die Tür hinter den beiden schließt, zerbricht etwas in mir. Ich lege mir die Hand aufs Herz. Es schlägt immer noch gleichmäßig, obwohl es in tausend Stücke zersplittert ist.

4

Samstag, 22. Juli

Im Zimmer ist es ruhig, nur der Monitor neben dem Bett, der in nüchternen grünen Zahlen meinen Blutdruck anzeigt, piepst leise. Draußen vor der Tür schwatzen die Schwestern auf ihrer Station. Eine lacht laut, und ihr kreischendes Gelächter schneidet durch mich hindurch wie eine Messerklinge.

Es ist zwölf Stunden her, seit ich die Nachricht erhalten habe. Zwölf Stunden lag ich auf dem Rücken, unfähig, mich zu bewegen. Ich will brüllen und schreien, aber mein Körper ist taub, und wenn ich versuche zu sprechen, kommen mir die Wörter nicht über die Lippen. Claire war vorhin da und hat mir noch mehr Schmerzmittel verabreicht. Das Medikament ist so stark, dass ich das Gefühl habe, ich würde über mir schweben.

Gerade eben kam Dr. Elms und setzte sich zu mir ans Bett, um mit mir über meine Verletzungen zu sprechen. Während meines Aufenthalts im Fluss war meine Lunge in Mitleidenschaft gezogen worden. Sehr wahrscheinlich weil ich um Hilfe rief, als ich unter Wasser war. Der Arzt erklärte mir, dass das Risiko einer Lungenentzündung bestünde und sie mich deshalb überwachten. Schließlich gestand er mir, wie erleichtert er gewesen war, dass die CT-Aufnahmen, die angefertigt wurden, während ich im Koma lag, gesunde Hirnaktivitäten zeigten und keinerlei Anzeichen einer Schädigung.

Doch die ganze Zeit über, während er dasaß und auf sachliche und nüchterne Art, wie es Ärzte tun, über Genesung und Reha und Physiotherapie redete, konnte ich nur an Elspeth denken, an mein schönes zehnjähriges Mädchen.

Ich kann nicht akzeptieren, was die Leute im Krankenhaus mir erzählen. Ich würde es wissen, wenn mein Mädchen tot wäre. Ich würde es in den Knochen spüren. Da wäre ein Gefühl der Endgültigkeit, ein Schlusspunkt. Nein, die Ärzte und Schwestern täuschen sich. Elspeth hat sich aus dem Auto befreit. Sie ist weggelaufen und ist jetzt irgendwo dort draußen, ängstlich und verloren. Ich spüre das.

Es ist dasselbe Gefühl, das ich immer hatte, wenn ich sie im Supermarkt aus den Augen verlor, eine rohe Panik, bei der ich weiche Knie bekam. Aber Elspeth tauchte immer wieder auf. Jetzt sehe ich ihr kleines Gesicht vor mir und wie es hinter den Regalen hervorspitzt. »Hab ich dir Angst gemacht, Mummy?«

Sie tauchte jedes Mal wieder auf.

Deshalb weiß ich, dass sie noch am Leben ist und dass sie mich braucht, wo auch immer sie ist. Sie braucht ihre Mummy.

5

Liebe Mummy,

ich habe solche Angst. Ich weiß nicht, warum ich weggeschickt wurde. Habe ich etwas falsch gemacht? Wenn ich böse war, kann ich das wiedergutmachen. Ich verspreche dir, ich will nicht mehr böse sein. Hier ist es ganz kalt und dunkel. Die Wände sind kahl und weiß, und niemand lächelt. Mir fehlt mein altes Zimmer. Mir fehlt der Geruch, draußen auf dem Land riecht es immer ganz besonders. Wenn ich aus dem Fenster gucke, sehe ich nur Beton und Glas. Es ist wie ein Gefängnis. Wann darf ich heim? Sie haben mir gesagt, du und Daddy, ihr kommt nicht mehr wieder, aber das kann doch nicht wahr sein, du hast mich doch mehr lieb als alles andere auf der Welt, das weiß ich. Ich denke die ganze Zeit an dich und frage mich, was du gerade machst. Es gibt ein paar Bücher hier. Sie sind alt, und die Seiten sind eingerissen, aber ich will sie sowieso nicht lesen, denn Geschichten und Bücher erinnern mich nur an dich, und dann rege ich mich auf. Mummy, du kannst mich doch nicht einfach vergessen, selbst wenn du böse auf mich bist. Ich bin immer noch deine Tochter.

Bitte lass mich nicht hier. Ich muss bei dir sein.
Ich verspreche dir, ich bin immer brav, und du musst dich nicht über mich ärgern.
Ich hab dich lieb, Mummy, und ich will einfach nur heim.

Deine liebe Tochter xxx

6

Samstag, 22. Juli

Es ist der Morgen des ersten Weihnachtsfeiertags. Ich sitze mit angezogenen Knien auf dem Sofa und sehe zu, wie Elspeth ihre Geschenke auspackt. Das Wohnzimmer ist übersät mit buntem Geschenkpapier und Schleifen. Es ist ihr zweites Weihnachtsfest, und ihr Gesichtchen strahlt vor Glück. Die Spielzeugtrommel, die wir ihr gekauft haben, hat sie achtlos auf den Boden gelegt. Die glitzernde Schachtel, die sie sich auf den Kopf gesetzt hat, interessiert sie mehr.

»Hut«, sagt sie und schaut zu mir hoch. »Baba hat Hut.«

»Ja.« Mir wird ganz warm ums Herz. »Und das ist ein sehr schöner Hut.«

»Ist es zu früh für eines von denen?«

Ich hebe den Kopf. Sean steht in der Tür, eine Schachtel Mince-Pie-Törtchen in der Hand. Er trägt eine Nikolausmütze und einen leuchtend roten Weihnachtspullover. Er wirkt so albern, dass ich unwillkürlich in Lachen ausbreche. Als Elspeth mich bemerkt, lacht sie mit.

»Daddy lustig.« Sie klatscht in die Hände.

»Was hast du da gesagt?« Sean schiebt die Unterlippe

vor. »Hast du gesagt, dein Daddy sieht lustig aus? Da fresse ich dich doch gleich zum Frühstück.«

Er hebt Elspeth vom papierübersäten Fußboden hoch und prustet ihr auf den Bauch. Sie strahlt vor Entzücken.

»Noch mal, noch mal«, ruft sie.

Ich schaue den beiden beim Spielen zu. Meine Familie, meine schöne Familie, warm und behaglich und glücklich, alle unter einem Dach. Und dann passiert etwas. Der Raum scheint in sich zusammenzustürzen. Ich höre Elspeth und Sean immer noch lachen, aber ich finde sie nicht mehr.

»Sean«, sage ich. »Wo bist du hin? Ich sehe dich nicht. Wo hast du sie hingebracht?«

Ein Geräusch dringt an mein Ohr, und ich schlage die Augen auf. Vor mir befindet sich das Fußende meines Krankenhausbetts. Im selben Moment tritt Claire durch die Tür. Da wird es mir schlagartig bewusst. Warum ich hier bin. Was ich getan habe.

»Wie geht es uns denn, Maggie?« Claire kommt lächelnd auf mich zu.

Ich antworte ihr nicht. Ich bin immer noch in meinem Traum gefangen. Wenn ich mich fest genug konzentriere, kann ich vielleicht wieder dorthin zurück. Zu Elspeth. Und Sean.

»Ich überprüfe nur Ihren Blutdruck.« Die Krankenschwester tritt zu dem Monitor neben dem Bett.

Sie murmelt irgendwelche Zahlen, aus denen ich nicht schlau werde. »Alles gut«, meint sie dann.

»Können Sie mir vielleicht sagen, wo Sean ist?«, frage ich. »Mein Mann?«

»Also, da sollte ich besser Dr. Elms holen, er …«

»Nein«, unterbreche ich. »Sie brauchen Dr. Elms nicht, erklären Sie mir einfach, wo Sean ist.«

Die Farbe weicht aus Claires Gesicht, als sie den Stuhl neben dem Bett hervorzieht und sich setzt.

»Was ist denn?« Angst steigt von meinem Magen nach oben und wandert hinauf zur Brust.

Claire nimmt meine Hand. »Schsch, Maggie, alles in Ordnung. Es geht ihm gut.«

»Gott sei Dank«, keuche ich. »Gott sei Dank. Wo ist er denn? Kann ich ihn sehen?«

Ich schaue Claire beschwörend an, aber sie schüttelt nur den Kopf.

»Was soll das heißen?«, rufe ich. »Wo ist er?«

»Das wissen wir nicht«, erwidert Claire. »Fest steht, dass Sean vor sechs Wochen das Krankenhaus verlassen hat, um ein paar Sachen von zu Hause zu holen. Ein paar Stunden später ist er zurückgekommen und hat etwas am Empfang abgegeben, dann ist er gegangen.«

»Gegangen? Was soll das bedeuten?«

Claire mustert mich traurig.

»Es ist schrecklich, dass ich Ihnen das beibringen muss, Maggie, Sie haben ja schon so viel anderes, womit Sie zurechtkommen müssen. Aber seit dem Abend ist er nicht mehr hier gewesen. Ihr Mann ist offenbar … Sean ist verschwunden.«

7

Montag, 24. Juli

Ich bin von der Intensivstation auf eine normale Krankenstation verlegt worden. Die Ärzte und Schwestern finden, ich erhole mich gut. Meine Sprechfähigkeit verbessert sich, und mein Blutdruck ist nach unten gegangen, mein Puls ist stabil, und die Gefahr einer Lungenentzündung ist geringer geworden. »Alles gut«, wiederholte Claire ihr Lieblingsmantra, als ich von den Pflegern ins neue Zimmer geschoben wurde.

Alles gut.

Wie kann sie das sagen?

Mein Kind ist tot. Mein Mann ist verschwunden. Gut ist nichts mehr.

Die Frau neben mir hat die Vorhänge rund um ihr Bett zugezogen. Die anderen beiden Patientinnen auf der Station, eine ältere Frau und ein Mädchen im Teenageralter, hatten den ganzen Vormittag über stetig Besuch. Das Mädchen feiert heute Geburtstag, und seine Familie hat sich um das Bett versammelt. Sie halten Ballons umklammert und stoßen mit Limonade aus Plastikbechern auf die Kleine an.

Ich drehe mich auf die Seite und schließe die Augen,

versuche, ihre fröhlichen Stimmen auszublenden, aber sie werden immer lauter.

Die Menschen sprechen oft davon, von einer Leere erfüllt zu sein, aber ich glaube, ich habe das eigentlich noch nie empfunden, noch nie so richtig. Früher war Leere ein abstraktes Konzept, eine dahingesagte Phrase, die vom Zustand des Kühlschranks bis zur Stille in einem Haus an einem Vormittag unter der Woche zu allem passte. Nichts konnte mich auf diese Art Leere vorbereiten, auf diesen wunden Zustand des Ausgeliefertseins, den ich gerade durchlebe.

Ich habe nichts. Ich bin nichts. Ich würde sogar bezweifeln, dass ich überhaupt existiere, wenn ich nicht den warmen Atem spüren würde, der in meinen Mund eindringt und ihn wieder verlässt. Ich erinnere mich an den Satz, der bei Seans und meiner Hochzeit vorgelesen wurde: »Die Liebe lässt uns leben.« Ich habe ihn ausgewählt, weil mir der Klang dieser Worte gefallen hat, die romantischen, jugendlichen Untertöne. Ich habe nie darüber nachgedacht, was der Satz wirklich bedeutet, wenn man ihm auf den Grund geht, aber jetzt nähere ich mich ihm an.

Elspeth und Sean ließen mich leben. Sie waren die Hände, die mich hochhielten, die Luft, die mich von einem schlaffen Stück Gummi in einen schwebenden Ballon verwandelte. Ohne sie existiere ich nicht.

Ich liege da, halte mir die Ohren zu, um das fröhliche Schwatzen der Besucher auszublenden, und denke an den Moment zurück, in dem ich Elsbeth geboren habe. Die Hebamme meinte, die Geburt würde sich anfühlen wie ein Verstoßen. »Sie werden dieses Gefühl nie vergessen«, sagte sie danach. »Diese Leere.«

Ich weiß, was sie meinte, aber das war keine Leere, nicht einmal annähernd. Der freie Platz in meiner Gebärmutter war durch ein siebeneinhalb Pfund schweres Bündel von einem Baby ersetzt worden, das sich dauerhaft in meinen Armen niederließ. Die Muskeln meines rechten Armes wurden stark und fest, weil sein Kopf immer darauf ruhte. Meine Brüste waren prallvoll mit Milch und so schwer, dass ich manchmal fürchtete, ich würde umkippen. Das Haus, das mir zu Beginn zu groß vorgekommen war, erwachte zum Leben. Jedes Zimmer wurde mit Säuglingskörbchen, Wickelkommoden, Babysitzen, Kuscheltieren und Windeln ausgestattet. Elspeth erfüllte das Haus bis unters Dach. Ihre Ankunft verwandelte Larkfields in ein Heim. Es gab so viel zu tun in meinem Leben, dass mir zum Nachdenken gar keine Zeit blieb. Sean ging jeden Morgen um sieben aus dem Haus und küsste mich zum Abschied auf die Wangen, während ich Elspeth zum ersten Mal am Tag stillte. Wenn er nach Hause kam, waren wir beide so erschöpft von unseren Tätigkeiten, dass wir, die Teller auf den Knien, im Wohnzimmer aßen. Manchmal sogar im Bett. Mein Gehirn hatte die Form eines Babys angenommen, jeder Zentimeter davon war von Elspeth besetzt, ihren Stillzeiten, ihrer Temperatur, ihren Zielvorgaben. Für alles andere war kein Platz. Mein Leben war ein gutgenährter Bauch, dick und voll und satt.

Wie kann es sein, dass Elspeth einfach nicht mehr da ist? Ich drehe mich auf den Rücken und betrachte die

Leuchtröhren an der Decke. Meine schöne Kleine. Wie kann es sein, dass sie tot ist? Es ist unfassbar.

»Sie ist gleich hier.«

Ich blicke nicht auf, als ich höre, wie die Schwester noch einen Besucher ins Zimmer führt, aber dann stoppen die Schritte vor meinem Bett. Ich setze mich auf. Vor mir steht eine Polizistin. Sie ist etwa so alt wie ich, groß, mit rosigen Wangen und dicken kastanienbraunen Haaren, die zu einem Pferdeschwanz zusammengebunden sind. Sie trägt einen schlecht sitzenden schwarzen Hosenanzug und eine hellblaue Bluse. Als sie näher kommt, rieche ich ihr Parfüm: ein bitterer Zitrusduft.

»Hallo, Maggie«, sagt sie. »Ich bin Detective Sergeant Grayling. Ich gehöre zu dem Team, das den Unfall untersucht. Darf ich mich setzen?«

Sie hat einen Yorkshire-Akzent. Er erinnert mich an ein Mädchen aus Leeds, das ich kannte, als ich jung war.

»Ja, natürlich«, antworte ich.

Die Polizistin zieht den Stuhl zu mir und setzt sich.

»Ich würde Ihnen gerne ein paar Fragen stellen.« Sie rückt mit dem Stuhl näher. »Keine Sorge, nichts allzu Anstrengendes, es geht nur um den Unfall.«

»Den Unfall?«, wiederhole ich und zucke zusammen, als ein Besucher des Mädchens brüllend lacht.

Grayling sieht missbilligend zu ihm hinüber und wendet sich dann wieder mir zu, mit etwas sanfterem Gesichtsausdruck.

»Wäre das in Ordnung?«

Ich nicke.

»Also, ich weiß, dass Dr. Elms Ihnen in groben Zügen

schon erzählt hat, was passiert ist«, fährt sie fort. »Aber es gibt noch ein paar Dinge, die ich klären möchte.«

Plötzlich bekomme ich Herzklopfen.

»Gibt es etwas …«

»Bitte machen Sie sich keine Sorgen, Maggie.« Grayling legt mir die Hand auf den Arm. »Das sind nur Routinefragen.«

Ich ziehe mir die Decke bis ans Kinn. Meine Hände zittern vor Angst.

»Sie müssen mir alles über den Abend des zwölften Mai erzählen, was Sie noch wissen«, erklärt Grayling. »Warum Sie im Auto waren. Wo Sie hinwollten. Jedes noch so kleine Detail, das Ihnen einfällt, wird uns helfen.«

Ich schaue die Polizistin verständnislos an. Sie könnte genauso gut eine fremde Sprache sprechen. In meinem wirren Kopf ist der 12. Mai ein abstraktes Konzept, so fern und fremd wie die körperlosen Stimmen, die vom Korridor aus in das Krankenzimmer dringen.

»Sie waren vor dem Plough Inn«, fährt Grayling fort. »Auf dem Parkplatz neben der Brücke. Entsinnen Sie sich noch, was sie dort wollten?«

Ich kenne den Plough Inn. Das ist der Gastropub gleich außerhalb von Lewes. Ich war einmal dort, vor Jahren, als Sean und ich gerade in Larkfields eingezogen waren. Es gefiel uns nicht sonderlich dort. Das Essen war grauenhaft, und die Stammgäste waren eine ziemlich verschworene Gemeinschaft. Ich habe keine Ahnung, weshalb ich an jenem Abend dort hingefahren sein sollte. Ich schüttle den Kopf.

»Sie erinnern sich also nicht, das Auto dort geparkt zu haben?« Die Polizistin kneift die Augen zusammen.

»Nein«, flüstere ich. »Ich erinnere mich an gar nichts. Bitte erzählen Sie mir, was passiert ist.«

»Also …« Grayling zögert eine Sekunde. »Offenbar sind Sie aus irgendeinem Grund aus dem Auto ausgestiegen und haben Ihre Tochter auf dem Rücksitz gelassen. Im Bericht der Feuerwehr steht, dass die Handbremse … Sie war nicht ganz angezogen.«

»Soll das heißen … es war meine Schuld? Habe ich den Unfall verursacht?«

»Das will ich damit nicht sagen«, meint Grayling. «Die unsachgemäße Anwendung der Handbremse deutet darauf hin, dass es nur ein Unfall war. Das Auto ist losgerollt, und sie konnten es nicht aufhalten. Nach den Verletzungen an Ihren Händen zu urteilen, scheinen Sie alles in Ihrer Macht Stehende getan zu haben, um Ihr kleines Mädchen zu retten.«

Ich blicke zu ihr auf. Wir wissen beide, was das bedeutet. Ich habe alles getan, aber es war nicht genug.

»Dem Coroner hat das genügt.« Die Polizistin nickt. »Er hat es als Unfalltod eingestuft.«

In meinem Kopf drehen sich die Fakten. Coroner. Unfalltod. Handbremse. Nichts davon leuchtet mir ein. Warum kann ich mich an nichts erinnern?

»Da ist nur eines, was mir keine Ruhe lässt«, sagt Grayling. Ihr Tonfall hat sich verändert.

»Ja?« Mir schnürt sich der Hals zu.

»Die Autotüren waren verschlossen.« Die Frau fixiert

mich teilnahmslos. »Gibt es einen Grund, weshalb Sie Ihre Tochter im Auto eingesperrt haben?«

»Nein«, antworte ich. »Ich habe sie nie eingesperrt, niemals. Ich verstehe das nicht. Sind Sie sicher, dass der Wagen zugesperrt war?«

»Ja, das ist dem Bericht der Feuerwehr eindeutig zu entnehmen. Könnte es sein, dass Sie in den Pub wollten?«

»Nein«, rufe ich. »Warum sollte ich alleine in einen Pub gehen? Ich trinke ganz selten etwas. Und es kann unmöglich sein, dass ich Elspeth alleine im Wagen gelassen habe.«

»Wäre es denkbar, dass Sie jemanden treffen wollten?«

»Nein«, sage ich.

»Aber wie können Sie sich dessen so sicher sein, wenn Sie keine Erinnerung an den Abend haben?«

»Ich weiß es einfach«, erwidere ich mit zitternder Stimme. »Ich gehe nicht viel unter Leute, eigentlich kaum. Mein Leben dreht sich um meine Familie – Sean und Elspeth. Also, sie …« Ich spreche nicht weiter, meine Kehle ist wie zugeschnürt.

»Lassen Sie sich ruhig Zeit, Maggie.«

»Elspeth hatte Angst vor verschlossenen Türen«, sage ich. »Als sie ungefähr sieben war, ist Sean mit ihr zur Reinigung gefahren, um seinen Anzug abzuholen. Sie ist auf dem Rücksitz eingeschlafen, deshalb hat er den Wagen abgesperrt und ist schnell seinen Anzug holen gegangen. Das Auto stand direkt vor der Tür, und er war nur ein paar Minuten im Laden. Als er herauskam, hat Elspeth gegen die Fenster gehämmert, sie hatte Angst, er …«

»Er hätte was?«

»Er hätte sie verlassen.«

Grayling nickt und schreibt etwas in ihr Notizbuch.

»Danach hatte sie immer Angst davor, im Auto zu sitzen«, fahre ich fort. »Es hat Jahre gedauert, bis sie über das Erlebnis hinweg war. Es kann also unmöglich sein, dass ich diese Tür abgeschlossen habe.«

»Und Sean?«

»Was ist mit ihm?«

»Nach dem Vorfall hat er Ihre Tochter nie wieder im Auto eingesperrt?«

»Natürlich nicht«, antworte ich. »Er wusste doch, wie viel Angst sie hatte.«

»Das führt mich zu den nächsten Fragen.« Die Polizistin blickt in ihr Notizbuch. »Und die betreffen Ihren Mann.«

»Sean«, sage ich. »Haben Sie ihn gefunden?«

»Nein«, erwidert Grayling. »Aber um ehrlich zu sein, er gilt nicht offiziell als vermisst. Unsere Ermittlungen haben ergeben, dass er aus eigenem Willen weggezogen ist. Wir wollten nur noch Ihre Version der Geschichte anhören. Fällt Ihnen irgendein Grund ein, weshalb er Sie verlassen sollte? Hatten Sie Probleme?«

Ich denke an das letzte Gespräch zurück, an die Wut in seiner Stimme. Nein, zwischen uns stand es nicht zum Besten. Aber das geht die Polizistin nichts an.

»Maggie?«

Ich kann nicht. Stattdessen schüttle ich den Kopf.

»Nein«, meine ich. »Es gab keine Probleme. Wir waren einfach … ganz normal.«

Grayling kneift die Augen zusammen.

»Das ist aber recht ungewöhnlich, finden Sie nicht?«, hakt sie nach. »So viele Jahre verheiratet, ohne zu streiten? Und dann noch mit einem kleinen Kind?«

»Ich sage ja nicht, dass wir nicht gestritten hätten.« Ich bemühe mich, ruhig zu sprechen. »Natürlich haben wir das. Aber nur wegen irgendwelchem Unsinn. Nichts, was ihm einen Grund gegeben hätte zu gehen.«

Grayling nickt, aber ich merke, dass sie mir nicht glaubt.

»Claire hat erzählt, er wäre gleich nach … gleich nach der Beerdigung verschwunden.« Meine Stimme zittert. »Und ich habe keine Ahnung, warum. Die Polizei muss nach dem Unfall mit ihm geredet haben. Hat er irgendwie angedeutet, dass er vorhat, die Stadt zu verlassen?«

»Ich habe Mr Allan getroffen«, sagt Grayling. »Ich habe unmittelbar nach dem Vorfall mit ihm gesprochen, und dann kam er auf die Inspektion, um Ihr Handy abzuholen, das wir am Flussufer gefunden hatten.«

Mein Handy. Es ist das erste Mal, dass ich daran denke.

»Ihr Mann war in einem sehr schlechten Zustand«, fährt Grayling fort. »Er hat um sein Kind getrauert. Aber nein, zu dem Zeitpunkt hat er nicht davon gesprochen, dass er wegziehen wollte.«

»Aber er kommt doch zurück, oder?« Ich suche in ihrer Miene nach irgendetwas Beruhigendem. »Er kann doch nicht einfach für immer weg sein?«

»Darauf kann ich Ihnen keine Antwort geben, Maggie«, sagt Grayling. »Was wir bisher wissen, deutet allerdings nicht darauf hin, dass ein Verbrechen vorliegt. Wenn es stimmt, was Sie sagen, und Sie keine Eheprobleme hatten, könnte ihn der Schock über den Tod Ihrer Tochter veranlasst haben wegzugehen. Die Trauer stellt merkwürdige Dinge mit den Menschen an.«

Die Polizistin spricht nicht weiter und sieht mich seltsam an. Fast so, als würde sie noch etwas hinzufügen wollen.

»Wie auch immer, ich lasse Sie jetzt mal ein wenig zur Ruhe kommen.« Plötzlich lächelt sie. »Danke, dass Sie meine Fragen beantwortet haben.«

Sie steht auf und steckt das Notizbuch in ihre Tasche.

»War das alles?«, frage ich und schaue ihr nach, während sie sich zur Tür bewegt. »Mein Mann wird vermisst. Sie müssen ihn suchen.«

»Wie gesagt, Maggie, unsere Ermittlungen deuten darauf hin, dass Ihr Mann aus eigenem freien Willen gegangen ist.« Die Polizistin hat immer noch denselben seltsamen Gesichtsausdruck. »Recht viel mehr können wir nicht machen. Aber wenn Ihnen noch etwas einfällt, was wichtig sein könnte, und wenn es nur eine Kleinigkeit ist, dann melden Sie sich, ja? Ich hinterlasse bei Dr. Elms, wie Sie mich erreichen können.«

Dann öffnet Grayling die Tür, und der Geruch von verkochtem Essen dringt vom Korridor aus ins Zimmer. Als die Tür wieder ins Schloss gefallen ist, liege ich einen Moment einfach nur da und versuche, das Gespräch auf mich wirken zu lassen. Natürlich war es angespannt zwischen Sean und mir, aber mein Mann würde mich niemals verlassen, wenn er wüsste, dass ich dem Grauen von Elspeths Tod alleine ins Auge sehen müsste, wenn ich aufwachte.

Und dann erinnere ich mich an das letzte Gespräch, an den kaum verhohlenen Zorn in seiner Stimme. *Ich halte das nicht mehr lange aus, Maggie.*

Ich lege mich zurück auf das Kissen, und als ich die Augen schließe, überkommt mich ein tiefes Unbehagen.

8

Liebe Mummy,

warum bin ich hierhergeschickt worden? Ich gebe mir wirklich Mühe, das zu verstehen, aber ich kann es mir nur so erklären, dass ich etwas Schlimmes getan habe, wofür ich bestraft werden muss.
Es gefällt mir hier nicht. Die Leute sind echt gemein. Sie sagen mir, ich soll mich zusammenreißen und aufhören zu heulen, aber das kann ich nicht. Ich weine die ganze Zeit, besonders wenn wir zum Abendessen am Tisch sitzen müssen. Gestern Abend hat es Lammkoteletts gegeben. Sie waren so komisch lila, und drumherum schwammen lauter Fettklumpen. Schon von dem Anblick ist mir fast schlecht geworden, aber die Frau hat gesagt, wenn ich nicht esse, werde ich rausgeschickt. Also habe ich es probiert, und die Koteletts haben sogar besser geschmeckt, als sie gerochen haben. Aber ich habe so einen Kummerkloß im Hals, und daran kommt das Essen nicht vorbei. Nichts kommt daran vorbei. Plötzlich musste ich husten, und die anderen Kinder haben mich angeschaut und gelacht. Die Frau hat die Augen verdreht und mir ein Glas Wasser gegeben. Sie ist schrecklich. Ihr Gesicht ist ganz kantig

und spitz, sie sieht aus wie ein Wiesel. Sie lächelt nie. Manchmal mache ich mir einen Spaß daraus, mir vorzustellen, dass sie ein echtes Wiesel ist, wie die aus Der Wind in den Weiden.

Ich teile mir ein Zimmer mit einem Mädchen namens Zoe. Sie ist viel älter als ich, ungefähr vierzehn. Sie hat kurz geschnittene schwarze Haare, und unter ihren Augen liegen violette Ringe, als hätte sie seit Monaten nicht mehr geschlafen. Die meiste Zeit sitzt Zoe nur auf dem Bett und hört Musik über Kopfhörer. Wir haben Stockbetten. Ich liege unten, sie oben. Das Bett ist richtig unbequem, und die Bettdecke juckt. Gestern Nacht hat Zoe zu mir gesagt, ich soll »verdammt noch mal die Fresse halten«, weil ich im Schlaf geweint habe. (Entschuldige, aber so hat sie es ausgedrückt.) Am nächsten Morgen hat sie gemeint, sie hätte wegen mir nicht schlafen können, und wenn das mit dem Geheule so weitergeht, verpasst sie mir eine Ohrfeige. Jetzt gebe ich mir Mühe, nicht mehr zu weinen, und wenn doch, dann mache ich es leise.

Ich gehöre nicht hierher, Mummy. Das war ein schrecklicher Irrtum, das weiß ich. Du und Daddy, ihr würdet mich nicht einfach hierlassen.

Bitte komm her und finde mich, Mummy.

Du fehlst mir.

Ich hab dich lieb.

Deine liebe Tochter xxx

9

Montag, 31. Juli

Ich sitze im Aufenthaltsraum des Krankenhauses in der Ecke und komme mir vor wie ein Fundgegenstand, der darauf wartet, abgeholt zu werden. Den Zeitungen und Magazinen, die verstreut auf dem Sofatisch neben mir liegen, entnehme ich, dass es Juli 2017 ist. Vor zwei Wochen bin ich in einem Krankenhausbett aufgewacht, ohne Erinnerung daran, wie und warum ich dort hingelangt war. Heute werde ich entlassen. Ich blicke auf den Stapel Rezepte, den mir Dr. Elms heute Morgen in die Hand gedrückt hat: starke Schmerzmittel für vier Wochen, die die körperlichen und geistigen Schmerzen ausreichend betäuben werden, wenn auch jeweils nur für ein paar Stunden. Außerdem eine desinfizierende Salbe, die ich mir zweimal täglich in die Hände einreiben muss, damit meine Nägel wieder wachsen, und schließlich zwei Inhalatoren. Der eine soll meine Lunge kräftigen, der andere wird mir helfen, wenn ich schlecht Luft bekomme. Es scheint, als hätte ich alles, was ich auf dem Weg zur Genesung brauche – alles außer meinem Mann und meinem Kind.

Die Tür öffnet sich quietschend. Eine alte Frau tritt

herein. Sie blickt sich im Zimmer um und wirkt sehr verwirrt. Dann bemerkt sie mich und zuckt fast unmerklich zusammen. Sie hat wohl gedacht, der Raum sei leer. Vielleicht hatte sie sogar recht. Schließlich bin ich nicht mehr als ein Geist.

Claire zufolge ist Elspeth drei Wochen nach dem Unfall beerdigt worden, sobald der Bericht des Coroners vorlag. Zu diesem Zeitpunkt gingen die Ärzte nicht davon aus, dass ich überleben würde, und wenn, würde ich sicherlich im Wachkoma liegen. Elspeths Leichnam wurde freigegeben, und Sean organisierte eine Messe in St Peter's Church in Rodmell. Ihre Schulfreundinnen nahmen teil. Alle trugen Lila, Elspeths Lieblingsfarbe. Es war ein schöner Anblick, erzählte der Vikar Claire, als er sich zu mir ans Bett setzte. Ein sehr passender Abschied.

Aber ich hatte nie die Chance, mich zu verabschieden.

Elspeth wurde auf dem Friedhof begraben, an einer friedlichen Stelle abseits der Straße. Das weiß ich, weil Claire mir erzählt hat, dass Sean nach der Beerdigung noch einmal zu mir ans Bett kam und mir alles erklärte.

Dann ist er verschwunden und nie mehr wiedergekommen.

Ich versuche mir vorzustellen, was ihm in jener Nacht durch den Kopf gegangen sein muss. Fühlte er sich so, wie ich mich jetzt fühle? Wund, ausgeliefert, krank vor Trauer und Schmerz? Ich kann mich immer noch an nichts erinnern, obwohl ich es wieder und wieder versucht habe. Was bleibt, sind die Alpträume von Wasser und von Elspeth, die weint; sie suchen mich ständig heim. Ich muss Sean finden. Es ist das Einzige, was mich noch am Leben hält, das Einzige, was mich davor bewahrt, die Tabletten, die die Ärzte mir verschrieben haben, auf einmal zu nehmen und allem ein Ende zu setzen. Ich muss meinen Mann finden. Ich muss herausfinden, was in dieser Nacht passiert ist und ob es meine Schuld war.

Gestern haben die Schwestern mich gefragt, ob es jemanden gibt, den sie anrufen sollen, jemanden, der kommen und mir helfen kann. Ob ich Freunde oder Verwandte hätte. Und die Antwort war nein. Meine Eltern sind vor Elspeths Geburt gestorben, und was Freunde betrifft, so habe ich außer Sean und Elspeth nie jemanden gebraucht. Wie ich zu Grayling sagte, die beiden waren mein Leben.

Und jetzt sind sie weg.

Die ältere Frau hat sich auf einen bequemen Sessel auf der anderen Seite des Wartezimmers gesetzt und nestelt an ihrer Handtasche herum. Sie erinnert mich an meine Mutter, ordentlich und gediegen. Eine Frau, die jeden Tag ein frisches Stofftaschentuch bei sich hatte, auch wenn sie sich im Leben damit niemals die Tränen getrocknet hätte. Gefühle waren lästig, und meine Mutter war der Meinung, man müsse seine Emotionen kontrollieren, sonst bräche alles andere zusammen. Die Frau merkt, dass ich sie mustere, und lächelt verlegen. Ich wende mich ab, erspare ihr die Peinlichkeit, ein nichtssagendes Gespräch anfangen zu müssen. Auch wenn sich meine Sprechfähigkeit verbessert hat, fällt es mir noch schwer, die Wörter richtig über die Lippen zu bringen. Die Ärzte meinten, das sei normal und würde sich mit der Zeit und einer Therapie verbessern, aber trotzdem verunsichert es mich.

Ich spüre den Blick der Frau auf mir ruhen, als ich eine Zeitschrift nehme und so tue, als würde ich sie durchblättern. Vor mir tauchen unscharf Fotos von Prominenten auf und Anzeigen für teure Gesichtscremes und Bikinifigurdiäten. Plötzlich muss ich an Elspeth in unserem letzten Urlaub in Whitstable denken. Sie freute sich, weil sie ihre neue Hello-Kitty-Sonnenbrille tragen durfte. Meine Augen füllen sich mit Tränen. Wie kann es sein, dass ich ihr schönes kleines Gesicht nie mehr sehen, die Wärme ihrer Haut, wenn sie das Gesicht an meines drückte, nie mehr spüren werde. »Nacht-Nacht, Mummy. Hab dich ganz arg lieb und noch viel mehr.«

Das hat mein Vater früher immer gesagt. Später hat er den Spruch an mich und dann an Elspeth weitergegeben. Ganz arg und noch viel mehr. Ach, meine Kleine, ich habe dich noch viel mehr geliebt; ich habe dich mehr geliebt, als du jemals wissen wirst.

Ich lege die Zeitschrift weg und falte die Hände. Ich versuche, meine Gefühle zu beherrschen.

»Hallo, Maggie.«

Als ich aufblicke, steht Claire da.

»Es tut mir leid, dass Sie warten mussten.« Die Krankenschwester streckt einen dicken Arm aus, um mich hinauszuführen. »Dr. Elms hat eben noch Ihre Entlassungsunterlagen fertig gemacht.«

Ich erhebe mich, gehe in Richtung ihrer beruhigenden Stimme und erinnere mich daran, wie ich mich stets besser fühlte, wenn ich sie im Komatraum hörte. Claire sprach über das Wetter, über ihre beiden Söhne im Teenageralter und was gerade in ihrer Lieblingsfernsehserie passierte. Wenn ich ihre Stimme vernahm, wusste ich, dass ich in Sicherheit war.

»Ach ja, und das Team vom Sozialdienst in Lewes ist auch gerade gekommen.«

»Vom Sozialdienst?«, frage ich. »Wieso sind die denn da?«

»Sie helfen Ihnen bei Ihren nächsten Schritten.«

»Sie meinen eine Pflegekraft?« Mir zieht sich die Brust zusammen. »Sie haben gestern erwähnt, dass ich wahrscheinlich jemanden brauche, der mir im Haus hilft. Sind die Sozialarbeiter deshalb da?«

»Hören wir uns doch erst einmal an, was die Leute zu sagen haben«, erwidert Claire freundlich. »Und dann sehen wir weiter.«

Ich nicke und lasse mich von ihr durch den Korridor geleiten. An der Wand hängen Kinderzeichnungen, Kartoffeldrucke in leuchtenden Grundfarben, übergroße Schmetterlinge und fette, lächelnde Raupen. Als wir daran vorbeigehen, steigen mir Tränen in die Augen.

Elspeth malte gerne. So begriff sie die Welt. Wenn sie eine neue Erfahrung machte oder an einem Ort war, den sie noch nicht kannte, rannte sie, sobald sie wieder zu Hause war, hinauf zu ihrem Schreibtisch und zeichnete alles bis ins kleinste Detail. Sie konnte stundenlang dasitzen, verloren in den Welten, die sie gerade kennengelernt hatte – eine Zugfahrt, ein Urlaub am Meer, ein anderes Klassenzimmer am Anfang des Schuljahrs –, und versuchte, sich dort zu verorten. Das war das Markenzeichen von Elspeths Bildern: Sie befand sich immer in der Mitte. Sie saß im Zug, am Strand, im Klassenzimmer, und so wurden diese Erfahrungen real für sie. Diese neuen Dinge jagten ihr keine Angst mehr ein, und sie fühlte sich sicher.

Und dann kehren meine Gedanken zum Flussufer zurück. Warum habe ich sie an diesem Tag bloß nicht beschützen können? Ich war ihre Mutter, das war meine Aufgabe. Und ich habe versagt. Ich habe versagt.

10

Liebe Mummy,

ich will stark sein und nicht so viel weinen, aber das ist sehr, sehr schwer.
Ich schreibe das in ein Übungsheft, das mir Wieselgesicht gegeben hat. Ich habe ihr erzählt, ich würde Rechtschreibübungen machen. Sie ahnt nicht, dass ich dir Briefe schreibe. Ich glaube, sie wäre böse, wenn sie es wüsste. Zoe sitzt auf dem Stockbett über mir und raucht eine Zigarette. Der Geruch brennt mir im Hals, und ich muss husten, aber ich unterdrücke es. Ich habe gemerkt, dass Zoe sich schon über die kleinste Kleinigkeit aufregt, und ich will mir keine Ohrfeige einfangen.
Ich weiß jetzt, was ich tun kann, um nicht zu weinen. Immer wenn ich traurig bin, setze ich mich hin und schreibe meine Gedanken auf. Das ist ein bisschen wie Buchstabensuppe, sie strömen alle auf das Papier. Als Wieselgesicht mich gestern mit in die Stadt nahm, dachte ich, ich hätte dich auf der Straße gesehen. Ich halte jedes Mal nach dir Ausschau. Ich wurde ganz traurig und panisch und wollte schon anfangen zu weinen, aber ich habe es mir verkniffen, indem ich an etwas Schönes gedacht habe. Ich

habe immer weiter an etwas Schönes gedacht, bis ich wieder zu Hause war, und dann habe ich es in dieses Notizbuch eingetragen. Das hier habe ich geschrieben:

Mummy und Daddy
Tiere und Vögel
Warmer Toast mit Butter
Tee mit Zucker
Durch Schnee rennen
Über Wolle streichen
C. S. Lewis
Sommerferien
Zahlen und zählen
Die Zehen ins Meer tauchen
Jemanden drücken
Pfefferminzeis
Mummy holt mich nach Hause
In meinem eigenen Bett einschlafen
Mummys Gesicht
Mummys Stimme
Mummy

Bitte komm bald.
Deine liebe Tochter xxx

11

Zitternd sitze ich auf dem Beifahrersitz von Amandas Nissan Micra. Wir fahren zwar erst ein paar Minuten, aber es kommt mir vor wie eine Ewigkeit.

Amanda ist meine Sozialarbeiterin, eine Fremde, in deren Hand jetzt meine Zukunft liegt.

Ich schließe die Augen und denke an die Ereignisse dieses Vormittags. Als ich in Dr. Elms Büro kam, wurde ich dort von Amanda und ihrem Kollegen, einem dünnen jungen Mann mit großen Augen namens Mike Saunders, erwartet. Während ich dort saß und mit halbem Ohr zuhörte, wie sie über meinen Pflegeplan und die Entlassungsunterlagen sprachen, konnte ich nur daran denken, nach Larkfields zurückzukehren, mich in das große Eisenbett zu legen, mir die Decke über den Kopf zu ziehen und die Welt auszublenden. Aber dann sagte Mike Saunders etwas, das mich erstarren ließ. Sofort setzte ich mich aufrecht hin: »Am wichtigsten ist es erst einmal, Mrs Allan in eine Notunterkunft zu bringen.« Zuerst dachte ich, ich hätte ihn falsch verstanden, aber dann mischte sich Amanda ein und erklärte, sie hätte einen Platz in einem netten B&B in Lewes für mich gefunden. Ich hatte keine Ahnung, was das zu bedeuten hatte. Weshalb sollten die Sozialarbeiter mich in einer Notunterkunft unterbringen? Wieso konnte ich nicht einfach nach Hause?

Jetzt kenne ich die Antwort auf diese Frage, aber ich begreife es immer noch nicht ganz. Als ich im Büro saß, Claires Hand auf meiner Schulter, erfuhr ich von Mike und Amanda, dass mein Mann Sean bei seiner Abreise den Mietvertrag für das Haus gekündigt hatte. Ich beteuerte, da müsse ein Irrtum vorliegen, Larkfields gehöre uns, und dies schon seit zehn Jahren. Dann kam die erste Bombe. Mike Saunders las von einem Blatt Papier vor, beugte sich zu mir und erklärte mir ruhig, dass Sean das Haus vor sieben Jahren an eine Gesellschaft namens BH2 Immobilien verkauft hatte. Seither hatte er Larkfields von dieser Firma gemietet.

Nichts davon ergab für mich einen Sinn. Wenn Sean das Haus verkauft hätte, hätte ich das doch gewusst. Natürlich hätte ich das gewusst. Aber dann folgte die nächste Bombe: Nach der Kündigung des Mietvertrags hatte Sean sein Bankkonto leergeräumt. Er war der Hauptverdiener, dieses Geld war unser einziges Einkommen. Während ich versuchte, diese Flut von Informationen aufzunehmen, stellten die Sozialarbeiter mir Fragen: »Haben Sie noch andere Einkommensquellen, Mrs Allan?« »Haben Sie Rücklagen, eine Pension, ein Sparkonto?« »Haben Sie etwas geerbt?« Ich kannte die Antwort auf sämtliche Fragen, sie lautete: »Nein, nein, nein.« Ich habe nichts. Rein gar nichts.

»So, Maggie.« Amanda hält den Wagen an und schnallt sich ab. »Wir sind da.«

Ich blicke aus dem Fenster. Ich erkenne diese Straße wieder. Das Freizeitzentrum ist ein paar Blocks entfernt. Mir tut das Herz weh, als ich daran denke, wie die kleine

Elspeth davorstand und darauf wartete, dass ich sie nach Sophie Baileys Geburtstagsfeier abholte. Das war ein paar Wochen vor dem Unfall. Normalerweise mochte Elspeth keine großen, lauten Veranstaltungen, aber Sophies Partys liebte sie. Sie waren beste Freundinnen, und beide liebten Musik. Elspeth war ganz aufgeregt gewesen, weil es eine Discoparty war, mit DJ und Glitzerkugel. Auch ich war aufgeregt gewesen, denn die Party bedeutete, dass ich ein paar Stunden für mich haben würde, sobald ich Elspeth abgeliefert hatte. Es war der Todestag meiner Mutter, und ich wusste, ich würde mich nur besser fühlen, wenn ich mich an den Schreibtisch setzen und mich in Wörtern verlieren konnte.

Seit Jahren war ich dabei, einen Roman zu schreiben. Ich war nie davon ausgegangen, dass wirklich etwas dabei herauskommen würde, aber in diesem Jahr gehörte es zu meinen guten Vorsätzen, das Buch fertigzustellen. Die meisten Leute hätten das als reine Zeitverschwendung bezeichnet, besonders weil ich mir noch keinen Namen gemacht hatte. Aber sobald ich ernsthaft mit der Arbeit begonnen hatte, konnte ich nicht mehr aufhören. Schreiben war das Einzige, womit ich die dunklen Gefühle in Schach halten konnte. Der Roman handelte von der Zeit, die Virginia Woolf in Rodmell verbrachte, wobei ich von meiner künstlerischen Freiheit Gebrauch machte. Es ging um die Hoffnungen, Träume und Ängste der Schriftstellerin, die den meinen merkwürdig ähnlich waren. Ich stellte fest, dass ich mich besser, ja, befreiter fühlte, wenn ich die Gefühle, die ich immer versteckt hatte, in den Roman einfließen ließ. Und bald wurde es zu einer Sucht, mich an den Schreibtisch zu setzen und das nächste Kapitel zu schreiben. Wenn das nicht klappte, wurde ich gereizt und niedergeschlagen.

Am Tag der Party bei Sophie Bailey nahm ich mir also vor, nur ein paar Stunden zu schreiben. Aber wie üblich tauchte ich zu sehr in meine Geschichte ein, und urplötzlich zeigte die Uhr 16:30 Uhr an. Die Geburtstagsfeier war um 16:00 Uhr zu Ende gewesen. Eilig sprang ich ins Auto und fuhr wie eine Verrückte nach Lewes. Als ich beim Haus der Baileys ankam, stand Elspeth mit Sophies Mutter auf der Treppe. Ihr Gesicht war geschwollen von Tränen, und sie drückte sich ihre Geschenktüte an die Brust. Ich entschuldigte mich wortreich bei Sophies Mutter, und als Elspeth und ich ins Auto stiegen, versprach ich ihr, es wiedergutzumachen, in der Stadt Fish and Chips zu essen oder ins Kino zu gehen, aber meine Kleine saß einfach nur schweigend neben mir und schluckte ihre Tränen herunter. Die Hochstimmung von der Party war verflogen.

Ich hatte meine Tochter wieder im Stich gelassen. Ich hatte sie enttäuscht, als sie mich brauchte. Warum brauchte ich etwas anderes als sie? Vor Elspeths Geburt hatte mein Leben nur aus Dunkelheit bestanden. Sie zu bekommen war, als wäre endlich die Sonne aufgegangen. Wenn ich alles noch einmal erleben könnte, würde ich meine Tochter an die Hand nehmen und mit ihr Sophie Baileys Party besuchen. Ich würde lachen und johlen, wenn sie mit ihren Freundinnen tanzte. Ich würde Kuchen essen und mich mit den anderen Müttern unterhalten. Und wenn alles vorbei war, würde ich ihr glückliches Gesicht betrachten, während wir nach Hause fuhren, und zufrieden sein. Es gibt so vieles, was ich anders machen würde. Aber jetzt ist es zu spät. Es wird keine Partys mehr geben, keinen Sonnenschein.

»Wir sind ein bisschen früh dran, aber Ihr Zimmer ist bestimmt schon fertig«, sagt Amanda, als sie die Tür öffnet. »Maggie?«

Ich kann mich nicht bewegen. Es ist, als hätte sich der Sitz fest um mich geschlossen. Ich zittere am ganzen Körper.

»Ich verstehe ja, dass das schwierig ist.« Amanda legt die Hand auf meine. »Aber wir sind alle für Sie da. Das ist nur eine vorübergehende Maßnahme. Betrachten Sie das B&B als Erholungsheim, als einen Ort, an dem Sie ein paar Tage verbringen, um wieder Fuß zu fassen.«

Mein Herz fühlt sich an, als würde es mir gleich den Brustkorb sprengen. Ich habe nur die Erinnerung an Elspeth im Kopf. Ich muss mit Sean sprechen. Ich schaffe es nicht ohne ihn.

»Ein Schritt nach dem anderen, ja?« Amanda bemerkt meine Panik. »Sie bleiben sitzen, und ich komme auf die andere Seite und helfe Ihnen beim Aussteigen.«

Als sie die Tür zuschlägt, bin ich kurz davor, meine zuzusperren. Ich könnte für immer in Amandas kleinem Auto sitzen bleiben und müsste niemals mehr der Welt da draußen gegenübertreten. Könnte mich einfach in meinen Erinnerungen verlieren.

Ich zucke zusammen, als die Autotür aufgeht. Die Luft draußen ist kühl und reißt mich aus meinen Gedanken.

»So, meine Liebe«, sagt Amanda. »Jetzt steigen wir mal aus.«

Als ich den Sicherheitsgurt löse, läuft mir ein seltsamer Schauer über den Rücken. Statt Amanda blickt mir Elspeth entgegen, mit fragender Miene.

Wo fahren wir hin, Mummy?

Elspeth.

Ich will nicht, Mummy.

»Nur mit der Ruhe.«

Amanda hilft mir aus dem Wagen, und Elspeth ist verschwunden. Jede Bewegung tut weh. Ein stechender Schmerz fährt mir durch die Lunge, als ich auf den Bürgersteig trete. Dr. Elms meint, es gebe kein Anzeichen für eine Entzündung, aber ich müsse die Inhalatoren benützen, um die Lunge wieder aufzubauen.

»Jetzt warten Sie kurz hier«, befiehlt Amanda. »Ich hole nur rasch Ihre Sachen aus dem Kofferraum.«

»Meine Sachen?«, frage ich. »Welche Sachen? Sie meinen … von zu Hause?«

»Leider nicht.« Amanda tritt zum Kofferraum. »Das sind ein paar neue Kleider, die wir für Sie zusammengesucht haben.«

»Wissen Sie, was mit meinen Habseligkeiten aus Larkfields – aus meinem Haus – passiert ist? Wann kann ich sie zurückhaben?«

Amanda hält inne, dann dreht sie sich zu mir um.

»Wir haben versucht, Ihr Hab und Gut für Sie zu holen.« Die Sozialarbeiterin legt mir die Hand auf den Arm. »Ich bin selbst zu Larkfields gefahren, aber die neue Mieterin hat gesagt, dass die Vermieter alles weggeworfen haben.«

»Was?«, rufe ich. »Aber das können sie doch nicht machen. Das ist doch sicherlich ungesetzlich?«

Ich denke an Elsbeths Zimmer, ihre Bücher und Spielsachen, ihre wunderschönen Basteleien, alle unsere Fotos.

»Es tut mir furchtbar leid«, erwidert Amanda. »Wirklich. Aber jetzt lassen Sie mich die Tüten holen, dann gehen wir rein und kochen uns eine schöne Tasse Tee.«

Ich warte auf dem Bürgersteig, während sie die Kleider holt. Ich fühle mich so schwach, so als könnte mich die leiseste Berührung in die Luft fliegen lassen. Ich sehe mich mitten auf der Straße landen und in tausend Stücke zerbrechen. Es ist eine verführerische Vorstellung. Wie schön wäre es, einfach nicht mehr zu existieren.

Amanda schlägt den Kofferraum zu, und ich verschränke schützend die Arme vor der Brust, als sie auf mich zukommt. Sie hat eine große Einkaufstüte mit dem Namen eines Discounters in der Hand.

»Wie gesagt, nichts Tolles«, meint Amanda. »Aber fürs Erste kommen Sie damit über die Runden, bis Sie sich wieder eingerichtet haben.«

Ich blicke auf die Kleider hinab, die ich trage. Eine schlecht sitzende Polyesterhose, ein himmelblauer Kapuzenpulli mit dem Aufdruck »L. A. Living« auf der Brust und schwarze Stoffturnschuhe mit Gummisohle. Alles dank Claire, die die Fundgrube des Krankenhauses für mich geplündert hat.

»So, jetzt aber rein mit Ihnen.« Amanda legt den Arm um mich.

Ich nicke. Mein Mund ist trocken, und meine Beine fühlen sich bleiern an. Es ist, als wäre ich wieder vierzehn. Mich fröstelt bei der Erinnerung an diese Zeit: der Geruch nach Desinfektionsmittel, die Wände, die auf mich einzustürzen drohten, das Entsetzen, als mir klar war, dass mein Schicksal in den Händen eines anderen Menschen lag. Und jetzt passiert es wieder.

Ich fasse Amanda an der Hand, als wir den kurzen Weg entlanglaufen, der von der Straße zum Hauseingang führt. Zu beiden Seiten der Tür steht ein Steinlöwe. Einer der beiden hat eine angeschlagene Nase.

»Ganz hübsch, nicht wahr?«, sagt Amanda und klopft dreimal gegen die Tür.

Ich kann gar nicht antworten, denn in dem Moment öffnet sich auch schon die Tür, und ein dünner Mann mit rötlich braunen Haaren und fleckigem Gesicht steht vor uns.

»Mr Hutchinson?« Die Sozialarbeiterin streckt ihm die Hand entgegen. »Ich bin Amanda Jones vom Wohnunterstützungsdienst in Lewes. Das ist Maggie Allan.«

Der Mann nickt seufzend.

»Dann kommen Sie mal rein.« Er betrachtet mich wie etwas, in das er gerade hineingetreten ist. »Und putzen Sie sich bitte die Schuhe ab.«

Wir folgen ihm in eine runde Diele. Das B&B ist sauber, sogar ganz hübsch, auch wenn es nach einer Mischung aus Speisefett und billigem Raumspray riecht. Ich streife meine Turnschuhe an der brüchigen Fußmatte am Eingang ab. Amanda zieht sich die Sandalen aus.

»Hier entlang«, brummt Mr Hutchinson und zeigt auf eine Tür links von der Treppe. »Sie haben ja gesagt, Treppen schafft sie nicht.«

»Genau.« Amanda lächelt mich freundlich an. »Mrs Allan ist gerade aus dem Krankenhaus entlassen worden und noch recht schwach. Sie lag fast zehn Wochen im Koma.«

Der Mann mustert mich von oben bis unten, dann zuckt er mit den Achseln.

»Ich habe es Ihren Kolleginnen ja schon erklärt, normalerweise nehme ich keine Sozialfälle«, sagt er. »Sind Sie sicher, dass sie keine Probleme macht?«

Ich stehe machtlos da, als meine Sozialarbeiterin Hutchinson versichert, dass ich keine Bedrohung für ihn oder sein B&B darstelle, mich in einer heiklen Lage befinde und mein Fall vordringlich ist. Am liebsten würde ich weglaufen, so weit wie möglich fort von hier. Zurück in mein Haus und zu meiner Familie. Um diese Zeit bereitete ich normalerweise das Abendessen in der Küche zu. Elspeth saß dann am Tisch und malte. Tränen steigen mir in die Augen, als ich an das schlichte Glück dieser Momente denke, die ich nie richtig zu schätzen wusste, genauso wenig wie Elspeth.

»Nun gut«, meint Hutchinson und nickt Amanda zu. »Ich weiß ja, an wen ich die Rechnung schicken muss, wenn etwas schiefgeht. Ich zeige Ihnen das Zimmer.«

Er steuert auf die Tür zu. Amanda bleibt zurück und drückt mich leicht am Arm.

»Machen Sie sich bitte keine Sorgen«, flüstert sie. »Es wird alles gut.«

Ich nicke, obwohl ich weiß, dass es alles andere als gut ist. Schlimmer könnte es nicht sein.

»Okay.« Hutchinson sperrt die Tür auf. »Nach Ihnen.«

Er weicht zurück, um uns durchzulassen. Amanda betritt das Zimmer als Erste.

»Das ist ja hübsch«, sagt sie von drinnen. »Ganz hell.«

Ich hole tief Luft, denn gehe ich hinein.

»Ah, und da ist auch eine Kochnische«, ruft Amanda und klatscht in die Hände. »Das ist wunderbar.«

Ich folge ihr zur anderen Seite des Zimmers, wo eine Mikrowelle auf einer kleinen Metalltheke steht. Daneben entdecke ich einen weißen Wasserkocher und zwei Tassen, eine Metallschüssel mit Zuckertütchen und vier kleine Kartons H-Milch.

»Geschirr ist in dem Schrank unter der Spüle«, sagt Hutchinson. »Ich habe den Bestand genau aufgeschrieben, ich merke also, wenn etwas fehlt.«

Ich möchte sprechen. Ich möchte ihm klarmachen, dass ich nicht die Absicht habe, sein beschissenes Geschirr zu klauen. Dass mir nichts mehr etwas wert ist. Stattdessen nicke ich nur, wie ein teilnahmsloses Tier, und höre zu, wie er die Bedienung der Mikrowelle erklärt.

»Der Fernseher steht dort drüben beim Bett.« Hutchinson zeigt auf einen Flachbildschirm, der auf einem Tisch verkeilt ist. »Wir bitten Sie nur, auf die anderen Gäste Rücksicht zu nehmen, wenn Sie fernsehen. Stellen Sie ihn nicht so laut.«

Ich nicke, aber eigentlich höre ich gar nicht richtig zu. Mein Herz schlägt immer schneller, und plötzlich ergreift mich die Panik. Das kann doch alles nicht wahr sein.

»Ach ja, und keine Besucher mehr nach sieben Uhr abends.« Hutchinson tippt mit den Fingern auf den Türrahmen. »Das ist eine strikte Regel.«

Ich blicke zu ihm auf, und der Raum fängt an, sich zu drehen. *Keine Besucher*. Ich dachte, die Dunkelheit wäre für immer vorüber, aber jetzt, als ich in diesem fremden Zimmer stehe, überwältigt sie mich. Ich bin wieder da, wo ich angefangen habe.

»Elspeth«, flüstere ich.

»Wer ist Elspeth?« Hutchinson macht große Augen.

»Nein«, rufe ich. Hutchinsons Gestalt verschwimmt hinter meinen Tränen. »Das kann ich nicht. Nicht schon wieder. Ich muss meine Kleine finden, meine schöne kleine Tochter. Ich muss sie wiederhaben.«

Amanda packt mich an den Armen, bevor ich zu Boden falle, und ich lasse mich von ihr halten, lasse sie einen kleinen Augenblick die Last meiner Verzweiflung tragen.

»Schon gut, Liebes«, flüstert sie und streicht mir die Haare aus den Augen. »Schütten Sie Ihr Herz aus. Weinen Sie nur.«

Im Hintergrund höre ich Hutchinson zur Tür gehen.

»Ich ziehe mich jetzt mal zurück«, sagt er. »Wenn Sie etwas brauchen, wählen Sie am Telefon auf dem Schreibtisch die Null.«

»Danke, Mr Hutchinson.« Amanda hebt den Kopf.

Der Vermieter schließt die Tür hinter sich, und ich befreie mich aus Amandas Umarmung.

»Es tut mir leid«, murmle ich. Mir wird plötzlich bewusst, dass ich meine Verletzlichkeit gegenüber einer völlig Fremden gezeigt habe.

»Es gibt nichts, was Ihnen leidtun müsste, Maggie«, erwidert Amanda. »Das ist für Sie in jeder Hinsicht eine große Strapaze. Aber wir sind für Sie da.«

Ich reibe mir die Brust. Die Schmerzen kommen wieder.

»Ich brauche meinen Inhalator. Könnten Sie ihn mir holen?« Ich setze mich auf das Bett.

»Natürlich.« Amanda steht auf und holt das kleine blaue Gerät aus meiner Tasche. »Bei mir zu Hause liegen die Dinger überall rum. Mein Sohn hat Asthma, aber er verliert ständig seine verdammten Inhalatoren. Was angesichts des Zustands seines Zimmers nicht überrascht. Na ja, so sind Teenager eben. Ach, tut mir leid, ich wollte nicht …«

»Schon gut.« Ich halte mir den Inhalator vor den Mund und atme scharf ein.

»Hier, ein Schluck Wasser.« Amanda reicht mir einen gelben Plastikbecher.

Ich nehme ihn und trinke langsam.

»Besser?«, fragt sie und lächelt mich an, als wäre ich ein kleines Kind.

»Ja«, antworte ich.

»Ich habe gesehen, dass Sie eine Schachtel Schmerzmittel in Ihrer Medikamententasche haben.« Amanda nimmt den Becher und trägt ihn zur Spüle. »Wie viele müssen Sie täglich nehmen?«

»Sechs«, antworte ich. »Die sind gegen die Muskelschmerzen.«

Amanda nickt.

»Also, wahrscheinlich ist es das Beste, wenn ich Ihnen genügend für heute Abend dalasse und dann die Schachtel Ihrer Pflegerin gebe, die von morgen an jeden Tag vorbeikommt. Es ist besser, wenn sie die Tabletten verwaltet, zumindest fürs Erste.«

Die Sozialarbeiterin lächelt, aber darunter erkenne ich eine gewisse Vorsicht. Sie will mir die Tabletten nicht anvertrauen.

»So oder so«, Amanda reibt sich die Hände, »ich finde, jetzt ist es Zeit für eine Tasse Tee. Leider gibt es nur diese scheußliche H-Milch. Möchten Sie ihn lieber schwarz trinken?«

Ich nicke, obwohl ich eigentlich gar keinen Tee will. Ich bin so müde. Ich ziehe die Schuhe aus und klettere auf das Bett. Meine Lider sind plötzlich ganz schwer. Im Hintergrund lässt Amanda den Wasserkocher volllaufen. Ich schließe die Augen. Ich sehe Elspeth in Whitstable vor mir, sie planscht im Meer. Sean hält sie über das Wasser, und sie strampelt mit ihren kleinen Füßen. Das Wasser spritzt Sean ins Gesicht, er blickt zu mir her und lacht. Ich sitze am Strand und schaue ihnen zu. Sie wirken so glücklich. Doch dann entdecke ich sie. Die riesige Welle. Sie kommt von hinten. Ich springe auf und fuchtle mit den Armen herum. »Sean«, rufe ich. »Dreh dich um.« Aber die beiden hören mich nicht. Ich renne los, doch auf dem Kieselstrand kann ich nicht schnell laufen. Die Welle wird immer höher. Sie ist schon fast bei ihnen. Ich schreie laut Elspeths Namen, und im allerletzten Moment, kurz bevor die Welle sie verschlingt, wendet meine Tochter sich um.

Abrupt wache ich auf. Amanda steht neben dem Bett und hält eine Tasse mit verblichenem Blumenmuster in der Hand.

»Hier ist Ihr Tee, meine Liebe«, sagt sie sanft. »Ich stelle ihn hier auf den Nachttisch, dann verschwinde ich, damit Sie sich ausruhen können. Ich habe ein bisschen was zu essen in den Schrank gestellt, falls Sie nachher Hunger haben. Morgen bin ich mit Ihrer Pflegekraft hier, dann können wir besprechen, wie es weitergeht.«

Sie tritt zur Tür. Plötzlich verspüre ich Angst.

»Versprechen Sie mir, dass Sie morgen wiederkommen?« Ich setze mich auf. »Sie lassen mich doch nicht hier allein?«

»Maggie«, beruhigt mich Amanda, »ich habe es Ihnen doch gesagt. Wir sind alle für Sie da. Wir helfen Ihnen, diese Sache durchzustehen. Versprochen.«

Sie schließt die Tür hinter sich. Ich drehe mich auf die Seite, rolle mich zusammen und ziehe die Knie zur Brust. Oben schlägt jemand eine Tür zu. Hutchinson spricht draußen im Korridor mit Amanda. Ich halte mir die Ohren zu, um seine Stimme nicht zu hören, dann schließe ich die Augen. Ich will schlafen. Aber ich sehe nur die gigantische Welle vor mir, die Elspeths kleinen Körper umfasst.

Es hat keinen Sinn. Ich muss etwas unternehmen, sage ich mir und werfe die Decke zurück. Ich kann nicht einfach nur hier liegen. Ich muss Sean suchen.

12

Liebe Mummy,

es ist mitten in der Nacht, und ich kann nicht schlafen. Jedes Mal, wenn ich die Augen zumache, tauchen scheußliche Gestalten auf, zum Beispiel riesige Meeresungeheuer mit Tentakeln, die über mich herfallen. Gestern Nacht habe ich geträumt, dass ich ertrinke. Ich bin in braunem schlammigem Wasser versunken und habe keine Luft mehr bekommen. Als ich aufwachte, stand Zoe neben meinem Bett. Sie meinte, sie sei wegen meinem Geschrei aufgewacht. Ich dachte, sie wäre mir böse, aber sie war sogar ganz nett. Sie hat mir eine Tasse Kakao geholt und sich dann zu mir aufs Bett gesetzt, während ich ihn getrunken habe. Dann erzählte sie mir, sie hätte auch Alpträume gehabt, als sie hierherkam, aber als sie sich an das Haus gewöhnt hatte, hätten die Träume aufgehört.

Jetzt schnarcht Zoe, aber das nervt gar nicht. Es ist sogar ganz schön, denn so weiß ich, dass sie da ist. Wieselgesicht redet nicht viel mit mir. Sie sagt mir nur, was ich tun soll, wann ich morgens aufstehen soll und wobei ich ihr helfen soll. An meinem zweiten Tag hier hat sie mir ein Blatt Papier gegeben,

das war der Arbeitsplan. Ich sollte ihn an die Wand hängen, damit ich nicht vergesse, welche Aufgaben ich erledigen muss.
Heute musste ich die Abfalleimer in allen Zimmern ausleeren, das Waschbecken im Badezimmer sauberwischen und das Gemüse für das Abendessen putzen. Das war harte Arbeit, aber es hat mir gar nicht so viel ausgemacht. Es lenkt mich ab, wenn ich etwas zu tun habe.
Der schlimmste Teil des Tages ist jetzt, wenn alles ruhig ist und ich nur meine Gedanken höre. Da denke ich dann an dich. Ich frage mich, wo du bist. Vielleicht suchst du mich, und jeden Moment hämmerst du an meine Tür und sagst: »Alles okay, wir haben sie gefunden.«
Das wünsche ich mir. Ich wünsche es mir mehr als alles andere auf der Welt.
Jetzt mache ich Schluss, denn mir fallen die Augen zu.
Gute Nacht, Mummy.
Ich hab dich lieb.

Du fehlst mir.
Deine liebe Tochter xxx

13

Ich stehe aus dem Bett auf und blicke mich um. Ich will mir etwas notieren. Neben dem Wasserkocher liegt ein Bleistift, den Amanda vergessen haben muss. Nun brauche ich noch etwas, worauf ich schreiben kann. Auf dem kleinen Tisch am Fenster entdecke ich einen roten Plastikordner. *IVY HOUSE – PRAKTISCHE INFORMATIONEN*, steht fein säuberlich mit wasserfestem schwarzem Stift darauf geschrieben. Ich schlage den Ordner auf, blättere die laminierten Seiten durch, auf denen die Fluchtwege, die Besuchszeiten und die Bedienungsweise der Dusche erklärt sind. Ich reiße ein Blatt heraus, das mit »Wichtige Telefonnummern« betitelt ist. Es ist nur auf einer Seite bedruckt.

Das muss reichen, denke ich. Ich nehme Bleistift und Papier mit zum Bett und setze mich. Auf der unbedruckten Seite notiere ich eine Liste von Leuten, die vielleicht wissen, wo Sean sein könnte. Zuerst sind meine Hände etwas zittrig, und die ersten paar Zeilen sind kaum lesbar.

Ich fange mit Rob Daniels an, der in der Arbeit mit Sean den Schreibtisch teilte. Sie kamen ganz gut miteinander aus, aber ich würde nicht behaupten, dass sie die besten Freunde waren. Rob lebt in Surrey, hat aber eine Wohnung in London. Vielleicht lässt er Sean dort wohnen?

Nummer zwei: Colin Graves, Saffys und Alexandras Vater. Von allen Eltern in der Schule war es Colin, mit dem sich Sean auf Partys und auf Elternabenden unterhielt. Colin arbeitete für eine Personalberatung in Brighton und war ein begeisterter Anhänger der Tottenham Hotspurs. Einmal hat er Sean ein übrig gebliebenes Ticket geschenkt, damit er ihn zu einem Spiel in der White Hart Lane begleitete. Sean hat in diesem letzten Jahr so viel gearbeitet, dass er die Freundschaft ausklingen ließ. So wie er alles ausklingen ließ, denke ich.

Ich gönne meiner Hand kurz Ruhe, bevor ich mit Nummer drei weitermache: Alan Hamilton, Seans Freund von der Universität. In seinem letzten Studienjahr haben die beiden zusammen in einem Haus gewohnt. Sie hatten danach zwar keinen Kontakt mehr, aber Sean hat Alan vor ein paar Jahren zufällig in der U-Bahn getroffen, und seither waren sie ein paarmal etwas trinken. Mein letzter Stand war, dass Alan für den Lambeth Council arbeitet. Ich schreibe »unwahrscheinlich« in Großbuchstaben neben seinen Namen.

Dann noch Hester Trueman: Seans Tante. Sie lebt in Portsmouth und muss jetzt über achtzig sein. Vielleicht hat er sie als seine einzige lebende Verwandte kontaktiert, um ihr von Elspeths Tod zu erzählen? Ich schreibe den Namen des Dorfs auf, in dem Hester wohnt. Ich habe keine Ahnung, wie die Adresse lautet, aber da hilft mir vielleicht Google.

Doch plötzlich kommt mir ein Gedanke. Ich kann nicht googeln, weil ich kein Handy und keinen Laptop habe. Verdrossen werfe ich das Blatt Papier und den Bleistift gegen die Wand. Es ist hoffnungslos, seufze ich innerlich und lasse mich wieder auf das Bett fallen.

Ich schließe die Augen und versuche krampfhaft, an den Nachmittag des 12. Mai zurückzudenken, aber die Erinnerungen wollen sich nicht einstellen. Es ist, als wäre der Tag aus meinem Gehirn gelöscht worden. An ein paar einzelne Details vom Anfang des Monats kann ich mich noch entsinnen. An die Maiprozession. Das Frühjahrsfest der Schule. Und mir fällt auch wieder ein, dass Elspeth ein neues Interessensgebiet entdeckt hatte: amerikanische Ureinwohner. Sie hatte sich ein Buch über sie aus der Schulbibliothek ausgeliehen. Und sie hatte einen Traumfänger basteln wollen. Ja, daran erinnere ich mich noch. Ich bin in die Stadt gefahren, in den Bastelladen, und habe Weidenruten und Wolle und Netz gekauft, und Elspeth hat sich an den Küchentisch gesetzt und angefangen. War das am Tag vor dem Unfall oder am Wochenende davor? Ich bin mir nicht ganz sicher. Ich setze mich auf, mein Herz rast.

Angestrengt denke ich an diesen Traumfänger. Die Wolle war lila und blau: Elspeths Lieblingsfarben. Ich sehe mich am Küchentisch sitzen. Ich flechte blaue Wollfäden über die zum Kreis gebogenen Weidenzweige, und Elspeth sagt laut und entschieden: »Nein, Mummy, du machst das verkehrt. Die Federn müssen genau neben die Tannenzapfen.«

Enttäuscht blickte ich zu ihr auf. Zum Basteln hatte ich kein Talent, noch nie. Im Gegensatz zu den anderen Müttern in der Schule, die mühelos einen Strickpullover oder ein Blech Muffins hervorzaubern konnten, fehlte mir jegliches Talent für Häusliches.

»Du darfst nicht zwei Federn nebeneinanderstecken, Mummy, das sieht nicht gut aus. Sophies Mum hat uns gezeigt, wie es geht.«

»Okay, okay«, blaffte ich sie an und warf die Federn auf den Tisch. »Dann frag doch Sophies Mum, ob sie dir das Ding baut, verdammt.«

Und genau in dem Moment kam wie aufs Stichwort Sean von der Arbeit. Ausnahmsweise einmal früher als gewöhnlich. Ich weiß noch, wie er mich anschaute, als wollte er sagen: *Ernsthaft, Maggie, du zankst dich mit einer Zehnjährigen?*

»Soll ich dir helfen, Elspeth?« Er stellte seine Aktentasche ab und löste die Krawatte. «Das kriege ich bestimmt hin. Auch nach einem Tag im Büro und nachdem ich um sechs aufgestanden bin.«

Letzteres richtete sich an meine Adresse.

Ich beschloss, nicht zu kontern. Seit Monaten hatten Sean und ich nichts anderes getan, als uns zu streiten, und ich wollte nicht schon wieder eine Auseinandersetzung anzetteln.

»So, was haben wir denn da?« Sean machte es sich neben Elspeth gemütlich.

»Das ist ein Traumfänger«, antwortete Elspeth, ohne von dem Weidengeflecht aufzublicken, um das sie Federn steckte. »Und er muss genau so werden wie der in dem Buch.«

»Okay.« Sean nahm das Buch, das Elspeth vor sich aufgestellt hatte. »*Die Handwerkskunst der amerikanischen Ureinwohner*. Hört sich gut an.«

Ich kümmerte mich um das Abendessen und lauschte

Elspeth, die Sean in die Feinheiten des Webens einweihte. Trotz seiner Kälte mir gegenüber verbrachte er wenigstens Zeit mit unserer Tochter. In letzter Zeit hatte er oft bis spätabends im Büro gearbeitet, sodass er sie manchmal tagelang nicht zu Gesicht bekommen hatte. Aber ich konnte mich eigentlich nicht beschweren.

Sean sprach es nie aus, aber ich spürte nur allzu genau, dass er sich ärgerte, weil ich noch nicht wieder arbeitete. Er wusste, dass die Ereignisse in meiner Jugend Spuren hinterlassen hatten und dass ich einfach nur für Elspeth da sein wollte, um ihr die Kindheit zu geben, die ich nicht gehabt hatte. Ihm war auch klar, wie anhänglich Elspeth war. Wir nannten sie immer unseren kleinen Schatten, denn so war sie, besonders bei mir. Wo ich auch hinging, sie folgte mir. Als sie noch ganz klein war, ließ sie mich nicht aus den Augen. Erst mit etwa sieben Jahren war sie so weit, dass ich endlich alleine auf die Toilette gehen konnte. Wir dachten, die Schule würde sie selbstständiger machen, aber sobald Elspeth nach Hause zurückkehrte, setzte sie sich neben mich und kuschelte sich an mich. Wenn ich sie an der Schule ablieferte, fragte sie, was ich an dem Tag vorhatte. »Du kommst doch nicht zu spät, um mich abzuholen, ja, Mummy? Versprichst du mir, dass du da bist?« Für mich stand es außer Frage, dass ich wieder anfangen würde zu arbeiten, insbesondere nicht in einem unpersönlichen Job irgendwo am Empfang, und für mehr war ich nicht ausgebildet. Aber jetzt gab es noch einen weiteren Grund, von dem ich aber nie jemandem erzählte, einen, den ich kaum mir selbst eingestand: Wenn ich wieder arbeitete, hätte ich keine Zeit mehr, um an meinem Roman zu schreiben. Die Arbeit daran war mein Rettungsanker geworden, sie sicherte meine geistige Gesundheit, auch wenn ich nur heimlich schrieb, solange Sean nicht im Haus war. Sobald er da war, beschäftigte ich mich mit Elspeth, ging mit ihr in die Natur hinaus, setzte mich zu ihr, während sie bastelte, und ließ es aussehen wie eine Vollzeitbeschäftigung. Und Sean glaubte die Lüge.

Ich denke zurück an jenen Abend. Ich stand in der Küche und schnitt Karotten klein, während Elspeth und Sean sich über Federn und Draht unterhielten. Aber danach ist nichts, nur das tiefe Gefühl, ich hätte auf etwas – oder jemanden? – gewartet. Ich weiß es nicht, denn das Nächste, woran ich mich erinnere, ist das Krankenhaus. Der Moment, in dem ich aufwache, und Dr. Elms, der immer wieder meinen Namen sagt.

14

Dienstag, 1. August

Ich liege in einem fremden Zimmer im Bett. Als sich meine Augen scharfstellen, erkenne ich einen dunklen Holzschrank, eine Küchentheke, einen weißen Wasserkocher und gerate in Panik. Das ist alles echt. Mein kleines Mädchen ist tot, und ich bin hier gefangen.

Unwillkürlich strecke ich die Hand nach meinem Telefon aus, um Sean anzurufen. Ich habe vergessen, dass ich keines mehr habe. Aber ich muss ihn finden. Nur er kann mir helfen, das alles zu begreifen. Dann fällt mir ein, was Claire erzählt hat. Sie hätte versucht, ihn anzurufen, aber sein Anschluss existiere nicht mehr. Selbst wenn ich ein Telefon hätte, könnte ich meinen Mann immer noch nicht kontaktieren.

»Sean«, rufe ich und schlage mit den Fäusten auf die steife Zudecke. »Wo bist du?«

Auf der anderen Seite des Betts liegt ein Blatt Papier. Es ist die Liste, die ich gestern Abend angefertigt habe. Ich nehme es auf und halte es in der Hand, drehe das Blatt um und lese die Namen, die ich aufgeschrieben habe, von den Freunden und Bekannten, die wissen könnten, wo Sean ist. Aber als ich mein Gekritzel betrachte, wird mir klar, dass die Chance, Sean bei einem von diesen Leuten anzutreffen, nur sehr gering ist. In Wahrheit lebten Sean und ich recht zurückgezogen. Er war ein Einzelkind, genau wie ich. Seinen Vater hat er nie kennengelernt, und seine Mutter starb an Brustkrebs, kurz bevor wir uns das erste Mal begegneten. Wir sagten immer, wir seien zwei verlorene Waisenkinder, die einander gefunden hatten. Wir hatten Freunde, Leute aus dem Dorf, Eltern von der Schule, aber wir hielten sie auf Distanz. Wir brauchten nur uns.

Ich rolle mich auf die Seite, und als ein wenig goldenes Licht durch den Spalt in den Vorhängen dringt, denke ich an den Tag zurück, an dem ich ihn kennenlernte.

Ich war einunddreißig Jahre alt und arbeitete als Rezeptionistin für eine Vermögensverwaltung in London, gleich bei der Waterloo Station. Ich verbrachte die Tage hinter einem gigantischen gläsernen Schreibtisch und verteilte Besucherausweise an graugesichtige Anzugträger, buchte Besprechungsräume und kochte Kaffee. Der Job war nervtötend, aber einigermaßen gut bezahlt, und für jemanden wie mich, der vor über zehn Jahren jede Chance auf eine anständige Karriere aufgegeben hatte, war es ein verlässlicher Arbeitsplatz.

Es war Nachmittag. Ich saß hinter dem Empfangstisch und ignorierte die Nachrichtenmeldungen auf dem Fernseher, der auf Wunsch der Chefs ständig laufen sollte. Stattdessen las ich *Nacht und Tag* von Virginia Woolf. Ich war in Rodmell aufgewachsen, wo Woolf eine ständige Präsenz war, ein Heiligtum. Ihr Tod hatte einen Schatten über das Dorf geworfen, und deshalb hatte ich nie eines von ihren Werken gelesen. Ich stellte mir vor, dass die Romane überheblich waren, voll öder Beschreibungen von High Tea und der Londoner Society, aber nachdem ich weggeschickt worden war, entdeckte ich einen ganzen Stapel davon in der Bibliothek. Viel Auswahl gab es nicht. Entweder Woolf oder Liebesromane, also habe ich mir *Mrs Dalloway* ausgesucht. Und als ich mit dem Lesen angefangen hatte, wurde mir klar, wie falsch meine Annahmen über Virginia Woolf gewesen waren. Etwas in ihrer Stimme vermittelte mir das Gefühl, sie spräche direkt zu mir. Die Schriftstellerin, die ich für verstaubt und unbedeutend wie ein Museumsstück gehalten hatte, wurde nach und nach zu meiner Vertrauten. Später nahm ich immer, wenn ich angespannt oder nervös war, eines ihrer Bücher zur Hand, und die Dunkelheit schwand. Der Tag, an dem ich Sean kennenlernte, war einer dieser dunklen Tage.

Jemand räusperte sich. Ich versteckte rasch das Buch unter einem Ordner, dann blickte ich auf. Ein Mann lächelte mich an.

»Es tut mir leid, wenn ich störe.« Er hatte einen leichten irischen Akzent. »Mein Name ist Sean Allan. Ich habe einen Termin für ein Bewerbungsgespräch bei Stewart Jacob.«

Er lächelte warm, und ich merkte, wie mir die Röte ins Gesicht stieg. Er hatte faszinierende blaue Augen mit dicken, dunklen Wimpern. Sein marineblauer Nadelstreifenanzug saß hervorragend, und seine hellbraunen Haare waren im edwardianischen Stil geschnitten, oben lang und an der Seite kurz. Ich war irgendwie ganz aufgeregt, als ich einen Besucherausweis für ihn vorbereitete und telefonisch in Stewart Jacobs Büro Bescheid gab, dass Sean Allan angekommen war. So hatte ich schon lange nicht mehr auf einen Mann reagiert, nicht seit Ben. Ja, ich hatte Männer noch nicht einmal richtig angesehen. Ich hatte mir das nie gestattet.

»Setzen Sie sich doch, Stewart ist gleich bei Ihnen.« Ich errötete unter seinem Blick.

»Wenn Sie nichts dagegen haben, bleibe ich einfach hier stehen.« Er richtete sich die Krawatte. »Ich bin eine Ewigkeit in der U-Bahn gesessen und muss mich mal strecken.«

Er lachte, und ich lächelte ihn verlegen an.

»Was lesen Sie da?«, fragte er nach einem kurzen Schweigen.

»Wie bitte?«

»Als ich hereinkam, haben Sie ein Buch gelesen. Ich wollte nur wissen, welches es ist. Ich freue mich immer über eine gute Empfehlung.«

»Ach, das.« Ich zog das Buch unter dem Ordner heraus. »Das ist … nur ein Roman von Virginia Woolf.«

Ich hielt das Buch hoch, sodass er es sehen konnte. Er nickte.

»Virginia Woolf? Ich glaube, von ihr habe ich noch nichts gelesen. Ist es gut?«

»Ich bin mir noch nicht sicher.« Ich blätterte nervös die Seiten durch. »Ich habe es gerade erst angefangen.«

»Worum geht es?«

»Ähm, also, es ist …«

Aber bevor ich es ihm erzählen konnte, kam Stewart

Jacob in den Empfangsbereich, ein breiter, imposanter Mann mit stahlgrauen Augen und kämpferischer Miene. Er war stets makellos gekleidet und trug teure Anzüge und Seidenkrawatten. In seiner Gegenwart brachte ich nie einen Ton heraus. Da war etwas an der Art, wie er mich ansah, als würde er darauf warten, dass ich stolperte. Aber an diesem Tag beachtete er mich zum Glück nicht weiter und ging mit ausgestreckter Hand auf Sean zu.

»Sie müssen Sean Allan sein.« Ein seltenes Lächeln erschien auf seinem Gesicht. »Stewart Jacob. Es freut mich, Sie kennenzulernen. Kommen Sie doch bitte mit.«

Er machte auf dem Absatz kehrt. Sean folgte ihm. Und als er an meinem Schreibtisch vorbeikam, wandte er sich mir mit einem Lächeln zu, das halb aufgeregt und halb ängstlich war, und zeigte mir den gedrückten Daumen.

»Viel Glück«, formte ich mit den Lippen.

»Danke«, sagte er ebenfalls lautlos.

Dann war er weg. Ich verbrachte den restlichen Nachmittag an meinem Schreibtisch und blickte immer wieder verstohlen zu der Tür, die zu Stewart Jacobs Büro führte. Um fünf Uhr brachte ich den großen Postsack hinunter in den Postraum, um alles frankieren zu lassen. Als ich zurückkehrte, lag Seans Besucherausweis auf dem Tisch. Ich hatte ihn verpasst. Ich spürte eine merkwürdige Leere in der Magengrube, als ich den Computer herunterfuhr und meinen Mantel anzog. Ich musste dauernd an Sean denken. Es gefiel mir, wie er mir Fragen über das Buch gestellt hatte, wie er nervös gelächelt und den Daumen gedrückt hatte. Es gefiel mir, dass ich, wenn auch nur für wenige Augenblicke, aufgehört hatte, unsichtbar zu sein.

Als ich das Büro verließ, bereitete ich mich innerlich schon auf einen weiteren Abend mit einer Tasse Tee und einem Buch auf dem Sofa vor, da sah ich ihn plötzlich bei den Aufzügen stehen.

»Hallo«, sagte ich, während ich auf ihn zusteuerte und dabei versuchte, ganz locker zu wirken, obwohl mein Magen Purzelbäume schlug.

»Hallo noch mal.« Er lächelte. »Tut mir leid, ich habe vorhin Ihren Namen nicht mitbekommen.«

»Maggie.«

»Maggie.« Er schaute mich so durchdringend an, dass ich mich auf einmal schutzlos fühlte.

»Wie lief denn das Vorstellungsgespräch?« Ich wollte die Aufmerksamkeit von mir ablenken.

»Richtig gut«, sagte er. »Seit zehn Minuten bin ich der neue Marketingleiter von Jacob & Stanley.«

»Das sind ja wunderbare Neuigkeiten«, meinte ich. »Gratuliere.«

»Danke«, erwiderte er. »Aber um ehrlich zu sein, das Vorstellungsgespräch war kein Spaziergang. Der gute alte Jacob macht keine Gefangenen.«

In diesem Augenblick öffneten sich die Aufzugtüren, und als wir eintraten, drehte er sich zu mir.

»Wo wollen Sie hin?«

»Jetzt? Nach Hause, schätze ich. Warum?«

»Na ja«, seine Augen funkelten, »ich habe gerade meinen Traumjob bekommen und diese faszinierende Frau kennengelernt, alles an einem einzigen Nachmittag, und ich habe überlegt, ob diese faszinierende Frau vielleicht Lust hat, bei einem Glas mit mir zu feiern.«

Wieder lief ich rot an. Als faszinierend hatte mich noch niemand bezeichnet. Ich wusste nicht, was ich sagen sollte.

»Und, haben Sie Lust?« Die Aufzugtüren gingen wieder auf, und wir stiegen aus. »Ich kenne einen tollen Pub, gleich hinter Waterloo.«

»Das wäre nett«, antwortete ich, und während wir in Richtung des Pubs liefen, wusste ich in meinem tiefsten Inneren, dass dieser schöne Mann, dessen Augen die Farbe des Nachthimmels hatten, eine große Rolle in meinem Leben spielen würde.

Wie konnte das so schiefgehen? Wie konnte es sein, dass Sean sich so veränderte? Ich denke an die letzten paar Jahre zurück, an seine Abende im Büro, die ständigen Blicke auf sein Telefon und wie er mir fast unwillkürlich die Wange hindrehte, wenn ich ihn küssen wollte. Wir hatten schon seit Jahren Eheprobleme, aber wie gewöhnlich ignorierte ich das. Das Romanschreiben nahm mich völlig gefangen, und ich setzte alles daran, so zu tun, als würde sich die wachsende Kluft zwischen uns beiden irgendwie wieder schließen. Aber es wurde alles nur schlimmer.

Während ich daliege und versuche, mich an die guten Zeiten zu erinnern, mich auf das Bild von uns zu konzentrieren, wie Sean und ich aus den Büros von Jacob & Stanley auf unsere Zukunft zuschreiten, wird es von einer plötzlichen Erinnerung überlagert. Ich fahre auf den Parkplatz vor dem Plough Inn. Als ich abbremse, fragt Elspeth, was wir hier machen. Ich drehe mich um, weil ich etwas erwidern will, und danach ist alles leer.

Ich schlage mir den Handballen ein-, zwei-, dreimal gegen den Kopf, als könnte ich die Erinnerung dadurch irgendwie lockern und die Antworten würden herauspurzeln wie ein Gewinn aus einem Spielautomaten. Aber da ist nichts, nur schwarze Leere. Was haben wir an jenem Abend getan? Wohin wollten wir?

Während ich versuche, meine Gedanken zu ordnen, erschreckt mich ein lautes Klopfen an der Tür.

Ich liege weiter da und wage es nicht, mich zu bewegen. Mein Körper ist kalt vor Angst. Ich fühle mich hier in dem B&B nicht sicher. Ich denke zurück an die Intensivstation, an die Sicherheit dort. Die Schwestern waren rund um die Uhr für mich da. Was, wenn es Hutchinson ist? Ich ziehe mir die Decke bis unters Kinn. Wenn ich still bleibe, verschwindet diese Person vielleicht, wer auch immer es ist.

Aber es klopft noch einmal, lauter diesmal.

»Maggie«, ruft jemand durch die Tür. »Sind Sie da, Liebes?«

Erleichterung überkommt mich, als ich Amandas heisere Stimme erkenne.

Ich stehe auf und durchquere das Schlafzimmer. Nach einer Nacht auf einer durchhängenden Matratze habe ich Rückenschmerzen, und ich zucke zusammen, als ich den Riegel zurückschiebe und die Tür öffne.

»Guten Morgen«, sagt Amanda. »Es tut mir leid, wenn ich Sie geweckt habe.«

Sie hat eine junge Frau bei sich, die mich fragend anschaut. Sie hat kurze, stachelige Haare, dunkel am Ansatz, die Spitzen blond gebleicht, und kunstvolle Piercings in der Nase und der Unterlippe. In ihrem übergroßen Baseballsweatshirt und den langen Shorts wirkt sie wie eine punkige amerikanische Highschoolschülerin.

»Maggie, das ist Sonia, die Pflegekraft, die Ihnen zugewiesen wurde.« Die Sozialarbeiterin drückt das Mädchen am Arm. »Dürfen wir reinkommen?«

»Äh, ja.« Ich mache eine einladende Geste. »Bitte. Es tut mir leid, dass ich noch nicht angezogen bin. Mir war nicht klar, wie spät es ist. Ich habe offenbar verschlafen.«

»Kein Problem«, erwidert Amanda, als sie und Sonia eintreten. »Ich freue mich, dass Sie schön durchschlafen konnten. Manchmal ist das schwierig, wenn man vom Krankenhaus nach …«

Sie will »nach Hause« hinzufügen, unterbricht sich aber.

Sonia lächelt ein wenig, als Amanda beginnt, die Vorhänge aufzuziehen und das Bett aufzuschütteln.

»Es freut mich, Sie kennenzulernen, Maggie«, sagt sie. »Soll ich uns eine Tasse Tee kochen? Ich weiß nicht, wie es Ihnen geht, aber ich bin wie ausgedörrt.«

Sie hat einen schottischen Akzent, der mich in meine Kindheit zurückversetzt. Meine Eltern stammten aus Edinburgh, aber sie zogen schon vor meiner Geburt nach Süden, als mein Vater einen Posten bei einer Versicherung in der City erhielt. Von da an gab sich meine Mutter jede nur erdenkliche Mühe, sich vom schottischen Arbeitermädchen in einen Klon aus dem Londoner Umland zu verwandeln. Als ich dann des Weges kam, war die Transformation schon vollzogen, aber gelegentlich war ihr Akzent durchzuhören, wenn sie nervös war oder sich aufregte, und dann errötete sie beschämt. Ich verstand nie, warum meine Mutter ihr wahres Ich verstecken wollte. Ich fand immer, ihr schottischer Akzent machte sie zu etwas Besonderem, er war echt und warm. Trotzdem verbrachte meine Mutter ihr ganzes Leben damit, genau das Gegenteil sein zu wollen.

»Maggie, jetzt setzen Sie sich doch.« Amanda zog einen hölzernen Hocker unter der Küchentheke vor. »Sie wirken ein bisschen wacklig.«

»Schon gut«, sage ich. »Ich wollte nur …«

»Brauchen Sie Ihren Inhalator?«

Ich schüttle den Kopf.

»So, gehen wir erst einmal Ihre Medikamente durch, dann können wir uns unterhalten. Sonia, Sie haben doch Maggies Tabletten. Fangen Sie damit an, und ich kümmere mich so lange um den Tee.«

Ich setze mich auf den Hocker, während Sonia zu ihrem Rucksack tritt und eine Schachtel Tabletten und eine Flasche Mineralwasser herausholt.

»Hier, Maggie.« Sie drückt zwei längliche Tabletten aus der Blisterpackung und reicht sie mir.

Ich schlucke sie mit viel Wasser.

»Sehr gut.« Sonia nimmt mir lächelnd die Flasche ab und stellt sie auf die Theke.

»Hier.« Amanda hält mir eine große Tasse Tee hin.

Ich nehme den warmen Henkelbecher und halte ihn in den Händen. Der Tee riecht sauer.

»Wunderbar.« Amanda setzt sich auf den Hocker gegenüber von mir. »Maggie, mir ist klar, dass Sie im Moment mit so einigen Dingen fertigwerden müssen, und ich will den Druck nicht erhöhen, aber wir müssen heute besprechen, welche Unterstützungsleistungen Sie bekommen.«

Hinter mir trinkt Sonia ihren Tee.

»Der Grund dafür ist«, fährt Amanda fort, »dass es so lange dauert, bis diese verdammten Unterlagen bewilligt werden, deshalb müssen wir schnell handeln.«

Ich sehe zu, wie sie einige Broschüren aus ihrer Tasche zieht. Oben prangen in Rot die Buchstaben DWP darauf – Department for Work and Pensions, das britische Ministerium für Arbeit und Renten.

»Wir haben uns Ihre Situation einmal vor Augen geführt.« Amanda reicht mir eine der Broschüren. »Wegen Ihrer gesundheitlichen Probleme haben Sie Anspruch auf einen sogenannten Universal Credit.«

Ich blicke auf die Broschüre. Dort ist eine Einlinienzeichnung von einem Mann im Rollstuhl, der das Gesicht verzieht.

»Ihnen steht außerdem eine Wohngeldberechtigung zu und nach einer Gesundheitsprüfung in sechs Wochen auch Arbeitslosenhilfe.«

Ich blicke zu Amanda auf. Versteht sie denn nicht? Das ist doch alles nicht wichtig.

»Also noch einmal im Einzelnen«, sagt die Sozialarbeiterin gedehnt, »Sie werden Wohngeld erhalten …«

Ich kann mich nicht auf ihre Erklärungen konzentrieren. Ich habe nur Elspeth im Kopf. Ich sehe ihr verängstigtes kleines Gesicht vor mir, ihre Fäuste, mit denen sie gegen das Autofenster hämmert. Ich höre sie, wie sie mir zuruft, ich solle ihr helfen, wie sie mich anfleht, sie herauszuholen.

»Es reicht«, rufe ich, und meine Hände zittern so sehr, dass ich beinahe den Tee fallen lasse.

Amanda hört auf zu sprechen und blickt überrascht zu mir hoch.

»Das Geld ist mir egal«, sage ich. »Ich muss herausfinden, warum meine kleine Tochter im Auto eingesperrt war und wo mein Mann ist. Können Sie mir bitte helfen, ihn zu suchen?«

Sonia nimmt mir die Tasse ab, bevor sie herunterfällt.

»Bitte, Maggie.« Amanda streckt mir die Arme entgegen. »Sie dürfen sich nicht so aufregen. Wie gesagt, wir sind hier, um Ihnen zu helfen.«

»Um mir zu helfen?«, brülle ich. »Können Sie mir helfen, meine Tochter zurückzuholen? Sie ist nämlich ertrunken, weil sie in einem Auto eingeschlossen war.« Ich fange wieder an zu schluchzen, ich kann nichts dagegen tun. »Ich konnte mich nicht von ihr verabschieden. Mein Mann hat sie begraben, und jetzt weiß niemand, wo er ist. Ich kann nicht …«

Sonia blickt auf ihre Füße hinab, während Amanda verlegen auf ihrem Stuhl herumrutscht. Die beiden fühlen sich unbehaglich, aber das ist mir egal.

»Ich brauche keine Wohngeldformulare«, weine ich. »Wir brauchen … wir brauchen die Polizei. Sie müssen eine richtige Suche durchführen. Herrgott … verstehen Sie denn nicht? Ich muss ihn finden. Sie müssen … Sie müssen mir helfen.«

»Es tut mir wirklich leid, Maggie«, erwidert Amanda. »Ich würde ja gerne, aber wie sollte ich Ihren Mann aufstöbern? Immerhin kann ich sicherstellen, dass Sie gut versorgt sind.«

Ernüchtert setze ich mich wieder aufs Bett. Meine Lunge tut weh, weil ich geschrien habe. Ich reibe mir die Brust, doch dadurch werden die Schmerzen nur schlimmer.

»Ich hole Ihnen den Inhalator«, sagt Amanda.

Die Sozialarbeiterin tritt zur Küchentheke und öffnet das blaue Medizintäschchen.

»Hier, meine Liebe.« Sie gibt mir das Gerät.

Ich atme zweimal tief ein. Mir wird schwindlig davon. Ich nehme den Kopf in beide Hände, um mich zu beruhigen.

»Sie sind nicht allein, Maggie.« Amanda beugt sich zu mir und legt mir eine Hand auf das Knie. »Und mir ist klar, dass es um viel mehr geht als um das Geld und das Haus. Sie haben Ihre kleine Tochter verloren. Sie müssen diese Geschichte verarbeiten, und auch dabei können wir Ihnen helfen, so weit das möglich ist. In Lewes gibt es eine wunderbare Trauerbegleitung. Ich kann Sie für eine Sitzung dort anmelden. Vielleicht ist es hilfreich, andere Menschen zu treffen, die die gleiche Erfahrung durchlebt haben wie Sie.«

Ich bin noch nicht einmal annähernd bereit für solche Maßnahmen. Wie auch? Wie sollte ich über meine Trauer sprechen können, wenn ich nicht einmal weiß, warum ich überhaupt in diesem Auto war?

»Nein.« Ich setze mich auf. »Danke, aber das wird nicht nötig sein.«

»Ich verstehe«, sagt Amanda und wirft einen kurzen

Blick zu Sonia hinüber, »wirklich, aber ich habe auch festgestellt, dass die Gesellschaft anderer Menschen Schmerzen sehr lindern kann.«

»Also ich fand immer, dass genau das Gegenteil zutrifft.« Ich weiß, ich klinge unfreundlich, aber ich habe keine Ahnung, wie ich es der Sozialarbeiterin erklären soll. »Andere Menschen machen mich bestenfalls nervös.«

Sonia schaut mich an und nickt. Möglicherweise empfindet sie das genauso.

»Vielleicht lassen wir das mit der Trauerbegleitung noch ein bisschen, Amanda«, meint Sonia. »Es ist ja noch nicht sehr lange her.«

»Natürlich.« Amandas Stimme klingt etwas brüchiger als zuvor.

Hinter mir hebt Sonia Kleidungsstücke vom Boden auf und legt sie fein säuberlich zusammen.

»Hier, Maggie.« Die Pflegerin reicht mir ein Blatt Papier. »Das ist Ihnen wohl heruntergefallen.«

Ich nehme den Zettel und drücke ihn an meine Brust.

»Ich habe angefangen, eine Liste zu schreiben«, sage ich zu Amanda. »Von den Leuten, die wissen könnten, wo Sean ist. Aber … ich kann sie ja nicht kontaktieren oder nach ihnen suchen, weil mein Telefon bei dem Unfall verloren gegangen ist.«

»Wir können bestimmt ein Telefon für Sie organisieren«, erwidert Amanda. »Vielleicht wenn Sie später in die Stadt fahren, Sonia?«

»Na klar«, stimmt Sonia zu. »Es wird wahrscheinlich auf ein billiges Prepaidhandy herauslaufen, aber das ist doch besser als nichts.«

»Danke.« Mir steigen Tränen in die Augen. »Das würde mir wirklich helfen.«

»Ach, kein Ding«, sagt sie freundlich.

»Danke, Sonia«, meint Amanda. »Jetzt muss ich Sie beide leider allein lassen, denn ich habe in fünf Minuten meinen nächsten Termin. Ach, bevor ich es vergesse, hier ist eine Liste mit Notfallnummern. Meine steht ganz oben. Wenn Sie mich brauchen, rufen Sie mich doch bitte vom Festnetztelefon hier an.«

Amanda reicht mir die Liste, und ich lege sie auf das Bett.

»Ich überlasse Sie jetzt Sonia. Sie geht mit Ihnen zur Bank, damit Sie Ihr Konto überprüfen. Sie sagten ja, Sie hätten ein kleines Sparkonto, zusätzlich zu Ihrem gemeinsamen Konto mit Ihrem Mann, stimmt das?«

Ich nicke.

»Na ja, dieses Sparkonto könnte die Zeit überbrücken, bis die Beihilfe kommt«, meint Amanda. »Das dauert normalerweise etwa sechs Wochen.«

Ich lächle höflich, obwohl ich weiß, dass auf dem Konto nur etwas weniger als zweihundert Pfund liegen. Ich habe keine Ahnung, wie das sechs Wochen lang ausreichen soll.

»Bevor Sie auf der Bank alles klären, haben Sie aber noch einen Termin im Jobcenter«, sagt Amanda. »Ja, das gehört nicht zu den schönsten Dingen, aber zum jetzigen Zeitpunkt zählt jede Kleinigkeit. Ach, das hätte ich fast vergessen.«

Sie öffnet ihre Handtasche und zieht ein Büchlein heraus.

»Das haben Sie bei Ihrer Entlassung im Krankenhaus liegen gelassen.« Die Sozialarbeiterin reicht es mir mit ausgestreckter Hand. »Ihre Intensivschwester hat es Mike gegeben, damit er es weiterleitet.«

»Was ist das?« Ich nehme ihr das Buch ab.

»Sie nennen es Intensiv-Tagebuch«, meint Amanda. »Jeder Patient, der längere Zeit auf der Station war, bekommt so eines.«

»Ein Tagebuch?«

Ich berühre den glänzenden Plastikeinband. Oben steht mit schwarzem Kugelschreiber mein Name geschrieben.

»Ja, sie sagen tatsächlich Tagebuch dazu«, erklärt mir Amanda. »Eigentlich ist es eher eine Aufzeichnung über die Zeit, die Sie auf der Station verbracht haben. Sie haben jeden Tag einen kleinen Eintrag über Ihren Fortschritt gemacht.«

»Sie?«

»Die Mitarbeiter der Intensivstation«, fährt Amanda fort. »Ich nehme an, vor allem Claire und Dr. Elms.«

»Aber was soll ich jetzt damit anfangen?« Ich lege das Buch aufs Bett.

»Manche Patienten finden es wohl ganz hilfreich, zurückzublicken und zu lesen, was sich zugetragen hat, während sie im Koma lagen«, sagt Amanda. »Andere nicht. Es liegt ganz bei Ihnen, Maggie. Aber es ist da, wenn Sie irgendwann mehr über diese Zeit wissen möchten.«

»Danke.« Doch mir ist klar, ich werde es nicht lesen. Ich muss nun wirklich nicht an diesen Ort erinnert werden.

»Gut, ich bin dann jetzt weg«, verkündet Amanda. »Bis bald, Maggie.«

Während Sonia die Sozialarbeiterin zur Tür bringt, sehe ich mir noch einmal die Liste der Namen an, die ich zusammengestellt habe. Könnte jemand von diesen Leuten wissen, wo Sean ist, oder verschwende ich nur meine Zeit? Ich kenne die Antwort nicht, aber ich bin ganz sicher, dass ich meinen Mann finden muss, egal, wie schwierig das wird oder wie lange es dauert.

15

Ich habe Herzrasen, als wir auf die Straße hinaustreten. Es ist fast Mittag, und die Hauptstraße von Lewes ist voller Touristen und Leute, die einkaufen. Sonia geht voran, ich laufe hinter ihr her wie ein nervöses Kind, das seiner Mutter folgt.

Zehn Minuten später sitze ich auf einem Stuhl in einem Großraumbüro, während ein untersetzter, pickliger junger Mann namens Neil meinen »Wiedereinstiegsplan« skizziert.

Ich sehe zu, wie er etwas in den Computer eingibt. Sonia wartet im Empfangsbereich, ich bin also auf mich allein gestellt.

»Was würden Sie als Ihre Schlüsselqualifikationen bezeichnen?« Neil blickt kurz von seiner Tastatur auf. »Nach was für einer Art Arbeit sollen wir suchen?«

»Ich habe in der Verwaltung gearbeitet.« Ich spreche langsam, damit mein Gehirn mitkommt.

»Okay.« Neil tippt weiter. »Welche Ebene?«

»Ebene?« Ich denke daran, wie ich im Aufzug des Büros an der Waterloo Station in den sechsten Stock fuhr. »Ähm, na ja, meistens war das am Empfang.«

»Also Basisniveau.« Neil nickt. »Der Grund für die Kündigung?«

Er liest die Fragen vom Bildschirm ab.

»Ich habe ein Kind bekommen«, antworte ich. »Und ich … ich habe die Arbeit aufgegeben, um ganztägig für meine Tochter da zu sein.«

Auch wenn der junge Mann zu Beginn des Gesprächs darüber informiert wurde, dass mein Kind tot ist, zeigt er nicht einen Hauch von Gefühl, während er meine Antwort eintippt.

»Verstehen Sie, nach Elspeths Geburt war mein Mann der Hauptverdiener.«

»Und wie lange sind Sie schon ohne Arbeit?«

»Zehn Jahre«, erwidere ich.

»Sie haben zehn Jahre lange nicht mehr gearbeitet?«

Ich merke, wie er über mich urteilt.

»Offiziell nicht, nein.« Auf meiner Stirn sammelt sich Schweiß. »Allerdings schreibe ich an einem Buch, und ich habe gehofft …« Ich spreche nicht weiter, als ich seine Miene bemerke.

»Was für eine Art Arbeit suchen Sie denn nun?« Er seufzt.

Ich sehe ihn verständnislos an. Ich kann nicht einmal im Ansatz über Arbeit nachdenken. Ich suche meinen Mann und meine Tochter.

»An der Rezeption? Am Empfang?«

Ich nicke, und er tippt etwas in seinen Computer ein. Dann klingelt sein Telefon auf dem Schreibtisch. Er greift schnell danach und schaltet es aus. Während ich ihn dabei beobachte, fällt mir etwas ein. Ich sitze an meinem Schreibtisch im Arbeitszimmer und starre auf den Bildschirm, genau wie dieser junge Mann, da klingelt mein Handy. Ich weiß, es ist der Tag mit dem Traumfänger, denn auf dem Schreibtisch liegt etwas von der Wolle. Mein Herz macht einen Sprung.

»Mrs Allan?«

Ich blicke auf. Neil hat seine Hände von der Tastatur gelöst und sie vor sich auf dem Tisch verschränkt.

»Es tut mir leid«, sage ich. »Es fällt mir immer noch schwer, mich zu konzentrieren.«

»Ja, das merke ich«, meint er. »Wegen Ihrer gesundheitlichen Probleme könnte es eine Weile dauern, bis Sie als arbeitsfähig gelten. Ich organisiere einen Untersuchungstermin in sechs Wochen, aber hier ist fürs Erste eine Übersicht darüber, worauf Sie Anspruch haben.«

Er reicht mir ein Blatt Papier, auf das diverse Kästchen gedruckt sind.

»Sie müssen sich alle zwei Wochen hier melden«, erklärt er. »Der heutige Tag ist der erste, der zählt, dann müssen Sie jeden zweiten Dienstag wiederkommen. Wenn Sie jetzt bitte in den beiden Kästchen unten auf dem Formular unterschreiben würden, dann wären wir für heute fertig.«

Hastig kritzle ich meinen Namen hin, dann reiche ich Neil die Formulare.

»Danke«, sagt er. »Wir sehen uns in zwei Wochen.«

Ich schiebe mich hoch und versuche, die Fassung zu bewahren, während ich so schnell wie möglich das Großraumbüro durchquere. Aber ich spüre Neils Blick auf mir ruhen. Er verurteilt mich, eine Frau, die seit zehn Jahren nicht mehr gearbeitet hat, eine unzuverlässige Idiotin, die nicht einmal anständig auf ihre Tochter aufpassen konnte. Und das Schlimmste ist, ich weiß, dass er recht hat.

»Okay, hier ist es«, verkündet Sonia ein paar Minuten später, als wir vor der Bank stehen bleiben.

Ich höre ihr nicht richtig zu. Ich versuche, mir weitere Einzelheiten dieses Telefongesprächs zurückzurufen, das mir während meines Termins im Jobcenter einfiel. Wer war das?

»Sind Sie bereit, Maggie?«

Ich blicke zu dem vertrauten Gebäude hoch, und mir wird ganz flau im Magen. Ich habe fast mein ganzes Leben ein Konto in dieser Filiale geführt. Ich kenne viele Angestellte mit Namen. Da sind Sue, die uns einen Kredit organisiert hat, als wir das Haus renovierten, Val, die rothaarige Waliserin, die Elspeth immer ein Malzbonbon geschenkt hat, wenn wir vorbeikamen, und dann natürlich Ashley, die Filialleiterin. Die Vorstellung, in meinem jetzigen Zustand die Bank zu betreten, Fragen beantworten zu müssen, ihr Mitleid spüren zu müssen, das ertrage ich nicht.

»Es ist schon okay«, sagt Sonia. »Das ist bloß eine Bank. Wir sind gleich wieder draußen.«

Drinnen stehen ein paar Leute am Schalter an, und während wir warten, lasse ich den Blick über die Tische schweifen, ob irgendwelche Angestellten, die ich kenne, heute arbeiten. Ich entdecke Val durch eine Glasscheibe im Büro dahinter, aber sie sitzt in einer Besprechung und schaut nicht auf. Ich bin froh. Ich würde es nicht schaffen, ihr zu erklären, was passiert ist.

»Wir sind dran«, flüstert Sonia.

Ich blicke auf. Über dem hinter Glas geschützten Schalter blinkt ein grünes Licht. Eine junge Frau, die die

Haare zu einem unordentlichen Knoten hochgesteckt hat, hockt dahinter.

»Guten Tag. Was kann ich für Sie tun?«, fragt sie gelangweilt.

»Äh, ich wüsste gerne meinen Kontostand.« Ich halte mich an der Theke fest, denn mir wird schwindelig.

»Den können Sie am Automaten abrufen.« Das Mädchen zeigt auf eine Reihe blinkender Automaten auf der anderen Seite. »Sie müssen sich nicht hier anstellen, wenn Sie nur einen Kontoauszug wollen.«

Ich habe Schweißperlen auf der Stirn. Mir ist glühend heiß trotz der kühlen Raumtemperatur. Das Mädchen schaut mich misstrauisch an.

»Entschuldigung«, sage ich. »Mir ist nur ein bisschen …«

»Alles in Ordnung, Maggie?«, fragt Sonia, die neben mir steht. »Möchten Sie sich hinsetzen?«

Ich schüttle den Kopf.

»Nein, es ist alles okay. Ich will das nur schnell hinter mich bringen.«

»Mrs Allan ist gerade aus dem Krankenhaus gekommen«, sagt Sonia, der der irritierte Gesichtsausdruck des Mädchens offenbar aufgefallen ist. »Sie lag auf der Intensivstation und ist noch etwas schwach.«

»Ah, das tut mir leid«, erwidert das Mädchen. »Soll ich vielleicht eine Kollegin holen, die sich um Sie kümmert? Wir haben einen Servicebereich mit ausreichend Sitzplätzen. Vielleicht wäre das besser, wenn die Dame noch nicht so gut auf den Beinen ist.«

Sie wendet sich nur an Sonia. Ich existiere gar nicht mehr.

»Ich hole meine Kollegin Val, sie kommt gleich und hilft Ihnen weiter.« Das Mädchen steht auf.

»Nein«, rufe ich und lege die Hände auf die Theke. »Nein, das wird nicht nötig sein. Ich will keine Umstände machen.«

»Das ist doch kein Problem«, meint das Mädchen.

»Nein, bitte. Es ist alles gut.«

»Okay.« Die junge Angestellte seufzt tief. »Also, wenn Sie bitte die Automaten benutzen wollen, die sind gleich da drüben.«

»Das geht nicht.« Mir dreht sich der Kopf. »Ich weiß nicht, wie die … Seit dem Unfall habe ich Erinnerungslücken. Ich weiß meine PIN nicht mehr.«

»Ach so«, antwortet das Mädchen und mustert mich mit zusammengekniffenen Augen, als wäre ich eine Kriminelle. »Aber haben Sie denn irgendeinen Ausweis? Einen Pass? Oder Ihre Geburtsurkunde?«

»Nein«, sage ich. »Mein Mann hat alles entsorgt.«

Die junge Frau bekommt große Augen.

»Dann, fürchte ich, kann ich Ihnen nicht helfen«, erklärt sie. »Aus Sicherheitsgründen brauchen wir irgendeinen Ausweis.«

In dem Moment wird mir alles zu viel, und ich sacke nach vorne zusammen. Sonia fängt mich gerade noch auf. Das Mädchen ruft Kollegen herbei, da höre ich eine bekannte Stimme.

»Maggie. Sind Sie das?«

Ich drehe mich um. Val kommt auf mich zu. Sean fand immer, Val und ich sähen uns ähnlich, obwohl sie viel eleganter ist als ich. Im Gegensatz zu meiner wilden Mähne sind ihre kastanienbraunen Haare zu einem adretten, glänzenden Bob geschnitten, und ihre Augen werden von einer modischen schwarzen Brille eingerahmt. Ich blicke auf meine geborgten Kleider hinunter, aber ich schäme mich nicht mehr. Ich fühle mich einfach nur wie betäubt.

»Ist alles in Ordnung?« Val legt mir die Hand auf die Schulter.

»Ich muss meinen Kontostand wissen«, sage ich etwas schroffer als beabsichtigt. »Ich wollte kein Theater machen, aber meine ganzen Sachen sind …«

»Hey, hey, keine Sorge.« Val spürt, wie erregt ich bin. »Gehen wir irgendwohin, wo es ruhiger ist, und kümmern uns darum.«

Sie winkt dem Mädchen am Schalter, dann führt sie Sonia und mich zu einem kleinen verglasten Raum.

»Setzen Sie sich doch«, sagt die Bankangestellte, als wir eintreten.

Sonia hilft mir auf den starren Plastikstuhl.

»Also«, fährt Val fort und nimmt mir gegenüber Platz, »Maggie, zuerst einmal möchte ich Ihnen erklären, wie leid es mir – wie leid es uns allen tut, was mit der kleinen Elspeth passiert ist.«

Ich nicke, und wieder steigen mir Tränen in die Augen. Elspeth liebte die Bank. Sie hüpfte herum, während ich am Schalter anstand, verloren in ihrer eigenen kleinen Welt. Wenn Val da war, drückte sie Elspeth immer ein Malzbonbon in die Hand und fragte sie, wie es ihr in der Schule erging.

»Sie war ein liebes Kind«, unterbricht Val meine

Gedanken. »Ich kann mir gar nicht vorstellen, wie Sie sich jetzt fühlen müssen.«

»Können wir … können wir einfach das mit dem Konto erledigen, bitte?« Ich wische mir die Augen. »Es ist … es fällt mir immer noch sehr schwer, über meine Tochter zu sprechen.«

»Natürlich«, antwortet Val freundlich. »Wenn Sie mir Ihre Karte geben, habe ich es gleich parat.«

Sonia und ich sitzen schweigend da, während Val irgendetwas in ihren Computer tippt. Nach ein paar Minuten schaut sie auf.

»So, also auf Ihrem Konto sind 198,54 Pfund.«

»Okay«, meine ich. »Danke.«

Val lächelt verlegen. »Die, äh, die Polizei war bei uns.« Sie verschränkt die Hände auf dem Tisch. »Sie haben uns Fragen über Ihren Mann gestellt.«

Natürlich, denke ich bei mir. Wahrscheinlich war das einer der letzten Orte, die er aufgesucht hat. Ich setze mich gerade auf und versuche, mich zusammenzunehmen.

»Hat er sein Konto leergeräumt?«, frage ich.

»Ja.«

»Hat er gesagt, was er damit vorhat? Oder wo er hinwollte?«

»Das weiß ich leider nicht«, erwidert Val gequält. »Jamie, unser stellvertretender Filialleiter, hat die Kündigung des Kontos abgewickelt. Er hat der Polizei alles gesagt, was er wusste. Wenn Ihr Mann eine Erklärung abgegeben hätte, hätte Jamie es wahrscheinlich erzählt.«

»Er … er hat mich angelogen.« Wieder treibt es mir

Tränen in die Augen. »Er hat behauptet, unser Haus gehört uns, dabei hatten wir es nur gemietet. Und dann … als ich … als ich im Krankenhaus war, ist er ausgezogen und hat unsere ganzen Sachen weggeworfen … auch alle Sachen von Elspeth. Ich habe alles verloren.«

»Ach du meine Güte, das ist ja schrecklich«, entgegnet Val. »Sie armes Ding.«

Ich reibe mir das Gesicht mit beiden Händen, um meine Tränen zu verbergen.

»Wollen wir ein bisschen an die frische Luft, Maggie?«, fragt Sonia.

Ich nicke und lasse mir von ihr aus dem Stuhl helfen.

Val hat sich hinter meine Pflegerin gestellt und sieht uns zu. Auch sie hat Tränen in den Augen. Ich ertrage das nicht.

»Das muss heftig gewesen sein«, sagt Sonia, als wir die Bank verlassen. »Aber Sie haben sich gut geschlagen. Sollen wir uns irgendwo hinsetzen und ein bisschen zu Atem kommen, bevor wir zurückgehen?«

Ich will gerade antworten, da fällt mir etwas auf. Auf der anderen Straßenseite steht eine Frau. Sie starrt mich an. Meine Haut kribbelt. Es ist Barbara. Bens Mutter. Sie ist deutlich gealtert, seit ich ihr zum letzten Mal begegnet bin, aber ihre Haare sind immer noch blond und zu einem Knoten hochgesteckt, sie ist tadellos geschminkt und teuer und schick gekleidet. Ich will weglaufen, aber es ist zu spät, sie läuft auf uns zu.

»Ich fasse es nicht«, sagt sie, als sie näher kommt. »Dann haben sie dich also rausgelassen, was?«

»Hallo, Barbara.« Meine Stimme zittert. »Wie geht es dir?«

»Egal.« Die Miene der älteren Frau ist hassverzerrt. »Ich will wissen, warum du frei auf der Straße herumspazierst. Sie hätten dich schon vor Jahren einsperren sollen.«

»Maggie? Alles okay?« Sonia tritt zwischen Barbara und mich.

»Wer sind Sie denn?« Barbara bekommt große Augen, als sie Sonias Outfit betrachtet.

»Ich bin Maggies Pflegerin.« Sonia reckt trotzig die Brust heraus. »Und ich finde, Sie sollten nicht so mit ihr reden, sie ist immerhin gerade aus dem Krankenhaus entlassen worden. Es geht ihr nicht gut.«

»Ich weiß, dass es ihr nicht gut geht.« Barbaras Wangen röten sich. »Ihr geht es im Kopf nicht gut.«

»Barbara, bitte …« Meine Schläfen pochen vor Anspannung.

»Eine Pflegerin?« Barbara verdreht die Augen. »Herrgott noch mal, ich habe alles gehört. Na, du hast ja schon immer jemanden gebraucht, hinter dem du dich verstecken kannst. Wenn ich daran denke, womit du davongekommen bist, wird mir ganz schlecht. Und jetzt hast du es anscheinend noch mal gemacht. Das arme kleine Mädchen. Du bist gefährlich, und gefährliche Menschen sollte man einsperren.«

Hass blitzt in ihren Augen auf. Ich will etwas erwidern, will mich verteidigen, aber ich bringe keinen Ton heraus. Stattdessen lasse ich mich von Sonia wegführen, während mir Barbaras giftige Worte noch in den Ohren klingen.

16

Liebe Mummy,

sie haben mir gesagt, dass ich morgen auf eine neue Schule komme, und ich habe Angst. Da kenne ich niemanden.
Zoe geht in die Schule neben meiner. Das ist eine Schule für böse Kinder, meinte sie. Ich habe sie gefragt, ob es ihr dort gefällt, aber sie zuckte nur mit den Achseln und drehte die Musik lauter.
Jetzt liege ich im Bett und schreibe dir. Meine Hände zittern, so nervös bin ich. Ich habe versucht, daran zu denken, was mich glücklich macht, aber Zoes Musik übertönt alles. Meine Schuluniform hängt an der Tür. Sie riecht muffig und klamm, Wieselgesicht hat sie nämlich aus dem Wohltätigkeitsladen geholt. Die neue Uniform ist grau, bis auf die Krawatte, die ist blau mit gelben Streifen. Sogar meine Schuhe sind alt. Sie haben einem anderen Mädchen gehört, aber es ist rausgewachsen. Wieselgesicht fand, man könnte die Schuhe noch »gut auftragen«.
Ich würde gerne etwas lesen, um mich abzulenken. Es gibt hier Bücher, aber keine guten, nur Jahrbücher und welche mit Glitzer und Hundebabys darauf.
Zoe raucht wieder. Heute Abend hat sie bestimmt

eine ganze Schachtel geschafft. Ich habe Wieselgesicht davon erzählt, aber sie hat nur gelacht und gesagt, Zoe folgt ihren eigenen Gesetzen, was auch immer das bedeuten soll.
Ich versuche jetzt jedenfalls zu schlafen. Ich träume von dir und Daddy und unserem gemütlichen Zuhause, und ich wünsche mir von ganzem Herzen, dass ich wieder bei euch bin, wenn ich aufwache.

Ich hab dich lieb.
Deine liebe Tochter xxx

17

»Hier, trinken Sie einen Schluck.«

Sonia reicht mir eine Flasche Mineralwasser. Wir sitzen auf einer Bank in einer schmalen Seitenstraße, abseits des Durchgangsverkehrs.

»Danke.« Ich nehme die Flasche. »Ich muss mich nur kurz sammeln.«

»Na klar«, sagt Sonia. »Lassen Sie sich nur Zeit. Ich weiß, das geht mich nichts an, aber wer war denn die Frau?«

»Sie ist die Mutter meines … von einem Mann, den ich mal kannte.« Ich halte inne, um meinen flachen Atem zu beruhigen. »Er hieß Ben.«

»Die war ja ziemlich sauer auf Sie«, findet Sonia. »Was ist passiert?«

»Ben und ich sind in Schwierigkeiten geraten, als wir jünger waren.« Ich blicke die Straße entlang, für den Fall, dass Barbara auf uns zusteuert. »Das hat ein schlechtes Ende genommen. Ich schaffe es nicht, das … Es tut zu weh.«

»Schon gut«, meint Sonia. »Sie müssen nicht darüber reden. In den letzten Monaten haben Sie genug durchgemacht. Also, ich kenne ja nicht alle Einzelheiten, aber Amanda hat ein bisschen berichtet, was passiert ist. Mann, seine kleine Tochter so zu verlieren, das muss die Hölle sein.«

Ich schaue Sonia an. Sie scheint ein guter Mensch zu sein. Ein netter Mensch. Während wir dasitzen, verspüre ich plötzlich den Drang, alles loszuwerden, dieser Fremden bis ins kleinste Detail alles zu erzählen, was in meinem Leben bisher geschah, bis ich an diesem Punkt ankam: Ben, das schlimme Haus, meine Mutter, ich und Sean. Aber bevor ich den Mund öffnen kann, steht Sonia auf.

»Kommen Sie.« Sie streckt mir die Hand entgegen. »Sehen wir mal zu, dass wir Sie nach Hause kriegen.«

Ich lege mich auf das Bett und ziehe die Decke fest um mich. Im Zimmer riecht es nach Nudelsauce und Spülmittel. Sonia hat mir ein Fertiggericht in der Mikrowelle warmgemacht, bevor sie ging, aber bei dem Gedanken an Essen wurde mir schlecht, deshalb habe ich es weggeworfen und die Schüssel abgespült. Doch obwohl das Essen weg ist, hängt der Geruch noch in der Luft.

Im Zimmer nebenan wird der Schlüssel im Schloss gedreht, und Hutchinsons Stimme dringt gedämpft durch die Wand.

»Hier ist es, Ihr Zweibettzimmer. Mann, das verstehe ich doch. Sobald man unser Alter erreicht, schläft man in getrennten Betten.«

Er lacht irre, und ich zucke zusammen. Das erinnert mich an das Haus damals. Keine Privatsphäre, erhobene Stimmen, die durch die Wände drangen, überall Leute, aber niemand, den ich kannte. Gefangen. Allein.

Auch wenn ich das Haus am Ende verlassen konnte, blieb das Gefühl, eingeschlossen zu sein, noch jahrelang.

Nach allem, was passiert war, wollten meine Eltern nicht mehr in dem Dorf wohnen, deshalb waren sie aus Sussex fortgezogen und hatten einen kleinen Bungalow in Croydon gekauft. Nachdem ich wiederhergestellt war, lebte ich bei ihnen und arbeitete mit Anfang zwanzig in diversen Einzelhandelsgeschäften. Von einem Sandwichladen in Sutton bis zur Wäscheabteilung von Marks & Spencer in Croydon, aber ich blieb nirgendwo lang. Schließlich verschlechterte sich der Gesundheitszustand meiner Eltern, und die Düsternis meldete sich zurück.

Dad starb als Erster. Ein Herzinfarkt, als ich sechsundzwanzig war. Es gab keine großen Abschiede, keine dramatischen letzten Reden, so wie im Film; er brach einfach an seinem Schreibtisch zusammen. Sein Chef rief uns an, aber als wir im Krankenhaus ankamen, war er bereits gestorben.

Nach dem Tod meines Vaters war Mum nie mehr dieselbe. Sie war schon untröstlich, weil sie Larkfields und Sussex verlassen musste, und ganz egal, wie sehr der arme Dad versuchte, es schönzureden, der Bungalow in einer unscheinbaren Sackgasse in Croydon konnte niemals mit dem schönen Larkfields mithalten, mit der ländlichen Gesellschaft in Sussex, mit Barbara und ihren rauschenden Festen. Doch solange Dad noch am Leben war, hatte Mum immerhin noch eine Rolle, so überholt sie auch scheinen mochte. Sie kochte große Abendessen und zog sich hübsch an, um ihn nach der Arbeit zu empfangen. Als er starb, verkümmerte sie. Ihre ganze Welt brach um sie herum zusammen. Der einzige Mensch, der noch da war, war ihre Tochter, der sie jahrelang aus dem Weg gegangen war. Wir mochten unter einem Dach wohnen, aber Mum brachte es kaum über sich, mich anzusehen. Ich hatte ihr Leben zerstört, und da war ich nun, eine etwas über zwanzigjährige Last, die sich von einem Job ohne Aussicht in den nächsten treiben ließ. Für meine Mutter verschlimmerte Dads Tod nur meine Anwesenheit. Wenn ich ein Zimmer betrat, fand sie eine Ausrede, es zu verlassen. Nachts hörte ich sie manchmal durch die Wand, die unsere Zimmer voneinander trennte, weinen; dicke, schwere Schluchzer, die klangen, als kämen sie aus den Tiefen ihrer Seele. Es war unerträglich.

Trotzdem hätte mich nichts auf das vorbereiten können, was sie dann tat. Ich hatte gerade einen neuen Job angefangen, eine Zeitarbeit in einer Versicherung in London. So gut hatte ich noch nie verdient, und es gefiel mir, in der Stadt zu sein, aus dem grauen Croydon mitten ins West End zu pendeln. Das Büro lag in der Shaftesbury Avenue, und ich verbrachte meine Mittagspause damit, durch Chinatown zu spazieren und Menschen zu beobachten. Nach der Stille auf dem Land war der Londoner Lärm angenehm wohltuend. Ich hatte zum ersten Mal seit Jahren das Gefühl, Luft zu bekommen, nicht verurteilt zu werden. Manchmal luden mich die Mädchen aus dem Büro ein, nach der Arbeit noch etwas mit ihnen trinken zu gehen. Ein paarmal begleitete ich sie, aber ich fühlte mich nie recht wohl dabei. Smalltalk führen und mich unter andere Menschen mischen zu müssen machte mich nervös. Nach einem Glas dachte ich mir deshalb meistens eine Ausrede aus und begab mich nach Soho oder Covent Garden, wo viel Betrieb herrschte und ich mich verlieren konnte. Die meisten Leute würden wohl sagen, es war eine traurige, einsame Existenz, aber damals brauchte ich es, allein zu sein, so wie andere Menschen Luft zum Atmen brauchen. Nur so konnte ich verstehen, was mir passiert war. Während die Monate verstrichen, verbrachte ich immer weniger Zeit zu Hause. Mums Launen wurden schlimmer, und die Vorstellung, Abend für Abend mit ihr auf dem Sofa zu sitzen und irgendeine stumpfsinnige Fernsehsendung anzusehen, war einfach unerträglich. Deshalb fuhr ich auch an den Wochenenden ins West End. Manchmal besuchte ich eine Matineevorstellung im Theater, oder ich spazierte durch die Geschäfte. Alles, um nur nicht Mum und dieses deprimierende Haus ertragen zu müssen. Für eine kurze Zeit in meinem Leben begannen die dunklen Gedanken, die seit meiner Kindheit in meinem Kopf schwärten, sich zu lichten, und ich ließ die Hoffnung zu, dass es mir wirklich bald besser gehen könnte. Vielleicht merkte Mum das, vielleicht spürte sie, wie ich ihr entglitt, weil ich nie mehr zu Hause war. Ich weiß es nicht. Ich werde es nie erfahren, weil sie keinen Grund nannte. Es gab keinen Zettel neben der Leiche, als ich sie eines Samstagabends zusammengesunken am Küchentisch fand, kein »Ich hab dich lieb«, keinen Abschied, nur meine Mutter, kalt und leblos neben einer leeren Tablettenschachtel.

Als das Haus verkauft war und Schulden und andere Gebühren beglichen waren, blieb mir ein geringer Betrag. Ich hätte mir ein bescheidenes Heim kaufen, in meine Zukunft investieren sollen, aber mir hatte nie jemand beigebracht, wie man richtig mit Geld umgeht, und in vielerlei Hinsicht war ich noch wie eine naive Vierzehnjährige, deren Entwicklung stehen geblieben war. Statt also in den Immobilienmarkt einzusteigen, verbrachte ich die letzten Jahre vor meinem dreißigsten Geburtstag damit, hemmungslos Geld auszugeben. Ich ging zu teuren Friseuren und kaufte in der Bond Street ein. Ich fing an, mich zu schminken, und hatte kein Problem damit, eine Duftkerze für zweihundert Pfund zu erstehen. Ich zog nach London und zahlte ein Vermögen für ein winziges Mietapartment in Battersea. Es wäre billiger gewesen, mit jemandem zusammenzuziehen, aber aufgrund meiner früheren Erfahrungen misstraute ich anderen Menschen. Mein Zuhause war meine Zuflucht, ein Ort, an den ich jeden Abend zurückkehren, die Tür zumachen und die Welt ausschließen konnte. Ich arbeitete in einer Reihe von Verwaltungsjobs, meistens am Empfang, wo ich zwischen dem Entgegennehmen von Anrufen und Kaffeekochen dasitzen und Romane lesen konnte. Es war, als wäre ich wieder ein Teenager, nur statt im Bett zu liegen, Bücher zu lesen und die Welt auszusperren, saß ich nun an einem Schreibtisch und tat das Gleiche. Eines Tages erwischte mich eine der Chefinnen, Helen hieß sie, einmal dabei, wie ich einen Roman las, statt einen Besprechungsraum für eine wichtige Sitzung vorzubereiten. Ich dachte, sie würde fuchsteufelswild werden und mich feuern, weil ich meine Pflichten vernachlässigt hatte, aber nein. Sie setzte sich hin und stellte mir ein paar Fragen über mich, über meine Vergangenheit, wo ich aufgewachsen und wo ich zur Schule gegangen war. Als ich ihr von meinem Mangel an Bildung erzählte, ermutigte sie mich, noch einmal aufs College zu gehen, vielleicht Literatur zu belegen und das Lesen sinnvoll zu nutzen. Aber ich hatte zu große Angst davor. Das hätte bedeutet, mich allem, was geschehen war, stellen zu müssen, Hoffnungen und Wünsche wieder aufleben zu lassen, die ich längst begraben hatte. Nein, ich war zufriedener damit, alles auszusperren, indem ich an einem trübseligen Empfangstisch nach dem anderen saß. Besser, empfindungslos zu sein, als mir wieder das Herz brechen zu lassen. Doch dann lernte ich Sean kennen, und alles änderte sich. Er schenkte meinem Leben Bedeutung. Er schenkte mir Elspeth.

Und jetzt sind sie nicht mehr da.

Der Zettel mit der Namensliste, die ich gestern zusammengestellt habe, liegt ungenutzt auf dem Nachttisch. Meine Suche nach Sean ist unterbrochen, bis ich ein neues Telefon habe. Eigentlich wollten wir heute eines kaufen, aber nach der Begegnung mit Barbara war ich so erschüttert, dass ich nicht länger in der Stadt bleiben wollte. Sonia meinte, sie würde mir morgen eines mitbringen. Sie versprach, das allerbilligste Modell zu nehmen. Aber selbst dann werden die 198 Pfund, die ich auf dem Konto habe, nicht lange reichen.

Die Gedanken an die Vergangenheit machen mich unruhig und panisch. Ich muss mich ablenken. Ich überlege kurz, den Fernseher einzuschalten, aber dann wird es mir nur noch schlechter gehen, das weiß ich. Schließlich fällt mein Blick auf das Tagebuch, das mir Amanda mitgebracht hat. Es liegt auf der Küchentheke, neben der

Spüle. Ich stehe aus dem Bett auf und gehe in die Küche. Während ich ein Glas mit Wasser volllaufen lasse, nehme ich das Tagebuch zur Hand. Soll ich es lesen? Es ist verlockend. Doch plötzlich frage ich mich, was es wohl bringen soll, die Schrecken dieser Zeit im Krankenhaus wieder aufleben zu lassen. Also lege ich das Buch wieder weg und trage das Glas Wasser zum Bett.

Ich liege eine Weile da, und die Stille des Raums durchdringt meine Haut. Ich schließe die Augen und versuche Ruhe zu finden, aber der Schlaf will nicht kommen. Ich setze mich auf und blicke zu dem Tagebuch hinüber. Ich lese nur ein kleines bisschen, sage ich mir, während ich erneut aufstehe. Wenn es mir zu viel wird, höre ich auf. Mit dem Tagebuch kuschele ich mich in den Sessel am Fenster. Der Mond wirft einen silbernen Schein durch die Vorhänge und schneidet einen flackernden Keil in den Raum. Ich schlage das Buch auf und lese die fremde Schrift auf der ersten Seite.

Hallo. Wir hoffen, dieses Tagebuch hilft Ihnen dabei, die Zeit, die sie auf der Intensivstation verbracht haben, besser zu verstehen.

Sie kamen am 12. Mai 2017 um 21: 47 Uhr ins Lewes Victoria Hospital, nachdem Sie beinahe ertrunken wären. In diesem Stadium waren Sie aufgrund der Sauerstoffunterversorgung bewusstlos.

Ich blicke zur Wand hoch und lasse mir die Details durch den Kopf gehen. 21:47 Uhr. Zu diesem Zeitpunkt war Elspeth schon tot. »Tod am Unfallort«, so drückte Elms es aus. Ich versuche, die Bilder nicht aufzurufen, aber ich kann sie nicht aufhalten: meine kleine Tochter, gefangen auf dem Rücksitz des Autos. Sie kann nicht atmen, sie kann nicht entkommen. Sie wird meinen Namen gerufen haben, und ich konnte sie nicht retten. Ihre Mutter, der Mensch, dem sie mehr als allen anderen auf der Welt vertraute, konnte sie nicht retten. Und nicht nur das: Ich hatte sie auch noch ins Auto eingeschlossen. Die Schuldgefühle lasten schwer auf meiner Brust. Ich halte es nicht aus.

Ich weiß noch, wie wütend ich damals war, als Sean mir erzählte, was im Wagen vor der Reinigung passiert war. Elspeth war damals sieben. »Wie konntest du nur?«, hatte ich meinen Mann angeschrien. »Wie konntest du unser Kind einfach ins Auto sperren? Sie hatte furchtbare Angst.« Dennoch war Seans Verhalten an dem Tag nichts im Vergleich zu dem, was ich am Fluss gemacht habe. Und nichts davon ergibt einen Sinn. Ich war immer diejenige, die übervorsichtig war, die Elspeth immer einen Helm aufsetzte, wenn sie Fahrrad fahren wollte, und die in Panik geriet, wenn sie ihre Tochter im Supermarkt aus den Augen verlor.

Meine Paranoia gab ständig Anlass zu Konflikten zwischen Sean und mir. Er meinte immer, ich täte Elspeth mit meiner Überfürsorglichkeit keinen Gefallen, und sie würde mir das in der Zukunft nicht danken.

Und jetzt haben wir keine Zukunft mehr.

Das Tagebuch liegt noch aufgeschlagen vor mir, aber während ich den Rest der Seite überfliege, kann ich nur noch an Elspeth denken. Ich betrachte noch einmal die Worte »beinahe ertrunken«, und dann lese ich weiter. Das Krankenhauspersonal beschreibt, wie versucht wurde, eine weitere Schädigung meiner Lunge zu verhindern, und erklärt die CT-Aufnahmen, die ohne mein Wissen, aber mit »der Erlaubnis Ihres Mannes« angefertigt wurden.

Ich lese von dem Luftröhrenschnitt, den sie bei mir durchführten, und berühre die kleine Narbe am Hals, wo der Einschnitt erfolgte, bevor sie den Schlauch in meine Luftröhre legten, und ich möchte brüllen und schreien.

Während diese Ärzte und Schwestern um mein Leben kämpften, lag Elspeth in einem kalten Leichenschauhaus. Ihr Leben endete durch eine Entscheidung, an die ich mich nicht erinnere.

Ich kann nicht weiterlesen. Ich lasse das Buch auf den Boden fallen, und das Zimmer verschwindet kurzzeitig hinter meinen Tränen.

Im B&B ist es jetzt ganz ruhig. Licht dringt durch die Vorhänge. Die Digitaluhr neben dem Bett zeigt 5:37 Uhr an. Es ist Morgen. Ich liege auf dem Kissen und wünsche mir, mein Gehirn wäre wie Elspeths Traumfänger und würde meine Erinnerungen in einem Netz festhalten. Doch als ich die Augen wieder schließe, sehe ich den Fluss vor mir. Elspeth planscht im Wasser, watet immer weiter hinaus, bis es ihr zu den Schultern reicht. Sie bleibt stehen und wendet sich mir zu. Sie strahlt vor Glück.

»Komm zurück, Elspeth«, rufe ich. »Bitte, mein Engel, das ist zu tief.«

Sie sagt etwas, aber ich verstehe es nicht. Es klingt,

als wäre sie unter Wasser, obwohl sie sich direkt vor mir befindet.

»Was sagst du?«, rufe ich. »Ich höre dich nicht.«

Und dann verschwindet sie unter der Wasseroberfläche, aber genau in dem Moment, in dem ihr Kopf untertaucht, flüstert sie mir etwas ins Ohr, so nahe, dass ich ihren warmen Atem spüre.

»Fahr nach Hause, Mummy«, wispert sie. »Fahr nach Hause.«

Ich wache auf und schnappe nach Luft. Ich klettere aus dem Bett und hole mir in der Kochnische etwas zu trinken. Als ich vor der Spüle hastig das eiskalte Wasser hinunterstürze, lasse ich mir den Traum immer wieder durch den Kopf gehen. Ich denke an den Flashback, den ich im Jobcenter hatte. Die Szene, wie ich am Schreibtisch sitze und das Handy klingelt, steht mir deutlich vor Augen. Könnte das eine Erinnerung an den Tag sein, an dem der Unfall passierte? Ich weiß es nicht. Aber dann höre ich Elspeths Worte noch einmal, und alles wird mir klar. Sie hat recht. Ich kann nicht damit rechnen, mich an die Ereignisse des 12. Mai zu erinnern, wenn ich mich in diesem Zimmer vergrabe. Wenn ich Antworten finden will, muss ich nach Hause fahren.

18

Mittwoch, 2. August

Dreißig Minuten später bin ich gewaschen und angezogen und auf dem Weg zum Busbahnhof von Lewes. Bei Mr Hutchinson, der die Rezeption besetzt hielt, hinterließ ich eine Nachricht für Sonia. Darin schrieb ich ihr, ich wäre spazieren, weil ich allein sein müsse, um Ordnung in meine Gedanken zu bringen. Ich dankte ihr für die zwei Codeintabletten, die sie mir gestern Abend auf die Küchentheke gelegt hatte, und kündigte an, spätestens um 15 Uhr wieder im B&B zu sein.

Zum Glück ist nichts los auf den Straßen, als ich mich Richtung Ortsmitte aufmache. Ich fühle mich immer noch schwach und unsicher, und die Vorstellung, zufällig auf jemanden aus dem Dorf oder der Schule oder, schlimmer noch, auf Barbara zu treffen, ängstigt mich. Ich schlage die Kapuze hoch, ziehe den Kopf ein und blicke erst auf, als ich den Busbahnhof erreiche.

In der Wartehalle bleibe ich einen Augenblick stehen, um den Fahrplan zu lesen. Ich bin seit Jahren nicht mehr mit dem Bus gefahren, und mit meiner eingeschränkten Hirnfunktion liest sich der Plan wie eine komplizierte mathematische Gleichung.

»Kommen Sie zurecht?«, ertönt eine männliche Stimme von hinten. Ich drehe mich um. Es ist ein Mann Ende sechzig. Er hat eine Zeitung unter den Arm geklemmt und einen Styroporbecher mit Tee in der Hand.

»Ja, danke«, antworte ich und wende mich wieder dem Fahrplan zu. »Ich schaue nur.«

Ich hoffe, mein Tonfall bringt ihn davon ab, ein Gespräch anzufangen. Mein Sprachvermögen ist immer noch nicht ganz wiederhergestellt. Mir fallen zwar einzelne Wörter ein, und sie hören sich auch richtig an, aber wenn ich mehr als einen oder zwei Sätze sagen will, entsteht ein Durcheinander. Es wäre wirklich peinlich, wenn dieser Fremde mich bemitleidet, das brauche ich nicht. Aber dann merke ich, dass er immer noch hinter mir steht.

»Welchen Bus brauchen Sie denn?« Er tippt mir auf die Schulter.

Bei der Berührung zucke ich zusammen, springe unwillkürlich zurück und drücke mir die Hände an die Brust.

»Hey, schon gut.« Der Mann macht große Augen. »Ich tue Ihnen doch nichts, ich dachte nur, Sie brauchen vielleicht Hilfe bei diesem überbordenden Fahrplan. Da blickt man ja wirklich nicht durch.«

Er lächelt freundlich, und ich schäme mich plötzlich, weil ich so überreagiert habe. Er ist nur ein gesprächiger Rentner, kein Serienmörder.

»Ich muss nach …«

Ich schaue ihn leer an. Wie heißt das Dorf noch? Der Name ist völlig weg.

»Ja?«, sagt der Mann freundlich.

»Ähm … tut mir leid, ich … es ist mir entfallen«, erwidere ich. »Ich muss nach … in das Dorf … das Dorf, in dem Virginia Woolf gelebt hat.«

»Ach, Rodmell«, meint der Mann.

»Ja«, rufe ich und klatsche in die Hände. »Rodmell.« Ich murmle den Namen mehrmals vor mich hin, vor Angst, ich könnte ihn wieder vergessen.

»Na, das ist doch ganz einfach.« Der Mann tippt mit dem Finger auf den Fahrplan. »Ich wohne in der Nähe. Sie müssen den 123er Richtung Newhaven nehmen. Rodmell ist die sechste Haltestelle. Der Bus müsste jeden Moment kommen.«

»Danke«, sage ich. »Sie haben mir wirklich sehr geholfen.«

»Kein Problem. Sie mögen sie wohl?«

»Verzeihung?«

»Mrs Woolf. Ich schätze mal, Sie wollen wegen ihr nach Rodmell. Um Monk's House zu sehen? Wo sie gelebt hat?«

»Äh … ja … ja, genau.« Ich blicke an ihm vorbei, ob der Bus schon kommt.

»Tja, wir haben eine Menge Fans hier, die zu Monk's House pilgern, besonders am Jahrestag ihres Selbstmords.« Der Mann trinkt einen Schluck Tee. »Als ich noch Taxifahrer war, habe ich oft welche von denen gefahren. Sie sind hier in Lewes los, sind in Rodmell ausgestiegen, um das Haus zu besichtigen, und dann ging es weiter zu der Stelle, wo ihre Leiche im Fluss bei Southease gefunden wurde. Dort haben sie Blumen niedergelegt. Das war schon ein merkwürdiger Haufen. Alle schwarz gekleidet, mit bleichen Gesichtern. Die meisten sahen aus, als hätten sie mal eine anständige Mahlzeit brauchen können. Sie kommen mir aber ziemlich normal vor.«

Ich lächle höflich. Ich will, dass der Bus endlich eintrifft, damit ich tun kann, was ich tun muss.

»Danke.« Ich entferne mich von ihm. »Das war wirklich freundlich von Ihnen.«

»Einmal Taxifahrer, immer Taxifahrer, nicht wahr?« Als Abschiedsgruß hebt er die Augenbrauen. »Ich gehe mal und warte auf meinen Bus. Ich will nach Haywards Heath, um meine Tochter zu besuchen. Dann auf Wiedersehen und gute Reise.«

Er spaziert zu der Bank am Bahnhofscafé, setzt sich, schlägt die Zeitung auf und lässt mich alleine auf den 123er warten. Der Bahnhof ist ziemlich düster und hat sich nicht sehr verändert, seit Ben und ich als Jugendliche hier warteten, um nach Brighton zu fahren.

Als der Bus hält, erhasche ich einen Blick auf mein Spiegelbild im Fenster und denke an die hübsche, sorglose Vierzehnjährige, die ich einmal war, bevor die dunkle Sache passierte. Jetzt wirke ich wie eine leere Hülle, eine Geisterfrau, die zwischen den Welten gefangen ist.

Beim Einsteigen lasse ich zwei Schuljungen den Vortritt. Sobald sie ihre Fahrkarten haben, steige ich die Stufen hinauf.

»Bitte schön?«, fragt der Fahrer, ein junger Mann mit Ziegenbärtchen.

Ich öffne den Mund, um den Namen des Dorfes auszusprechen, den Namen, den ich in den letzten Minuten ständig vor mich hin gesagt habe, aber er fällt mir nicht mehr ein.

»Wo wollen Sie denn hin?« Der Fahrer trommelt ungeduldig mit den Fingern auf das Lenkrad.

»Es tut mir leid.« Ich lache nervös. »Ich habe den Namen des Dorfs völlig vergessen. Ich glaube, er fängt mit ›D‹ an.«

Der Fahrer schüttelt den Kopf, dann drückt er ein paar Knöpfe.

»Ich gebe Ihnen ein Tagesticket«, sagt er, während sich eine lange weiße Fahrkarte auf mich zuringelt. »Damit können Sie an jeder Haltestelle auf dieser Route aussteigen und auch wieder zurückfahren.«

»Ah, danke.« Ich ziehe das Ticket aus dem Automaten. »Das ist sehr gut.«

Ich will weggehen, aber der Fahrer ruft mich zurück.

»Moment, Sie haben noch nicht bezahlt.«

Panisch klopfe ich meine Taschen ab. Ich bin so eilig aus dem B&B verschwunden, dass ich nicht weiß, ob ich meinen Geldbeutel mitgenommen habe. Die zwei Schuljungen hinter mir lachen, als ich zum Fahrer zurückkehre.

»Tut mir leid.« Beruhigt ertaste ich die Wölbung in der Gesäßtasche meiner Jeans. »Ich war nicht bei der Sache.«

»Vier Pfund.« Der Fahrer klingt jetzt deutlich ungeduldig.

Ich ziehe den Reißverschluss der Geldbörse auf. Sie enthält zwei Fünf-Pfund-Scheine und einen Zehner.

»Hier.« Ich drücke dem Fahrer einen Fünfer in die Hand.

Er nickt, drückt einen Knopf auf seinem Automaten und reicht mir das Wechselgeld.

»Danke.« Ich nehme die Münze und stecke sie mir in die Gesäßtasche.

Als der Motor anspringt, suche ich mir einen Platz. Die beiden Schuljungen kichern wieder, als ich über einen zusammengeklappten Kinderwagen stolpere, der im Gang steht. Ich fluche verhalten, stütze mich ab und stolpere in den hinteren Teil des Busses, weg von den Jungen und dem schreienden Baby, das mit seiner Mutter vorne sitzt.

Ich blicke aus dem Fenster, während wir Lewes verlassen. Ein kleines weißes Gebäude gerät in Sicht: Elspeths Schule. Ich recke den Hals, ob ich irgendwelche Freundinnen von ihr erkennen kann, doch es ist noch früh, es dauert noch ein paar Stunden, bis die Morgenglocke ertönt. Ich stelle mir vor, wie die Kinder später an ihren Schulbänken sitzen werden, alle gesund und munter. Gesund und munter, bis auf Elspeth. Dann kommt mir ein ungebetener Gedanke: Wäre es doch nur einem von ihnen passiert.

Sobald wir die Schule hinter uns lassen und die freie Landschaft erreichen, bemühe ich mich, klar zu denken. Der Anblick von Elspeths Schule und die Fahrt durch diese Landschaft sollte doch etwas in mir wachrufen, aber da ist nichts.

Ich blicke aus dem Fenster, bis auf einmal ein vertrautes Straßenschild auftaucht. Ketton House Farm: Bens Haus. Meine Brust zieht sich zusammen. Der Abend von Barbaras Party vor all diesen Jahren steht mir plötzlich vor Augen, die Nacht, die mein Leben für immer veränderte. Ich sehe mich selbst, vierzehn Jahre alt, herausgeputzt in einem eng anliegenden schwarzen Kleid gehe ich mit meinen Eltern den schmalen Weg entlang. Da ist das Gartenhaus, Ben wartet an der Tür. Ich höre die laute Musik, rieche den süßlichen Geruch von Dope und den Schweiß heißer Körper. Dann fällt mir ein, was Barbara auf der Straße gesagt hat: »Gefährliche Menschen sollte man einsperren«, und ich fange an zu zittern. Vielleicht war das keine gute Idee. Vielleicht sollte ich einfach wieder umkehren.

Aber nun bin ich schon so weit. Ich darf jetzt nicht den Mut verlieren. Der Bus bremst ab. Wir scheinen uns zu nähern. Ich werfe einen Blick hinaus, dort ist das Dorf. Das ist es. Ich bin zu Hause. Ich stehe auf und kämpfe mich durch den Gang, mir brummt der Kopf von einer Mischung aus Adrenalin und Angst.

»Danke«, sage ich zu dem Fahrer, als ich bei der Tür bin.

»Kein Ding«, erwidert er. »Ach ja, nur damit Sie es wissen. Das Dorf hier heißt Rodmell. Da wollten Sie doch hin, oder?«

»Ja«, meine ich. »Ja, genau.«

»Hier.« Er reicht mir einen Zettel. »Nehmen Sie das. Da stehen die Rückfahrzeiten drauf.«

Es ist ein Fahrplan, auf dem jeder Ortsname verzeichnet ist. Ich bin so dankbar dafür, als hätte er mir gerade eine Million Pfund überreicht.

»Danke.« Tränen stechen mir in den Augen. »Vielen Dank.«

»Gern geschehen.« Er lacht. »Das ist ja nur ein Fahrplan.«

Schließlich drückt er auf einen Knopf, und die Türen öffnen sich. Ich wende mich ab und steige die Stufen hinunter, wie ein unsicheres Kind. Die Türen schließen sich, dann fährt der Bus weiter.

Ich halte einen Augenblick inne und lasse die Umgebung auf mich wirken. Alles ist genau so wie vor drei Monaten: die hübschen Steinhäuschen, die schmale Landstraße und der Pub, wo Sean und ich sonntags oft mit Elspeth zu Mittag aßen. Sie liebte die Eisbecher dort und dass die Besitzer eine Katze hatten, einen dicken roten Kater namens Archie. Als wir das letzte Mal dort waren, erzählte uns der Wirt, dass Archie mit einem Fuchs aneinandergeraten war und seine Wunden genäht werden mussten. Er zeigte auf eine Bank auf der anderen Seite der Bar, wo sich der arme alte Kater eingerollt hatte und schlief. Er hatte eine Plastikmanschette um den Hals, damit er nicht an der Naht kratzte. Elspeth war ganz verstört und wollte bei Archie essen. Sie verbrachte den gesamten Nachmittag an ihn gekuschelt und fütterte ihn mit Stückchen von ihren Fischstäbchen.

Ich wende mich vom Pub ab und laufe los. Der Boden unter meinen Füßen ist holprig und uneben, und dann sehe ich sie vor mir: die Kirche. Als ich mich nähere, gelangt das Tor zum Friedhof in Sicht. Jemand hat es offen gelassen, es schwingt im Wind hin und her. Benommen gehe ich darauf zu. Die getrockneten Tränen brennen mir in den Augen, aber am Tor bleibe ich stehen. Dort, auf der anderen Seite, zwischen den mit Flechten bewachsenen Steinen, liegt ein frisches Grab. Der Stein ist weiß, und ich kann die Beschriftung zwar nicht lesen, doch an den Bergen lila Blumen, Teddybären und Ballons erkenne ich, wem es gehört.

»Nein«, rufe ich und halte mir unwillkürlich die Hand vor den Mund. »O Gott, nein.«

Ich wende mich von dem Friedhofstor ab und kehre taumelnd zur Hauptstraße zurück, fast blind vor Tränen. Ich kann das nicht. Ich kann mich nicht an dieses Grab stellen. Ich kann mich nicht von meinem schönen Kind verabschieden, ohne zu wissen, was an jenem Abend passiert ist. Ich muss nach Hause – zu Hause kann ich klar denken, und vielleicht verzieht sich der Nebel in meinem Kopf.

Von hier aus sind es nur ein paar Hundert Meter, doch jeder Schritt fühlt sich bleiern an, als würde mein Körper mich daran hindern wollen, zum Haus zurückzukehren.

Oben auf dem Hügel hat man einen Blick über die Downs, die sich über den Horizont ausbreiten. Ich zwinge mich weiterzulaufen, bis ich die Wegbiegung erreiche und links in ein Eschenwäldchen trete. Der Fluss ist noch nicht zu sehen, aber ich kann ihn spüren. Die Luft verändert sich, je näher man dem Wasser kommt, sie wird feucht und reif. Als ich das Wäldchen durchquere, höre ich flüsternde Stimmen hinter mir, doch als ich mich umwende, ist da niemand. Nur die Bäume, die sich im Wind wiegen.

Ich beschleunige meine Schritte und halte auf die Steine zu, Elspeths Steine. Da vorne sind sie, die letzte Ruhestätte von Sir Edwin Chatto, dem tapferen Ritter von Sussex, und seiner schönen Lady Vivien. Zumindest hat Elspeth das behauptet. In Wirklichkeit waren diese Steine nur die Überreste alter Mühlsteine aus dem neunzehnten Jahrhundert, aber das hat Elspeth nicht genügt. Die Steine mussten etwas Besonderes sein, sie mussten eine tiefere Bedeutung haben, und so wurde die Geschichte von Sir Edwin und Lady Vivien ins Leben gerufen.

Als ich die Steine erreicht habe, bleibe ich kurz stehen, um Atem zu holen, und erinnere mich an die Zeit, als ich stundenlang hier stand und darauf wartete, dass Elspeth ihre Gespräche mit ihren längst verstorbenen Freunden beendete. Manchmal brachte sie Blumen mit und legte sie an Lady Viviens Geburtstag oder ihrem Todestag auf die Steine. Oder wir veranstalteten ein Picknick, und Elspeth legte ein wenig Kuchen oder Obst als Opfergabe darauf. Die meisten Leute fanden das komisch, aber Elspeth war schon immer so gewesen.

Ich gehe weiter. Gleich darauf erkenne ich es zwischen den Bäumen. Ein gotisches Pförtnerhaus mit schrägem Dach und langen, rautenförmigen Fenstern, die nur sehr wenig Licht hereinlassen. Während ich der Wegbiegung folge, ist das Haus kurzzeitig außer Sicht. Die Weißdornsträucher, die den Weg säumen, scheinen immer höher zu werden, sodass ich das Gefühl habe, auf den Mittelpunkt eines Labyrinths zuzusteuern. Mein Atem wird flach. Ich halte inne, nehme den Inhalator aus der Tasche und atme zweimal tief ein. Als mir das Atmen wieder leichter fällt, laufe ich weiter. Dieser Weg ist mir so vertraut, dass ich mich blind zurechtfinden würde, dennoch kommt er mir merkwürdig verändert vor, als wäre er eine andere, komplexere Version von sich selbst geworden. Hundert Meter weiter öffnet sich der Weg, und ich lande am Rand der ausladenden, von Ahornbäumen gesäumten Zufahrt und betrachte ein klappriges Holzschild, das ans Tor genagelt ist. In krakeligen, metallenen Buchstaben steht ein Name darauf:

LARKFIELDS.

19

Ich drücke das Tor auf und überquere die Zufahrt. An der Haustür stecke ich unwillkürlich die Hände in die Taschen, um meinen Schlüsselbund herauszuholen – ein automatischer Reflex. Ich muss tausendmal vor dieser Tür gestanden haben. Wenn ich die Augen schließe, kann ich mir vorstellen, dass ich Elspeth gerade in der Schule abgeliefert habe und dies ein ganz normaler Tag ist. Ich würde hineingehen, die Spülmaschine einräumen, mir eine Kanne Kaffee kochen und mich nach oben in mein Arbeitszimmer begeben. Ich würde mich an meinen Schreibtisch setzen, in dem sicheren Wissen, dass Elspeth in der Schule gut aufgehoben ist, dass sie im Klassenzimmer arbeitet und mit ihren Freundinnen spielt. Sie liegt nicht auf dem Friedhof von St Peter's in der Erde. Sie ist gesund und munter und wartet darauf, dass ihre Mummy sie um 15:30 Uhr abholt.

Ich lege die Hand auf die Holztür, um mich abzustützen. Es fühlt sich an, als würde meine Lunge in Flammen stehen. Ich werfe einen Blick durch das Fenster. Das Haus sieht leer aus. Ich drehe den Türknauf und hoffe, die Tür würde sich öffnen, aber sie ist abgeschlossen. Als ich ein Teenager war, legte meine Mutter immer einen Ersatzschlüssel unter den Topf mit dem Lorbeerbaum, der vor der Tür stand. Ich schaue mich um, aber da sind keine Blumentöpfe, keine Schlüssel. Offenbar achten die echten Eigentümer – B-irgendwas, soweit ich es in Erinnerung habe – mehr auf Sicherheit.

Ich trete von der Tür weg und umrunde das Haus. Im Wohnzimmer sind die Vorhänge zugezogen, kein Licht dringt nach draußen. Am hinteren Ende des Hauses laufe ich durch einen steinernen Torbogen, der auf eine kleine Veranda führt. Elspeth und ich sonnten uns dort im Sommer. Es war ganz ruhig und friedlich. Aber jetzt wuchert das Unkraut auf der Veranda, und überall liegt Laub. Es knistert unter meinen Füßen, als ich auf die Rückseite des Hauses zugehe.

Beim Anblick des Gartens schnappe ich nach Luft. Wie auf der Veranda sprießt auch hier das Unkraut. Die Karotten und grünen Bohnen, die ich mit Elspeth gezogen hatte, wurden herausgerissen. Die Wurzeln liegen auf dem Weg verstreut. Es riecht nach faulem Gemüse und etwas anderem, ein muffiger, modriger Geruch, den ich nicht erkenne. Hinter dem Haus ist es unheimlich still, das einzige Geräusch ist das Knirschen meiner Schuhe auf dem Kiesweg. Dann fällt mein Blick auf das Gewächshaus, und mir wird ganz mulmig. Die Fenster sind schmutzig und haben Sprünge. Ich steuere darauf zu, spüre förmlich, dass etwas fehlt. Nein, flüstere ich, bestimmt nicht. Das schöne hölzerne Spielhaus, das Sean für Elspeth gebaut hat, als sie drei war, ist entfernt worden. Das Einzige, was davon übrig blieb, ist ein Rechteck aus verbranntem, welkem Gras.

Ich mache auf dem Absatz kehrt. Ich kann das alles gar nicht fassen. Obwohl ich es mit eigenen Augen gesehen habe, kommt es mir nicht real vor. Als ich seitlich um das Haus zur Küche gehe, rechne ich fast damit, dass Sean auftaucht, mir eine Tasse Tee reicht und mir sagt, dass alles nur ein schrecklicher Alptraum war. Aber als ich die Küchentür erreiche, ist da kein Sean, sondern nur eine schwere, ahnungsvolle Stille. Ich lege die Hand auf die vertraute Metallklinke und drücke sie hinunter. Zu meiner Überraschung gibt die Tür nach. Ich schiebe sie auf.

Ich betrete meine Küche. Sie sieht genauso aus wie früher – der Rayburn-Ofen, die schwarzen Balken, die Natursteinfliesen –, und trotzdem spüre ich eine große Abwesenheit. Alles, was uns, die Familie Allan, ausmachte, ist verschwunden. Die Luft ist eine andere. Sie ist abgestanden und drückend, wie die Luft, die in den Gewölben von Museen und alten Kirchen gefangen ist. Dann gewöhnen sich meine Augen langsam an das Dunkel, und mir fallen weitere Veränderungen auf. Die Collage von Elspeths Bildern, die stolz an der Wand neben der Kommode hing, wurde entfernt und durch eine weiße rechteckige Uhr ersetzt; anstelle der Küchentafel, an der Elspeth und Sean saßen, um den Traumfänger zu basteln, steht nun ein kleiner runder Tisch. Auf der Kommode, wo wir alles Mögliche ablegten, thront jetzt eine ordentliche Sammlung Blau-Weiß-Porzellan.

Ich trete zur Kommode und ziehe eine Schublade auf. Ich erwarte, Elspeths Bastelmaterial zu finden, aber sie ist leer. Ich ziehe noch mehr Schubladen auf und zittere am ganzen Körper vor Schmerz und Trauer. Wer hat das getan? Wer ist in mein Haus eingedrungen und hat jede

Spur von meinem kleinen Mädchen weggefegt? Warum hat Sean das geschehen lassen?

Plötzlich höre ich Schritte auf dem Steinboden hinter mir, dann schnappt jemand nach Luft.

»Was machen Sie da, verdammt noch mal?«

Ich drehe mich um und sehe eine hochgewachsene blonde Frau. Sie steht da, die Hände auf den Hüften. Sie hat ein rundes, blasses Gesicht, ihre Haut ist fast durchscheinend. Ihre großen grünen Augen fixieren mich.

»Wollen Sie mir nicht antworten?«

»Ich ... ich wollte ...«

Mein Gehirn ist abgeschaltet. Verzweifelt will ich ein paar Wörter zusammensuchen, aber es kommt nichts.

»Ich rufe die Polizei.« Die blonde Frau schiebt die Hand in die Tasche und zieht ihr Telefon heraus.

»Nein.« Ich strecke die Hand aus. »Bitte nicht. Ich habe einmal in diesem Haus gewohnt. Die Tür war offen ... bitte, es tut mir leid. Ich gehe jetzt.«

Ich spüre ihren Blick auf mir, als ich zur Hintertür taumle.

»Dass Sie hier einmal gewohnt haben, gibt Ihnen noch lange nicht das Recht, hier einfach einzubrechen«, ruft die Frau mir nach.

Ich antworte nicht, sondern entriegle die Tür und trete so schnell wie möglich hinaus. Es stimmt natürlich, was die Frau sagt. Was habe ich mir bloß dabei gedacht? Die Schmerzen in meinem Brustkorb werden stärker, während ich um die Hausecke haste. Ich kann nur noch an meine kleine Elspeth und an die leeren Schubladen in der Küche denken. Jede Spur von ihr ist vernichtet worden, als hätte sie nie existiert, als hätte ich mir unser gesamtes Familienleben einfach nur eingebildet.

Als ich die Zufahrt erreiche, entdecke ich das Auto der Frau, das vor dem Haus parkt. Es ist ein roter Sportwagen mit Faltverdeck. Sie hat wohl keine Kinder, fährt es mir durch den Sinn, solche Autos sind nicht für Familien gebaut. Und während ich das Auto betrachte, höre ich Elspeth schreien. Ich spüre ihren weichen Morgenmantel an den Fingerspitzen, als ich sie auf den Sitz drücke. »Ich will nicht, Mummy, können wir nicht einfach zu Hause bleiben, bitte?« Ihr Atem riecht nach Zahnpasta, das Haar nach ihrem feinen Lavendelshampoo. Sie hat gebadet und ist bettfertig, und ich zwinge sie ins Auto. Sie schreit: *Nein, Mummy, nein.*

20

Liebe Mummy,

heute Nacht habe ich so viel geweint, dass es wehtut. Ich will nicht hier sein.
Heute war mein erster Tag in der neuen Schule, und es war einfach grässlich. Ich habe mich ständig verlaufen, weil es ein großes Gebäude mit vielen verwinkelten Korridoren und Treppen ist.
Im Klassenzimmer sollte ich mich zu drei anderen Mädchen an den Tisch setzen. Sie waren alle sehr hübsch und ordentlich, hatten Glitzerbänder im Haar und teure Schuhe. Als ich mich hinsetzte, hat eine von ihnen gesagt: »Iiih, was riecht denn hier so komisch?« Die anderen Mädchen lachten, dann hat der Rest der Klasse angefangen, zu schnüffeln und Grimassen zu ziehen. Ein Junge, er ist viel größer als die anderen, ist aufgestanden und zu mir gegangen. Er kam mir mit dem Gesicht ganz nahe und zischte fies: »Stinker.« In dem Moment erschien der Lehrer und meinte, er soll an seinen Tisch zurückkehren, aber den restlichen Vormittag über hat der Typ leise »Stinker, Stinker« gemurmelt. Ich habe versucht, mich auf den Unterricht zu konzentrieren. Zum Glück war es Mathe, denn das liebe ich, aber meine

Augen waren so voller Tränen, dass die Zahlen über die Seite getanzt sind und ich sie nicht erwischt habe.
In der Pause bin ich ein bisschen allein herumgelaufen. Ich habe an meine Freundinnen in der alten Schule gedacht und was sie jetzt wohl machen würden. Wahrscheinlich Drache und Feen spielen. Ich war immer der Drache, weil ich die Drachen am liebsten mochte. Die anderen Mädchen waren die Feen, und ich habe sie gejagt und verzaubert. Wer wohl jetzt der Drache wird? Die Mädchen in der neuen Schule spielen keine solchen Spiele. Sie stehen immer nur in Gruppen herum, flechten sich gegenseitig Zöpfe und üben Handstand an der Mauer. Ich bin kurz stehen geblieben und habe ihnen zugesehen, aber sie beachteten mich überhaupt nicht. Deshalb bin ich weitergegangen und habe mich im Pausenhof an den Rand gesetzt. Auf dem Boden kroch ein Marienkäfer. Ich habe die Hand neben ihn gelegt, und er krabbelte mir auf den Finger. Es hat gekitzelt, aber ich habe die schönen Punkte auf seiner Haut gesehen. Sie war ganz glatt und glänzend. Und dann ist mir das Lied eingefallen, das wir immer im Kindergarten gesungen haben: »Flieg, flieg, flieg, Marienkäfer flieg! Flieg hoch hinaus, vorbei an meinem Haus.« Gerade als ich anfing, es zu singen, traf mich etwas am Kopf. Als ich hochschaute, sah ich den großen Jungen aus meiner Klasse. Er stand da und starrte mich an. »Schaut mal«, meinte er zu seinen Freunden. »Der Stinker führt Selbstgespräche.«

Ich hatte Angst, dass er noch einen Kieselstein nach mir wirft, aber dann ertönte die Glocke, und ich bin aufgesprungen und hineingerannt.
Bei Schulschluss standen die Mütter vor dem Schultor, und eine Sekunde lang habe ich mir vorgestellt, du stündest bei ihnen. Du warst aber nicht da. Auf einmal hat jemand meinen Namen gerufen. Es war Zoe. Wieselgesicht muss ihr befohlen haben, mit mir nach Hause zu gehen. Sie hat nichts gesagt, nur genickt, dann hat sie sich eine Zigarette angezündet. Auf dem Heimweg habe ich Tränen in den Augen gespürt. Ich wollte nicht, dass Zoe mich weinen sieht, deshalb habe ich auf den Boden geschaut und an meine schönen Dinge gedacht.

Ich hab dich lieb.
Deine liebe Tochter xxx

21

Elspeths Stimme brennt mir in den Ohren, als ich durchs Tor hinaus und über den schmalen Weg gehe, der seitlich am Haus entlangführt. Die Erinnerung an meine Tochter war kurz, aber brutal gewesen. Sie flehte mich an, stehen zu bleiben. Sie hatte Angst. Ihre Haare waren nass, und sie trug ihren Morgenmantel. Während ich Larkfields hinter mir lasse, versuche ich mir vorzustellen, was für Umstände, was für ein wichtiger Notfall mich dazu gebracht haben könnten, meine halb angezogene Tochter ins Auto zu stecken und mit ihr um diese Zeit in einen Pub zu fahren. Mühsam füge ich die Informationen, die ich habe, aneinander: mein Handy, das auf dem Schreibtisch klingelt, Sean und Elspeth, die am Küchentisch den Traumfänger basteln, und Elspeth, die nicht will, dass ich sie im Auto festschnalle, die mich anfleht, sie nicht hinauszuzwingen. Hängen diese Bruchstücke zusammen? Stammen sie alle von dem Tag, an dem der Unfall geschah? Ich weiß es nicht, und es macht mich fertig, dass ich mich nicht erinnere.

Als ich das Ende des Wegs erreiche und das Feld vor mir sehe, läuft es mir kalt den Rücken hinunter. Dieses Stück Land verbindet die Ketton House Farm mit Larkfields. Dort traf ich mich früher nach der Schule mit Ben, und wir gingen gemeinsam über das Feld zum Fluss.

Mich schaudert, als die Bilder wieder hochkommen: zwei Erlen, die sich zueinander neigen, der Fluss, der dahinrinnt.

Die meisten Leute hielten mich wohl für verrückt, weil ich diesen Ort aufsuche, der so viele schlechte Erinnerungen birgt, aber Larkfields hat immer eine merkwürdige Macht auf mich ausgeübt. Als ich in London lebte, kehrte das Haus in meinen Träumen zu mir zurück, wie ein unfertiges Puzzle, das ich noch beenden musste. Als ich feststellte, dass es zum Verkauf stand, schien es mir wie ein Wink des Schicksals. Wir konnten zurück und alles wiedergutmachen. Und ein paar Jahre lang sah es auch so aus, als hätten wir es geschafft. Elspeths Anwesenheit in Larkfields verwandelte schlechte Erinnerungen in gute. Meine Kleine liebte die Landschaft, die das Haus umgab, und erklärte sie zu ihrer eigenen. Dort fühlte sie sich am geborgensten.

Der Wind bläst mir ins Gesicht, als ich das Feld erreiche. Ich atme ihn in gierigen Zügen ein, sodass das Engegefühl in der Brust ein wenig nachlässt. Ich streiche mir die Haare aus den Augen, und da sehe ich sie wieder vor mir: Elspeths Steine.

Neben dem größten knie ich mich hin und streiche über die raue Oberfläche.

»Hallo, Edwin«, flüstere ich, als ich mich auf dem Gras niederlasse. »Was hast du denn heute so gemacht?«

In diesem Augenblick höre ich ihre Stimme, der Wind trägt sie mit sich.

»Hier liegt Sir Edwin Chatto, der tapfere Ritter von Sussex.«

Mir steht das Herz still, als ich die Zeile wiedererkenne. Das verkündete Elspeth jedes Mal, wenn sie zur Wiese kam und die Steine bemerkte. Es war so normal für sie, wie die Elster zu begrüßen. Jetzt ist Elspeth still und wartet auf meine Antwort.

»Und hier«, ich verziehe das Gesicht, als ich aufstehe und zu dem kleineren Stein hinübertrete, »hier ist seine geliebte Lady Vivien, die schönste Maid von ganz …«

Ich bringe das Wort nicht über die Lippen, denn dort, oben auf Lady Viviens Stein, ist Elspeth.

»Die schönste Maid von ganz Sussex«, sagt sie und streckt die Arme zum Himmel. Ihr lila Kleid hebt sich farbig von dem gesprenkelten grauen Stein ab.

Mit zitternden Händen gehe ich auf sie zu.

»Elspeth«, flüstere ich. »Was machst du hier?«

»Ich will Verstecken spielen.« Sie springt vom Stein herunter. »Such mich.«

»Nein, Elspeth, komm zurück«, rufe ich, aber sie läuft schon bergab. »Bitte, Schatz, komm zurück.«

Ich eile ihr nach, lasse den lila Punkt keine Sekunde aus den Augen, während Elspeth Haken nach links und nach rechts schlägt und ein Versteck sucht, aber meine Beine sind zu schwach. Ich kann nicht mithalten. Als ich den schmalen Weg erreiche, der zu Larkfields zurückführt, rufe ich sie.

»Elspeth. Ich will nicht mehr spielen. Bitte zeig dich.«

Und da höre ich ihn. Einen Schrei. Er gellt durch die Luft.

»Elspeth, was ist los? Was ist passiert?«

Ich halte inne und lausche. Das Geräusch ertönt wieder, schneidender diesmal.

»Elspeth«, rufe ich. »Es ist alles gut, Schatz. Mummy ist da. Ich werde dich jetzt suchen.«

Ich blicke hoch. Auf einem Ast in der Eiche über mir sitzt eine zerrupfte Krähe. Sie öffnet den Schnabel und stößt ein so hohes und jämmerliches Krächzen aus, dass man es für den Schrei eines Kindes halten könnte.

»Nein«, brülle ich zu dem Vogel hinauf. »Nein, nein, nein.«

22

Bremsen quietschen. Eine Tür schlägt zu, Schritte knirschen auf dem Kies. Dann spüre ich eine Hand auf der Schulter.

»Hallo?«

Elspeth.

»Hören Sie mich? Ist alles in Ordnung?«

Ich öffne die Augen, und ein Schmerz fährt mir durch Kopf und Rückgrat.

»Elspeth?«, flüstere ich. Aber als das Gesicht ins Blickfeld rückt, merke ich, dass es nicht Elspeth ist, sondern eine Frau; die Frau aus dem Haus.

»Sind Sie verletzt?«, fragt sie. Ihre Stimme klingt schroff.

Ich schüttle den Kopf und versuche, mich aufzurappeln.

»Moment.« Die Frau lässt die Hand auf meinem Arm. »Ich muss sichergehen, dass Sie nicht verletzt sind. Meine Güte, was ist denn mit Ihren Fingernägeln passiert?«

Ich reiße die Hand zurück.

»Ich hatte einen Autounfall. Tut mir leid, ich muss los.«

Sie weicht zurück, während ich mich mühsam aufrichte. Weiße Lichtblitze zucken vor meinen Augen, und ich strecke die Hand aus, um das Gleichgewicht zu finden. Die Frau eilt zu mir und nimmt meinen Arm.

»Kommen Sie«, sagt sie. »Ich bringe Sie zurück ins Haus. Sie müssen sich hinsetzen und ein Glas Wasser trinken, und ich muss prüfen, ob Ihnen wirklich nichts fehlt.«

»Nein.« Ich schiebe ihre Hand weg. »Ich kann nicht …«

»Dann lassen Sie mich Sie wenigstens nach Hause fahren.« Die Frau deutet auf ihr Auto, das mit weit geöffneter Fahrertür aus der Zufahrt ragt. »Wo wohnen Sie?«

»Es ist alles in Ordnung«, erwidere ich. »Geben Sie mir ein paar Minuten, um Atem zu holen, dann laufe ich zu Fuß zurück.«

»Das kann ich nicht zulassen«, sagt sie entschieden. »Ich bin Ärztin und merke genau, dass Sie nicht in der Verfassung sind, zu Fuß irgendwohin zu gehen. Ich bestehe darauf.«

Ich werfe einen kurzen Blick auf den Feldweg, der zum Dorf zurückführt. Sie hat recht. Ich würde das niemals schaffen, nicht so, wie ich mich jetzt fühle. Ich hasse es, wenn ich nicht fähig bin, mir selbst zu helfen.

»In Lewes.« Ich blicke auf meine Füße. »Ich wohne in Lewes. Hier.«

Ich hole den zerknitterten Flyer des B&B aus der Tasche und reiche ihn ihr.

»Ah, okay.« Die Frau runzelt die Stirn. »Dann steigen Sie doch ins Auto, und ich fahre Sie zurück. Tut mir leid, ich habe Ihren Namen nicht verstanden.«

»Maggie Allan«, sage ich. Dann folge ich ihr zum Auto.

»Ich bin Julia.« Sie öffnet die Beifahrertür für mich. »Julia Mathers.«

Sie bedeutet mir einzusteigen. Ich bewege mich auf das

Auto zu, aber als ich den Türgriff berühre, macht mein Herz einen Satz. Ich bin wieder am Flussufer und halte mich mit aller Kraft am Auto fest. Schreie erklingen, verzweifelte Schreie. Es ist Elspeth. Sie ist gefangen.

Mummy!

Elspeth. Nein!

»Maggie?«

Als ich mich umdrehe und Julias besorgtes Gesicht bemerke, kommt mir etwas in den Sinn: eine Gestalt in Rot.

Ich schließe die Augen und versuche, die Erinnerung zurückzurufen. Das Auto rollt. Elspeth schreit. Ich wende mich um, will um Hilfe rufen. Ein roter Blitz. Eine Gestalt? Oder nur mein Gehirn, das mir einen Streich spielt? Enttäuscht schüttle ich den Kopf. Die Erinnerung war vor einer Sekunde noch ganz klar, und jetzt ist sie verschwunden.

»Maggie? Ist etwas?«

Ich blicke zu Julia auf. Noch eine Fremde, die mich bemitleidet.

»Alles in Ordnung.« Ich steige ins Auto.

Aber als wir losfahren, höre ich nur Elspeths Schreie.

»Ist es das?«

Julia hat vor dem B&B angehalten. Ich werfe einen Blick aus dem Fenster. Die Steinlöwen halten vor der Haustür Wache.

»Ja.« Bei dem Gedanken an den leeren Raum wird mir ganz bang.

Ich hake den Sicherheitsgurt auf und öffne die Tür.

Gerade will ich mich umdrehen, um Julia zu danken, dass sie mich gefahren hat, da steigt sie schon aus.

»Ich bringe Sie rein.« Julia schließt die Tür und sperrt den Wagen per Knopfdruck auf ihrem elektronischen Schlüssel ab. »Sie waren bewusstlos. Ich möchte nur überprüfen, dass alles in Ordnung mit Ihnen ist, bevor ich wieder fahre.«

»Das muss doch nicht sein, ehrlich, ich fühle mich gut.«

»Es tut mir leid, Maggie, aber ich bin Ärztin«, erklärt Julia, als wir auf die Tür zusteuern. »Das liegt in meiner Natur.«

Ich sehe sie an. Ihr Gesicht hat etwas Sympathisches. Sie hat freundliche Augen. Ich beschließe, ihr zu vertrauen.

Julia blickt zur Tür hoch, dann wendet sie sich an mich.

»Müssen wir klingeln?«

»Nein, ich habe einen Schlüssel.« Ich nehme den klobigen Bund aus der Tasche.

Nachdem ich aufgesperrt habe, betreten wir die dunkle Diele. Zum Glück ist die Rezeption nicht besetzt. Mr und Mrs Hutchinson trinken wohl gerade Tee.

»Hier entlang.«

Ich zeige voraus, und Julia folgt mir durch den schmalen Gang zu Zimmer 2.

Ich öffne die Tür und trete hinein.

»Kommen Sie«, sage ich zu Julia.

Sie steht im Eingang; auf ihrem Gesicht liegt ein merkwürdiger Gesichtsausdruck.

»Ich koche eine Tasse Tee.« Ich schlurfe zur Küchenzeile.

»Nein«, meint Julia. »Sie setzen sich. Ich mache das.«

Sie hat eine Arztstimme, ruhig und doch autoritär, und ich gehorche. Sie schaltet den Wasserkessel ein und bereitet den Tee zu. Beim Anblick der H-Milch-Packungen verzieht sie das Gesicht.

»Bitte schön.« Sie tritt zu dem Korbstuhl am Fenster, in dem ich sitze, und reicht mir eine große Tasse.

»Danke.« Ich nehme sie und wärme mir die Hände daran.

Julia setzt sich in den Stuhl gegenüber von mir und sieht zu, wie ich den Tee trinke.

»Ich möchte mich entschuldigen, Maggie«, sagt sie. »Für die Art und Weise, wie ich im Haus mit Ihnen gesprochen habe. Ich hatte keine Ahnung, dass Sie in einen Unfall verwickelt waren. Mir ist bewusst, dass so etwas in sprunghaftem Verhalten resultieren kann und … nun ja, hätte ich das gewusst, hätte ich mehr Verständnis gezeigt.«

Ich stelle die Tasse auf den kleinen Beistelltisch zwischen uns und beuge mich vor.

»Es tut mir wirklich leid, dass ich einfach reingegangen bin.« Ich verschränke die Hände so fest, dass sich die Knöchel weiß färben. »Das war falsch von mir. Aber ich bin heute aus einem bestimmten Grund zu dem Haus gefahren.«

»Ach ja?«, fragt Julia. »Und was war der Grund?«

Ich betrachte meine Finger, die raue, schuppige Haut, wo meine Fingernägel waren.

»Maggie?«

»Ich wollte mich erinnern.« Meine Augen füllen sich mit Tränen.

Und plötzlich sprudelt alles aus mir heraus. Aufwachen und erfahren, dass Elspeth tot ist. Dass mein Mann verschwunden ist. Dass sie, Julia, jetzt in dem Haus wohnt, das früher unseres war. Die ganze traurige Geschichte. Als ich fertig bin, blicke ich zu Julia auf. Die Farbe ist ihr aus dem Gesicht gewichen.

»Maggie.« Sie hält sich eine Hand vor den Mund. »Ich … mir fehlen die Worte. Ich kann mir gar nicht vorstellen, was Sie durchmachen müssen.«

»Ich dachte, wenn ich heute bei Larkfields vorbeischaue, würde mir das helfen«, sage ich. »Ich dachte, ich würde dann vielleicht alles verstehen, aber der Besuch hat mehr Fragen aufgeworfen als beantwortet.«

»Das war mir nicht klar.« Julia schüttelt den Kopf. »Ich fühle mich schrecklich, es ist, als hätte ich Sie obdachlos gemacht.«

»Sie konnten das doch gar nicht wissen. Und es ist nicht Ihre Schuld. Ach Gott, das Haus ist mir im Grunde egal. Außer Elspeth ist nichts wichtig.«

Ich schlage mir mit den Fäusten auf den Schoß. Ich habe das Gefühl, die Wände rücken näher.

»Ich habe sie gesehen.« Mir steigen wieder Tränen in die Augen. »Sie war oben auf dem Hügel bei den Steinen. Schon klar, als Ärztin glauben Sie nicht an dieses Zeug, aber ich kenne meine kleine Tochter, und sie war da. Sie hat mich gebeten, sie zu suchen. Ich habe seltsame Träume, in denen sie auftaucht und mich bittet, ihr zu helfen, und ich werde irgendwie das Gefühl nicht los, dass … ach, egal.«

»Nein, sprechen Sie es ruhig aus.«

»Na ja, ich habe einfach nicht das Gefühl, dass sie tot ist. Nicht hier drinnen.« Ich drücke mir die Faust in den Bauch. »Als Mutter ahnt man immer, wenn das eigene Kind einen braucht, wenn es verletzt oder in Gefahr ist. Deshalb glaube ich, ich würde es spüren, wenn sie tot wäre, ich würde es einfach wissen. Sie können mich jetzt für verrückt halten, aber was auch immer die Ärzte und die Polizei mir erzählt haben, ich spüre, dass Elspeth irgendwo dort draußen ist.«

»Das ist nachvollziehbar«, erwidert Julia. »Sie verarbeiten Ihren Verlust. Es braucht Zeit, womöglich sogar Jahre, bis Sie ihn bewältigt haben.«

»Nein«, widerspreche ich. »Es ist mehr als das. Als ich heute zur Wiese hoch bin, habe ich sie bei den Steinen gesehen. Sie war da … vor meinen Augen.«

»Die Trauer macht das manchmal mit einem.« Julia redet ruhig und gleichmäßig. »Das Gehirn erschafft sich, was es sehen möchte.«

»Es war Elspeth«, rufe ich. »Es kümmert mich nicht, ob Sie mich für verrückt halten, ich weiß, was ich wahrgenommen habe.«

»Ich verstehe das, Maggie.«

»Nein, das tun Sie nicht«, schnauze ich Julia an. »Sie könnten niemals verstehen, was ich durchmache. Haben Sie schon einmal ein Kind verloren?«

Sie schüttelt den Kopf.

»Natürlich nicht.« Mir kribbelt die Haut, so wütend

bin ich plötzlich. »Aber das sagen sie mir alle: Sie verstehen das. Die Ärzte und die Schwestern, die Sozialarbeiterinnen und jetzt Sie, und ich will schreien und brüllen: Nein, Sie verstehen das nicht, Sie werden es auch nie verstehen.«

Nach diesem Ausbruch lasse ich mich erschöpft zurückfallen. Julia schaut mich kurz an, dann beugt sie sich vor, den Kopf zur Seite geneigt.

»Sie haben recht, Maggie, ich habe nie ein Kind verloren. Ich bin nie Mutter gewesen. Ich war nie schwanger und habe nie ein Kind zur Welt gebracht. Ich habe keine Ahnung, wie es ist, ein menschliches Wesen hervorzubringen, es zu halten und zu nähren und eine untrennbare Verbindung zu ihm zu schaffen. Aber ich verstehe in ähnlicher Weise, wie es ist, einen Verlust zu erleiden. Meine Mutter ist gestorben, als ich noch ein Baby war.«

»Oh.« Ich wische mir die Augen. »Das tut mir leid.«

»Die Leute sagen mir immer, das sei nicht das Gleiche, weil ich sie nie kannte.« Julia zupft am Saum ihrer Jacke. »Weil ich nie eine Beziehung zu ihr hatte, kann ich ihr Fehlen nicht so intensiv empfinden wie jemand, der seine Mutter verloren hat, als er älter war.«

Ich nicke und stelle mir einen Augenblick lang vor, Elspeth hätte überlebt und nicht ich. Welchen Schmerz sie den Rest ihres Lebens mit sich herumtragen würde.

»Aber es ist immer da«, fährt Julia fort. »Dieses mutterförmige Loch, diese Leerstelle. Ich habe mich mein ganzes Leben lang nach einer Mutter gesehnt. Nach einer Beziehung, wie Elspeth sie zu Ihnen hatte. So etwas wollte ich. So etwas brauchte ich.«

»Das tut mir leid«, flüstere ich. Und das meine ich ehrlich. Es muss die Hölle gewesen sein, ohne Mutter aufzuwachsen.

»Wie auch immer.« Julia setzt sich aufrecht und fasst sich wieder. »Ich möchte damit nur deutlich machen, dass ich keine Phrasen dresche. Ich begreife durchaus einen kleinen Teil dessen, was Sie durchmachen, und wenn Sie es zulassen, würde ich Ihnen gerne helfen.«

»Wie meinen Sie das?«

»Ich habe Ihnen ja schon erklärt, dass ich Allgemeinärztin bin«, sagt Julia. »Frischgebacken, aber lassen Sie sich davon nicht abschrecken. Meine Praxis ist hier in Lewes, gleich an der Hauptstraße. Ich weiß nicht, wo Sie im Moment gemeldet sind, aber mir wäre wohler – insbesondere nachdem ich Sie ja wirklich obdachlos gemacht habe –, wenn Sie meine Patientin werden würden. Ich habe viel Erfahrung mit Depressionen und Trauerbewältigung, und wenn Sie dazu bereit sind, könnte ich Ihnen bestimmt behilflich sein. Aber Sie können natürlich Nein sagen, ich bin nicht gekränkt.«

»Ach, Julia«, seufze ich. »Mir ist klar, das ist nett gemeint, aber kein Gespräch und keine psychologische Beratung bringen mir Elspeth wieder zurück.«

»Das stimmt«, erwidert Julia. »Aber wie Sie schon erwähnten, es gab einen Grund, weshalb Sie heute zu Larkfields gefahren sind. Sie wollten Erinnerungen an den Abend wachrufen. Sie wollten Antworten haben.«

Ich nicke und denke wieder an den roten Blitz, an die Person, die am Flussufer stand.

»Und Ihr Mann? Sie wollen ihn doch sicherlich finden?«

»Ja, natürlich.«

»Um das zu schaffen, müssen Sie sich erst erholen. Nicht nur körperlich, sondern auch geistig. Wo sind Sie denn momentan gemeldet?«

»Äh … in Newhaven.«

»Holla, das ist aber ein langer Weg zum Arzt.« Julia zieht eine Grimasse.

»Wir haben dort zur Miete gewohnt, als wir nach Sussex zogen. Wir haben in Larkfields zu der Zeit noch ein paar Arbeiten durchführen lassen.« Sofort muss ich an diese herrlichen paar Monate in der kleinen Wohnung am Meer denken, an Sean, Elspeth und mich. »Und nach dem Umzug sind wir einfach in der Praxis geblieben. So weit war es nicht zu fahren.«

»Ja, aber jetzt hat sich einiges geändert«, sagt Julia. »Und bei Ihrer eingeschränkten Beweglichkeit brauchen Sie auf jeden Fall eine Praxis, die näher liegt. Warten Sie, lassen Sie mich nur schnell etwas nachsehen.«

Sie nimmt ihr Handy aus der Tasche und scrollt.

»Ja.« Sie blickt auf. »Laut Plan kann ich erst morgen Mittag anfangen, aber ich kann Sie in der Früh als Notfall hereinnehmen. Ich spreche mit der Rezeptionistin, sobald ich morgen in der Praxis bin. Sagen wir, halb elf?«

Ich nicke. Das passiert alles so schnell, aber seit ich das Krankenhaus verlassen habe, besteht mein Leben nur noch aus Terminen. Einer mehr kann auch nicht schaden.

»Ich gebe Ihnen meine Karte«, fährt Julia fort. »Dann haben Sie die Adresse.«

Die junge Ärztin reicht mir ihre Visitenkarte. Ich lege sie vor mich auf den Tisch.

»Wirklich, Sie schauen schon viel besser aus als vorhin.« Julia steht auf. »Die Farbe im Gesicht kommt zurück.«

Sie lächelt mich an, und ich sehe wieder den roten Blitz. Elspeth schreit. Julia muss mir mein Unbehagen anmerken, denn ihr Lächeln verschwindet.

»Maggie? Was ist los?«

»Nichts.« Ich erhebe mich aus dem Korbstuhl. »Ich habe mir nur den Rücken etwas verrissen, das ist alles. Ich bringe Sie raus.«

»Gut«, erwidert Julia. »Ich kann morgen Ihren Rücken untersuchen, wenn Sie zu Ihrem Termin erscheinen.«

»Danke«, sage ich, während wir zur Zimmertür gehen. »Und auch noch mal danke, dass Sie mich nach Hause gefahren haben. Ich weiß das wirklich zu schätzen, allerdings habe ich Ihre Pläne für den Tag wohl ziemlich durcheinandergebracht.«

Ich schiebe den Riegel zurück und ziehe die Tür auf. Es riecht nach altem Bratfett.

»Ich habe gerne geholfen«, meint Julia, als sie in den muffigen Korridor tritt. »Wir sehen uns morgen in der Praxis?«

»Ja.« Ich lächle höflich.

Julia will etwas hinzufügen, aber da taucht Mr Hutchinson hinter ihr auf.

»Mrs Allan«, schnauzt er, »haben Sie die Informationen gelesen?«

Ich schaue ihn verblüfft an. Ich habe keine Ahnung, wovon er spricht.

»Es tut mir leid, ich …«, fange ich an, aber er übertönt mich.

»In den Informationen steht, dass sich alle Besucher anmelden müssen.« Hutchinson fuchtelt herum. »Sonst bin ich nicht im Bild, was für Typen womöglich hier herumschleichen. Regeln sind Regeln. Ich habe diesen Sozialarbeiterinnen von Ihnen gesagt, wenn Sie sich nicht daran halten, fliegen Sie raus.«

»Verzeihung.« Julia stützt die Hände in die Hüften und dreht sich zu ihm um. »Wer sind Sie?«

»Frank Hutchinson«, antwortet er und tritt ein Stück zurück. »Der Inhaber dieses Etablissements.«

»Aha. Mein Name ist Dr. Julia Mathers.« Ihre Stimme hallt in dem schmalen Korridor wider. »Ich bin Mrs Allans behandelnde Ärztin und war zu einem vereinbarten Hausbesuch hier.«

Sie ist gut zehn Zentimeter größer als er, und er scheint sich unter ihrem Blick zu ducken.

»Aha.« Der Vermieter sieht mich misstrauisch an. »Na ja, das hätte sie mir mitteilen müssen. Es gefällt mir nicht, wenn Leute unerlaubt hier reinkommen. Aber da Sie ja Ärztin sind, werde ich mal ein Auge zudrücken.«

»Gut«, entgegnet Julia. »Mrs Allan hat eine unvorstellbare Tragödie erlitten und ist körperlich in einem sehr schwachen Zustand. Sie wohnt ein paar Tage in Ihrem ›Etablissement‹, bis ihre neue Wohnung fertig ist, und Sie bekommen gutes Geld dafür. Vielleicht könnten Sie ihr also ein wenig mehr Mitgefühl entgegenbringen, solange sie hier wohnt.«

»Wie gesagt, ich hatte keine Ahnung, dass Sie ihre

Ärztin sind.« Hutchinson hält die Hände hoch. »Nichts für ungut. Ach ja, Mrs Allan, Ihre Pflegerin hat gemeint, Sie sollen sie unter dieser Nummer anrufen, wenn Sie zurückkommen.«

Er reicht mir ein Stück Papier, dann schlurft er durch den Korridor zurück. Julia blickt ihm nach, dann wendet sie sich zu mir.

»Was für ein Arschloch.« Sie schüttelt den Kopf. »Der leidet eindeutig an einer schlimmen Krankheit.«

»An welcher denn?«

»Am Napoleon-Komplex.«

Das ist eine lustige Bemerkung, und es gab einmal eine Zeit, da hätte ich mitgelacht. Aber jetzt bringe ich nur ein gezwungenes Lächeln zustande.

»Ich verschwinde jetzt besser.« Ihr Lächeln schwindet. »Sie sollten sich jetzt ausruhen. Ich finde allein raus.«

»Auf Wiedersehen, Julia«, sage ich. »Und danke noch mal.«

Als ich ihr nachblicke, überkommt mich ein seltsames Gefühl, flüchtig, aber dennoch mit Macht. Sie hat mir zugehört, mir geholfen. Und das, ohne herablassend zu sein. Es hat sich angefühlt, als würde ich mit einer Freundin reden. Jetzt ist sie weg, und ich fühle mich so allein, dass es wehtut.

Ich drücke die Tür hinter mir ins Schloss und gehe weiter ins Zimmer hinein. Das Bett ist noch nicht gemacht, aber ich lasse mich trotzdem darauf fallen. Ich schließe die Augen und versuche, die Geschehnisse dieses Tages zu begreifen. Doch sosehr ich mich auch bemühe, die Figur in Rot ist und bleibt ein Rätsel. Und dass ich Elspeth entdeckt habe: Könnte Julia recht damit haben, dass mein Gehirn Dinge sieht, die es sehen will? Auf all das weiß ich keine Antwort. Mir ist nur klar, dass ich meine Suche nach Sean fortsetzen muss. Wenn Sonia mir morgen das neue Handy bringt, rufe ich jeden auf meiner Liste an, und wenn das zu nichts führt, gehe ich zur Polizei. Sie können ihn nicht einfach abschreiben.

Ich drehe mich auf die Seite. Ich will meine Erinnerungen ausblenden, aber während ich so daliege, kehren meine Gedanken unweigerlich zu dem letzten Weihnachtsfest zurück. Hat es irgendeine Bedeutung, habe ich damals etwas übersehen?

Sean hatte den ganzen Dezember lang Überstunden gemacht. Die Firma hatte gerade einen dicken Auftrag an Land gezogen, und alle mussten ran. Sean hatte wahnsinnig viel zu tun, und manchmal vergingen Tage, an denen er Elspeth oder mich gar nicht zu Gesicht bekam. Auch sein Verhalten änderte sich. Er wurde gereizt und verlor bei der kleinsten Kleinigkeit die Beherrschung. Wenn ich nachts aufwachte, war seine Seite des Betts leer. Morgens sagte er mir dann, er sei spät nach Hause zurückgekehrt und habe im Gästezimmer geschlafen, weil er mich nicht wecken wollte. Ich weiß, ich hätte mehr auf diese Dinge achten, hätte mit ihm sprechen sollen, aber ich hatte mit Elspeth zu tun. In der Schule war sehr viel los: das Weihnachtsspiel, das Adventssingen, Weihnachtsfeiern, die man besuchen musste, und Weihnachtsgeschenke, die ich heimlich kaufen musste. Und wenn ich ehrlich bin, ich wollte mir nicht eingestehen, dass es ein Problem geben könnte. Doch an Heiligabend spitzte sich alles zu. Sean sollte am 23. Dezember die Arbeit beendet haben, doch spätabends erreichte ihn noch ein Anruf von seinem Chef, der ihn bat, am nächsten Tag im Büro zu erscheinen. Ich beschwor Sean, das nicht zu tun, erinnerte ihn, dass wir am Heiligen Abend in Lewes zum Weihnachtstheater gehen wollten und dass Elspeth am Boden zerstört wäre, wenn er nicht mitkäme. Er versicherte mir, er würde nur ein paar Stunden im Büro verbringen und rechtzeitig zur Aufführung wieder zu Hause sein. Aber am folgenden Tag war er um 15 Uhr immer noch nicht zu Hause. Ich rief ihn auf dem Handy an, aber er meldete sich nicht. Ich schickte ihm mehrere SMS, erhielt aber keine Antwort. Schließlich rief ich im Büro an. Die Empfangsdame nahm ab, und als ich darum bat, Sean sprechen zu dürfen, sagte sie, er sei an dem Tag gar nicht im Büro gewesen, die Abteilung sei über Weihnachten geschlossen, und es würde nur in Minimalbesetzung gearbeitet. Ich wusste nicht, was ich daraus schließen sollte, und so lenkte ich mich ab. Ich besuchte mit Elspeth das Weihnachtsspiel, und als wir wieder zu Hause waren, brachte ich sie ins Bett und verpackte die Weihnachtsgeschenke. Sean kam um Mitternacht nach Hause. Als ich ihn darauf ansprach, was ich im Büro erfahren hatte, erklärte er mir, er habe bei seinem Chef zu Hause in Richmond gearbeitet und das gesamte Team sei dort gewesen. »Ruf ihn doch an, wenn du mir nicht glaubst«, brüllte er. Ich ging davon aus, dass sein Chef keinen Gefallen an einem mitternächtlichen Anruf am Heiligen Abend finden würde, und so machte ich es, wie ich es immer machte, und ließ die Sache in mir gären.

Am nächsten Tag sahen Sean und ich Elspeth beim Geschenkeauspacken zu, wir aßen Truthahn und Plumpudding, tranken Sekt und schauten uns die Ansprache der Queen an. In diesen Weihnachtstagen wich Sean uns nicht von der Seite. Wir gingen lange in den Downs spazieren, aßen im Dorfpub zu Mittag, spielten Brettspiele. Sean und ich schliefen sogar zum ersten Mal seit Monaten wieder miteinander. Er sagte, dass er mich liebte und dass es ihm leidtäte. Und so war eine Woche später, als er wieder in die Arbeit verschwand, der ganze Vorfall am Heiligabend vergessen. Beziehungsweise ich entschloss mich, ihn zu vergessen.

Bis jetzt.

23

Liebe Mummy,

das war ein verrückter Tag heute. Als ich aufwachte, hatte ich vergessen, wo ich war, und einen Moment lang glaubte ich, alles wäre nur ein schrecklicher Alptraum gewesen. Aber dann hörte ich, wie Zoe am Telefon fluchte, und da wurde mir klar, dass ich noch hier war. Ich lag auf dem Bett und dachte an meine Freundinnen und meine alte Schule, und der Kummerkloß in meiner Brust wurde immer größer und größer, bis ich das Gefühl hatte, ich bekomme keine Luft mehr. Ich muss wohl ein Geräusch gemacht haben, als würde ich ersticken, denn Zoe sprang von ihrem Bett, beugte sich über mich und fragte, ob alles in Ordnung sei. Ich meinte, dass ich mich nicht wohl fühlte und wahrscheinlich nicht in die Schule gehen könnte. Sie hat mich einen Augenblick angesehen, dann ganz verrückt gelacht und gesagt, wenn ich hier überleben wolle, soll ich am besten alles mitmachen, was die mir sagten. Aber sie hat es nett ausgedrückt, als würde sie mich in ein Geheimnis einweihen, zu meinem Nutzen. Beim Frühstück hat sie mir ein Glas Orangensaft eingeschenkt und mir eine Scheibe Toast mit Butter bestrichen. »Wenn du

krank bist, musst du essen«, fand sie. Sie hatte recht, danach fühlte ich mich ein bisschen besser.
In der Schule ziehe ich den Kopf ein. Zum Glück haben wir jeden Tag Mathe, und ich arbeite einfach das Aufgabenblatt durch. Die Rechnungen sind einfacher als in meiner alten Schule, aber ich habe nichts gesagt. Ich bin einfach still geblieben und habe mich dann in der Pause an meine übliche Stelle gesetzt und gehofft, dass mich niemand bemerkt.
Aber dann kam dieser Junge, der neulich mit dem Kieselstein nach mir geworfen hat, und kickte Erde nach mir. Ich rief, er solle aufhören, aber er hat einfach weitergemacht. Ich war so aufgebracht, dass ich nach drinnen gerannt bin. Die Lehrerin hat mich in der Umkleide entdeckt. Ich habe so geweint, dass meine Stimme ganz zittrig war. Ich habe ihr gesagt, ich wolle zu meiner Mum. Danach hat sie mich zum Schulpsychologen gebracht.
Der Schulpsychologe heißt Geoff. Er hat einen Bart und ist ziemlich dick. Als ich in sein Büro trat, hatte ich mich schon ein bisschen beruhigt und keine Lust zu reden. Aber Geoff stellte mir alle möglichen Fragen darüber, wie es mir geht und was mich so traurig macht. Ich glaube, er wollte mich dazu bringen, von dir zu erzählen. Aber ich wollte nicht über dich oder meine Traurigkeit nachdenken, denn dann wäre der Stein wieder da, der Stein in meiner Brust, und ich würde noch viel länger brauchen, ihn loszuwerden.
Also drehte ich den Spieß um und stellte ihm Fragen über sich selbst. Ich wollte wissen, ob er schon einmal

ein menschliches Gehirn seziert habe, und das hat er verneint. Und ich habe gesagt, es wäre dumm von ihm zu glauben, er könnte in das Gehirn von anderen Menschen eindringen, wenn er noch nie eines in der Hand gehalten hätte. Damit wusste er nichts anzufangen, und so hat er mir einfach noch ein paar Fragen gestellt, meine Antworten in ein Notizbuch geschrieben, und dann war ich entlassen.
Ich habe in meinem Biologiebuch die Abschnitte über das menschliche Gehirn gelesen. Ich dachte mir, wenn ich alles lerne, was es über das Gehirn zu wissen gibt, dann finde ich vielleicht heraus, was in deinem vorgegangen ist, als du mich weggeschickt hast. Und wenn ich das herausgefunden habe, kann ich dich vielleicht überzeugen, mich zurückzuholen.
Nach Schulschluss bin ich jedenfalls aus der Schule raus, und da hat mir der Typ mit dem Kieselstein – Alex heißt er – die Tasche von der Schulter gezogen und ist damit davongelaufen. Er warf sie seinen Freunden zu und brüllte: »Fang die Tasche von diesem Stinker.« Die Jungen liefen Richtung Tor, und ich bin ihnen nach. Wieselgesicht wäre stinksauer, wenn ich meine Schultasche verlieren würde. Als ich die Jungen eingeholt hatte, meinte ich, sie sollen mir die Tasche wiedergeben. Alex hat gelacht und sich über meine Stimme lustig gemacht. Dann warf er die Tasche seinem Freund zu und rief: »Pass auf, Flöhe.« Der Freund hat sie ihm wieder zurückgeschmissen, und ich bin hochgesprungen, weil ich sie fangen wollte. Dabei habe ich das Gleichgewicht verloren

und bin hingefallen. Sie haben sich totgelacht und haben die ganze Zeit nur »Stinker, Stinker« gerufen. Dann sagte jemand meinen Namen. Ich schaute hoch. Es war Zoe. Sie kam auf uns zu, mit wütendem Gesicht. Zuerst dachte ich, sie wäre auf mich sauer, aber dann packte sie Alex im Genick und erklärte ihm, er solle mir die Tasche zurückgeben. Also wörtlich sagte sie: »Gib sie ihr sofort zurück, sonst trete ich dir den Kopf ein, du kleiner Scheißer.« (Tut mir leid.) Vor Zoe kann man echt Angst bekommen. Alex hat die Tasche sofort fallen gelassen. Dann ist er mit seinem Freund weggelaufen.
Ich habe mich bei Zoe bedankt, aber sie hat nur mit den Achseln gezuckt, und wir sind schweigend nach Hause gegangen.
Schade, dass du nicht am Schultor auf mich gewartet hast, Mummy. Ich wünsche mir das von ganzem Herzen. Langsam denke ich, du musst einen wirklich wichtigen Grund haben, dass du mich weggeschickt hast.
Aber wenn du so weit bist, dann komm bitte und hol mich.

Ich hab dich lieb.
Deine liebe Tochter xxx

24

Donnerstag, 3. August

Sonia hält sich ganz nahe bei mir, als wir auf der Hauptstraße in Richtung der Riverdale Praxis gehen. Als meine Pflegerin heute Morgen im B&B eintraf, hatte ich ihr zwar versichert, dass der gestrige Besuch bei Larkfields mich nicht sonderlich mitgenommen hatte, aber an meinen geschwollenen Augen merkte sie, dass ich doch sehr abgekämpft war.

»Sind Sie wirklich ganz sicher, dass Sie das wollen?«, fragt Sonia, als wir in eine schmale Seitenstraße einbiegen und das Schild der Praxis in Sicht kommt. »Ich denke ja nur, die Tatsache, dass die Ärztin in Ihrem alten Haus wohnt, könnte Ihren Genesungsprozess behindern, Maggie. Die Frau wird sie ständig an alles erinnern.«

Vor der automatischen Glastür bleibe ich stehen und weiche aus, um eine Frau mit Kinderwagen herauszulassen.

»Ich weiß schon, was Sie meinen, Sonia«, antworte ich, als wir die Türen passieren und den großen Empfangsbereich betreten. »Aber ich mag Julia. Sie scheint zu verstehen, was ich gerade durchmache. Ich muss anfangen, mich wieder in den Griff zu bekommen. Ich muss stark sein, wenn ich eine Chance haben will herauszufinden, was passiert ist.«

Sonia nickt, als wir auf den Empfang zusteuern.

»Sofort«, bedeutet uns die Rezeptionistin lautlos und hält die Hand hoch. Sie telefoniert gerade.

Lächelnd wende ich mich Sonia zu.

»Haben Sie das Telefon besorgen können?«

»Ach, Mist, das habe ich völlig vergessen.« Sonia verzieht das Gesicht. »Das tut mir wirklich leid. Ich war heute Morgen spät dran, dann hat meine Mitbewohnerin das Bad besetzt. Sollen wir einfach auf dem Heimweg eines mitnehmen?«

»Das wäre großartig.«

»So, meine Damen.« Die Rezeptionistin legt das Telefon weg. »Tut mir leid, dass Sie warten mussten. Was kann ich für Sie tun?«

»Ich möchte zu Julia, äh, Dr. Mathers.«

»Wie ist denn Ihr Name?«

»Maggie Allan.«

Die Rezeptionistin tippt meinen Namen in ihren Computer und schüttelt den Kopf, weil das Telefon schon wieder klingelt.

»Da sind Sie ja«, verkündet sie. »Ein Notfalltermin um zehn Uhr dreißig. Sie hat Sie selbst eingetragen. Sie sind eine neue Patientin, stimmt das?«

»Genau«, antworte ich. »Dr. Mathers fand, es wäre …«

»Kein Problem«, unterbricht die Rezeptionistin, als ein anderes Telefon klingelt. »Würden Sie bitte diese Formulare ausfüllen, bis Sie aufgerufen werden?«

Sie reicht mir ein schwarzes Klemmbrett mit einem violetten und einem weißen Formular.

»Hier ist ein Stift, wenn Sie einen brauchen.« Die Frau legt mir einen schwarzen Kugelschreiber hin. »Dr. Mathers' Wartezimmer ist dort drüben. Nehmen Sie doch kurz Platz, sie ist gleich bei Ihnen.«

»Danke«, sage ich, aber das Klingeln des Telefons übertönt mich.

Sonia führt mich zu den Stühlen auf der linken Seite des Raums. Wir setzen uns, und ich betrachte die anderen Patienten. Da ist eine ältere Frau mit schmerzhaft geschwollenen Beinen, auf der anderen Seite ein junger Mann in den Zwanzigern mit einem verbundenen Arm. Daneben eine Mutter und ihr rosawangiges Kleinkind, das sich auf ihrem Knie windet wie eine Robbe, während sie ihm aus einem abgegriffenen, mit Karton verstärkten Buch vorliest.

»Er zahnt«, sage ich zu Sonia, der aufgefallen ist, dass ich das Kind mustere.

»Woher wissen Sie das?«

»Schauen Sie.« Das Kind greift nach dem Buch und nagt daran wie ein Biber.

»Elspeth hatte schreckliche Schmerzen beim Zahnen. Ich weiß noch, ich habe ihr oft eine Packung gefrorene Erbsen ans Gesicht gehalten. Das war das Einzige, was es etwas linderte.«

Meine Augen füllen sich mit Tränen, aber ich kämpfe dagegen an. Ich schlucke, dann widme ich mich dem Formular. In der ersten Zeile werde ich nach der Anrede gefragt: Mr/Mrs/Miss/Ms. Mit dem Stift ziehe ich einen

Kreis um »Mrs«, aber meine Hand zittert so sehr, dass mir der Stift auf den Boden fällt.

»Ich habe ihn.« Sonia bückt sich, um ihn aufzuheben.

»Tut mir leid«, meine ich. »Meine Hände scheinen vergessen zu haben, wie man einen Stift hält.«

»Sagen Sie mir doch die Antworten, und ich fülle das Blatt aus«, schlägt Sonia vor. Sie nimmt mir das Klemmbrett vom Schoß. »So, sehen wir mal. Geburtsdatum?«

»10. 3. 74.« Wenigstens daran kann ich mich erinnern.

»Ah, auch ein Fisch«, erwidert Sonia. »Ich habe am 15. Geburtstag.«

Sie lächelt, dann füllt sie das Formular weiter aus.

»Mädchenname?«

»Carrington.«

»Heimatadresse?«

»Larkfields, Rodmell, Sussex, R…«

»Ich glaube, damit ist die derzeitige Adresse gemeint«, wirft Sonia ein. »Das wäre dann das B&B. Keine Sorge. Das kann ich eintragen. Ich habe die Adresse hier auf meinem Telefon.«

Sie holt ihr Handy heraus, aber bevor sie die Adresse nachschlagen kann, ruft jemand meinen Namen.

Als ich aufblicke, steht Julia in der Tür des Behandlungsraums gegenüber von uns. Sie trägt einen hellblauen Hosenanzug und Kitten Heel Pumps.

»Maggie.« Sie strahlt mich an, als ich auf sie zugehe. »Kommen Sie doch bitte rein.«

Ich wende mich Sonia zu, die ebenfalls aufgestanden ist.

»Ich habe das Formular noch nicht fertig ausgefüllt«, sage ich zu Julia.

»Ach, kein Problem. Sie können es nach dem Termin fertig machen.«

»Soll ich mit reinkommen, Maggie?«, fragt Sonia.

»Nein, schon gut. Wahrscheinlich ist es am besten, wenn ich das alleine mache.«

»Okay«, sagt Sonia. »Aber ich bin da, falls Sie mich brauchen.«

Ich lächle meine Pflegerin an, dann folge ich Julia ins Sprechzimmer.

»Setzen Sie sich doch, Maggie.«

Julia zeigt auf einen Holzstuhl mit hoher Lehne dicht vor ihrem Tisch. Ich setze mich und sehe mich um. Der Raum ist karg und weiß; an den Wänden hängen medizinische Diagramme, aufgereiht wie Kreuzwegstationen.

»Wie fühlen Sie sich denn heute Morgen?«, fragt die Ärztin fröhlich, als sie sich am Schreibtisch niederlässt.

»Ganz gut«, antworte ich. »Ich habe gerade meine morgendliche Codeindosis genommen, deshalb haben die Muskelschmerzen nachgelassen … zumindest fürs Erste. Und auf dem Weg hierher musste ich ein paarmal stehen bleiben und meinen Inhalator benutzen.«

Sie nickt, dann tippt sie etwas in ihren Computer.

»Und emotional?« Sie lehnt sich zurück und verschränkt die Hände. »Als wir uns gestern unterhalten haben, wirkten Sie ziemlich deprimiert.«

»Ich bin verwirrt. Mit meinen Gefühlen geht es den ganzen Tag bergauf und bergab.«

»Okay«, sagt Julia freundlich. »Das ist ganz normal.«

»Ach ja? Um ehrlich zu sein, mein Geisteszustand fühlt sich gerade alles andere als normal an. Als Sie aus dem B&B raus sind, bin ich ins Zimmer zurück und war fest entschlossen, stark zu werden, Sean zu finden, aber heute Morgen … Es ist einfach so schwer.«

In diesem Moment fange ich an zu weinen. Dicke, nasse Tränen. Julia reicht mir eine Schachtel Taschentücher, und ich ziehe einen ganzen Klumpen heraus.

»Danke«, schluchze ich.

»Schon gut«, erwidert sie. »Lassen Sie sich Zeit.«

Ich trockne mir die Augen und versuche, mich wieder zu fangen.

»Können wir schon weitermachen?«, fragt Julia.

Ich nicke.

»Gut. Also, gleich heute Morgen habe ich Ihre Unterlagen bekommen, und ich habe es gerade noch geschafft, sie zu lesen. Sie haben Ihren ersten ambulanten Termin im Krankenhaus in zwei Wochen, ist das richtig?«

Ich nicke.

»Das ist gut«, meint die Ärztin. »Ihre letzte CT-Aufnahme zeigt, dass der Genesungsprozess extrem gut voranschreitet. Ihre Gehirnfunktion war normal, allerdings wurde eine kleine Prellung des Frontallappens festgestellt, was die Aussetzer Ihres Kurzzeitgedächtnisses erklärt. Die letzte Röntgenaufnahme vor Ihrer Entlassung zeigt leichte Vernarbungen der Lunge, allerdings wurde das sehr wahrscheinlich vom Beatmungsschlauch verursacht. Die Narben sollten innerhalb von ein paar Monaten verheilt sein.«

Unwillkürlich lege ich mir die Hand auf die Brust.

»Haben Sie momentan Schmerzen?« Julia blickt vom Computerbildschirm auf.

»Nicht mehr als sonst«, antworte ich. »Wenn ich weite Strecken laufe oder sehr aufgeregt bin, brennt mir die Lunge, aber die Inhalatoren helfen. Die Muskelschmerzen lassen, etwa zehn Minuten nachdem ich das Codein genommen habe, nach.«

»In Ordnung«, meint Julia. »Muskuläre Schmerzen sind normal, wenn man mehrere Wochen auf der Intensivstation verbracht hat. Und was die Lunge betrifft, da werden wir die Heilung genau überwachen. Bei ihrem ambulanten Termin werden Sie noch einmal geröntgt, dabei werden alle Anomalien genau sichtbar. Ansonsten habe ich den Eindruck, dass Sie sich körperlich recht gut erholen.«

Ich betrachte meine Finger. Die Haut wächst wieder nach. Sie ist rosa und runzlig wie bei einem Neugeborenen. Das macht mich wütend. Mein Körper, die Haut und die Zellen regenerieren sich, während meine schöne Tochter in einem Grab liegt und verwest.

»Ihre psychische Genesung bereitet mir mehr Sorgen.«

Ich blicke auf. Julia starrt auf ihren Computerbildschirm, das Kinn auf die Hand gestützt.

»Maggie.« Sie wendet sich mir zu. »Wenn Sie nichts dagegen haben, würde ich Ihnen gerne ein paar Fragen stellen.«

»Was für Fragen?«

»Gucken Sie nicht so besorgt.« Julia lächelt. »Es ist nichts, was Ihnen Angst einjagen müsste, sondern nur Teil der Untersuchung.«

»Tut mir leid«, antworte ich. »Sorgen, das ist bei mir gerade die Standardvoreinstellung.«

Julia nickt, dann zieht sie die Tastatur zu sich und fängt an zu tippen.

»Mir ist aufgefallen, dass Ihre Hände sehr zittrig sind«, sagt sie, ohne aufzublicken.

»Ja.« Ich lege die Hände mit den Handflächen nach unten auf den Schreibtisch. »Das ist so, seit ich aufgewacht bin.«

»Das ist normal nach einem Sauerstoffmangel«, fährt Julia fort. »Auch wenn die CT-Aufnahme zeigt, dass Ihr Gehirn nur gering geschädigt wurde, hat es trotzdem Ihre Nerven in Mitleidenschaft gezogen, während sie im Wasser waren. Aber in Ihrem Fall wird der Tremor noch durch Ihren Gefühlsaufruhr verstärkt, glaube ich. Wenn wir das behandeln wollen, müssen wir uns eher von der psychologischen als der physischen Seite annähern.«

Ich blicke auf meine Hände hinunter. Das Zittern hat einen Augenblick aufgehört, weil ich die Handflächen auf den Tisch drücke, aber sobald ich sie hochhebe, wird es wieder anfangen, als würden sie gemeinsam mit meinem Herz zittern.

»Sie haben ja gerade erwähnt, dass Sie Codein nehmen«, fährt Julia fort und wendet sich vom Computer ab und mir zu. »Wie geht es Ihnen damit?«

»Gut. Aber um ehrlich zu sein, mit den körperlichen Schmerzen komme ich klar.«

Julia hebt die Augenbrauen.

»Nicht zu wissen … das ist so entsetzlich«, erkläre ich und unterdrücke meine Tränen. »Ich will einfach nur meine Erinnerung zurück.«

»Das weiß ich«, sagt Julia sanft.

»Es ist niederschmetternd, weil ich mich an Bruchstücke erinnern kann.« Ich tupfe mir die Augen mit dem durchnässten Taschentuch ab. »Aber mehr ist da nicht. Ich kann die einzelnen Teile nicht zusammenfügen.«

»Wie meinen Sie das?«

Ich blicke auf den kreideweißen Boden des Sprechzimmers hinunter und denke an die kurze Erinnerung, die mir gestern bei Larkfields kam. Elspeth, die mich anflehte, sie nicht ins Auto zu setzen, und dann das Aufblitzen von etwas Rotem, die Person am Flussufer.

»Maggie?«

Ich hebe den Kopf. Julia schaut mich fragend an.

»Ich kann mich an gar nichts richtig erinnern, nur an einzelne Schnipsel. Fast, als würde mich jemand mit diesen Flashbacks quälen, und mehr bekomme ich nicht.«

»Die Chancen stehen gut, dass Ihre Erinnerung an diesen Abend zurückkehrt, Maggie«, erwidert Julia. »Aber das ist ein langer Prozess, und …« Sie hält inne und blickt auf ihre Tastatur, als würde sie die richtigen Worte suchen.

»Was?« Bittend schaue ich zu ihr auf. »Aber da gelange ich hin, oder? Ich werde mich irgendwann erinnern, was an dem Abend passiert ist? Ich *muss* mich doch erinnern.«

»Wir können unser Bestes versuchen.« Julia faltet die Hände. »Aber Sie müssen sich auch auf das Schlimmste gefasst machen.«

»Was denn?«

»Nun ja, die Leute gehen immer davon aus, das Gehirn würde jede einzelne unserer Erinnerungen behalten und aufbewahren, aber das ist nicht der Fall. Das Gehirn ähnelt einem Computer. Es speichert nur die Erinnerungen, die regelmäßig abgerufen werden, der Rest wird einfach gelöscht.«

»Was sagen Sie da?«, frage ich atemlos, und meine Hände fangen wieder an zu zittern. »Dass ich mich womöglich nie daran erinnern werde, was in jener Nacht passiert ist?«

»Nein«, sagt Julia. »Ich möchte Sie nur auf alle Möglichkeiten vorbereiten. In Fällen wie Ihrem, wenn der Patient ein traumatisches Erlebnis hatte, kann das Gehirn eine Erinnerung wirklich löschen. Das dient der Selbsterhaltung. So muss diese Person das Trauma nicht noch einmal durchmachen.«

Mir ist plötzlich, als würde alle Luft aus dem Raum gesaugt werden. Mein Brustkorb zieht sich zusammen, und die Panikattacke, die schon den ganzen Vormittag droht, packt mich mit aller Macht. Mein Herz klopft so schnell, dass ich das Gefühl habe, ich würde gleich sterben.

»Maggie«, Julia steht auf, »ist Ihnen nicht gut?«

Sie legt mir die Hände auf die Schultern. Ich sehe ihr in die Augen und versuche angestrengt, meine Atmung zu kontrollieren, aber es kommt mir vor, als läge ein Gummiband um mein Herz.

»Ich … ich kriege keine Luft«, keuche ich.

»Hören Sie zu, Maggie.« Julia spricht langsam und deutlich. »Sie atmen jetzt langsam durch die Nase ein, ja?«

Ich halte den Blick auf sie gerichtet, während ich ihren Anweisungen folge.

»Richtig tief«, befiehlt sie. »Atmen Sie ein, so tief wie möglich, dann halten Sie den Atem an, bis ich es sage.«

Ich gehorche ihr.

»Jetzt.«

Ich atme aus.

»Und noch einmal.«

Ich atme ein. Halte die Luft an. Als Julia nickt, atme ich aus, und der Raum hört auf, sich zu drehen.

Mein Herzschlag verlangsamt sich. Es ist vorbei.

»Danke.« Ich schäme mich. »Jetzt geht es wieder.«

»Möchten Sie ein Glas Wasser?«

»Ich habe eine Flasche dabei.« Ich zeige auf meinen zerknautschten Rucksack. »In der vorderen Tasche.«

Die Ärztin öffnet die Tasche und nimmt die zur Hälfte getrunkene Wasserflasche heraus.

»Hier.« Sie reicht mir die Flasche. »Trinken Sie in kleinen Schlucken.«

Ich mache, was sie sagt. Das Wasser ist lauwarm, tut aber gut.

»Danke.« Ich wiege die Flasche in den Händen.

Julia sieht mich an, dann tritt sie wieder zu ihrem Stuhl.

»Haben Sie das oft? Solche Panikattacken?«

»Wenn ich zulasse, dass ich länger als ein paar Minuten über meine Realität nachdenke, ja«, antworte ich. »Als Sie gerade sagten, dass ich mich vielleicht nie mehr daran erinnern kann, was passiert ist, da …«

»Es tut mir leid, Maggie. Ich wollte Sie wirklich nicht beunruhigen, sondern nur den schlimmstmöglichen Fall skizzieren. Aber in Anbetracht dieser Panikattacke sollten wir ein paar Optionen in Betracht ziehen.«

»Zum Beispiel?«

»Es gibt Mittel, die helfen könnten. Ich denke da insbesondere an Medikamente gegen Angstzustände.«

»Aha.« Ich weiß, wo das jetzt hinführt.

»Machen Sie sich bitte keine Sorgen.« Julia lächelt mich an.

»Es ist nur …« Meine Stimme zittert. »Ich habe solche Medikamente schon einmal genommen und nicht vertragen.«

»Ja, ich kenne Ihre Krankengeschichte. Das stand in Ihrer Akte.«

Sie schaut mir in die Augen. Angst durchströmt meinen Körper.

»Keine Sorge.« Julia merkt, wie unbehaglich ich mich fühle. »Ich bringe das deshalb zur Sprache, weil es mein Gefühl verstärkt, dass wir kurzfristig ein Medikament gegen Angstzustände einsetzen sollten. Laut Ihrer Akte hatten Sie in der Vergangenheit einige psychische Probleme.«

Ich senke den Blick. Warum muss alles immer wieder darauf zurückführen?

»Maggie, es wäre hilfreich, wenn ich als Ihre behandelnde Ärztin etwas mehr darüber wüsste«, sagt Julia. »Sie wurden als Teenager in eine psychiatrische Klinik eingewiesen, glaube ich?«

»Ja.« Ich starre einen schwarzen Fleck auf dem weißen Boden an. »Ich war fast fünfzehn.«

»Okay«, erwidert Julia. »Und können Sie mir den Grund dafür nennen?«

Ich antworte nicht. Vielleicht hört sie auf, wenn ich einfach nur still bin.

»Maggie?«

»Ich will nicht darüber reden.«

»Ich verstehe ja, dass es schwierig ist«, meint Julia. »Aber um Ihnen helfen zu können, muss ich wirklich ein bisschen mehr darüber erfahren.«

Ich schaue zu ihr auf. Julia hat sich etwas vorgebeugt, die Hände gefaltet.

»Maggie?«

»Es war einfach ein … Etwas Schlimmes ist passiert, mit mir und einem Jungen, den ich kannte, das ist alles.« Ich weiche ihrem Blick aus. »Das ist lange her. Es spielt jetzt keine Rolle mehr.«

»Es muss aber ziemlich ernst gewesen sein, wenn Sie in die Psychiatrie eingewiesen wurden.« Julias Stimme wird härter.

Ich hole tief Luft.

»Wir sind in Schwierigkeiten geraten.« Ich starre auf die weißen Bodenfliesen.

»Was für Schwierigkeiten?«

»Ich habe Ihnen doch schon gesagt, ich will nicht darüber reden.«

»Ich versuche doch bloß, Ihnen zu helfen, Maggie, und dafür …«

»Ich habe versucht, mich umzubringen.« Ich erhebe die Stimme. »Okay? Und deshalb haben sie mich dorthin geschickt.«

Es bricht aus mir heraus. Es ist fast eine Erleichterung, das nach der langen Zeit auszusprechen.

Julia sieht mich einen Augenblick an, ohne etwas zu erwidern. Dann nickt sie und wendet sich dem Computer zu.

»Es tut mir leid, wenn ich nachbohren muss«, meint sie, während sie schon schreibt. »Aber jede Information, die Sie mir jetzt geben können, wird mir bei der Erstellung eines geeigneten Behandlungsplans helfen.«

Die Ärztin hört auf zu schreiben, dann blickt sie zu mir, als wartete sie darauf, dass ich etwas sage, aber ich finde keine Worte. Ich komme mir vor, als wäre ich aufgeschnitten worden, und nun sitze ich da, wund und entblößt.

»Sie litten an einer Essstörung.« Julia hat den Blick auf mich gerichtet. »Über zehn Jahre lang, nicht wahr?«

Ich nicke. »Das ist richtig«, sage ich beschämt. »Aber es ist lange her. Ich bin wieder gesund.«

»Es war eine Anorexia nervosa, Magersucht, ja?«

»Ja.« Sie soll still sein. »Sehen Sie, ich möchte nicht darüber sprechen. Das war in meiner Vergangenheit. Ich habe Ihnen doch erklärt, ich bin wieder gesund.«

»Mir ist klar, dass das schwer ist, Maggie, aber wenn ich Ihnen helfen soll, muss ich so viel wie möglich über Ihre Vergangenheit wissen.« Julia lächelt, und das beruhigt mich. Das Gefühl, das mich gestern überkam, als sie mich nach Hause fuhr, kehrt zurück. Julia ist ein guter Mensch. Ich kann ihr vertrauen.

»Die Magersucht fing an, bevor ich in die Psychiatrie eingewiesen wurde«, erzähle ich ihr. »Als ich versucht habe, mich umzubringen, und es nicht geklappt hat, na ja, da habe ich beschlossen, stattdessen zu hungern.

Meine Mutter ist nicht damit klargekommen, sie …« Ich habe einen Kloß im Hals. »Es tut mir leid, das ist … das ist wirklich nicht leicht.«

»Das verstehe ich«, sagt Julia sanft. »Und es war sehr gut, dass Sie mir immerhin schon so viel berichtet haben. Bevor wir fortfahren, würde ich gerne noch über ein paar Dinge reden, aber keine Sorge, ich bedränge Sie nicht, versprochen. Sind Sie einverstanden?«

Ich nicke.

»Wir haben gerade über Ihre Magersucht gesprochen und woher sie Ihrer Meinung nach rührte.« Julia lehnt sich ein wenig zurück. »In vielen Fällen ist das auf ein traumatisches Erlebnis zurückzuführen, und ich frage mich …«

Ich falle ihr ins Wort: »Wenn Sie wissen wollen, ob ich wieder unter Magersucht leide, so lautet die Antwort nein. Natürlich ist mir im Moment nicht sonderlich nach essen zumute, weil mein Magen vor Kummer wie zugeknotet ist, aber … das ist ein anderes Gefühl.«

»Können Sie es mir näher erklären?«

»Na ja, als ich noch von der Krankheit beherrscht wurde, konnte ich an nichts anderes als an Essen denken.« Ich erinnere mich an das Zimmer in der Psychiatrie, an den Geruch von gekochtem Gemüse, an das wöchentliche Wiegen. »Ich war besessen davon. Ich träumte davon. Jetzt verliere ich keinen Gedanken ans Essen. Ich kann nur an Elspeth und Sean denken und was in der Nacht am Fluss passiert ist. Das ist der Unterschied.«

»Okay«, erwidert Julia. »Trotzdem finde ich, das ist etwas, was wir beobachten sollten.«

»Ich verstehe Ihre Sorge. Aber ich sehe nicht ganz ein, warum meine Vergangenheit so wichtig sein sollte. Wichtig ist nur, dass ich mein Gedächtnis wiedererlange.«

»Maggie, wir können Ihre Vergangenheit nutzen, um Sie aus diesem B&B herauszuholen.« Julia blickt vom Bildschirm auf. »Das ich nicht für eine geeignete Umgebung für jemanden in Ihrem derzeitigen Zustand halte. Ihre Krankengeschichte ist ein zusätzliches Argument.«

Sie fängt wieder an zu tippen. Ich sitze da und schaue ihr zu und fühle mich dabei völlig entrückt; eine Frau, die auf dem Trockenen ertrinkt.

»So«, fährt Julia fort, »als Ihre behandelnde Ärztin werde ich heute im Sozialamt von Lewes anrufen und darauf dringen, dass Sie, eine psychisch labile Patientin, so bald wie möglich in eine feste Unterkunft umziehen. Ich verschreibe Ihnen auch Antidepressiva gegen die Panikattacken.«

»Antidepressiva.« Mein Atem geht wieder flach. »Wirklich? Beim letzten Mal war das keine gute Erfahrung.«

»Was ich Ihnen empfehle, ist viel fortschrittlicher als das, was Ihnen als Teenager verschrieben wurde«, sagt Julia. »Auf dem Gebiet hat sich seither viel getan.«

Sie mustert mich, und ich habe das Gefühl, sie verurteilt mich. Sie hat meine Krankenakte gelesen. Gott weiß, was sie von mir denkt.

»Was damals passiert ist, als ich ein Teenager war … das ist sehr lange her«, antworte ich. »Ich war so jung … mir war nicht klar, was ich tat. Aber ich würde so etwas nie wieder tun. Ich habe Elspeth nichts zuleide tun wollen, das ist Ihnen doch wohl klar? Ich habe meine Tochter mehr geliebt als sonst irgendjemanden in meinem Leben.«

Julia blickt mich an, als wollte sie prüfen, ob ich die Wahrheit sage. Dann holt sie tief Luft.

»Natürlich. Ich habe Ihre Krankengeschichte nicht deshalb erwähnt, um sie wegen Ihres früheren Verhaltens zu rügen. Wie gesagt, es verleiht den Argumenten nur mehr Nachdruck, mit denen wir Ihnen eine sicherere Unterkunft besorgen und Ihre Panikattacken bekämpfen können. Beides halte ich für äußerst dringlich und wesentlich für Ihre Genesung.«

Die Ärztin erhebt sich und zieht ein Blatt Papier aus dem Drucker.

»Hier ist Ihr Rezept«, erklärt sie. »Sie können es in der Apotheke im Haus einlösen, im ersten Stock.«

Ich nehme das Rezept und stehe vorsichtig auf.

»Und meine Erinnerung?«, frage ich, als wir zur Tür gehen. »Sie glauben, sie ist für immer weg, nicht wahr?«

»Ehrlich, ich habe keine Ahnung, Maggie. Aber ich will Ihnen dabei helfen, wieder auf die Füße zu kommen, Ihr Leben wieder zusammenzufügen. Und wer weiß, mit den Medikamenten, die ich Ihnen verschrieben habe, und einer festen Unterkunft kehrt vielleicht auch Ihr Gedächtnis zurück. Aber Sie müssen im Kopf behalten, dass das kein Wettrennen ist. Der geistige und körperliche Heilungsprozess wird noch längere Zeit andauern.«

Ich nicke kleinlaut.

»Jetzt warten wir erst einmal ab, wie es mit den Medikamenten klappt«, fährt Julia fort. »Wenn es irgendwelche Probleme gibt, melden Sie sich sofort wieder bei mir, und wir stellen Sie neu ein. In der Zwischenzeit rufe ich beim Sozialamt an. Wie hört sich das an?«

»Gut.« Ich bemühe mich, zuversichtlich zu sein. »Das klingt alles sehr vernünftig.«

»Fein.« Julia öffnet die Tür. »Und jetzt passen Sie auf sich auf und denken an die Atemübung.«

»Ich gebe mir Mühe.« Ich gehe wieder hinaus ins Wartezimmer.

»Sehr schön«, sagt Julia. »Und nur nichts überstürzen, Maggie, ja?«

Ich will ihr antworten, aber sie hat die Tür schon geschlossen und ist in ihrem Zimmer verschwunden. Ihr Parfüm hängt noch in der Luft. Ich betrachte das Rezept, das ich in der Hand halte. Wenn mir jemand vor einem Jahr Antidepressiva gegeben hätte, ich hätte sie die Toilette hinuntergespült. Doch ich begreife, dass ich die Tabletten jetzt brauche. Wenn ich diese Angstzustände loswerde, kann ich wieder klar denken, und sobald mein Kopf frei ist, kann ich mich darauf konzentrieren, was getan werden muss. Wenn Julia recht hat und meine Erinnerung für immer weg ist, dann muss ich nach anderen Möglichkeiten forschen, um aufzuklären, was sich an dem Abend wirklich abgespielt hat, und der einzige Mensch, der mir dabei helfen kann, ist Sean.

Als ich das Wartezimmer durchquere, schwöre ich mir, dass ich meinen Mann finden werde, egal, was geschieht. Aber allein schaffe ich das nicht.

25

Drei Stunden später stehe ich vor der Polizeiinspektion. Sonia ist nach Hause gegangen. Nachdem wir mein Rezept eingelöst hatten, waren wir zusammen in der Stadt, um ein Handy zu kaufen. Wir fanden ein billiges Modell mit Internetzugang. Wir mussten zwar mehrmals innehalten, weil ich meinen Inhalator benutzen musste, aber ich merke jetzt, wie ein bisschen Kraft zurückkehrt. Ich bin fest entschlossen, die Sache mit Sean zu klären.

Ich blicke zu den Glastüren hoch und versuche, mich zu sammeln. In der Hand halte ich ein Blatt Papier mit dem Namen der Polizistin, die mich im Krankenhaus besucht hat. DS Grayling. Die Frau, deren Stimme mich an das Mädchen erinnerte, mit dem ich mir vor all den Jahren ein Zimmer in der Psychiatrie geteilt habe. Hayley Redmond hieß sie. Sie hatte hellbraune Haare und im ganzen Gesicht und am Ausschnitt Sommersprossen. Ich weiß noch, sie kam aus Leeds und war autoaggressiv. Ihre Arme und Beine waren bedeckt mit Schorf und Narben, wo sie sich geritzt hatte. »Armes Mädchen«, hatte meine Mutter bei einem ihrer seltenen Besuche gesagt. »Sie wird nie ein Sommerkleid tragen können.«

Mühsam vertreibe ich die Gedanken an die Psychiatrie aus meinem Kopf. Es hilft mir nicht, jetzt an die Vergangenheit zu denken. Ich muss mich konzentrieren, mich daran erinnern, dass ich hier bin, um Sean zu finden. Ich muss die Schmerzen in den Beinen, wo meine schwachen, unbenutzten Muskeln langsam wieder lebendig werden, beiseiteschieben, muss die Panik beiseiteschieben, die mich überkommt, und mich endlich wie eine voll und ganz funktionierende Erwachsene benehmen.

Aber das ist leichter gesagt als getan, und als ich durch die Glastüren in den geschäftigen Eingangsbereich trete, bin ich doch verunsichert. Ich blicke mich suchend nach jemandem um, der mir helfen kann, dann entdecke ich links einen verglasten Schalter. Hinter der Scheibe sitzt ein großer, kahlköpfiger Polizist. Ich steuere auf ihn zu und warte einen Augenblick, weil er gerade etwas in den Computer eintippt. Dann schaut er auf und nickt.

»Guten Tag. Was kann ich für Sie tun?«

Seine Stimme ist laut, und in seiner Gegenwart fühle ich mich klein und unbedeutend.

»Ähm, ich würde gerne zu DS Grayling«, sage ich nervös.

»Sie haben einen Termin.«

Das ist eher eine Feststellung als eine Frage.

»Nein.«

»Oh.« Er seufzt. »Es wird schwierig, sie zu sprechen, wenn Sie keinen Termin haben. Worum geht es?«

Ich öffne den Mund, aber ich finde keine Worte. Ich sehe den Mann an. Er erwidert meinen Blick, mürrisch und ungeduldig.

»Ich … ich war … in einen Unfall verwickelt.« Langsam lösen sich die Worte. »DS Grayling hat ermittelt.«

»Wie heißen Sie?« Der Polizist starrt in seinen Computer.

»Maggie Allan. Der Unfall geschah gleich vor dem Plough Inn im Fluss. Meine kleine Tochter ist ertrunken.«

Der Mann formt ein »Oh« mit den Lippen, und etwas, das an Mitleid erinnert, flackert kurz über sein verhärtetes Gesicht.

»Ich schaue mal nach, ob ich DS Grayling für Sie erreichen kann.« Seine Stimme ist jetzt weicher. »Einen Augenblick.«

Er nimmt den Telefonhörer, drückt eine Taste und wartet.

»Hallo, Cathy, Des hier. Ja, ganz gut. Hör mal, hier am Empfang ist eine Maggie Allan. Sie würde gerne mit dir sprechen, wenn du Zeit hast. Ich weiß es nicht. Ich könnte fragen … Bist du sicher? Na schön, Cathy, dann bis gleich.«

Er legt auf, und die Andeutung eines Lächelns zeigt sich auf seinem Gesicht.

»Sie ist in ein paar Minuten bei Ihnen. Setzen Sie sich doch so lange da drüben hin.« Er zeigt hinter mich. Ich drehe mich um. Dort ist ein kleiner Wartebereich. Ich danke ihm und gehe hinüber.

Als ich mich setze, tanzen kleine silberne Sternchen vor meinen Augen. Die Panik ist immer noch akut. Vor einer Stunde habe ich das erste Mal das Antidepressivum genommen, aber Julia sagte mir, es würde mindestens zwei Tage dauern, bis es wirkt. Ich wische mir über die Stirn. Sie ist feucht und klebrig.

»Mrs Allan?«

Als ich aufblicke, steht DS Grayling über mir. Sie sieht anders aus als letztes Mal. Mittlerweile hat sie sich honigfarbene Lowlights färben lassen und trägt hellrosa Lippenstift. Dadurch wirkt sie weicher.

»Guten Tag.« Die Polizistin streckt mir die Hand entgegen. »Mein Kollege erzählte, Sie wollten zu mir.«

»Ja. Ich hoffe, ich störe nicht. Ich hatte ein paar Fragen, und im Krankenhaus meinten Sie, ich könnte mich melden, wenn nötig …«

»Schon gut. Kommen Sie, lassen Sie uns irgendwo hingehen, wo es ruhiger ist.« Vielleicht spürt sie, dass ich anfange zu faseln. »Ein Stück weiter ist ein freies Zimmer. Gleich hier lang.«

Ich folge der Polizistin an dem verglasten Empfang vorbei in den Korridor. An den Wänden hängen Plakate mit dem Spruch: »Sicher ist sicherer«. Die Worte drehen sich in meinem Kopf wie eine hängen gebliebene Schallplatte. DS Grayling führt mich in das Zimmer und schließt die Tür hinter uns. Sicher ist sicherer. Wäre das Leben doch nur so einfach.

»Setzen Sie sich doch bitte.« Die Polizistin zeigt auf einen der beiden Plastikstühle, die zu beiden Seiten unter den braunen Tisch geschoben wurden. »Kann ich Ihnen einen Tee oder Kaffee holen?«

»Nein danke.« Ich nehme Platz. »Mir ist gerade ziemlich warm.«

»Dann also ein Wasser.« Grayling geht zu dem großen Wasserspender, der wie ein aufgeblähtes Meereswesen am Fenster steht. Sie lässt mir einen Becher volllaufen und kehrt zum Tisch zurück.

»Bitte schön.« Sie stellt den Plastikbecher vor mich hin.

»Danke.« Ich trinke einen langen Schluck. Das Wasser ist eiskalt, ich spüre es an den Zähnen.

»Wann sind Sie denn entlassen worden?« DS Grayling verschränkt die Hände vor dem Körper.

»Am Montag.«

»Aha.« Sie nickt. »Und wie geht es Ihnen?«

»Körperlich mache ich langsam Fortschritte. Allerdings kann ich mich immer noch überhaupt nicht an den Unfall entsinnen.«

»Das ist enttäuschend.« Die Polizistin runzelt die Stirn, sodass sich eine Falte bildet. »Für Sie, meine ich, nicht für uns. Wir wissen, dass es nicht Ihre Schuld war. Sie dürfen sich nicht so fertigmachen, weil Ihr Gedächtnis Sie im Stich lässt.«

»Helfen Sie mir doch auf die Sprünge.« Ich stelle den leeren Becher ab. »In den letzten Tagen bin ich wirklich sehr durcheinander gewesen, und ich habe so seltsame Träume. Ich weiß einfach nicht, ob ich das, was Sie mir erzählt haben, richtig in Erinnerung habe oder ob ich einfach alle Fakten gebündelt habe und eine ganz neue Version daraus entstanden ist. Das Wichtigste, was ich mir gemerkt habe, ist, dass ich die hier angeblich verlor, als ich versuchte, das Auto festzuhalten.«

Ich halte die Finger hoch. Grayling zuckt mit keiner Wimper. Sie wird schon Schlimmeres gesehen haben.

»Das stimmt, ja«, erwidert sie. »Aber ich verstehe Ihre Verwirrung völlig. An dem Tag mussten Sie sehr viele Informationen aufnehmen, und Sie waren gerade aus einem Koma aufgewacht. Aus dem Bericht der Feuerwehr haben wir geschlossen, dass Sie den Wagen offenbar hinter dem Plough Inn geparkt hatten, oben am Flussufer. Sie sind ausgestiegen und haben das Auto per Fernbedienung zugeschlossen. Dann ist das Auto ins Rollen gekommen. Es ist dort ziemlich abschüssig. In dem Bericht war zu lesen, dass die Handbremse nicht richtig angezogen war. Das Auto hat Fahrt aufgenommen, hat die Parkplatzumzäunung durchbrochen und ist in den Fluss gerollt. Wir glauben, dass Sie hinterhergerannt sind, als Sie das bemerkten. Sie haben versucht, die Tür zu öffnen. An Ihren Fingern wurden Spuren des Autolacks gefunden. Irgendwann wurden Sie dann vom Wasser mitgerissen. Wir und auch der Coroner glauben, dass es ein tragischer Unfall war.«

Ich sitze einen Augenblick da und bekomme den Gedanken an Elspeth nicht aus dem Kopf. Was muss sie durchgemacht haben? Ich erinnere mich an den metallischen Geschmack des Flusswassers, an die Schreie, das Aufblitzen von etwas Rotem. Mit jedem Moment wird in mir eine Gewissheit stärker. An diesem Tag ist etwas anderes passiert. Etwas, was die Polizei nicht weiß oder mir nicht erzählen will.

»Hatte ich etwas Rotes an?«, frage ich.

»Davon ist mir nichts bekannt.« Grayling kneift die Augen zusammen. »Warum?«

Ich denke wieder an dieses Bild, das mir durch den Sinn fuhr: Etwas Rotes blitzt auf und huscht vor mir vorbei. Eine Sekunde lang bin ich versucht, Grayling davon zu erzählen, aber dann tue ich es doch nicht.

»Das ist nicht wichtig«, sage ich.

»Wollten Sie mich noch etwas fragen? Oder mir irgendetwas erzählen?«

»Ja, doch.« Ich bemühe mich, gleichmäßig zu sprechen. »Ich bin heute hierhergekommen, weil ich meinen Mann finden muss, und ich wollte fragen, ob Sie mir vielleicht dabei helfen können.«

»Ich fürchte, in dieser Hinsicht können wir wenig für Sie tun«, antwortet Grayling.

»Aber er wird vermisst. Er ist abends von meinem Krankenbett weggegangen und einfach verschwunden. Ihre Beamten können doch sicher eine Suche anstrengen?«

»Wir haben das untersucht, Maggie.« Sie hebt die Brauen. »Und alles deutete darauf hin, dass Ihr Mann die Stadt aus eigenem Willen verlassen hat.«

»Aber er wollte sich doch nur zu Hause umziehen«, sage ich. »Das hat er den Schwestern erzählt. Warum sollte er denn verschwinden wollen? Das ergibt keinen Sinn.«

»Genau darum geht es, Maggie«, erklärt Grayling. »Er ist nicht verschwunden. Er hat bei Ihrem Vermieter gekündigt, er hat in der Arbeit gekündigt, er hat Geld von der Bank abgehoben. Das sind alles wohlüberlegte Handlungen. Das Schreckliche daran ist, dass er Sie verlassen hat, als Sie ernsthaft krank waren. Das ist unvorstellbar, aber kein Verbrechen. Und was die Suche nach ihm betrifft, da er das alles aus freien Stücken getan hat, können wir nicht viel tun. Es tut mir wirklich leid.«

Mir schnürt sich die Brust zusammen, während die

Furcht, die ich zurückgehalten habe, sich in mir ausbreitet wie ein Virus. »Aber Sie müssen doch irgendetwas tun können. Die Häfen, die Fluglinien kontrollieren. Ich habe eine Liste von Leuten, die Sie kontaktieren könnten. Ich würde ihn ja selbst suchen, aber mein dummer Körper lässt mich nicht.«

»Maggie, das könnten wir alles nur dann in die Wege leiten, wenn Ihr Mann ein Verbrechen begangen hätte und wir einen Haftbefehl hätten.« Grayling klingt langsam eine Spur ungeduldig. »Nach jetzigem Stand ist er einfach ein Mann, der seine Frau verlassen hat, und wir haben nicht die Mittel, jedes Mal eine Fahndung anzustrengen, wenn jemand den Ehepartner sitzenlässt.«

Ich betrachte meine Hände. Mein Ehering und der Verlobungsring funkeln mich an. Ich habe so sehr abgenommen, dass sie zu weit sind. Ich denke an den Tag zurück, an dem Sean mir den Heiratsantrag machte. Es war ein Sonntagnachmittag, und wir gingen im Battersea Park spazieren. Er war müde und wollte sich hinsetzen, deshalb liefen wir in den kleinen englischen Garten und ließen uns an dem Teich nieder. Es war Winter, und das Wasser war gefroren. Ich zitterte vor Kälte. Sean zog seinen Schal aus und wickelte ihn mir um den Hals. Er drückte mir einen Kuss auf die Nase, dann sagte er, dass er mich etwas fragen wolle. Er steckte die Hand in die Tasche und nahm ein grünes Samtetui heraus. Darin lag ein wunderschöner antiker Smaragdring. Die Zeit schien stillzustehen; der ganze Park schien den Atem anzuhalten und auf meine Antwort zu warten. »Ja«, sagte ich zu ihm. »Tausendmal ja.« An dem Tag war ich wahnsinnig glücklich. Ich hatte das Gefühl, all der Schmerz und all die Qualen, die ich erlitten hatte, hätten zu diesem Moment geführt, und ich könnte endlich aufhören, mich zu bestrafen, und einfach nur leben. Jetzt betrachte ich den Ring und fühle mich nur taub. Grayling will wissen, ob ich noch weitere Fragen habe, aber ich bringe keinen Ton heraus. Ich kann nur leicht den Kopf schütteln.

»Dann bringe ich Sie raus.« Die Polizistin schiebt ihren Stuhl zurück und tritt zur Tür.

Ich stehe auf und folge ihr durch den dunklen Korridor, an den Plakaten vorbei.

Sicher ist sicherer.

Am Empfangsbereich hält Grayling inne. »Es tut mir wirklich leid, was Sie alles durchmachen mussten.« Sie legt mir die Hand auf den Arm. »Und wenn wir mehr helfen könnten, würden wir das tun, aber …«

»Schon gut. Ich verstehe schon«, entgegne ich schroff. Ich will jetzt wirklich raus hier.

»Schaffen Sie es denn, zu Fuß nach Hause zu gehen?«, fragt Grayling. »Ich kann Ihnen gerne ein Taxi rufen.«

»Das klappt schon.« Ich zucke zusammen, als eine Sirene an der Eingangstür vorbeijagt. »Es ist nicht weit.«

»Na gut, wenn Sie sich sicher sind.«

»Ja, vielen Dank.«

Ich will gerade durch die Tür nach draußen, da ruft Grayling meinen Namen.

»Eines noch.« Sie blinzelt in die Nachmittagssonne. »Ihre Frage, was Sie an dem Tag anhatten, ob Sie Rot trugen. Gibt es da etwas, was ich wissen sollte?«

»Nein.« Ich schlucke meine Angst herunter. Ich muss

erst herausfinden, woran ich mich genau erinnere, bevor ich jemandem davon erzähle. »Ich bin noch dabei, alles zusammenzufügen, das ist alles.«

Grayling nickt, und ich wende mich zum Gehen, aber als ich über den Parkplatz laufe, spüre ich ihren Blick auf mir ruhen. Schweiß tritt mir auf die Stirn. Ich will ihn mir abwischen, bleibe dabei jedoch mit den Ringen an der Haut hängen. Ich reiße sie mir vom Finger, stecke sie mir in die Tasche und marschiere mit einem unguten Gefühl im Magen zurück zum B&B.

26

Liebe Mummy,

heute ist etwas Unglaubliches passiert. Ich hatte Besuch. Am Samstag gehen wir hier immer Lebensmittel einkaufen, und Wieselgesicht ist mit mir in den Supermarkt in der Stadt. Als wir zurückkamen, stand Zoe in der Tür und sagte, da wäre jemand für mich. Zuerst dachte ich, du bist es, und du wärst gekommen, um mich zu holen, aber als ich ins Wohnzimmer lief, saß da eine Frau mit blonden Haaren auf dem Sofa. Sie ist aufgesprungen, als sie mich sah, und dann meinte sie, dass ich meinem Daddy sehr ähnlich wäre. Ich bin nur dagestanden und habe sie angeschaut. Sie war echt schön. Sie hatte einen langen hellrosa Mantel an und einen cremefarbenen Rollkragenpullover, und als sie zu mir aufblickte, hatten ihre Augen eine ganz komische Farbe – eine Mischung aus Grün und Gold, wie Herbstlaub. Sie sagte dann, ich solle mich hinsetzen, und sie wäre hier, um zu erfahren, ob es mir gut ginge. Sie behauptete, sie wäre eine Freundin von Daddy, und er hätte sie mit ein paar Geschenken zu mir geschickt. Auf einmal hat sie ein Päckchen aus ihrer Tasche geholt und mir gege-

ben. Das Geschenkpapier war mit Disney-Figuren bedruckt. Darin waren eine Packung Buntstifte, eine Barbiepuppe und eine Tüte mit Süßigkeiten. Als ich mich bedankte, hat sie gelächelt. Dann fragte ich sie, warum Daddy nicht gekommen ist, und sie antwortete, er wollte ja, aber es wäre kompliziert, und stattdessen hätte er sie geschickt. Ob sie dich kennt, habe ich sie da noch gefragt. Und plötzlich wurde sie ganz komisch, als hätte sie etwas Schlechtes gerochen. Ich wollte wissen, ob du mich holst, und sie antwortete, dass sie keine Ahnung hätte. In dem Augenblick habe ich angefangen zu weinen, und sie legte mir die Hand auf die Schulter und meinte, es täte ihr leid, sie hätte mich nicht aufregen wollen. Dann hat Zoe Tee gebracht, aber die Frau sagte, sie könne nicht bleiben. Ich habe sie gefragt, wo sie wohnt. Das wäre »ganz weit weg«, am Meer, hat sie da geantwortet. Als sie aufstand, bat ich sie, sie solle Daddy ausrichten, er möchte bitte kommen und mich holen. Sie wollte ihr Bestes tun. Dann hat sie noch gesagt, ich solle brav sein und sie würde mich bald wieder besuchen. Als sie gehen wollte, merkte ich, dass ich sie gar nicht nach ihrem Namen gefragt habe. Sie war ein bisschen verwirrt, als ich das laut aussprach, als würde sie sich nicht daran erinnern oder so. Aber dann gab sie mir die Hand und meinte: »Sag einfach Freya zu mir.«

Als sie weg war, habe ich mich auf das Sofa gesetzt und die Süßigkeiten mit Zoe geteilt. Ich habe ihr von Freya erzählt und dass sie meinen Daddy kennt und

dass das bedeutet, dass er mich bestimmt bald holt, aber Zoe hat nur die Augen verdreht. Sie meinte, sie hätte schon Hunderte solche Besucher gesehen, das wären nur Gutmenschen, denen es Spaß macht, Kindern wie uns Geschenke zu bringen; wahrscheinlich würde die Frau meinen Daddy noch nicht mal kennen. Da war ich ganz traurig und konnte meine Süßigkeiten nicht mehr aufessen.
Ich hoffe, Zoe hat sich geirrt, Mummy.

Ich hab dich lieb.
Deine liebe Tochter xxx

27

Ich sitze auf dem Korbstuhl am Fenster und starre das Spinnennetz an, das auf der Scheibe erschienen ist.

Seltsam im August. Vielleicht ist das Netz durch den Regen sichtbar geworden. Allerdings könnte einem der Gedanke, es sei bereits Herbst, bei den kühlen Temperaturen und dem düsteren grauen Himmel auch nachgesehen werden.

Elspeth liebte den Herbst. Für sie war das die »Spinnweben-Jahreszeit«. Nicht nur weil die Geschäfte und die Häuser im Dorf für Halloween geschmückt waren, sondern weil im Gegensatz dazu echte Spinnweben unsere Fenster in Larkfields zierten. Während ich dasitze und das Netz betrachte, an dem Tautropfen haften wie winzige Diamanten, denke ich daran, wie Elspeth ihren Traumfänger bastelte. Warum habe ich ihr nicht richtig geholfen, als sie mich an dem Abend bat, mich zu ihr zu setzen? Warum wollte ich immer woanders sein?

Wieder mustere ich das Netz. Das schwere Regenwasser zerrt an der Mitte, aber die Spinne, die dieses Meisterwerk geschaffen hat, ist nirgends zu sehen. Das Netz ist ihr einziges Vermächtnis.

Ein Summen reißt mich aus der Erinnerung. Zuerst vermute ich, es ist der Rauchmelder, doch dann fällt mein Blick auf mein neues Handy auf dem Boden, das Display leuchtet. Das Gerät ist voll geladen.

Da die Polizei mir nicht helfen will, ist dieses Telefon das einzige Mittel, das mir bei der Suche nach Sean helfen kann. Nach dem Treffen mit Grayling hatte ich ein ungutes Gefühl und verbrachte den größten Teil des Nachmittags damit, die Wand anzustarren. Jetzt rückt der Abend näher, und ich fühle mich etwas aufgeweckter. Vielleicht fangen die Tabletten an zu wirken.

Ich lege das Handy auf den Tisch und hole die Liste, die ich neulich angefertigt habe, aus der Tasche. Rob ist als Erster an der Reihe. Nachdem ich seinen Namen und den Namen der Firma in die Suchmaschine eingegeben habe, erhalte ich die Festnetznummer seines Büros. Ich tippe sie ein und warte. Es klingelt fünfmal, dann meldet sich der Anrufbeantworter. Ich räuspere mich und hinterlasse die Nachricht, dass ich Seans Frau wäre und ob er mich bitte unter dieser Nummer zurückrufen könne. Welche Nummer? Mein Gehirn kommt zum Stillstand. Ich weiß die Nummer des neuen Handys nicht. Stotternd entschuldige ich mich bei Rob Daniels' Anrufbeantworter, dann beende ich rasch das Gespräch. Ich habe feuchte Hände.

Ich stehe auf, um die Handyverpackung zu suchen, da fällt mir ein, dass Sonia beim Abschied meinte, sie nehme den Karton zum Recyclingmüll mit. Ich lasse mich aufs Bett fallen. Mir dreht sich der Kopf von den Medikamenten und der Anstrengung, wie ein normaler Mensch denken zu müssen. Es ist hoffnungslos, sage ich mir, während die Strukturtapete an der Decke sich vor meinen Augen kringelt und dreht. Ich klammere mich an lächerliche Strohhalme. Sean war verdammt noch mal ein Einzelgänger. Es kann gar nicht sein, dass er sich an jemanden von diesen Leuten gewendet hat, um sich helfen zu lassen. Er hat sich nie jemandem anvertraut, nicht einmal mir. Sonst hätte ich gewusst, dass das Haus, das ich für unser Eigentum hielt, nur gemietet war.

Und plötzlich schießt mir ein Gedanke durch den benebelten Kopf. Als Sean bei den Vermietern kündigte, hat er sicherlich Gründe angeführt und vielleicht sogar eine Nachsendeadresse dagelassen. Ich setze mich auf und gehe wieder zum Fenster. Schließlich nehme ich das Handy und öffne die Suchmaschine.

Wie hieß die Firma noch einmal? BH2 Immobilien, genau. Merkwürdig, dass mein Kurzzeitgedächtnis so viel besser funktioniert als die Erinnerung an weiter zurückliegende Ereignisse. Die Suchergebnisse tanzen mir wie Konfetti vor den Augen. Es gibt eine Fülle von Immobilienangeboten in Bournemouth mit der Postleitzahl BH2. Bei der dritten Seite gebe ich auf und beginne eine neue Suche, diesmal mit dem Zusatz »Rodmell, Sussex«. Diesmal erscheint eine Auflistung von Immobilien, die in Rodmell zum Verkauf stehen. Ein letzter Versuch, nehme ich mir im Stillen vor, als ich »BH2 Immobilien, Rodmell Sussex Larkfields« eintippe. Die Ergebnisse leuchten auf. Die ersten betreffen Häuser, die verkauft werden. Nach der Hälfte der Seite entdecke ich den Namen Larkfields und »zur Miete«. Bang klicke ich den Link an, aber es kommt nur die Nachricht: »Das Haus ist nicht mehr verfügbar.« Ich will gerade die Seite schließen, da sehe ich den Namen des Maklers und eine Telefonnummer darunter: Kingsland Farley Properties.

Einen Augenblick starre ich auf die Nummer, dann auf die Uhr. Es ist bald 17:30 Uhr. Das Maklerbüro könnte noch geöffnet haben. Einen Versuch ist es zumindest wert. In meinem Kopf herrscht Durcheinander, und ich habe keine Ahnung, was ich sagen werde, trotzdem tippe ich die Nummer ein und warte. Es klingelt ein paarmal, dann meldet sich eine junge Frau am Telefon.

»Kingsland Farley Properties. Was kann ich für Sie tun?«

»Ah … guten Tag«, erwidere ich mit erstickter Stimme. »Äh … mein Name ist Maggie Allan. Mein Haus – also das Haus, in dem ich gewohnt habe – wurde vor ein paar Monaten über Ihre Agentur vermietet, und … ähm, ich war im Krankenhaus, sehr krank, und … und mein Mann …«

Ich rede kompletten Unsinn. Mein Kopf fühlt sich an wie ein Schwamm, und es fällt mir schwer, die richtigen Wörter zu bilden.

»Entschuldigung«, unterbricht die junge Frau. »Ich habe das nicht alles verstanden. Sie wollen Ihr Haus vermieten, solange Sie im Krankenhaus sind?«

»Nein«, widerspreche ich ungeduldig. »Ich meinte, Sie hätten vor ein paar Wochen ein Haus inseriert – mein Haus.«

»Aha.« Die Maklerin zieht das Wort in die Länge. »Sie sind also die Verkäuferin?«

»Ja. Das heißt, nein, äh, mein Mann, er … wir hatten es gemietet.«

Die Frau seufzt laut am anderen Ende der Leitung.

»Und was kann ich heute für Sie tun?«

Die Frage dringt langsam durch mein vernebeltes Gehirn. Was kann sie für mich tun? Weshalb habe ich angerufen?

»Äh, ja.« Ich setze mich gerade auf, in der Hoffnung, die verloren gegangenen Wörter stellten sich wieder ein. »Gut, also, mein Haus, das Haus, wurde von Ihrem Büro vor ein paar Monaten zur Miete angeboten.«

»Wie lautete denn die Adresse?«, fragt die Maklerin.

»Die Adresse … eigentlich ist es nur ein Name.«

»Und wie war dann der Name?«

»Larkfields«, sage ich, froh, dass ich mir wenigstens den Namen merken konnte.

»Ach, genau«, erwidert die Frau. »Das kenne ich. Das gotische Pförtnerhaus am Ortsrand von Rodmell.«

»Genau. Das ist es.«

»Das haben wir vor, hm, vor ungefähr sechs Wochen vermietet.«

»Richtig. Mein Mann, Sean Allan … also, wir … waren die Vormieter.«

»Okay«, sagt die Frau. »Und was kann ich jetzt für Sie tun?«

Ich hole tief Luft. Ich muss das richtig formulieren.

»Also, es ist so.« Ich spreche fröhlich und forsch. »Wir müssen unsere früheren Vermieter erreichen, BH2 Immobilien? Wir haben einen Freund, der ein Haus verkaufen möchte, und wir dachten, BH2 könnte sich vielleicht dafür interessieren.«

Am anderen Ende der Leitung herrscht Schweigen.

»Hallo?«, hake ich nach. »Sind Sie noch da?«

»Verzeihung«, erwidert die junge Frau. »Meine Kollegin hat mich gerade etwas gefragt. Sie wollten wen kontaktieren?«

»BH2 Immobilien. Die Besitzer von Larkfields. Ich wollte mich nur erkundigen, ob Sie mir eine Adresse oder Telefonnummer nennen können.«

»Leider darf ich Ihnen diese Information ohne Rücksprache mit meiner Chefin nicht geben, und sie ist gerade nach Hause«, sagt die Frau. »Lassen Sie mir doch Ihre Nummer da, dann ruft sie Sie morgen zurück.«

Meine Nummer. Meine verdammte Nummer. Ich habe sie nicht.

»Ach, so ein Mist«, meine ich. »Sie ist mir komplett entfallen. Ähm …«

»Sind Sie Mr Allans Partnerin?«, fragt die Maklerin.

»Ja. Ich bin seine Frau.«

»Ah, ich glaube, dann habe ich Ihre Nummer hier in unserem System.«

»Ach wirklich? Wie das?«

»Ich habe gerade alle Kontaktinformationen für diese Immobilie aufgerufen«, erklärt die Maklerin schleppend. »Und ich habe als ersten Kontakt die Nummer Ihres Mannes, und dann steht hier Freya Nielssen, das müssen Sie sein.«

Mein Körper wird kalt. Wer? Wovon spricht sie? Ich versuche, ruhig zu bleiben, versuche, die entsetzliche Furcht, die in mir aufsteigt, im Zaum zu halten.

»Ja.« Ich lache verlegen. »Das bin ich. Welche Nummer haben Sie denn da? Ich überprüfe nur, ob es die richtige ist.«

Die Frau sagt mir die Handynummer vor, und ich schreibe die Ziffern auf den billigen Notizblock. Meine Hand zittert so sehr, dass mir beinahe der Bleistift herunterfällt.

»Ach, das ist meine alte, fürchte ich.«

»Dann diktieren Sie mir doch Ihre neue Nummer, ich gebe sie weiter.«

»Es tut mir leid, ich kann sie mir nicht merken.« Ich atme mühsam durch. »Das Telefon ist neu, und …«

»Kein Problem«, unterbricht die junge Frau. »Ich sehe sie hier auf dem Display.« Sie liest die Nummer vor, und ich schreibe sie mir auf.

»Danke. Es tut mir leid, mein Gedächtnis ist im Moment nicht das beste.«

»Das macht doch nichts, Miss Nielssen«, meint sie. »Ich gebe die Nummer an Sharon weiter, sie ruft Sie dann baldmöglichst zurück. Kann ich sonst noch etwas für Sie tun?«

»Nein.« Ich lasse mich auf das Bett fallen. »Nein, danke. Auf Wiederhören.«

Ich drücke die Taste, um das Gespräch zu beenden, dann starre ich den keksfarbenen Teppich an.

Wer zum Teufel ist Freya Nielssen?

28

Draußen ist es jetzt dunkel. Ich sollte die Vorhänge zuziehen, aber ich schaffe es nicht, vom Bett aufzustehen. Ich versuche mich an die Namen von Seans Kollegen oder Geschäftspartnern zu erinnern. Gab es da eine Freya Nielssen? Ich habe keine Ahnung. Der Name sagt mir absolut nichts, aber Sean bedeutete er etwas. Und zwar genug, um sie als Kontakt für das Haus unserer Familie anzugeben.

Ich blicke auf den Notizblock. Die Telefonnummer starrt mich herausfordernd an. Ich muss sie nur wählen, dann weiß ich es. Aber ich traue mich nicht.

Die Wahrheit ist, in meinem tiefsten Inneren kenne ich die Antwort bereits, daher rührt mein Widerwille anzurufen. Die ganzen Wochen über habe ich mir den Kopf zermartert und herauszufinden versucht, warum Sean mich einfach so verlassen sollte, aber nicht ein einziges Mal habe ich in Betracht gezogen, was auf der Hand liegt. Er hatte eine Affäre.

Whitstable. Das war Seans Idee. Er hatte für eine Woche im März ein Häuschen gebucht, als Geburtstagsüberraschung für mich. Elspeth war furchtbar aufgeregt. Sie liebte Whitstable. Die Woche vor der Abfahrt verbrachte sie damit, ihren Koffer zu packen und genau zu planen, was sie an jedem Tag der Ferien tun wollte. Seit Weihnachten hatte sich die Situation zwischen Sean und mir gebessert, und ich hatte befunden, dass es nur eine kurze Störung war. Im Februar bekamen Sean und sein Team dann einen neuen Auftrag, der noch mehr lange Abende im Büro und gelegentliche Reisen nach Europa erforderte. Kurz vor dem Urlaub arbeitete er bis spätabends, und in den seltenen Momenten, in denen er es rechtzeitig zum Abendessen nach Hause schaffte, saß er schweigend da und klebte an seinem Telefon. Als wir uns dann im Ferienhaus eingerichtet hatten, war Sean zerstreut und hatte das Telefon immer griffbereit. Am zweiten Tag verkündete er, er müsse zurück nach London, weil er im Büro gebraucht würde. »Es tut mir wirklich leid, Mags«, sagte er, als ich vom Strand zurückkehrte und feststellte, dass er packte. »In der Arbeit ist der Teufel los.« Ich sagte zu ihm, das sei ein Urlaub, mein Geburtstagsgeschenk, er könne die Sachen doch sicher einfach an jemanden aus dem Team delegieren, aber er meinte, es gehe um ein rechtliches Problem, das ziemlich hässlich werden könnte, und er sei der Einzige, der sich damit befassen könne. Elspeth und ich hatten versucht, die restlichen Ferien zu genießen, aber Seans Abreise warf einen Schatten auf die Woche. Als es am vierten Tag anfing zu regnen, beschlossen wir, aufzugeben und nach Hause zu fahren. Wir waren auf halbem Weg zurück, da kam die Textnachricht von Sean. Er schrieb, dass er zu einer dringenden Sitzung nach Stockholm fliegen müsse, wo das Sportunternehmen, ihr Kunde, seinen Sitz hatte. »Ich mache das wieder gut, Mags«, schrieb er am Ende.

»Und sag Elspeth, dass ich ihr etwas ganz Besonderes aus Schweden mitbringe.«

Schweden. Ich betrachte den Namen auf dem Zettel vor mir, und es läuft mir kalt den Rücken hinunter. Freya Nielssen. Was, wenn er sie auf dieser Reise nach Stockholm getroffen hat? Ob sie für das Sportunternehmen arbeitete? Ich muss das wissen, sonst bin ich für immer in dieser Unsicherheit gefangen, sage ich mir, während ich sorgsam ihre Nummer ins Telefon tippe.

Erst höre ich nichts, dann eine automatische Ansage.

»Der Teilnehmer ist vorübergehend nicht erreichbar. Bitte hinterlassen Sie eine Nachricht nach dem Ton.«

Ich hinterlasse keine Nachricht. Stattdessen beende ich das Gespräch und sitze mit dem Telefon in der Hand da, während ich es langsam begreife.

Sean hat mich wegen einer anderen Frau verlassen.

29

Freitag, 4. August

Ich stehe in der Dusche und betrachte meinen geschundenen Körper. Was hat es für einen Sinn, sauber zu sein? Warum soll ich noch einen weiteren Tag durchstehen, wenn ich doch alles verloren habe?

Ich drehe das Wasser ab und nehme ein Handtuch vom Halter. Beim Abtrocknen erhasche ich einen Blick auf mein Gesicht in dem kleinen runden Spiegel über dem Waschbecken. Meine langen Haare sind strähnig und trocken, das Rot ist von Grau durchzogen. Die Augen sind vom Weinen geschwollen, die Lippen ausgetrocknet und rissig. Innerhalb weniger Wochen bin ich zu einer alten Frau geworden. Plötzlich denke ich an Freya Nielssen. Ich stelle mir eine perfekte Blondine mit makelloser Haut und einem jungen, gelenkigen Körper vor. Eine fröhliche und extrovertierte Frau, die nicht durch eine psychische Erkrankung belastet ist. Wahrscheinlich hat sie sich nach der Sitzung an Sean herangemacht und vorgeschlagen, etwas trinken zu gehen. Oder war es umgekehrt? Hat er die Initiative ergriffen? Der Tag, an dem Sean und ich uns kennenlernten, fällt mir wieder ein. Und wie er darauf bestand, etwas trinken zu gehen. Hat er es bei Freya genauso angefangen? Dann quäle ich mich mit der Vorstellung, wie die beiden zusammen sind. Ihr vollkommener, nackter Körper, um ihn geschlungen; mein Mann, der Dinge mit ihr macht, die er mit mir gemacht hat, Dinge, die nur uns gehörten. Ich stelle mir vor, wie er ihr Gesicht in die Hände nimmt und ihr erklärt, dass er sie liebt.

Hör auf, rede ich mir ein. Übelkeit steigt in mir hoch. Hör einfach auf. Ich verlasse das Badezimmer und ziehe die Sachen von gestern an. Ich bin völlig benommen. Es ist, als hätte mein Gehirn einfach »Es reicht« gesagt und schaltete sich nun ab.

In diesem Moment klopft es an der Tür, und ich vernehme Sonias Stimme.

»Ich bin es nur, Maggie. Haben Sie etwas an?«

Ich bewege mich in Richtung ihrer Stimme und versuche, mich zusammenzureißen.

»Hallo.« Sie lächelt strahlend, als ich die Tür öffne. »Wie geht es … Ach je, was ist denn los?«

Sonias Anblick, so warm und beruhigend, gibt mir den Rest. Und sobald ich einmal angefangen habe zu weinen, kann ich auch nicht mehr aufhören. Ich taumle zum Fenster und lasse mich in den Korbstuhl fallen.

»Was ist denn los, Maggie?« Die Pflegerin schließt die Tür und kommt zu mir. »Was ist passiert?«

»Es ist wegen Sean …« Meine Brust hebt und senkt sich vor lauter Schluchzen. »Er hatte eine Affäre.«

»Was? Woher wissen Sie das?«

»Ich habe bei dem Maklerbüro angerufen, das mit der Vermietung von Larkfields beauftragt war, und in dessen

Unterlagen war Sean aufgeführt, mit seiner Partnerin, einer Frau namens Freya Nielssen.«

Sonia macht große Augen und schüttelt den Kopf.

»Vielleicht ist es ja auch nur eine Geschäftspartnerin«, meint sie optimistisch.

»Es war schon ziemlich klar, was für eine Art Partnerin gemeint war.« Ich reibe mir die Stirn mit der Handfläche. »Ich glaube, er hat sie über die Arbeit kennengelernt.«

Und dann erzähle ich meiner Pflegerin von dem katastrophalen Urlaub in Whitstable und Seans dringender Reise nach Stockholm, seinem Verschwinden am Heiligen Abend und seinem seltsamen Verhalten in den darauffolgenden Monaten.

»Ach, Maggie.« Sonia drückt mir die Hand. »Ich weiß gar nicht, was ich …«

Ein Klopfen an der Tür unterbricht ihren Satz. Ich setze mich aufrecht hin, ich bin wie erstarrt.

»O Gott, das wird Mr Hutchinson sein«, sage ich. »Um diese Zeit kommt er herein, um die Mülleimer auszuleeren. Könnten Sie ihn abwimmeln?«

»Aber natürlich«, sagt Sonia.

Sie steht auf und geht zur Tür.

»Wer ist da?«, ruft sie.

»Ich bin's nur, Amanda. Kann ich reinkommen?«

Ich wische mir rasch die Augen ab und bemühe mich, die Fassung wiederzugewinnen, während Sonia die Tür öffnet.

»Tut mir leid«, entschuldigt sie sich, als Amanda in einer Wolke Vanilleöl hereinmarschiert. »Wir dachten, es wäre dieser gruselige Vermieter.«

»Also, über den müssen wir uns keine Gedanken mehr machen«, verkündet Amanda. »Hat Sonia schon die gute Nachricht überbracht?« Die Sozialarbeiterin scheint meine ramponierte Erscheinung gar nicht wahrzunehmen.

»Wir hatten noch gar keine Gelegenheit«, meint Sonia.

»Was ist denn los?«, frage ich.

»Nun«, sagt Amanda. Sie steuert auf mich zu und setzt sich in den Stuhl neben mich. »Wir haben es geschafft, eine sichere Unterkunft für Sie zu finden.«

Ich bin enttäuscht. In meinem benommenen Zustand hatte ich einen kostbaren Moment lang geglaubt, Amanda würde die Tür öffnen, Elspeth hereinführen und mir verkünden, dass das alles ein schrecklicher Irrtum war.

»Es ist eine hübsche kleine Wohnung an der Western Road«, fährt die Sozialarbeiterin fort. »Ich war gerade dort, es gefällt Ihnen bestimmt. Es gibt ein nettes Schlafzimmer, einen geräumigen Wohnbereich und eine Küche mit Elektrogeräten. Alles, was Sie brauchen.«

»An der Western Road?« Ich versuche, Schritt zu halten.

»Ja«, sagt Amanda. »Sie sind gleich in der Stadt, und alle wichtigen Einrichtungen sind in erreichbarer Nähe. Also, meine Liebe, ich habe das Auto draußen stehen. Fangen wir doch gleich an zu packen, dann können wir nachmittags schon in der neuen Wohnung sein.«

»So schnell?« Ich fühle mich überrannt. »Sind Sie sicher?«

»Ich finde, wir sollten uns hier nicht länger aufhalten, als es unbedingt sein muss.« Amanda nimmt einen Pullover von der Stuhllehne und legt ihn sich über den Arm. »Sonia, Sie nehmen Maggies Rucksack und stecken diese Kleider rein. Ich hole das Waschzeug aus dem Bad.«

Ich stehe ohnmächtig mitten im Raum und sehe zu, wie die beiden Frauen meine bescheidene Habe einsammeln.

»So, wir sind so weit.« Amanda zeigt auf den Rucksack und die zwei Tragetüten, in denen meine weltlichen Güter verpackt sind. »Wollen wir los?«

Ich nehme meinen Mantel vom Bett, und während ich hineinschlüpfe, fällt mir das Tagebuch aus der Intensivstation auf, das noch zwischen den zerknüllten Laken auf dem Bett liegt. Ich stecke es mir in die Manteltasche.

»Na«, sagt Sonia, als sie mich aus der Tür führt, »dann suchen wir mal Ihr neues Zuhause.«

30

Liebe Mummy,

ich habe dir ein Gedicht geschrieben. Hier ist es:

Denk ich an Zuhause,
denk ich an dich und mich.
An all die guten Zeiten,
ganz warm und kuschelig.
Ein großes schönes Haus,
frei gehen wir ein und aus.
Denk ich an Zuhause,
denk ich an Wasser auch.
Es rinnt die Fenster runter,
steigt aus dem Boden auf.
Der Fluss strömt ewig abwärts
hinunter bis zum Meer,
trägt mit sich ein Geheimnis,
das dir und mir gehört.
Ich hab dich lieb, Mummy.

xxx

31

Ich sitze auf dem klobigen Sofa in meiner neuen Wohnung und halte das Telefon in der Hand. Die letzten Minuten habe ich damit verbracht, den Namen »Freya Nielssen« zu googeln, aber nach drei Seiten kamen nur eine ältere kanadische Tierärztin und eine Personal Trainerin aus Hollywood infrage, und ich konnte mir bei beiden nicht vorstellen, dass Sean mit ihnen durchbrennen würde.

Es ist acht Uhr abends. Sonia und Amanda sind vor einer Stunde gegangen, nachdem sie den Nachmittag damit verbracht hatten, mir beim Einrichten zu helfen. Die Wohnung liegt im Erdgeschoss, in einer ruhigen Straße, und auch wenn ich eigentlich dankbar sein sollte, ist es einfach nicht mein Zuhause.

Neben dem Sofa stehen noch zwei Sessel, und an der Wand über dem Kamin hängt ein Flachbildschirmfernseher. Er ist so groß, dass er den ganzen Raum beherrscht. Von meinem Platz auf dem Sofa sehe ich mein Spiegelbild darin. Ich wirke klein und krumm.

Neben dem Fernseher befinden sich ein paar Einbauregale. Sonia meinte, sie würden sich wunderbar für Bücher eignen. Ich habe ihr gesagt, dass ich keine Bücher habe; alle meine Bücher waren in Larkfields, und wer weiß, wo sie jetzt sind. Meine Pflegerin schlug vor, wir könnten bei Oxfam vorbeischauen und dort welche kaufen, aber das Letzte, was ich jetzt tun möchte, ist lesen. Früher waren Bücher mein Rettungsanker, sie hielten mich psychisch stabil. Aber jetzt habe ich das Gefühl, dieser Teil meines Gehirns ist für immer verschlossen.

Ich erhebe mich vom Sofa und laufe in die schmale Küche. Sonia ist mit mir zu Aldi gefahren, um ein bisschen einzukaufen, bevor sie aufbrach. Mein Geld schwindet rasch. Ich war zuvor noch nie bei Aldi, aber Sonia versicherte mir, es sei der beste Supermarkt, was das Preis-Leistungs-Verhältnis betrifft. Sie hat das Wochenbudget für Lebensmittel mit 20 Pfund veranschlagt und mir geraten, Grundnahrungsmittel zu kaufen und Mahlzeiten zu kochen, die für ein paar Tage ausreichen – Eintöpfe und Suppen zum Beispiel.

Sie meint es gut, aber wenn ich ehrlich bin, steht mir nach essen so gar nicht der Sinn. Als ich als Teenager weggeschickt wurde, hörte ich auf, Nahrung zu mir zu nehmen. Nachdem die schlimme Sache passiert war, wollte ich meinen Körper bestrafen, und das ist mir sehr gut gelungen. Nach meiner Entlassung schnappte meine Mutter nach Luft, so dünn war ich geworden. Sie versuchte, mich aufzupäppeln, aber ich konnte nicht mehr als ein paar Bissen herunterbringen, ohne dass mir schlecht wurde. Ich litt immer noch darunter, als ich Sean kennenlernte. Er wusste, dass ich Probleme mit dem Essen hatte, aber er ritt nie darauf herum, und ich fühlte mich auch nie unwohl deswegen. Letztendlich war es die Schwangerschaft mit Elspeth, die mir guttat. Weil mein Körper eine zweite Chance bekommen hatte, weil ich ein anderes Leben in mir trug, wollte ich es nähren. Als man sie mir nach ihrer Geburt in die Arme legte, versprach ich ihr, für sie stark zu bleiben und nie wieder krank zu werden.

Aber ich hielt mein Versprechen nicht. Ich habe meine Tochter im Stich gelassen. Ich betrachte den kleinen runden Esstisch in der Mitte der Küche, und mir wird schlecht. Allein die Vorstellung, den Tisch nur für mich allein zu decken, ohne Sean und Elspeth, schmerzt zu sehr. Die alte Stimme wird wieder laut, die ich ständig vernahm, als ich weggeschickt wurde, die Stimme, die mir sagte, es sei meine Schuld und ich solle mich bestrafen. Mir knurrt der Magen vor Hunger, aber ich ignoriere es. Die Stimme hat recht. Ich verdiene es, bestraft zu werden.

Ich wasche meine Kaffeetasse aus und stelle sie auf das Abtropfgitter. Doch kaum will ich die Küche verlassen, höre ich etwas. Eine Stimme. Ich blicke zur Decke hoch. Laut Amanda ist die Mieterin in der Wohnung über mir eine ältere, bettlägerige Frau. »Keine lauten Partys also«, hatte Sonia bemerkt. Aber das Geräusch kommt nicht von oben, es kommt von nebenan, aus meinem Schlafzimmer.

Die Wohnung liegt im Erdgeschoss. Ideal für Einbrecher. Ich sollte die Polizei rufen, aber mein Telefon liegt auf dem Sofa im Wohnzimmer, und ich bin hier, in dem dunklen Korridor zwischen Küche, Schlafzimmer und Bad, starr vor Angst.

Und dann vernehme ich wieder etwas, und mir stellen sich alle Haare auf. Jemand singt. Während ich mich ganz langsam durch den Korridor bewege, wird der Gesang immer lauter, und plötzlich erkenne ich die Stimme und das Lied.

»The moon is shining bright tonight.«

»Elspeth?«, flüstere ich, während ich mich der Schlafzimmertür nähere.

»We're all warm and cosy tight.«

»Elspeth, meine Kleine, wo bist du?«

Ich schiebe die Tür auf. Mit jeder Faser meines Körpers rechne ich damit, mein kleines Mädchen im Bett liegen zu sehen, das Lied singend, das mir mein Vater zum Einschlafen immer vorgesungen hat und das ich an meine Kleine weitergegeben habe. Aber das Zimmer ist leer.

Das liegt an den Tabletten, denke ich bei mir, während ich hineinstolpere und mich auf das Einzelbett setze. Sie spielen meinem Hirn Streiche.

Ich lege mich auf das Bett und ziehe die Knie an. Ich wünsche mir, dass mich jemand im Arm hält und mich weinen lässt, bis keine Tränen mehr in meinem Körper sind. Diese Einsamkeit ist unerträglich.

Ich drehe mich auf die Seite. Das Tagebuch aus der Intensivstation liegt auf der Kommode. Ich muss mich ablenken, muss diese unerträgliche Stille füllen. Also setze ich mich auf und nehme das Tagebuch zur Hand. Ich lese den nächsten von Claires Einträgen. Sie notiert, dass ich »heute Morgen viel mit den Händen gezuckt« habe und meine »Lider flatterten, wenn wir das Radio einschalteten«. Ich blättere weiter, und dann bemerke ich plötzlich etwas. Mir fährt der Schrecken in die Glieder.

Seans Handschrift. Er hat in dieses Tagebuch geschrieben. Wie konnte ich das übersehen? Ich blättere um. Es gibt mehrere Einträge, alle in seiner charakteristischen gezackten Handschrift. Mir wird vor Schreck ganz schwindelig. Ich blättere wieder zum ersten Eintrag zurück und fange an zu lesen.

32

14. Mai 2017

Hallo Mags,
die Ärzte und Schwestern haben gemeint, es könnte helfen, wenn ich etwas in dieses Tagebuch schreibe, was auch immer das heißen mag. Wird es helfen, Elspeth zurückzubringen? Wird es dir helfen aufzuwachen? Herrgott, ich sitze seit ein paar Stunden wie ein Zombie in diesem Stuhl und kann überhaupt nicht begreifen, was gerade passiert ist, ganz zu schweigen davon, es aufzuschreiben. Aber die Bilder von gestern lassen mich nicht los. Sie wirbeln mir im Kopf herum und wollen heraus. Ich kann schreien und toben und mit den Fäusten gegen die Wand schlagen, oder ich kann das, was mich bewegt, hier niederschreiben.
Ich war bei ihr, Mags. Die Ärzte sind hereingekommen und haben gesagt, sie sei bereit, und den Bruchteil einer Sekunde lang habe ich geglaubt, sie würden mir erklären, es wäre alles nur ein großer Irrtum, Elspeth würde in einer der Kabinen auf mich warten, um nach Hause zu fahren, und es sei das Kind einer anderen armen Seele gewe-

sen, das gestorben ist. Nicht unseres. Nicht unsere Elspeth.

Also bin ich ihnen gefolgt, den Ärzten, den langen, sterilen Korridor entlang, den Weg zur Hölle. Da war auch eine Polizistin, dieselbe, die auch bei uns zu Hause war. Sie blieb stumm, während wir an ihr vorbeiliefen, und hat nur scheußlich gelächelt. Am liebsten hätte ich ihr dieses Lächeln aus dem Gesicht gerissen. Wer lächelt denn, wenn man gleich einem toten Kind begegnet?

Dann waren wir bei der Tür. Die Ärzte öffneten sie, und, Herrgott, Maggie, das war das Entsetzlichste, was ich jemals tun musste. Es war schrecklich kalt da drinnen, eisig, und es roch komisch. Ich habe sogar mit den Zähnen geklappert. Die Polizistin hat mich am Arm gepackt. Das war nicht real. Das konnte es nicht sein. Denk an den schlimmsten Alptraum, den du jemals hattest, und dann multipliziere ihn eine Million Mal.

Jemand hat meinen Namen genannt, schließlich kam eine Frau auf mich zu, in grüner Ärztekleidung. Die Rechtsmedizinerin.

Sie fing an zu reden, aber ich habe gar nicht begriffen, was die Frau sagte, denn sie war da. Elspeth. Die Frau sprach weiter. Sie fragte, ob das meine Tochter ist. Und ich wollte nur antworten: »Nein, das ist nicht meine Tochter. Meine Tochter ist zu Hause, es geht ihr gut.« Aber als ich nach unten blickte, gab es gar keinen Zweifel, wer das war. Ihr Gesichtchen war ganz weiß, und unter dem rechten

Auge hatte sie einen großen blauen Fleck. Ich wollte sie einfach nur von diesem Block nehmen und sie von dort wegbringen, nach Hause. Ich wollte sie schütteln, bis sie aufwacht.

Gott, Elspeth.

Danach erinnere ich mich an nicht viel. Alles ist einfach verschwommen. Die Polizistin führte mich nach draußen, und ein Arzt fragte, ob es mir gut geht. Ich habe geantwortet, mir würde es nie mehr gut gehen, nicht nach dem, was ich gerade gesehen hatte.

Aber als sie mich wieder zurück an dein Bett begleiteten, konnte ich nur daran denken, dass alles meine Schuld ist. Dass du herausgefunden hast, was ich getan hatte.

15. Mai

Liebe Mags,

ich sitze an deinem Bett, und in mir kämpfen alle möglichen Gefühle: Angst, Schuld, Wut, Verwirrung. Gestern habe ich mir selbst die Schuld gegeben. Ich war mir sicher, du hättest es herausgefunden. Du hättest herausgefunden, was ich vorhatte, und bist zum Bahnhof gefahren, um mich zur Rede zu stellen. Aber so vieles ergibt keinen Sinn. Warum solltest du am Parkplatz des Pubs halten? Dort wolltest du auf keinen Fall rein. Diesen Pub mochten wir beide nicht. Warum solltest du aus dem Auto aussteigen

und Elspeth darin einsperren? Herrgott, Mags, du hast vergessen, die verdammte Handbremse anzuziehen. Unsere kleine Tochter war in dem Auto, und du hast es nicht richtig gesichert.
Antworten auf diese Fragen bekomme ich jedenfalls nur, wenn du aufwachst. Falls du aufwachst.
Jetzt ist es ganz still im Zimmer, und ich bin froh über den Frieden. Tagsüber ist hier ein ständiger Strom von Ärzten und Schwestern, die dich anstupsen, aber sie haben nie etwas Neues zu berichten. Es macht mich unruhig, wie sie dich anschauen und dann etwas in ihre Unterlagen schreiben. Online gibt es viel Gerede über positives Denken, positive Kommunikation und die Stärke des menschlichen Geistes, und ich versuche es, Mags, wirklich, aber um ehrlich zu sein, ich weiß gar nicht, ob ich will, dass du es schaffst.

16. Mai

Liebe Mags,
mein Gott, wie sehr sie mir fehlt. Ich sehe sie ständig, im Gang, auf dem Parkplatz. Ich höre ihre Stimme, glockenklar. Sie kann doch nicht einfach weg sein, Mags? Ich kriege das nicht in den Kopf.
Erinnerst du dich an den Tag ihrer Geburt? Das war in einem Zimmer wie diesem hier. Der Griffin Room im Chelsea and Westminster Hospital. Wir haben ihn unsere »Privatsuite« genannt, obwohl wir nur

dort untergebracht wurden, weil du einen Kaiserschnitt hattest.
Ich weiß noch, wie ich mich eines Morgens davonstahl, um etwas zu essen zu holen, und als ich zurückkam, wart ihr beide, du und Elspeth, weg. Wie ein Verrückter raste ich aus dem Zimmer, schnappte mir eine arme Krankenschwester und verlangte zu wissen, was mit meiner Frau und meiner Tochter passiert war. Es stellte sich heraus, dass du sie mit ins Bad genommen hattest. Als ich zurück ins Zimmer stürzte, wart ihr beide da, gesund und munter und aneinandergekuschelt. Aber ich werde nie dieses Gefühl vergessen, diese Panik. Zum ersten Mal erlebte ich diesen Schock, den man als Vater hat, die nackte Angst, dass einem die beiden Menschen, die man mehr als alles auf der Welt liebt, weggenommen werden könnten.
Damals habe ich dich geliebt, Mags, wirklich. Ich wusste, was du durchgemacht hattest und wie verletzlich du warst, aber du warst auch stark. Der stärkste Mensch, den ich je gekannt habe. Aber in den letzten Jahren wurde der Druck einfach zu groß. Ich wollte dich immer nur glücklich machen, aber du hast mich weggestoßen. Du hast nur gelächelt, wenn du in deinem Arbeitszimmer warst und in den Computer getippt hast oder wenn du mit Elspeth zusammen gespielt hast. Ich habe gesehen, wie sich deine Miene verdüsterte, wenn ich das Zimmer betrat. Du hast mich so weit weggestoßen, dass ich nicht zu dir zurückkonnte.

Du fehlst mir. Elspeth fehlt mir. Wir fehlen mir. Bitte schaffe es. Ich brauche dich.

17. Mai

Hallo Mags,
ich sitze hier, weil ich nicht nach Hause will. Wenn ich nach Hause fahre, dann wird alles real. Solange ich hier im Krankenhaus bin, kann ich einfach so tun, als wäre das alles ein Traum und Elspeth wäre auf einer Klassenfahrt und könnte jeden Tag begeistert und voller Geschichten zurück sein.
Es gibt noch einen weiteren Grund, weshalb ich nicht nach Hause möchte. Ich muss anfangen, die Beerdigung zu planen. Sobald der Bericht des Coroners vorliegt, wird ihre Leiche freigegeben, und ich muss nachdenken …
Gestern Abend habe ich überlegt, was sie gerne bei ihrer Beerdigung haben würde, und mir fiel nur Bowling ein. Verdammtes Bowling. Weißt du noch, wie sie an ihrem letzten Geburtstag darauf bestand, eine Bowlingparty zu machen, aber wir hatten uns zu lange Zeit gelassen, und dann war alles ausgebucht. Am Ende haben wir sie mit ihren Freundinnen in die Töpferei in Lewes gefahren, wo sie selbst Tassen verzieren konnten. Ich rede Unsinn, Mags, das ist mir klar, doch ich würde verdammt noch mal alles geben, um jetzt mit ihr zum Bowling zu fahren. Mir den Tag für einen beschissenen Nachmittag frei-

zunehmen, nur um zu sehen, wie meine Tochter auf einer verdammten neonbeleuchteten Bowlingbahn ihren Spaß hat.
Und jetzt sitze ich hier, Mags, und versuche, ihre Beerdigung so zu planen, wie wir ihre Geburtstage geplant haben. In den Wochen vor ihrem Geburtstag haben wir uns doch gegenseitig immer gefragt, wie sie es sich wohl wünschen würde. Und du wusstest es immer besser als ich. Du wusstest, dass sie lieber Schokoladenkuchen als Vanille mochte, dass sie das gehässige Mädchen aus dem Dorf nicht einladen wollen würde, obwohl Elspeth auf seine Feier eingeladen war. Du wusstest, welche Kinder keine Milchprodukte vertragen und wer Vegetarier ist; dass die Kirschtomaten am Ende immer übrig bleiben und dass du mit ein paar zusätzlichen Schüsseln Hula-Hoops nicht falschliegen konntest. Ich versuche zu denken wie du, Mags, aber innerlich schreie ich: »Ich kann das nicht.«
Du kanntest sie besser als ich. Ich stand immer außerhalb und habe nach drinnen geblickt. Du und Elspeth, ihr wart das unbesiegbare Team, und ich hatte keine Chance dazuzugehören. Im Rückblick wurde die Kluft zwischen uns in den letzten Jahren immer größer.
Ich hätte es dir erzählen sollen. Ich hätte reinen Tisch machen sollen, dann wäre das alles nicht passiert.
Es tut mir leid, Mags. Es tut mir so leid.

2. Juni

Mags.
Heute war Elspeths Beerdigung. Mein Herz ist entzwei. Ich habe noch nie einen solchen Schmerz empfunden, Maggie. Ich kann kaum atmen. Wie soll man sein eigenes Kind beerdigen?
Sophie Bailey hat ihren CD-Player mitgebracht und Elspeths Lieblingssong von Taylor Swift gespielt, den sie ständig gesungen hat. Dieses Lied werde ich nie wieder hören können. Ich habe darum gebeten, dass sie ihr lila Kleid trägt, ihr Lieblingskleid. Weißt du noch, wie sie sagte, dass die Farbe Lila Zauberkraft besitzt und einen schützen kann? Und als ich in dieser Kirche stand und zuhörte, wie der Pfarrer über die Reinheit der Kinder sprach und dass Elspeth jetzt bei den Engeln sei, da habe ich mich gefragt, warum sie an dem Abend nicht Lila trug, warum ihr beide verdammt noch mal nicht etwas Lilafarbenes angehabt habt, um euch zu schützen.

3. Juni

Die Ärzte und Schwestern meinten, es hilft, es aufzuschreiben. Wenn man es aufschreibt, begreift man alles. Und so sitze ich jetzt an unserem Küchentisch mit diesem verdammten Tagebuch vor mir und versuche, die Worte zu finden, die mir die letzten vier-

undzwanzig Stunden begreiflich machen, aber ich glaube, das ist gar nicht möglich.
Ich mache es also kurz, Mags, und sage dir, was ich weiß.
Sie haben mir dein Handy gegeben.
Da ist alles drauf, alles, was du vor mir verstecken wolltest. Dein Geheimnis.
Und als ich es las, wurde mir übel.
Wie konntest du das tun?
Es war deine Schuld, Maggie, ganz und gar deine Schuld.
Du hast unsere Tochter umgebracht.

TEIL ZWEI

33

Samstag, 5. August

Ich bin mit Ben zusammen. Wir sind unten am Fluss. Es ist heiß, erstickend heiß. Er küsst mich. Ich sage ihm, er möchte bitte aufhören. Wir sollten das nicht tun. »Komm schon, Maggie, um der alten Zeiten willen«, flüstert er. Und ich gebe nach. Wie immer.

Ich öffne die Augen, und der Traum löst sich auf.

Langsam kehren die Enthüllungen des gestrigen Abends zu mir zurück, wie ein Ausschlag, der sich auf meinem Körper ausbreitet. Sean. Das Tagebuch.

Ich drehe mich auf die Seite und versuche, gegen die Bilder anzukämpfen, die sich in meinem Kopf vervielfältigen. Elspeth in der Leichenhalle, Quetschungen und Prellungen im Gesicht.

Dr. Elms meint, sie hat wohl nichts gespürt, aber woher will er das wissen? Es ist eine schreckliche Vorstellung, dass meine Kleine Schmerzen hatte, bevor sie starb, und ich nicht zu ihr konnte. Ihre Angst. Ihre Panik.

Hat Sean recht? War ich verantwortlich dafür?

Schläfrig beuge ich mich über das Bett und nehme das Tagebuch vom Nachttisch. Ich lese die letzte Seite immer wieder, und Seans giftige Worte dringen durch meine Haut. *Sie haben mir dein Handy gegeben.*

In diesem Moment fällt mir etwas ein. Ben. Er hatte sich wieder gemeldet. Ich hatte mit ihm telefoniert, an dem Tag, bevor der Unfall geschah.

Ich setze mich aufrecht hin. Mein Herz klopft heftig, als mir nach und nach immer mehr in den Sinn kommt.

Es war nur ein kurzes Gespräch, und ich war abwehrend und misstrauisch. Ben sagte, es täte ihm leid, er habe Schuldgefühle. Es sei schlecht gewesen, was er getan hätte, aber es sei an der Zeit, dass wir uns verzeihen. Nach dem Anruf hatte ich ein komisches Gefühl, als wäre ich überrumpelt worden.

Mit zitternden Händen lege ich das Tagebuch wieder auf den Tisch. Was war auf dem Handy? Hatte Ben mir auch Textnachrichten geschickt? Was genau hat Sean herausgefunden?

Plötzlich klingelt mein Telefon. Ich starre es einen Augenblick an, fürchte mich davor ranzugehen. Aber es könnte wichtig sein. Ich hebe es auf.

»Hallo?«

»Guten Tag, ist da Miss Nielssen?«

»Verzeihung?« Meine Haut kribbelt. »Mit wem spreche ich?«

»Hier ist Sharon Jarvis von Kingsland Farley. Meine Kollegin hat mich gebeten, Sie anzurufen. Sie wollten eine Auskunft wegen einer unserer Immobilien?«

»Ach ja.« Jetzt erinnere ich mich wieder an das Maklerbüro. »Ja, danke für Ihren Anruf, aber mein Name ist gar nicht Nielssen. Ich heiße Maggie Allan, ich bin Sean Allans Frau.«

»Ach, tut mir leid, meine Kollegin sagte, Ihr Name sei Freya Nielssen. Das hat sie wohl durcheinandergebracht.«

»Kein Problem«, erwidere ich.

»Es geht um Larkfields, nicht wahr?«

»Ja.« Ich ziehe die Bettdecke hoch.

»Ich bin froh, dass Sie anrufen«, fährt Sharon fort. »Hier ist nämlich ein Transponderschlüssel mit Ihrem Namen darauf, aber wir hatten keine Nummer, unter der wir Sie erreichen konnten.«

»Mit meinem Namen?«

»Ja, Maggie Allan?«

»Auf einem Transponderschlüssel?«

»Genau«, erklärt Sharon. »Wir haben die Anweisung erhalten, den Schlüssel aufzubewahren und an Sie weiterzugeben. Eine frühere Mitarbeiterin war dafür zuständig, sie ist mittlerweile nicht mehr bei uns. Um ehrlich zu sein, sie war ein bisschen verträumt, hat vergessen, Telefonnummern aufzuschreiben, wenn jemand ein Angebot wollte, hat Besichtigungstermine doppelt gebucht. Offenbar hat sie bei den Unterlagen zu Larkfields schon wieder Mist gebaut.«

»Sie meinten, Sie hätten Anweisungen erhalten. Von Sean?«

»Dazu kann ich Ihnen gar keine Auskunft geben, Mrs Allan.« Sharons Stimme klingt aalglatt. »Meine frühere Kollegin hat sich ja damit befasst, aber es scheint, als wäre das Haus von einer dritten Person ausgeräumt worden, nachdem der Mietvertrag endete. Die Sachen sind offenbar eingelagert worden. Wir sollten den Schlüssel zu diesem Lagerraum aufbewahren, und in den Unterlagen hier steht, falls Sie wieder genesen, soll Ihnen der Schlüssel übergeben werden. Wenn nicht, wird alles für wohltätige Zwecke gespendet. Werden Sie schlau daraus, Mrs Allan? Waren Sie krank?«

Ich lege den Kopf zurück auf das Kissen. Ich verstehe gar nichts.

»Mrs Allan?«

»Entschuldigung, ja, ich bin noch da. Ich versuche gerade nur, das alles zu begreifen. Ich weiß nicht, warum mein Mann sich so verhalten hat. Wir waren glücklich verheiratet, alles war gut, und dann hatte ich einen Autounfall, meine kleine Tochter kam dabei ums Leben, und er … er hat das mit dem Haus gemacht.«

Meine Stimme versagt, und ich bemühe mich nach Kräften, die Tränen zu unterdrücken, die mir in die Augen steigen.

»Um Gottes willen, ich hatte keine Ahnung«, sagt Sharon. »Das tut mir sehr leid.«

»Sie meinten, Sie hätten den Schlüssel im Büro.« Ich übertöne ihre mitleidigen Geräusche.

»Ja.« Nun wird die Maklerin wieder munterer. »Sie können gerne vorbeischauen und ihn abholen, wann immer Sie wollen.«

»Ich könnte gleich heute Vormittag bei Ihnen sein.« Ich spähe auf die Uhr. Es ist erst kurz nach halb zehn.

»Gut«, erwidert Sharon. »Ich bin den ganzen Tag hier. Unser Büro ist gegenüber dem Kriegerdenkmal. Sie können unser Schild gar nicht übersehen.«

»Sehr schön.« Ich stehe auf. »Ich bin in zehn Minuten da.«

»Mrs Allan?«

Eine Frau segelt mit einem strahlenden Lächeln auf mich zu, als ich das Maklerbüro betrete.

»Ja. Sie müssen Sharon sein.«

»Genau.«

Sie ist groß – grobknochig, wie meine Mutter es ausgedrückt hätte –, und ihre blonden Haare wurden wohl schon vor einiger Zeit stufig geschnitten. Sie ist zu stark geschminkt und riecht nach Körperpuder. Sharon erinnert mich an die Frauen an den Kosmetikständen des Kaufhauses, durch das mich meine Mutter als Kind geschleift hat.

»Kommen Sie doch bitte herein«, sagt die Maklerin. »Ich muss den Schlüssel nur rasch unten aus dem Safe holen. Kann ich Ihnen so lange einen Tee oder Kaffee anbieten?«

»Nein danke.« Ich bin noch völlig durcheinander von dem Schock, den die Tagebucheinträge in mir ausgelöst haben. Die Erinnerung an Bens Anruf tut ihr Übriges. Koffein wäre jetzt keine so gute Idee.

»Na schön.« Sharon lächelt höflich. »Setzen Sie sich doch, ich bin gleich wieder da.«

Während Sharon die Treppe hinuntersteigt und verschwindet, setze ich mich an ihren Schreibtisch. Ich versuche, mich wieder zu beruhigen, und schaue mich um. In dem Raum stehen vier Schreibtische, an jedem sitzt jemand und tippt entweder in einen Computer oder telefoniert. Keiner der Mitarbeiter nimmt Notiz von mir. An den Wänden hängen Immobilienanzeigen. Ich lese eine, die direkt vor mir hängt. Ein Haus mit sechs Zimmern in Ifield, für 860 000 Pfund ist es zu haben. »Perfekt für eine Familie«, lese ich in der Beschreibung. Während ich das Bild des Hauses betrachte, fällt mir ein, wie sehr Sean und ich uns anstrengen mussten, um Larkfields zu bekommen, auch wenn wir das denkbar niedrigste Gebot dafür abgaben. Wie durch ein Wunder wurde es akzeptiert. Anscheinend hatten die gotische Fassade und das Überschwemmungsrisiko andere Käufer abgeschreckt. Trotzdem versicherte mir Sean, alles sei in Ordnung, in der Arbeit laufe es bestens und er würde höhere Bonuszahlungen erhalten, sobald er sich hochgearbeitet hatte. »In dem Haus bist du aufgewachsen, Mags«, sagte er, als ich dasaß, im sechsten Monat schwanger und in Tränen aufgelöst bei der Vorstellung, jemand könnte uns überbieten. »Den Zuschlag kriegen wir auf jeden Fall.« Und ich war so voller Hormone und hatte lediglich das Baby im Kopf, dass ich die Feinheiten beim Hauskauf allein ihm überließ. Sean unterschrieb alle Papiere, verhandelte mit der Bank und dem Makler, und ich glaubte ihm, als er nach Hause kam und behauptete, das Haus gehöre uns. Und so war es auch. Bis er es an ein Immobilienunternehmen verkaufte. Wenn ich doch nur wüsste, warum er das getan hat. Und warum er es die ganzen Jahre vor mir verheimlicht hat.

»Entschuldigen Sie, dass Sie warten mussten.«

Sharon kehrt mit einer orangefarbenen Akte in den Händen zurück zum Schreibtisch.

»Sie müssen nur ein paar Formulare unterschreiben«, sagt sie. »Dann kann ich Ihnen den Schlüssel geben.«

Sie schlägt die Akte auf und nimmt ein Blatt Papier heraus.

»Wenn Sie das hier mit dem heutigen Datum versehen und unterschreiben würden, gleich hier unten.« Die Maklerin zeigt mit ihrem Stift auf die richtige Stelle.

Ich überfliege das Formular. Es ist ein Anwaltsschreiben. Die Kanzlei ist für BH2 Immobilien tätig, die wiederum auf den Kanalinseln registriert sind. Die förmliche Sprache bereitet mir Kopfschmerzen, aber als ich unten angelangt bin, erstarre ich: »Berechtigte Schlüsselinhaberinnen: Margaret Allan und Freya Nielssen.«

Wieder dieser Name. Nicht nur ist sie als Seans Partnerin auf einem Kontaktformular eines Maklerbüros eingetragen, sondern auch als »berechtigte Schlüsselinhaberin« auf einem offiziellen Dokument für eine Storage-Einheit, die mein Hab und Gut enthält.

»Entschuldigung.« Ich reiche Sharon das Formular zurück. »Hier steht dieser Name schon wieder, Freya Nielssen. Warum ist sie hier aufgeführt?«

»Ich weiß es nicht.« Die Maklerin schüttelt den Kopf. »Wie ich Ihnen schon am Telefon erklärte, die Beendigung des Mietverhältnisses hat meine Kollegin durchgeführt. Ich war damals im Urlaub.«

»Und die Kollegin?« Ich versuche, mich zu konzentrieren. »Sie meinten, sie hätte Ihr Büro mittlerweile verlassen?«

»Ja, genau.«

»Gibt es denn eine Möglichkeit, sie zu kontaktieren? Um sie zu fragen, wer diese Freya Nielssen ist und warum sie sowohl als Partnerin meines Mannes als auch hier genannt wird?«

»Maxine kontaktieren?« Sharon reißt die Augen auf, als hätte ich sie gerade gebeten, einen Mord zu verüben. »Da kann ich Ihnen leider gar nicht helfen. Zuletzt habe ich gehört, dass Sie mit ihrem Freund auf Reisen ist: Südostasien und dann weiter nach Australien. Sie hat nur hier gearbeitet, um die Reise zu finanzieren, und wenn ich ehrlich sein soll, das hat man auch gemerkt. Null Einsatz, null Arbeitsmoral, morgens kam sie als Letzte, und um halb sechs war sie die Erste, die ging. Kein Wunder, dass es Fehler und Ungenauigkeiten bei ihren Mietverträgen gab. Sie hat ja die meiste Zeit damit verbracht, sich im Internet auf Reiseforen zu tummeln, aber so ist die Millenium-Generation nun mal.«

Ich betrachte noch einmal das Formular, noch verwirrter als zuvor. Wenn diese Freya Nielssen die Frau ist, mit der Sean eine Affäre hat, warum sollte er dann wollen, dass sie Zugang zu unserem Besitz erhält? Sie wären doch sicherlich zusammen. Das ergibt alles keinen Sinn.

»Es tut mir leid, dass ich Ihnen da nicht weiterhelfen kann«, erwidert Sharon. »Aber wenigstens steht Ihr Name darauf. Sie haben jetzt Zugang zu Ihren Sachen.«

Ich nicke, als sie mir den Durchschlag aushändigt. Ich schreibe meinen Namen darauf, dann reicht sie mir einen blauen Plastiktransponder mit einem großen gelben Schlüsselring daran.

»Bitte schön«, sagt sie. »Ich schreibe Ihnen noch die Adresse des Mietlagers auf. Es ist nicht weit von hier, gleich an der Piddinghoe Road. Mit dem Auto sind Sie in ein paar Minuten dort.«

»Ich werde den Bus nehmen müssen«, erkläre ich. »Ich habe kein Auto.«

»Ach je. Das war wirklich sehr taktlos von mir. Natürlich fahren Sie nicht Auto nach dem, was passiert ist. Das mit Ihrer kleinen Tochter tut mir übrigens sehr leid. Ich erinnere mich jetzt. Es stand in der Zeitung.«

»Ja, wahrscheinlich.« Ich stehe auf, damit Sharon nicht weiterredet. »Vielen Dank jedenfalls. Sie haben mir sehr geholfen.«

34

Die Gewerbefläche, auf der sich das Lager befindet, sieht aus, als wäre radioaktiver Niederschlag darüber hereingebrochen. Große Wellblechgebäude ragen unheilvoll vor mir auf, während ich mich bemühe, aus der labyrinthischen Karte am Eingang schlau zu werden. Laut Lageplan befinden sich die Lagereinheiten in dem gelben Quadranten im mittleren Bereich der Fläche. Auf dem Weg dorthin hole ich den Inhalator heraus. Ich bin völlig erschöpft, dabei bin ich noch nicht einmal dort.

Schließlich entdecke ich das Schild des Mietlagers und eine automatische Glastür, über der in großen gelben Lettern REZEPTION geschrieben steht. Ich trete ein. Eine junge Frau in marineblauer Dienstkleidung sitzt an einem Schreibtisch. Als ich auf sie zusteuere, bemerke ich einen Anstecker an ihrem Revers: »Ich heiße Kelly und bin für Sie da.«

»Guten Tag«, begrüße ich sie. »Könnten Sie mir bitte sagen, wo …« Ich werfe einen Blick auf das Blatt Papier, das Sharon mir gegeben hat. »Wo Einheit 428 ist?«

»Aber sicher.« Die junge Frau nimmt ein Faltblatt, das auf dem Schreibtisch ausliegt, und breitet es aus. »Das ist eine Karte des Yellow Bay. Die Vierhunderter liegen im vierten Stock.«

Mit einem roten Stift malt sie einen Kreis um die entsprechende Stelle auf der Karte.

»Am besten fahren Sie mit dem Aufzug, gleich da drüben. Im vierten Stock gehen Sie dann nach rechts, dort sind die geraden Zahlen.«

»Danke.« Ich nehme das Faltblatt. »Sie haben mir sehr geholfen.«

Am Aufzug drücke ich auf den Knopf. Während ich warte, wird mir flau im Magen. Ich habe keine Ahnung, was dort oben auf mich wartet.

Plötzlich öffnen sich die Aufzugtüren mit einem Ruck, und ich trete ein. Ich drücke den Knopf für den vierten Stock und schließe die Augen. Noch nie habe ich mich so seltsam gefühlt. Die Nervosität, die sich eben noch wie spitze Stacheln in der Haut anfühlte, wird von einem merkwürdigen Gefühl der Distanz abgelöst, als würde ich mich selbst von oben betrachten.

Alles, was ich in den letzten Tagen erfahren habe – Freya Nielssens Beteiligung, Seans Vorwürfe, der Anruf von Ben –, das alles kommt mir vor, als hätte es jemand anderes erlebt. Ich sollte entsetzt oder aufgebracht sein. Stattdessen bin ich wie betäubt.

Nach ein paar Sekunden öffnen sich die Aufzugtüren, und ich trete in einen schmalen Korridor. Die Wände sind in grellem Gelb gestrichen, der Teppich ist leuchtend blau. Der beißende Farbkontrast macht mich orientierungslos. Ich wende mich nach rechts und zähle die Nummern auf den Metalltüren ab.

420, 422, 424, 426 …

428.

Vor der Tür bleibe ich stehen. In ihrer Mitte entdecke ich ein kleines, viereckiges Feld. Ich nehme den Transponder aus der Tasche und halte ihn davor. Es leuchtet grün. Ich drücke die Tür auf und gehe hinein.

Eine Neonröhre erwacht flackernd zum Leben und erfüllt das Lagerabteil mit bleichem künstlichen Licht. Es ist ein kleiner Raum, etwa so groß wie ein durchschnittliches Gartenhäuschen. Vom Boden bis zur Decke ist er mit weißen Pappkartons gefüllt. Beim Nähertreten stelle ich fest, dass jede Kiste mit schwarzem Filzstift beschriftet wurde, doch die Handschrift erkenne ich nicht. Die von Sean ist es jedenfalls nicht.

Auf der ersten Kiste lese ich *Elspeth: Schlafzimmer*. Ich lege die Hand darauf. Der Karton wurde mit einem dicken Klebeband zugeklebt. Ich mache mich daran, das Band abzuziehen, aber dann lasse ich es. Ich bin noch nicht bereit, den Inhalt zu sichten. Noch nicht.

Ich gehe weiter hinein und blicke mich um. Kisten verschiedener Größe wurden übereinandergestapelt. Ich sehe *Elspeth: Spielzimmer, Elspeth: Bad*. Es schmerzt besonders, als ich eine Kiste mit der Aufschrift *Elspeth: Allerlei* ausmache, denn ich weiß genau, was sie enthält: ihre ganzen Kuriositäten und Schätze, ihre letzten fixen Ideen. »Allerlei« ist ein gutes Wort für diese Dinge, denke ich bei mir, auch wenn Sean es niemals gebraucht hätte. Er hatte großen Respekt für Elspeths Passionen, viel mehr als ich. Ich verbrachte jeden Tag mit Elspeth, und das bedeutete auch, dass ich schnell ungeduldig wurde. Nachdem ich mir sechs Tage hintereinander Informationen über die Ureinwohner Nordamerikas angehört hatte, schrie ich sie entnervt an. Aber Sean, der den Tag über in der Arbeit war, war ganz für sie da, wenn er nach Hause kam. Was immer sie in der jeweiligen Woche an Neuem entdeckt hatte, er widmete dem genauso viel Achtung und Aufmerksamkeit wie dem letzten Thema, wofür sie sich interessiert hatte. Er war als Vater besser, als ich als Mutter je sein konnte.

Ich trete auf die andere Seite des Lagerabteils, wo sich noch mehr Kisten stapeln. Aber als ich die Beschriftung lese, erstarre ich. Jemand hat in derselben säuberlichen Handschrift wie auf Elspeths Kartons geschrieben:

Das Aas: Schlafzimmer

Das Aas: Küche

Das Aas: Bad

Das Aas: Büro

Die Worte triefen nur so vor Gemeinheit und Hass. Das kann nicht von Sean stammen. Er hat mich sein Leben lang nie als Aas bezeichnet. Außerdem ist das nicht seine Handschrift. Wer hat das wohl geschrieben? Wer hasst mich so sehr?

Ich sinke auf dem Boden zusammen. Ich habe keine Ahnung, wer mir gegenüber eine solche Abscheu empfinden könnte, um mich »das Aas« zu nennen. Sean kann das doch nicht sein. Aber dann fällt mir sein letzter Eintrag im Tagebuch ein: *Du hast unsere Tochter umgebracht.* Ich denke an Freya Nielssen. War es vielleicht ihre Handschrift? Immerhin ist ihr Name außer meinem der einzige, der mit diesem Ort hier verbunden ist. Steckt sie dahinter? Hat sie Sean glauben gemacht, ich hätte Elspeth umgebracht, damit er mich hasst und sie beide zusammen sein konnten? Ich habe Kopfschmerzen, so sehr strengt es mich an, das alles zu begreifen.

Ich zähle die Kisten. Es sind dreiundvierzig. Elf Ehejahre und ein herbeigesehntes Kind, und alles, was mir bleibt, sind dreiundvierzig Pappkartons. Kann das mein Leben sein?

Meine Brust zieht sich zusammen, und ich fange an zu keuchen. Ich nehme den Inhalator aus der Tasche und stecke ihn mir in den Mund. Zweimal atme ich tief ein, aber meine Brust schnürt sich nur noch mehr zusammen. Das muss an dem Staub liegen. Ich muss hier raus.

Ich stehe auf und haste Richtung Tür, aber gleich neben der ersten Reihe Kartons liegt etwas auf dem Boden. Es ist ein Umschlag. Ich hebe ihn hoch. Mein Name prangt in Großbuchstaben darauf. Ich reiße den Umschlag auf und nehme ein Blatt Papier heraus. Es ist die Handschrift von Elspeth.

Ich stütze mich mit der Hand an der Wand ab und lese:

Liebe Mummy,

ich habe dir ein Gedicht geschrieben. Hier ist es:

Denk ich an Zuhause,
denk ich an dich und mich.
An all die guten Zeiten,
ganz warm und kuschelig.
Ein großes schönes Haus,
frei gehen wir ein und aus.
Denk ich an Zuhause,

denk ich an Wasser auch.
Es rinnt die Fenster runter,
steigt aus dem Boden auf.
Der Fluss strömt ewig abwärts
hinunter bis zum Meer,
trägt mit sich ein Geheimnis,
das dir und mir gehört.
Ich hab dich lieb, Mummy.

xxx

Ich drücke den Brief an meine Brust, die Worte brennen sich mir ins Herz. Mein schönes kleines Mädchen. Ich stelle mir vor, wie Elspeth zu Hause sitzt, einen Block vor sich, und ein Gedicht schreibt, das ich nie zu lesen bekam. Ich betrachte noch einmal den Umschlag. Keine Briefmarke. Sie muss das für mich geschrieben haben, aber wann? Es sieht aus wie ihre Handschrift vor ein paar Jahren. Ich denke daran, wie oft ich sie weggescheucht habe, wenn ich in meinem Arbeitszimmer saß und gearbeitet habe. Ich höre ihr Stimmchen: »Mummy, darf ich dir kurz was zeigen?« Und ich war so in meiner Fantasiewelt verfangen, dass ich mich nicht einmal umgedreht, sie nicht einmal angesehen habe. »Mummy?« »Nicht jetzt, Elspeth, ich habe zu tun.« Was, wenn sie versucht hat, mir dieses Gedicht zu zeigen, ein wunderschönes Gedicht über ihr Zuhause und was es ihr bedeutete, und ich habe sie weggeschickt? Wie wurde ich so distanziert? Vom Augenblick ihrer Geburt an wollte ich Elspeth mit Liebe überschütten, ihr ein warmes Zuhause geben, sie vor den Ungeheuern bewahren, die mich plagten. Und dann wurde es irgendwann zu viel, und ich habe mich zurückgezogen; von Elspeth, von Sean, von der Welt.

Die Luft im Raum wird dünner. Ich muss jetzt wirklich hier raus. Ich nehme den Brief, schnappe mir meine Tasche und den Schlüssel und ziehe die schwere Tür auf.

Als ich durch den abscheulichen gelben Korridor gehe, laufen mir Tränen über das Gesicht. Meine Lunge ist jetzt so verkrampft, dass ich kaum Luft kriege. Beim Aufzug hämmere ich mit der Faust auf den Knopf.

»Mach schon«, rufe ich, während die Leuchtziffern langsam von 1 bis 3 wandern. Nach Stunden, wie es mir scheint, leuchtet die 4 auf, und als sich die Türen öffnen, falle ich fast in den Fahrstuhl. Im Erdgeschoss angekommen taumle ich aus der Kabine. An dem Empfangstisch vorbei, wo »Ich bin für Sie da«-Kelly an ihr Smartphone geklebt sitzt, durch die automatische Tür und hinaus auf den verlassenen Parkplatz.

Neben ein paar Müllcontainern kauere ich mich auf den Asphalt, betrachte die weite industrielle Ödnis um mich herum und weiß, das kann es nicht sein. Ich kann nicht in diesem Schwebezustand leben, in dieser Verwirrung.

Ich muss zurück. Zurück zum Fluss.

35

Liebe Mummy,

Freya hat mich heute wieder besucht. Als ich aus der Schule kam, hat sie mit Wieselgesicht und Zoe in der Küche Tee getrunken. Sie meinte, Daddy wäre so froh, dass ich wohlauf bin, und ich müsse nur ein tapferes Mädchen sein und durchhalten, dann würde alles wieder gut werden. Dann hat sie gefragt, ob sie mein Zimmer sehen darf. Ich habe sie hochgebracht. Drinnen schnappte sie nach Luft. Sie fand es sehr karg, und nächstes Mal bringt sie mir Kissen und Bilder mit, um das Ganze »fröhlicher zu machen«. Zoe lag oben auf dem Stockbett und schnaubte, als Freya das sagte. Ich glaube, sie mag Freya nicht. Aber Zoe mag eigentlich niemanden.
Als Zoe aus dem Zimmer ging, habe ich Freya noch einmal nach dir gefragt. Sie meinte, du und Daddy wärt nicht mehr zusammen, aber das sei das Beste für alle. Ich erzählte ihr, dass ich dir Briefe geschrieben hätte. Freya wollte sie sehen, deshalb habe ich ihr mein Heft gezeigt. Sie hat die Briefe gelesen und gesagt, dass meine Rechtschreibung sehr gut wäre. Dann meinte sie, dass du sie bestimmt gerne lesen würdest und sie dir die Briefe vielleicht weiterleiten

könnte. Ich bin fast aus dem Bett gefallen, als sie das sagte. Ich fragte, ob sie weiß, wo du bist, aber sie erklärte mir, dir ginge es nicht so gut, deshalb wärst du an einem besonderen Ort, wo du dich ausruhen kannst. Dann hat sie mit meinem roten Füller ihre Adresse hinten auf mein Heft geschrieben und gesagt, ich könne ihr die Briefe schicken. Ich soll sie alle in einen großen Umschlag stecken, dann würde sie dafür sorgen, dass du sie bekommst.

Als sie weg ist, habe ich an meinem Schreibtisch sorgfältig jeden einzelnen Brief herausgerissen, den ich bisher geschrieben habe, damit ich sie alle zusammen schicken kann. Zoe findet, ich wäre verblendet und Freya wäre »verschlagen«, aber das glaube ich nicht. Ich glaube, sie muss eine Freundin von dir und Daddy sein, und sie hilft euch.

Wenn ich dir das nächste Mal einen Brief schreibe, dann setze ich jedenfalls vorne in großen Buchstaben meine Adresse darauf, dann weißt du, wo du mich treffen kannst, wenn du ihn bekommst.

Ich kann es kaum erwarten, dich zu sehen, Mummy.

Ich hoffe, du erholst dich gut.

Ich hab dich lieb.
Deine liebe Tochter xxx

36

Ein leichter Nieselregen setzt ein, während ich den Reitweg entlanglaufe. Die Luft riecht nach Rauch und Schlick. In der Ferne bellt ein Hund, und Laub raschelt. Vögel? Oder etwas – jemand – anderes? Konzentrier dich, sage ich mir, geh weiter und dreh dich nicht um. Doch während ich weiterstapfe, ist es unmöglich, sich nicht umzudrehen, nicht an die Ereignisse zu denken, die mich hierhergeführt haben.

Vor vielen Jahren bin ich mit meinen Eltern genau auf diesem Weg zur Ketton House Farm marschiert. Am Abend der Feier von Barbaras vierzigstem Geburtstag.

»Trödel nicht, Margaret. Wir kommen noch zu spät.«

Die Stimme meiner Mutter kehrt aus jenem goldenen Sommer zu mir zurück.

Ich hatte Stunden damit zugebracht, mich fertig zu machen. Ben war von der Universität zurück und würde auch auf der Party sein. Ich musste perfekt aussehen. Schließlich wählte ich ein schwarzes Samtkleid, das wie eine zweite Haut an meinem Körper saß. Die Haare hatte ich zu einem kunstvollen Chignon zurückgesteckt, die Augen hatte ich sorgfältig mit rauchschwarzem Kajal geschminkt.

Aber Mum gefiel es gar nicht, dass ich mich so herausgeputzt hatte, und wollte, dass ich mich umziehe.

»Lass sie doch, Marion«, hatte mein Vater gesagt und den Kopf geschüttelt. »Sie sieht doch hübsch aus. Eine richtige Audrey Hepburn.«

Mich schaudert, als ich daran denke, was danach folgte. *Gestört*, hatte Barbara gebrüllt, als sie mich wegbrachten.

Sobald ich den Weg am Flussufer entlang erreiche, wird es kühler. Ich ziehe den Reißverschluss meiner dünnen Jacke zu und gehe in Richtung der Stelle: das kleine Stück am Flussufer, wo sich die beiden Erlen zueinander beugen.

Als ich dort ankomme, duftet es stark nach Mädesüß. Es riecht wie Marzipan, und die feuchte Luft verstärkt den Geruch noch. Der Duft bringt mich zurück zu dem schönen Frühlingsmorgen, als Elspeth und ihre Klasse bei der jährlichen Maiprozession mitmachten. Sie hatte Wochen damit zugebracht, den Blumenkranz zu vervollkommnen, den sie auf dem Kopf tragen würde. Sie wollte Mädesüß darin haben, weil ihr die flockigen, wolkenartigen Blütenblätter gefielen; sie fand, sie sähen aus wie Engelshaar. Wie alles, was Elspeth tat, musste es genau so und nicht anders sein. Während ich weiterlaufe, habe ich noch im Ohr, wie sie mit ihrer kleinen Stimme das Lied an die Maikönigin singt.

»Drum wollen wir dir bringen, was uns der Mai gebracht.
Und hier zu deinen Füßen mit Blumen dich begrüßen …«

Ich war sehr stolz auf meine Tochter an diesem Tag. Sie war auserwählt worden, die Prozession anzuführen. In der Vergangenheit hätte das zu einer Krise epischen Ausmaßes geführt, aber irgendwie hatte sich Elspeth in den letzten Monaten verändert, sie war selbstsicherer geworden. Ich hatte mit dem Handy viele Fotos von ihr geschossen und sie Sean geschickt, der nicht teilnehmen konnte, obwohl es ein Samstag war. Er hatte diese Nachrichten nicht beantwortet, aber damals dachte ich mir nichts dabei. Jetzt stehe ich hier im Schatten der beiden Eiben und frage mich, ob er an dem Tag mit Freya Nielssen zusammen war, ob er seine Flucht plante. Ich sehe mein schönes Mädchen vor mir, in seinem glänzenden weißen Kleid, Blüten in die rotbraunen Haare geflochten, und es läuft mir kalt den Rücken herunter. Weniger als zwei Wochen später war Elspeth tot.

Ich verweile noch einen Augenblick und blicke auf das Wasser. Die Oberfläche ist von einer dicken Schicht grüner Algen überzogen. Ich denke an Ben, an die Überzeugungskraft seiner Stimme, als er mich drängte: »Komm schon, Maggie, sei nicht so eine Spaßbremse.« Warum bin ich nicht einfach weggegangen? Mein Leben hätte ganz anders verlaufen können.

Doch nach all dem Schmerz bekam ich eine zweite Chance auf ein Glück, die Chance zu beweisen, dass ich ein guter Mensch war. Sie kam in Gestalt von Elspeth, einem Kind mit durchdringenden grünen Augen und einer alten, wissenden Seele.

Ich kann so nicht leben, sage ich mir, als ich auf das Ufer zutrete, Elspeths Brief fest in der Hand.

Ich schaue in den Fluss hinunter. Das tiefe, trübe braune Wasser scheint mich zu verhöhnen. *Mich gibt es immer noch, wenn du nicht mehr bist*, flüstert es. *Nur ich bin wichtig. Tu es. Spring. Spring.*

Der Regen prallt von der spiegelglatten Oberfläche ab, kleine Wassertröpfchen spritzen in die Luft. Ich spüre den Regen auf dem Kopf, auf den Haaren, auf dem Körper, aber ich bewege mich nicht. Ich bleibe einfach stehen, der Fluss hält mich in seinem Bann.

Es wäre nicht schwer. Nur ein bisschen Gegenwehr, dann ein schweres schwarzes Vergessen. Ich habe nichts mehr. Das ist der einzige Weg.

Und dann sehe ich sie; ein kleines Gesicht über der Wasseroberfläche. Sie ist ungefähr drei Meter entfernt, mitten im Fluss. Sie rudert mit den Armen und kämpft gegen die Strömung an.

»Elspeth!«, rufe ich. »Elspeth! Alles gut, Mummy kommt.«

Der Regen fällt jetzt heftiger, sodass ich sie nicht mehr ausmachen kann.

»Elspeth!«

Ich trete einen Schritt vor, spüre den dicken, glitschigen Schlamm unter den Füßen, aber als ich in den Fluss steigen will, erklingt eine Stimme.

»Das scheint sich ja einzuregnen.«

Ich wende den Kopf, dann weiche ich ein paar Schritte rückwärts ans Ufer zurück, um festeren Halt zu finden. In einiger Entfernung steht ein Mann. Er läuft auf mich zu, und plötzlich erkenne ich ihn. Es ist der Mann vom Busbahnhof. Er hat einen Hund dabei, einen schlanken Windhund mit scheckigem Fell.

»Lenny kann Regen nicht ausstehen.« Der Mann zeigt auf den Hund. »Da schüttelt es ihn immer. Ich wollte gerade zurück ins Dorf. Sie sollten auch zusehen, dass

Sie sich auf den Rückweg machen. Es sind Unwetter vorausgesagt.«

»Im Moment geht es noch, danke«, erwidere ich. Ich wende mich wieder dem Fluss zu. Hoffentlich verschwindet der Mann.

»Sie sind doch die Dame, die Rodmell gesucht hat«, meint er. »Der Virginia-Woolf-Fan. Also, Sie sollten wirklich nicht so nah ans Wasser treten, sonst enden Sie noch wie sie.«

»Ich wollte nur einen klaren Kopf bekommen. Ich kenne mich hier aus. Ich habe einmal hier gewohnt.«

»Ach so! Ich heiße übrigens Tom. Und Sie?«

Ich antworte ihm nicht. Vielleicht läuft er einfach weiter, wenn ich ihn lange genug ignoriere.

»Gehen Sie doch ein bisschen zurück«, sagt er. »Das ist sehr unsicheres Terrain. Ich würde es mir nicht verzeihen, wenn ich Sie hierlassen würde und Sie am Ende ausrutschen. Kommen Sie, meine Liebe.«

Der Wind peitscht mir ins Gesicht, und eine Mischung aus Tränen und Regen rinnt mir über die Wangen. Ich wische mir die Augen mit dem Handrücken ab, dann blicke ich auf den Fluss hinaus. Kein Anzeichen von Elspeth. Mein Gehirn muss mir wieder Streiche gespielt haben.

»Verraten Sie mir denn Ihren Namen?«

Ich wende mich um und stelle mich vor den Mann hin. Meine Arme hängen schlaff herunter.

»Maggie.«

»Maggie«, wiederholt er fröhlich. »So hieß auch meine ältere Schwester. Das ist ein guter Name.«

»Das weiß ich nicht.« Ich zittere vor Kälte. »An mir ist nichts Gutes.«

»Warum sagen Sie das?«

Ich zucke mit den Achseln.

»Ach was, Maggie, an Ihnen muss etwas Gutes sein. Jeder Mensch hat etwas Gutes in sich.«

»Meine Tochter war gut«, erwidere ich. »Sie war perfekt und schön und eigenwillig. Aber vor allem war sie gut.«

Lächelnd nickt er.

»Und Sie waren ihre Mutter. Also haben Sie dazu beigetragen, dass sie gut war.«

»Ich habe es kaputt gemacht«, meine ich. »Ich habe sie nicht beschützt.«

»Was ist denn mit Ihrer Tochter passiert?«

»Sie ist ertrunken. Und ich weiß nicht, warum.«

»Das ist ja entsetzlich.« Der Mann hält sich die Hand vor den Mund. »Einfach entsetzlich. Das tut mir leid.«

»Wissen Sie, wie oft ich diese Worte in den letzten Wochen gehört habe?«, rufe ich. »Und wissen Sie, wie sinnlos sie sind? Warum tut es Ihnen leid? Sie kennen mich doch gar nicht. Sie kannten meine Tochter nicht.«

Traurig schaut der Mann mich einen Augenblick an. »Das ist doch ganz normal, oder? Es tut einem immer leid, wenn man hört, dass jemand gestorben ist. Besonders wenn es ein Kind ist. Aber Sie tun mir auch leid, denn das muss ungeheuer schmerzhaft sein.«

»Ich bin das Auto gefahren«, sage ich. »Es ist in den Fluss gerollt, und ich habe keine Erinnerung daran. Überhaupt keine. Ich würde ja zugeben, dass alles meine

Schuld ist, aber mir ist nicht einmal klar, was ich an dem Abend gemacht habe.«

»Ist es hier passiert?«

Ich schüttle den Kopf.

»Es war oben am Plough Inn«, erkläre ich ihm. »Ich bin hergekommen, weil … Gott, ich habe nicht die geringste Ahnung, warum ich hergekommen bin. Ich …« Mir versagt die Stimme. »Ich glaube, ich stehe das nicht durch. Ich bin nicht stark genug.«

Es donnert. Der Hund zerrt an der Leine.

»Gehen Sie doch besser«, sage ich zu Tom und erhebe die Stimme über den prasselnden Regen. »Sie werden ja ganz nass. Ich finde mich schon zurecht, ehrlich.«

»Nur wenn Sie mich begleiten.« Tom verzieht das Gesicht, während es auf ihn niederregnet. »Ich lasse doch kein junges Mädchen wie Sie bei diesem Wetter hier draußen. Und Sie wollen doch nicht die Verantwortung dafür tragen, dass ich mich unterkühle.«

»Ich will mich einfach nur erinnern können.« Ich lege mir die Hände an die Schläfen. »Das ist alles.«

»Das werden Sie auch.« Er spricht lauter, damit ich ihn über den Regen hinweg höre. »Aber manchmal kehren Erinnerungen genau dann zurück, wenn man sie am wenigsten erwartet.«

Ich drehe mich um und schaue aufs Wasser. Vielleicht hat er recht.

»Gibt es denn jemanden, den ich anrufen kann?«, fragt Tom. »Jemanden, der Sie abholen kann?«

»Sonia.«

»Wer ist Sonia?«

»Sie ist … sie ist meine Freundin.«

»In Ordnung«, sagt Tom. »Dann gehen wir doch zur Hauptstraße und rufen von dort aus Sonia an. Kommen Sie, Liebes.«

Er streckt mir die Hand entgegen, und ich taumle auf ihn zu.

»Braves Mädchen.« Tom führt mich weg vom Fluss. »Wir rufen Sonia an, und alles findet sich.«

Ich nicke und trotte benommen neben ihm her. Als wir den Weg zurücklaufen, senke ich den Blick und bemerke, dass ich Elspeths Gedicht noch in der Hand halte. Es ist völlig durchweicht vom Regen, aber ich drücke es mir ans Gesicht und küsse es, einmal, zweimal, dreimal.

37

Liebe Mummy,

hier ist er, der erste »offizielle« Brief von mir, den du per Post bekommst. (Ich stecke aber alle, die ich bisher geschrieben habe, mit in den Umschlag, damit du viel zu lesen hast!)
Weil das der erste richtige Brief ist, wollte ich, dass er gut wird. Die anderen, die ich schon geschrieben habe, sind alle ein bisschen traurig, und in den meisten weine ich, aber dieser hier wird ein fröhlicher Brief, denn gestern hatte ich einen richtig schönen Tag. Ich will dir davon erzählen.
Wir haben mit der Schule ein Museum in London besucht. Es war kein normales Museum voll muffiger alter Möbel und Ölgemälde, nein, in diesem Museum gab es Blut und Leichen.
Ich habe festgestellt, wenn ich mich auf Sachen konzentriere, die mich wirklich interessieren, dann tut es nicht so weh – mit »es« meine ich, dass ich nicht bei dir und Daddy sein kann –, und im Moment interessiere ich mich für Blut. Nicht das grausige Blut aus Horrorfilmen, sondern echtes Blut. Bestimmt fragst du dich, warum mich das so fasziniert. Ich erkläre es dir. Vor ein paar Wochen hatte ich richtig

schlimmes Nasenbluten. Ich bin nachts aufgewacht, und mein Kissen war ganz nass. Ich sprang aus dem Bett, schaltete das Licht an und schaute in den Spiegel. Zuerst war ich erschrocken, weil ich aussah, als hätte ich einen Unfall gehabt oder so, aber dann habe ich Wasser ins Becken laufen lassen und mir das Gesicht abgewaschen, und als sich das Blut mit dem Wasser vermischte, ergab es echt schöne Muster. Da habe ich dann über die Farben in unserem Körper nachgedacht und dass sie viel spannender sind als unsere Hautfarbe. Jedenfalls wollte ich seit dieser Nacht mehr über Blut wissen, und in diesem tollen Museum war es überall.

Ein Mann namens Charles führte uns herum. Er war der Chefkurator und hat in Cambridge studiert, an der großartigen Universität dort. Den anderen Kindern war langweilig, und sie haben sich ständig über ihn lustig gemacht und die Augen verdreht. Sie wollten bloß irgendwelchen Mist im Souvenirshop kaufen und Pommes im Café essen, aber ich bin bei Charles geblieben. Er war echt freundlich und beantwortete alle meine Fragen. Ich habe gelernt, dass eine Leichenöffnung in der Wissenschaftssprache Sektion heißt. Ich habe sogar eine Leiche besichtigt. Sie war in einer Flüssigkeit konserviert, die Formaldehyd heißt (das Wort habe ich mir in mein Heft geschrieben, damit ich nicht vergesse, wie man es schreibt). Alles Blut war aus dem Körper entfernt worden. Ich weiß nicht, ob dir das bewusst ist, Mummy, aber ein Körper ohne Blut ist ganz farblos und fade, er sieht aus wie ein Stück alte Pappe. Blut ist das, was uns schön macht, hat Charles gesagt, und ich finde das auch. Er hat außerdem gesagt, dass es in der Wissenschaft nur darum ginge, aus der Dunkelheit ins Licht zu rücken, und als ich im Museum herumspaziert bin und die beeindruckenden Ausstellungsstücke betrachtete, habe ich mich genau so gefühlt.

Danach zeigte Charles mir ein Regal, in dem lauter kleine Glasfläschchen mit Blut standen, alle in einem anderen Farbton. Eines war fast schwarz. Es war wunderbar. Ich habe die Fläschchen einfach nur angestarrt. Am liebsten hätte ich eins in die Hand genommen – das scharlachrote – und den Finger hineingetaucht, aber Charles stand die ganze Zeit neben mir. Immerhin waren das kostbare Ausstellungsstücke. Sie hätten mich hinauswerfen können, wenn ich mir daran zu schaffen gemacht hätte, oder schlimmer noch, ich hätte ins Gefängnis kommen können!

Jedenfalls, am allerbesten nach dem Blut hat mir ein Buch von einem Mann namens William Hunter gefallen. Ich habe mir den Titel sorgfältig notiert, denn ich wollte ihn nie mehr vergessen. Es heißt The Anatomy of the Human Gravid Uterus *und ist aus dem Jahr 1774. »Noch bevor ich geboren wurde«, meinte Charles. Er war wirklich sehr lustig. Jedenfalls waren in dem Buch viele Zeichnungen, Hunderte davon zeigten das Innere eines Frauenkörpers mit einem Baby darin. Und, mein Gott, das war*

gleichzeitig gruselig und schön, Mummy. Das Baby war in diesen winzigen Raum eingepfercht, der Kopf nach unten, der Po in die Luft, und es gab keinen Platz, um sich zu bewegen. Aber am komischsten fand ich, dass der Künstler, Mr Hunter, der Frau die Beine abgeschnitten hat, sodass sie aussahen wie zwei Stück Fleisch. Wie die ekelhaften Lammkoteletts, die wir hier zum Abendessen bekommen.
Und dann hat mir das umgedrehte Baby leidgetan, denn ihm ging es genau wie mir, es war ganz allein.
Ich habe Charles gefragt, ob ich noch eine andere Seite des Buchs sehen darf, aber das Buch wurde hinter Glas aufbewahrt, und niemand durfte es anfassen, damit es nicht auseinanderfiel. Also bin ich einfach den restlichen Nachmittag dort geblieben und habe das Baby angeschaut und mich gefragt, warum Mr Hunter seine Mutter totgemacht hat.
Bitte schreib zurück.
Oder schreib dir einfach die Adresse oben auf diesem Brief ab und komm her.

Ich hab dich lieb.
Deine liebe Tochter xxx

38

Sonntag, 6. August

Leise dringt der Lärm des Radios durch den Korridor. Sonia ist hier. Sie hat den ganzen Vormittag in der Küche verbracht und diverse Suppen und Eintöpfe zum Einfrieren gekocht. Es riecht nach Knoblauch und gebratenen Zwiebeln. Es ist ein tröstlicher, heimeliger Geruch, aber es führt nur dazu, dass ich mich hier in diesem geborgten Bett umso mehr allein fühle. Ich muss ständig an Elspeths Gedicht denken, an ihre herzzerreißende Beschreibung von zu Hause. Offenkundig hat sie es geschrieben, um meine Aufmerksamkeit zu erregen. Könnte ich die Zeit zurückdrehen, ich würde jedes einzelne Buch, das ich je gekauft habe, zerreißen, jede Notiz, jedes Dokument. Denn meine Abhängigkeit davon und mein Bedürfnis, als intelligenter Mensch wahrgenommen zu werden und nicht als jemand, der bei den Prüfungen durchgefallen ist und jahrelang chancenlose Jobs übernahm, haben das größte Geschenk von allen zerstört: Elspeth eine Mutter zu sein. Dieses kleine Mädchen war wie eine Feder im Wind in und aus meinem Leben geschwebt, und ich hätte es auffangen, es auf den Boden holen, Notiz von ihm nehmen sollen, statt mich wegzusperren.

Und jetzt ist es zu spät.

Ich drehe mich um, betrachte die rostfarbenen Vorhänge auf beiden Seiten des Schlafzimmerfensters. Einer hat einen braunen Fleck an der unteren Ecke. »Pass auf, dass du das Bügeleisen nicht zu heiß werden lässt, sonst brennt es dir ein Loch in den Stoff.« Die Stimme meiner Mutter treibt durch die Jahrzehnte zu mir her, obwohl ich nie Vorhänge gebügelt habe – ich habe nie irgendetwas gebügelt, ich hatte immer viel zu viel zu tun. Zumindest redete ich mir das ein. Draußen schlägt eine Autotür zu, Schritte nähern sich über den Weg. Als es klingelt, setze ich mich auf.

»Komme gleich«, ruft Sonia und stellt scheppernd einen Topf auf die Arbeitsfläche in der Küche.

Sie macht auf. Julia fragt, wie es mir geht.

Halbherzig versuche ich, mein äußeres Erscheinungsbild zu verbessern, und fahre mir durch die Haare, doch ich gebe gleich auf. Julia ist Ärztin. Sie erträgt regelmäßig Menschen in schlechtem Zustand. Warum sollte es bei mir anders sein?

»Hier entlang, bitte.«

Sonias Stimme hallt durch den Korridor. Meine Schlafzimmertür öffnet sich. Die Pflegerin späht herein und lächelt.

»Ah, gut, Sie sind ja wach«, sagt sie sanft. »Dr. Mathers ist hier. Kann ich sie hereinschicken?«

Ich nicke, dann ziehe ich mir die Bettdecke zur Brust hoch. Draußen flüstert Sonia etwas, und kurz darauf betritt Julia das Zimmer.

Sie hat den üblichen schicken Hosenanzug an und

Kitten Heels dazu. Heute ist es ein Ensemble in dunklem Smaragdton, welches das Grün ihrer Augen betont. Ich blicke auf mein dünnes Polyesternachthemd herab und schäme mich. Dann denke ich an Sean und frage mich, was Freya Nielssen wohl trägt. Ich stelle sie mir als eiskalte nordische Blondine vor, glamourös und elegant, alles, was ich nicht bin. Ich stelle mir vor, wie er mit ihr im Bett liegt und sie liebkost.

»Es tut mir leid, dass ich nicht früher hier sein konnte«, sagt Julia und unterbricht mich in meinen Gedanken. »Ich hatte heute Vormittag viel Papierkram zu erledigen.«

Sie setzt sich ans untere Ende des Betts und verschränkt die Hände im Schoß. In diesem Moment fällt mir auf, dass ihr Äußeres heute nicht ganz so tadellos ist, wie ich erst glaubte. Ihre Haare sind unordentlich zu einem Knoten zusammengefasst, und dunkle Ringe liegen unter ihren Augen. Ich bekomme ein schlechtes Gewissen. Julia hat sicherlich beruflich schon genug zu tun, ohne dass ich ihr noch zusätzliche Probleme bereite.

»Es ist sehr freundlich, dass Sie vorbeischauen«, erwidere ich. »Ich weiß das sehr zu schätzen.«

Julia nickt.

»So, Maggie, wollen Sie mir erzählen, was passiert ist?« Sie beendet die unnötigen Floskeln und kommt gleich zum Punkt. »Als Sonia mich gestern Abend anrief, meinte sie, Sie seien in den Regen geraten und in einem sehr schlechten Zustand.«

»Ja.« Am liebsten würde ich unter dem Bettzeug verschwinden. »Ich bin zum Fluss, unten bei der Ketton House Farm.«

»Was wollten Sie dort?«

»Dort … dort ist einmal etwas Schlimmes passiert.« Ich meide ihren Blick. »Ich habe das seltsame Gefühl, dass das mit dem Unfall zusammenhängen könnte.«

»Ich verstehe.« Julia zieht die Augenbrauen etwas hoch. »Und wollen Sie über diese schlimme Sache reden?«

»Nein«, sage ich entschlossen. »Das, na ja, das ist etwas ziemlich Persönliches. Außerdem geht es mir jetzt wieder gut. Mich fröstelt nicht mehr. Sonia hat mir gestern noch ein heißes Bad eingelassen.«

Julia kneift die Augen zusammen. Sie glaubt mir nicht eine Sekunde.

»Sonia hat mir außerdem erzählt, dass Sie meinen, von den Tabletten würde Ihnen schwindelig.« Die Ärztin steckt sich eine lose Strähne hinter das Ohr.

»Ich war in einer schlechten Verfassung, als ich das gesagt habe, aber … okay, es stimmt schon, seit ich die Tabletten nehme, fühle ich mich seltsam.«

»Was meinen Sie mit seltsam?«

»Ich bin einfach wie betäubt, alle meine Reaktionen sind irgendwie langsamer.«

»Das könnte eher an den neurologischen Nachwirkungen des Unfalls liegen als an dem Medikament«, erklärt Julia mit ernster Miene.

»Das habe ich am Anfang auch gedacht. Aber es fühlt sich anders an als der Gedächtnisverlust, und damit ging es mir eigentlich langsam etwas besser. Ich habe angefangen, mich wieder an manches zu erinnern, aber dann habe ich Elspeth singen hören, und …«

»Moment.« Julia scheint verwirrt. »Sie haben Elspeth singen hören?«

»Ja.« Dann hole ich tief Luft und erzähle der Ärztin von dem Abend, an dem ich Elspeths Gesang vernommen habe. Ich erzähle ihr von Seans Tagebuch und seinen Anschuldigungen. Ich erzähle von Sharons Anruf und dem Namen der Frau in den Unterlagen der Maklerin, von dem Mietlager und dass alle meine Sachen in Kisten mit der Aufschrift »Das Aas« verpackt waren.

»In Ordnung, Maggie.« Julias ruhige Stimme bildet einen Kontrast zu meiner aufgeregten Ausdrucksweise. »Das Ganze jetzt mal Schritt für Schritt. Was mich am meisten beunruhigt, ist das, was Sie mir gerade über die Stimmen erzählen, die Sie hören.«

»Sie glauben, ich werde verrückt?« Ich setze mich gerade auf. »So ist es aber nicht … ich …«

»Nein, ich glaube nicht, dass Sie verrückt werden, aber in Anbetracht ihrer medizinischen Vorgeschichte glaube ich, dass wir schnell handeln müssen.«

Ich fühle mich ausgeliefert. Die Ärztin sieht meine gesamte Vergangenheit, all die Schrecken, die ich so lange verborgen habe. Sie weiß, wozu ich fähig bin.

»Aus diesem Grund verschreibe ich Ihnen eine andere Art von Medikamenten gegen Angstzustände«, sagt Julia. »Ich drucke Ihnen gleich morgen früh das Rezept aus, dann können Sie selbst oder Sonia es abholen.«

»Noch mehr Tabletten?«, frage ich.

Julia nickt.

»Ich vermute, Sie werden diese als deutlich sanfter empfinden, aber als nicht weniger wirksam.«

Die Ärztin steht auf und streicht den Blazer glatt.

»Schön, ich gebe Sonia Bescheid. Versuchen Sie, sich in der Zwischenzeit gut auszuruhen, essen Sie ordentlich und vereinbaren Sie in einer Woche einen Termin in der Praxis, damit wir prüfen, wie Sie mit den Medikamenten klarkommen.«

Ich nicke und schaue ihr nach, als sie die Tür öffnet und in den Korridor hinaustritt. Draußen spricht sie mit Sonia über das Rezept, dann ist alles still. Ein paar Minuten später öffnet sich die Tür, und Sonia kommt herein.

»Schauen Sie mal, ich habe Ihnen eine Tasse Tee gemacht.« Sie stellt eine große blaue Tasse auf den Tisch neben mir. »Wie geht es Ihnen?«

Wie soll ich das wahrheitsgemäß beantworten? Ich weiß es nicht, deshalb schließe ich die Augen und lege den Kopf auf das Kissen zurück.

»Schon klar, das ist schwer, Maggie.« Sonia setzt sich neben mich. »Und wenn ich ehrlich bin, ich hatte noch nie mit jemandem zu tun, der so etwas wie Sie durchgemacht hat. Zuletzt war ich bei einer alten Frau eingesetzt, die in ihrer Beweglichkeit eingeschränkt war, und davor war es ein Mann mittleren Alters, der sich das Bein gebrochen hatte. Das war vielleicht ein sturer Kerl. Jedenfalls will ich damit sagen, dass Sie sich wirklich gut schlagen in Anbetracht dessen, was Sie erlebt haben.«

»Danke, Sonia.«

»Ach, dafür bin ich doch da. Hören Sie mal, ich habe nachgedacht. Wie wäre es, wenn wir Ihre Sachen aus dem Mietlager abholen? Es wird Ihnen guttun, vertraute Dinge um sich zu haben. Vielleicht helfen auch ein paar Sachen von Elspeth.«

»Ich glaube kaum, dass ich mir das leisten kann.« Ich trinke einen Schluck Tee. »Ich müsste einen Möbelwagen mieten, das wäre teuer. Ich habe gerade einmal genug auf der Bank, um mich durchzuschlagen, bis die Beihilfen gezahlt werden.«

»Genau da kann ich helfen.« Sonia lächelt. »Sid, ein Kumpel von mir, hat einen großen alten Transporter, und er schuldet mir einen Gefallen. Ich habe heute Vormittag mit ihm gesprochen, als Sie schliefen, und er hat gesagt, er würde mir helfen, den Lagerraum auszuräumen. Wir könnten alles bis morgen fertig haben. Wie finden Sie das?«

»Das wäre wunderbar, wenn es nicht zu viel Aufwand für Ihren Freund ist.« Meine Augen füllen sich mit Tränen. »Danke, Sonia. Ich meine das ehrlich, danke, ich verdiene …«

Und dann dringen der ganze Schmerz und die Verzweiflung der letzten Monate wieder an die Oberfläche, und ich fange an zu schluchzen.

»Ach, Maggie, nicht weinen.«

Sonia nimmt mir die Teetasse aus den zitternden Händen und stellt sie auf den Nachttisch. Dann streichelt sie mir sanft die Hand.

»Hey, es kommt alles in Ordnung, das verspreche ich Ihnen«, sagt sie, und auch wenn ich weiß, dass das nicht stimmt, dass nie mehr etwas in Ordnung kommt, gestatte ich mir, die Augen zu schließen und mich einen Augenblick lang von Sonia im Arm halten zu lassen.

39

Liebe Mummy,
du hast nicht auf meinen Brief geantwortet. Ich hoffe, es geht dir gut.
Hier steht es nicht zum Besten.
Zoe benimmt sich in letzter Zeit echt seltsam. Wieselgesicht hat sie gestern ins Krankenhaus gebracht, und sobald Zoe nach Hause kam, hat sie sich nur auf ihr Stockbett gelegt und merkwürdige Geräusche von sich gegeben, als hätte sie Schmerzen oder würde weinen oder beides. Das ist komisch, denn Zoe ist einer der stärksten Menschen, die ich kenne, und sie weint nie.
Während ich mich fürs Bett fertig machte, hat sie gefragt, ob ich von dir gehört hätte, und als ich Nein sagte, meinte sie, das sei keine Überraschung. Eltern lassen ihre Kinder immer im Stich, das gehört zum Leben. Und dass sie an meiner Stelle aufhören würde zu schreiben. Sie würde einfach weitermachen und sich nicht länger selbst betrügen.
Aber ich glaube, sie hat das alles gesagt, weil es ihr nicht gut geht, entweder wegen irgendwas, was im Krankenhaus passiert ist, oder weil sie Schmerzen hat.

Ich weiß, du würdest mich nicht hierlassen, Mummy. Das weiß ich einfach.
Jedenfalls klebe ich eine Briefmarke auf diesen Brief und schicke ihn gleich morgen früh an Freya.
Die Adresse habe ich wieder ganz oben hingeschrieben. Du kannst sie nicht übersehen.

Ich hab dich lieb.
Deine liebe Tochter xxx

40

Dienstag, 8. August

»Herrje, Maggie, wo sollen wir nur hin mit dem ganzen Zeug?«

Sonia sitzt mitten auf dem Wohnzimmerboden. Sie ist umgeben von Bücherstapeln und Papierbergen, dem Großteil des Inhalts meiner »Arbeitszimmer«-Kisten.

»Das muss ja Jahre gedauert haben, bis Sie diese Sammlung zusammenhatten.« Sonia schlägt eine knisternde gebundene Ausgabe von Virginia Woolfs *Zum Leuchtturm* auf.

»Und ob«, sage ich. »Aber ich habe Bücher schon immer geliebt, ich musste ständig welche um mich haben. Als ich klein war, habe ich von meiner Familie zu Weihnachten und zum Geburtstag jedes Mal Bücher bekommen, und dann … na ja, dann habe ich mit fünfzehn mein Leben ziemlich vermasselt und bin schließlich durch alle Prüfungen gefallen.«

»War das zu der Zeit, als Sie in die Psychiatrie kamen?«, fragt Sonia.

»Woher wissen Sie das?«

»Als ich Sie neulich abends vom Flussufer abholte, haben Sie wirres Zeug geredet.« Die Pflegerin errötet.

»Sie haben mich gebeten, Sie nicht dorthin zurückzubringen. In die Anstalt. Es tut mir leid, wenn ich hier eine Grenze überschritten habe.«

»Schon gut«, sage ich. »Eigentlich ist es sogar eine Erleichterung, wenn ich es nicht mehr verstecken muss. Ich kann das mittlerweile sehr gut, Dinge verstecken.«

»Für so etwas muss man sich nicht schämen«, erwidert Sonia. »Die meisten Menschen haben in ihrem Leben irgendwann einmal psychische Probleme.«

»Ja.« Ich blicke auf die Bücher hinab. »Aber die meisten Menschen verlieren danach nicht auch noch ihre Tochter.«

»Nein«, meint Sonia leise.

Plötzlich fühle ich mich schlecht. Sie ist noch ein junges Mädchen. Wie kann ich von ihr erwarten, mich zu verstehen?

»Wie auch immer«, sage ich. »Wo war ich? Ach ja, meine Prüfungen. Ich hätte sie noch einmal wiederholen sollen, aber ich war dazu nicht fähig. Bücher hingegen, lesen, schreiben, das war immer ein wichtiger Teil meines Lebens, besonders die Bücher von Virginia Woolf. Sie haben mir über vieles hinweggeholfen. Wenn ich ihre Bücher las, dann brach das echte Leben weg, und ich konnte alles Schlimme ausblenden. Sean erzählte oft, wie wir uns kennengelernt haben. Ich war bei einer Zeitarbeitsfirma und vorübergehend am Empfang einer Vermögensverwaltung eingesetzt. Ich musste hinter einem klotzigen Glasschreibtisch sitzen und höflich die ganzen Anzugträger anlächeln, die jeden Morgen kamen. An einem Morgen erschien Sean, um sich für eine Stelle zu bewerben, aber ich habe ihn überhaupt nicht wahrgenommen, weil ich so in mein Buch vertieft war.«

In diesem Moment versagt mir die Stimme, und ich höre auf zu sprechen, verloren in der Erinnerung an Sean, sein schönes Lächeln, und wie er mich einfach zu verstehen schien.

»Das ist eine tolle Geschichte«, entgegnet Sonia behutsam. »Was für eine Art, seinen zukünftigen Ehemann kennenzulernen!«

»Nun.« Ich versuche, nicht über diesen Tag und was er verhieß nachzudenken. »So toll ist es ja dann nicht geworden.«

Ich stehe auf und betrachte das restliche Zimmer. Mein wiederentdeckter Laptop lädt neben der Steckdose, und an der gegenüberliegenden Wand türmen sich ungeöffnete Kartons. Sie sind von Elspeth. Sonia hat mir zwar angeboten, sie mit mir durchzusehen, aber ich weiß, dass ich dazu alleine sein muss.

»Soll ich die schon mal in die Regale einräumen?« Sonia zeigt auf die Bücher.

»Nein, das ist nicht nötig, ich kann das später machen. Fahren Sie doch nach Hause. Sie haben mir wirklich sehr geholfen.«

»Wenn das okay ist?« Sonia erhebt sich. »Ich wollte mit meiner Freundin Tina noch etwas trinken gehen.«

»Das hört sich doch gut an.« Ich bringe die Pflegerin zur Tür. »Wohin wollen Sie denn?«

»Einfach in die Stadt. Da gibt es eine neue Bar, die gerade aufgemacht hat, und Tina fand, sie sieht ganz gut aus. Da werden lauter Hipster sein, aber es wird bestimmt lustig.«

»Dann viel Spaß.« Ich fühle mich plötzlich sehr alt.

»Ich versuche es.« Sonia öffnet die Tür. »Auch wenn wir wahrscheinlich am Ende wieder nur über unsere Abschlussarbeiten reden. Wir sind einfach zwei Langweilerinnen. Haben Sie jedenfalls auch einen schönen Abend, Maggie. Und wenn Sie mich brauchen, ich habe die ganze Nacht das Telefon bei mir.« Sie schaut mich zweifelnd an.

»Ich komme klar«, erwidere ich fröhlich. »Jetzt verschwinden Sie endlich und genießen Sie den Abend.«

»Na gut«, meint Sonia lächelnd. »Dann sehen wir uns morgen.«

»Bis morgen, Sonia, und danke noch mal.« Ich schließe die Tür hinter ihr.

Ich gehe in die Küche und öffne den Schrank. Eine Flasche Rotwein steht darin. Sonia hat sie für mich gekauft, als ich letzte Woche in der Wohnung eintraf, ein nettes Einzugsgeschenk. Ich sollte ja eigentlich keinen Alkohol trinken, solange ich Antidepressiva nehme, aber ein Glas wird ja wohl nicht schaden. Ich habe keine Weingläser, deshalb nehme ich eine große Teetasse vom Abtropfgestell und schenke sie mir gut voll. Dann schlendere ich damit ins Wohnzimmer und betrachte den Stapel Kisten. Eine ziehe ich zu mir – »Das Aas: Arbeitszimmer« lese ich darauf – und reiße langsam das Klebeband ab. Als ich die Kiste öffne, riecht es nach Pomegranate Noir. Die beiden Duftkerzen, die auf den Bücherregalen in meinem Arbeitszimmer ihren Platz hatten, liegen obenauf. Ich nehme sie heraus und stelle sie auf den Boden neben mich; Überbleibsel aus einem anderen Leben. Dann arbeite ich mich immer tiefer vor und hole einen Notizblock nach dem anderen heraus. Ich blättere sie durch. Sie enthalten lauter Ideen für neue Bücher, Kurzgeschichten, sogar für ein Drehbuch. Eine Seite ist wild durcheinander vollgeschrieben. Ich betrachte sie genauer. Es ist ein früher Entwurf meines Romans. Ursprünglich trug er den Titel *Nachmittage mit Virginia*, im späteren Verlauf änderte ich den Titel dann in *Ertränkte Wörter*. Das schien dazu zu passen, wie ich mich fühlte. Der Ausgangspunkt war jedoch der gleiche: Eine einsame junge Mutter führt imaginäre Gespräche mit einer toten Schriftstellerin. Die Idee dazu kam mir, als ich vor ein paar Jahren mit Elspeth bei den Steinen saß. Sie liebte es, die Steine zu zählen, es war für sie eine Art Meditation. An jenem Tag war sie so ins Zählen vertieft, dass sie gar nicht reagierte, als ich versuchte, sie in ein Gespräch zu verwickeln. Also habe ich im Geiste mit Virginia Woolf geredet und mich daran erinnert, wie mir ihre Worte immer Halt verliehen hatten, als ich ihre Bücher in der Psychiatrie las. Auf einmal hörte Elspeth auf zu zählen und fragte mich, was ich da mache – ich muss wohl die Lippen bewegt haben. Sobald ich es ihr erzählte, zuckte sie mit den Achseln und sagte: »Rechne nicht damit, dass sie dir antwortet. Ich habe es probiert, aber es klappt nie.«

Mein lustiges, eigenwilliges Mädchen. Mein Gott, wie sehr ich meine Tochter vermisse. Ich stecke den Block wieder zurück und wende mich einem Karton zu, auf dem »Elspeth« steht.

Ich fahre die Buchstaben ihres Namens nach und erinnere mich an den Tag, an dem ich ihn ausgewählt habe. Sean und ich saßen zum Brunch in einem kleinen Lokal am Battersea Rise. Es war zwei Wochen vor dem Geburtstermin. Die morgendliche Übelkeit, die mich zu Beginn der Schwangerschaft geplagt hatte, war verschwunden, und ich fühlte mich großartig, wie ein gerade reif gewordener Pfirsich. »Sie tritt mich!« Ich nahm Seans Hand und legte sie mir auf den Bauch. »Spürst du es?« Seans Augen strahlten vor Glück. Er beugte sich näher heran und flüsterte dem Höcker zu: »Hallo, kleine Miss. Was machst du denn da drinnen? Möchtest du schon rauskommen?« Dann blickte er zu mir auf. »Wir sollten uns einen Namen überlegen, jetzt, wo wir wissen, dass es ein Mädchen ist.« Und ich erwiderte unwillkürlich: »Wie wäre es mit Elspeth?« Sean wiederholte den Namen leise, dann nickte er. »Er gefällt mir, wo hast du ihn her?« Ich meinte, es sei der erste Name, der mir eingefallen sei. Und das stimmte auch. Als wäre der Name die ganzen Jahre über in meinem Unterbewusstsein vergraben gewesen und hätte darauf gewartet, dass mein Baby und ich auftauchen und Anspruch auf ihn erheben.

Ich trinke einen großen Schluck Wein und ziehe langsam das Klebeband ab. Die Kiste öffnet sich, und die unverwechselbare Gestalt von Momo, Elspeths Lieblingsplüschkaninchen, kommt zum Vorschein. Ich nehme es vorsichtig heraus und drücke es mir ans Gesicht. Es riecht immer noch nach Elspeth, einer Mischung aus Körperpuder und gebrannten Mandeln. »Ach, Momo«, flüstere ich.

Doch als ich das Plüschtier auf das Sofa lege, wird mir mulmig. Dass ich Momo hier finde, bedeutet, er war an jenem Abend nicht bei uns im Wagen. Elspeth musste ihn immer bei sich haben, wenn wir mit dem Auto weggefahren sind. Das rührte alles von ihrer Panik her, als Sean sie damals vor der Reinigung in den Wagen gesperrt hatte. Noch monatelang schrie sie Zeter und Mordio, wenn wir versuchten, sie auf die Rückbank zu setzen. Dann hatte Sean eine Idee. Ihm war Momo eingefallen. Das kleine Plüschtier hatte Elspeth als Baby immer getröstet. Als sie älter wurde, hatte sie Momo zu den anderen Babysachen in den Spielzeugschrank gesteckt, aber jetzt wurde er wieder gebraucht. Ich werde nie ihren Gesichtsausdruck vergessen, als Sean mit Momo im Arm aus dem Haus schritt. Zuerst war sie noch zurückhaltend, aber dann erklärte ihr Sean, Momo sei ihr Glücksbringer, und wenn sie ihn festhielte, würde die Angst verschwinden. Danach nahmen wir Momo auf jeder Autofahrt mit. Elspeth bestand darauf. Wie zum Teufel habe ich sie ohne Momo in dieses Auto bekommen?

Ich lasse mich auf das Sofa fallen und halte das Kaninchen in meinen Armen. Mit geschlossenen Augen sehe ich das Bild vor mir, das Bild, das ich schon so oft vor mir hatte, seit ich aus dem Koma aufgewacht bin. Ich schnalle Elspeth hinten im Auto fest. Entrüstet blickt sie zu mir auf. »Ich komme nicht mit, Mummy, und du kannst mich nicht dazu zwingen.«

Momo war nicht bei uns. Wenn das der Fall war, muss ich es furchtbar eilig gehabt haben. Warum musste ich um diese Uhrzeit so dringend noch das Haus verlassen?

An jedem anderen Abend wäre Elspeth um diese Zeit im Bett gewesen, und ich hätte mich zufrieden am Schreibtisch niedergelassen, um mich in das nächste Kapitel meines Romans zu vertiefen. Die Vorstellung, dass ich mitten in der Nacht wegfahren wollte, ergibt überhaupt keinen Sinn.

Ich lege Momo auf das Kissen neben mir. Einen Moment bleibe ich noch sitzen, um den Mut aufzubringen, die restlichen Kartons zu leeren, aber ich bin furchtbar nervös. Ich trinke einen weiteren Schluck Wein und schließe die Augen. »Denk nach, Maggie, denk nach«, murmle ich vor mich hin. »Wo wolltest du bloß hin?«

Schließlich werfe ich einen Blick zu meinem Laptop hinüber. Mittlerweile muss er aufgeladen sein. Ich stehe vom Sofa auf und nehme den Wein mit. Ich setze mich auf den Boden und nehme den Computer auf den Schoß. Mit angehaltenem Atem klappe ich ihn auf und warte, bis der dunkle Bildschirm zum Leben erwacht. Bald ist es so weit, und mein Herz schlägt einen kleinen Salto in meiner Brust, als der Bildschirmschoner erscheint. Es ist ein Foto von Sean, Elspeth und mir während eines Urlaubs in Whitstable vor ein paar Jahren. Wir sitzen auf dem Kieselstrand, alle drei zusammengekuschelt. Elspeth hockt in der Mitte, und Sean und ich haben die Arme um sie geschlungen wie um ein kostbares Geschenk. Ihre Haare sind zu Rattenschwänzen gebunden, und sie trägt ein lila T-Shirt mit der Aufschrift »Whitstable Oyster Festival 2014« auf der Vorderseite.

Wie sie diesen Urlaub liebte! Was Elspeth an Whitstable am besten gefiel, war der Strand und dass es ein

Kieselstrand und kein Sandstrand war. Sie verbrachte den Tag damit, Steine zu zählen und Türme aus gleich vielen Steinen zu bauen, während Sean und ich im Liegestuhl lagen und Bücher lasen. Die anderen Kinder liefen herum, plantschten im Meer und spielten Frisbee, aber Elspeth war völlig zufrieden damit, einfach zwischen ihren Steinen zu sitzen.

Ich lege die Hand auf den Bildschirm und berühre ihr Gesicht. Mein schönes Mädchen. Dann denke ich an die letzte Reise nach Whitstable, die wegen Seans beruflichen Verpflichtungen abgekürzt worden war, und ein kalter Schauer läuft durch meinen Körper. Jetzt gibt es keine Ferien mehr, kein Lächeln.

Der Computer fährt hoch, und bald verschwindet Elspeths Gesicht unter kleinen blauen Ordnern. Ich wische eine Träne weg und lese die Namen der Ordner, erinnere mich an ein Leben, das ich einmal hatte, an den Menschen, der ich einmal war.

➔ Haushalt
➔ Elspeth Schule
➔ Fotos
➔ Notizen zu Nachmittage mit Virginia
➔ Geschichte von Rodmell
➔ Lewes-liebt-Lesen-Blog
➔ Kurzgeschichten
➔ Ideen
➔ Motivationssprüche
➔ Leseliste: Ertränkte Wörter
➔ Roman: Entwurf 1

→Roman: Entwurf 2
→Roman: Entwurf 3

Dann öffnet sich Word. Alle Dateien, mit denen ich an dem Tag des Unfalls gearbeitet habe, erscheinen nacheinander auf dem Bildschirm. Die erste ist die Kapiteleinteilung meines Romans. Ich hatte sie beim Schreiben immer offen, damit ich dort nachsehen konnte. Die nächste enthält den letzten Entwurf des Manuskripts. Ich scrolle nach unten, um zu sehen, wie weit ich an dem Tag gekommen bin. Die Wortzählung liegt bei 67 529. Der allerletzte Satz, den ich geschrieben habe, lautet: »Sie ließ sich diese Vorstellung immer wieder durch den Kopf gehen. Die Versuchung zu springen war nur etwas Vorübergehendes, ein Flügelflattern in ihrem Bewusstsein, aber …«

Da hatte ich aufgehört, ließ den Satz in der Luft hängen, während der Cursor blinkte wie eine Sirene. Mir fällt der Flashback ein, den ich im Jobcenter hatte. Das Handy, das auf meinem Schreibtisch lag und klingelte. War das der Grund gewesen, weshalb ich den Satz nicht beendete?

Ich verkleinere das Fenster mit dem Manuskript. Noch eine weitere Datei hat sich geöffnet. Es ist eine Einverständniserklärung, die die Schulsekretärin geschickt hatte. Elspeth sollte eine Klassenfahrt an die Jurassic Coast in Dorset unternehmen. Wie gewöhnlich sollte ich zur Unterstützung mitfahren. Elspeth bestand darauf. Sie gab sonst keine Ruhe. Ich stelle mir vor, wie viel Spaß ihre Klassenkameraden auf dieser Fahrt hatten, die mitternächtlichen Festmähler, die Jagd nach Fossilien. Und meine Elspeth … Ich schließe rasch die Datei, denn ich kann nicht mehr weiterlesen.

Ich scrolle zu der Leiste unten auf der Seite und klicke die Mails an. Ich muss mich anstrengen, ruhig zu bleiben und einen kühlen Kopf zu bewahren. Die Tatsache, dass ich meinen Satz nicht beendet habe, bedeutet, dass es entweder eine Notsituation mit Elspeth gab oder dass ich eine dringende Nachricht bekommen habe – womöglich von Sean? Da ich das nicht auf dem Handy überprüfen kann, liefert mir vielleicht der Posteingang eine Antwort.

Das Fenster öffnet sich, und verblüfft stelle ich fest, dass ich 3.064 ungelesene Mails habe. Mir wird ganz schwindelig, als ich sie sichte. Die meisten sind Spam. Ich überfliege sie rasch und arbeite mich von der ersten Mail, die ein 2-für-1-Angebot für Hautpflegeprodukte bei Boots anpreist und gestern geschickt wurde, zurück zu den Monaten August, Juli, Juni und Mai. Ich finde unzählige Beileidsbekundungen, die mir die Eltern von Elspeths Schulfreundinnen gesendet haben. Die kann ich nicht lesen. Nicht jetzt.

Als ich zum 12. Mai vorstoße, werde ich langsamer. Sicherlich liegt die Antwort dort, es wird eine Mail geben, die alles erklärt. Aber da ist nichts. Drei Mails. Eine, die am Morgen von der Schule kam, mit der Einverständniserklärung als Anhang, eine von Amazon, in der mir Bücher vorgeschlagen werden, die mir gefallen könnten, und eine Nachricht, dass ich einen neuen Follower auf Twitter habe. Das Konto habe ich mir vor Jahren eingerichtet, aber nur selten benutzt. Ich klicke den

Namen des Followers an. Es ist ein Mann namens Tony Martinez, ein Fantasyautor aus Idaho, der 1,3 T Follower hat. Ein Spam-Bot.

Kopfschüttelnd trinke ich einen Schluck Wein, dann klicke ich auf »Gesendete Nachrichten«. Die einzige Nachricht, die ich an diesem Tag rausgeschickt habe, ging an die Schulsekretärin. Es war die Ankündigung, dass ich die Einverständniserklärung unterzeichnen und ihr so bald wie möglich zurücksenden würde. Gleichzeitig bestätigte ich, dass ich als Begleitperson mitfahren würde. Nichts in meinen E-Mails deutet auf eine dringende Situation hin, derentwegen ich den Schreibtisch verlassen, Elspeth ins Auto packen und in die Nacht losrasen musste.

Ich klicke noch einmal auf den Posteingang und scrolle ihn durch. Und plötzlich entdecke ich einen Namen, mitten unter den Mails von teilnahmsvollen Eltern, der mir das Blut in den Adern gefrieren lässt. Am 26. Juni erhielt ich eine Mail von B. Cosgrove.

Ben.

Einen Moment bleibe ich sitzen; meine zitternden Hände schweben über dem Mousepad. Dann schließe ich die Augen und öffne die Mail. Aber der Name unten auf der Mail ist nicht der von Ben, es ist der seiner Mutter Barbara. Ich vergrößere die Schrift und lese.

Maggie,

Larkfields hat jetzt eine neue Bewohnerin, und ich hoffe, damit ist deine Verbindung und die deiner

Familie zu dieser Gegend für immer abgeschnitten. Nachdem Harry jetzt gestorben ist, muss ich den Schein nicht mehr wahren. Du führst mich nicht an der Nase herum, Maggie, so wie die anderen, die auf deine Lügen hereingefallen sind. Dazu gehörte auch Harry. Ich weiß genau, was du an dem Abend am Fluss vorhattest, und auch wenn ich froh bin, dass dein Plan missglückte, ist es furchtbar, dass deine kleine Tochter wegen der Idiotie ihrer Mutter ihr Leben verloren hat. Ich habe mit dem Krankenhaus gesprochen, sie haben nicht viel Hoffnung, dass du das überstehst. Vielleicht ist das ein Glück. Vielleicht können wir dann alle einfach weiterleben. Dein Mann wird um sein Kind trauern, und ich werde meinen Sohn schützen können.

Ich habe fast dreißig Jahre gebraucht, um zu sagen, was ich wirklich empfinde, Maggie. Vielleicht kann ich jetzt nachts gut schlafen.

Barbara

Mit einem scharfen Knall klappe ich den Laptop zu und bringe meine Tasse in die Küche. Barbaras Worte wirbeln durch meinen Kopf. Es ist traurig zu hören, dass Harry, Bens Vater, der so nett zu mir war, als die schlimme Sache passierte, tot ist, aber darüber kann ich jetzt nicht nachdenken. Dringender ist es herauszufinden, was Barbara in dieser Mail andeuten wollte. Für einen Moment halte ich inne, die Hände auf die Küchentheke gelegt, und dann kommt mir eine schreckliche Erkenntnis. Ich mag ja immer noch keine Ahnung haben, warum ich Elspeth ins Auto gesteckt und sie am 12. Mai in den Tod gefahren habe, aber jemand anderer weiß es, und dieser Jemand ist Barbara Cosgrove.

41

Liebe Mummy,

Zoe war in den letzten Wochen richtig krank, allerdings habe ich am Anfang gar nicht so genau gewusst, was mit ihr los ist. Sie hat sich geweigert, in die Schule zu gehen, und lag nur auf dem Bett und starrte die Decke an. Sie hat keine Musik mehr gehört und nicht mehr geraucht, sie wollte nicht mal mehr zum Essen runterkommen. Ich machte mir wirklich Sorgen um sie, weil sie so dünn und blass wurde. Wieselgesicht meinte, sie müsste sich bloß wieder einkriegen, aber sie hat nichts getan, um Zoe zu helfen, sie hat sie einfach sich selbst überlassen. Nach dem Essen bin ich immer hoch, um nachzusehen, ob alles in Ordnung mit Zoe ist, aber wenn ich mit ihr reden wollte, hat sie sich nur auf die Seite gedreht und so einen schrecklichen Laut von sich gegeben, wie ein ganz langes Seufzen. Ich habe Essen aus dem Speisesaal geschmuggelt und neben das Bett gestellt, aber am Morgen war es noch da.
Gestern Abend hat sie mich dann gebeten, eine CD für sie zu suchen. Ich fragte sie, welche, und sie meinte, die Scheibe wäre in ihrer obersten Schublade. Ich wollte erst noch wissen, warum die CD

nicht wie die anderen auf dem Regal steht, aber als ich die Schublade aufzog, wurde mir klar, warum. Wenn Zoe Musik hört, ist das meistens amerikanischer Rap, hauptsächlich Tupac, den ich überhaupt nicht kannte, bevor ich hierherkam. Jetzt kenne ich das Album in- und auswendig, weil Zoe es so oft spielt. Jedenfalls waren auf der CD in der Schublade die Greatest Hits von Elton John. Ich habe die Scheibe herausgenommen und Zoe gezeigt und gefragt, ob sie die wollte. Sie nickte, legte sich dann wieder zurück und bat mich, die CD einzulegen.

»Track fünf«, sagte sie.

Das habe ich getan, dann setzte ich mich auf mein Stockbett. Der Song fing an. Es war »Goodbye Yellow Brick Road«. Ich hatte ihn schon mal im Radio gehört. Ich saß da und lauschte den ersten paar Zeilen, als Zoe plötzlich anfing mitzusingen, ganz leise. Das war schön. Sie hatte eine echt schöne Stimme. Ich schloss kurz die Augen und konzentrierte mich auf ihren Gesang. Irgendwann war der Song zu Ende, und Zoe bat mich, ihn noch einmal laufen zu lassen. Als ich mich wieder hinsetzte, fragte ich Zoe, warum sie das Lied so gerne mag, und sie meinte, ihre Mum hätte es die ganze Zeit gespielt, als sie klein war. Sie sind in der Küche herumgetanzt, haben in Papprröhren hineingesungen und so getan, als wären sie in Top of the Pops. Ich wollte dann von Zoe wissen, wo ihre Mutter jetzt wäre. Und Zoe antwortete, sie sei an einer Überdosis gestorben, als sie selbst fünf war. Da wollte ich Zoe noch mehr Fragen stellen, zum Bei-

spiel, wie sie dann hier gelandet ist, aber Zoe fing einfach wieder an zu singen. Nach einer Weile habe ich mitgesungen, obwohl ich nicht so gut singen kann wie Zoe. Als das Lied zu Ende war, sagte sie: »Das war echt nett. Danke.« Und dann sind wir eingeschlafen.
Als ich heute Morgen aufgewacht bin, war Zoes Bett leer. Sie war nicht im Speisesaal beim Frühstück, und sie hat auch nicht an der Tür auf mich gewartet, als ich aus dem Haus ging. Ich dachte, sie wäre vielleicht schon früher zur Schule, aber heute Nachmittag nach der letzten Stunde hat sie nicht wie sonst am Tor auf mich gewartet. Auf dem Heimweg wurde mir irgendwie ganz flau im Magen, als würde eisig kalte Luft durch mich hindurchwehen.
Und dann sah ich zwei Polizeiautos vor dem Haus. Als ich hineintrat, stand Wieselgesicht mit einem Polizisten zusammen. Sie meinte, ich soll in mein Zimmer gehen, aber ich habe mich auf den Treppenabsatz gesetzt und gelauscht. Der Polizist sagte, auf dem Bahngleis sei eine Leiche gefunden worden. Und dann nannte er ihren vollen Namen: Zoe Maria Mathers. Ich wollte schreien, aber ich wusste, wenn ich einen Ton von mir gebe, würde ich Schwierigkeiten bekommen, weil ich mitgehört hatte. Also bin ich zurück in mein Zimmer, habe mich auf Zoes Bett gelegt und den Song immer wieder und wieder gespielt, bis ich eingeschlafen bin.
Gerade bin ich aufgewacht und habe als Allererstes an dich gedacht und daran, wie sehr ich dich brauche.

Bitte antworte auf diesen Brief, Mummy.
Bitte komm und hol mich.

Ich hab dich lieb.
Deine liebe Tochter xxx

42

Mittwoch, 9. August

Als ich über den Hof auf das Haus zusteuere, staune ich, wie vernachlässigt es hier aussieht. Der Asphalt ist voller Schlaglöcher und Unkraut, das Scheunentor ist kaputt und hängt lose in den Angeln. Es ist, als würde ich durch ein Geisteranwesen laufen. Wie konnte Barbara Ketton House Farm so verkommen lassen?

Mein Magen verkrampft sich, während ich mich dem Farmhaus nähere. Die Vorstellung, Barbara gegenüberzutreten, macht mir Angst, aber ich weiß, es muss sein.

Im Gegensatz zum Hof scheint das Haus gut in Schuss zu sein. Die Fenster glänzen, und die Haustür sieht frisch gestrichen aus. Über der Tür hängt ein Korb Geranien. Die Erde ist feucht, als wäre sie gerade gegossen worden. Ich stelle mir vor, wie Barbara hinter der Tür lauert, die Gießkanne in der Hand, bereit zum Sprung.

Na los, Maggie, denke ich bei mir, als ich auf der Eingangsstufe stehe, du musst das tun. Ich hole tief Luft, dann klopfe ich dreimal gegen die Tür. Ich weiß gar nicht, was ich sagen werde. Mein Hirn ist eine zähe Masse. Ich warte kurz, schließlich klopfe ich noch einmal. Immer noch öffnet niemand, obwohl ich mir eigentlich sicher bin, gedämpfte Stimmen hinter der Tür wahrzunehmen. Vielleicht hat Barbara das Radio angelassen, bevor sie ausging. Für alle Fälle klopfe ich ein letztes Mal, dann drehe ich mich um und laufe wieder über den Hof.

Ich will Richtung Tor, da erregt etwas auf der äußersten linken Seite des Hofs meine Aufmerksamkeit. Es ist ein verfallenes rundes Gebäude, mit Moos und Efeu bewachsen.

Die Spielhütte. Während die meisten Kinder mit einem Spielhäuschen aus Plastik zufrieden gewesen wären, bekam Ben ein eigenes Nebengebäude, ein Rundhaus aus dem späten 19. Jahrhundert. Als Kinder haben wir stundenlang dort drinnen gespielt. Damals fand ich, das Haus erinnere an den heruntergefallenen Turm einer Burg. Doch dann verwandelte es sich in etwas anderes, etwas Dunkleres.

Ich stehe da, betrachte es und will mich zwingen, nicht hinzugehen, sondern einfach umzudrehen. Ich sollte machen, dass ich hier wegkomme. Aber nach und nach gewinnt die Neugier die Oberhand, und ich laufe langsam auf das Häuschen zu.

Die Fenster sind schmutzig und zersprungen, die Dachziegel kaputt, die Steinfassade ist zerbröckelt. Ich denke an das letzte Mal zurück, als ich dort war. Es war der Abend von Barbaras Party. Sobald wir eintrafen, schob Barbara meine Eltern sofort ins Haus und drückte ihnen Sektgläser in die Hand. »Ach, Margaret«, rief sie mir über die Schulter zu, als ich verlegen auf der Türschwelle stand. »Du magst doch sicher nicht hier bei den

Gruftis feiern. Geh doch rüber zu Ben und seinen Freunden! Sie sind im Gartenhaus.«

Ben und ich waren zwar als Kinder befreundet gewesen, doch als wir älter wurden, drifteten wir auseinander. Immerhin lag ein Altersunterschied von vier Jahren zwischen uns, und auch wenn wir mit fünf und neun Jahren gerne Verstecken gespielt hatten und im Fluss geschwommen waren, so fand der ältere Ben es doch ziemlich uncool, mit einem unsicheren kleinen Mädchen herumzuhängen. In dieser Nacht kam ich mir trotz meines glamourösen Kleids immer noch wie ein Kind vor, und als ich auf das Gartenhaus zuschritt, waren meine Hände feucht vor Nervosität.

Aus dem Inneren drang laute Musik: »How soon is now?« von den Smiths. Bis zum heutigen Tag kann ich dieses Lied nicht hören. Ich verharrte vor der Tür und übte, was ich sagen wollte. Es musste lässig wirken, als wäre es mir eigentlich gar nicht wichtig. Immerhin waren auf dieser Party lauter Freunde von Ben aus Oxford, kluge Leute mit Geld und der richtigen Kleidung, und ich war nur ein Kind, mit dem Ben einmal Verstecken gespielt hatte. Als ich schließlich den Mut aufbrachte anzuklopfen, öffnete ein schönes Mädchen mit einer schwarzen Bobfrisur, makelloser olivfarbener Haut und scharlachrotem Schmollmund.

»Ja?«, sagte sie und musterte mich von oben bis unten.

Ich wollte etwas erwidern, aber ich war so aufgeregt, dass ich nur ein Stammeln hervorbrachte. Da erschien Ben in der Tür, mit einem komischen spöttischen Grinsen. Später fand ich heraus, dass er total bekifft war.

»Zoshi, machst du der kleinen Maggie Angst?«, lachte er.

Am liebsten wäre ich weggerannt, aber ich tat es nicht. Stattdessen folgte ich ihm nach drinnen und besiegelte mein Schicksal.

Genug, sage ich mir, deshalb bist du nicht hergekommen. Lass es einfach sein. Doch unwillkürlich drücke ich die Tür des Gartenhauses auf.

Feuchte Luft schlägt mir entgegen, und ich muss husten. Ich nehme meinen Inhalator und atme ein paarmal ein. Als ich mich wieder gefangen habe, blicke ich mich um. Der Anblick ist so verblüffend, dass es mich fast umwirft.

Es ist, als hätte ich eine Zeitkapsel betreten. Der ganze Raum sieht noch genauso aus wie 1988. An den Wänden hängen Poster von den Smiths und den Waterboys – Bens Lieblingsbands. Um den steinernen Kamin herum liegen abgebrannte Räucherstäbchen, auf den Sofas sind Aztekendecken ausgebreitet, die Ben von seiner Freiwilligenarbeit in Mexiko mitgebracht hatte. Ich habe noch den Klang der Party damals im Ohr, das hohe Gelächter und das klirrende Glas, als Ben das Tablett mit Knabbereien auf den Steinboden fallen ließ, und wie die Musik sich im Lauf des Abends verzerrte. Warum das so war, fand ich allerdings erst später heraus. Ich stehe mitten im Raum, und es kommt mir so vor, als wären die letzten dreißig Jahre nie passiert, als hätte die Welt 1988 aufgehört, sich zu drehen.

Ich steige über die auf dem Boden verstreuten Schallplatten. Die Luft ist voller Staub, und ich lege mir die

Hand auf den Mund. Da sehe ich sie, eine kleine Holztür in einer Nische auf der anderen Seite, die kaum auszumachen ist. Lass es bleiben, Maggie, sage ich mir, aber meine Füße tragen mich von allein.

Langsam, ganz langsam schiebe ich die Tür auf. Ich hatte vergessen, wie winzig das Zimmer war. In meiner Erinnerung hatte es gewaltige Dimensionen angenommen, war riesig geworden. In Wirklichkeit ist es ein winziges, rundes Schlafzimmer mit einem gewölbten Fenster, das hinaus auf das Ackerland und die Downs dahinter führt. Ich stehe in der Tür; ich wage es nicht einzutreten. Auf dem Einzelbett liegt immer noch die rot-schwarze Steppdecke. Die Wände sind jetzt kahl, ich habe allerdings in Erinnerung, dass dort ein Schwarz-Weiß-Poster von Marilyn Monroe hing, wie sie sich über einen Balkon beugt. Ich weiß das, weil ich sie die ganze Zeit fixiert habe, während es passierte.

Ich trete ein, halte die Hände jedoch weiterhin vor den Mund. Ich will diese Luft nicht einatmen, denn ich weiß, was sie enthält. Ich gehe auf das Bett zu und lege die Hand auf das Kissen, um zu prüfen, ob es echt ist. Als ich die Hand zurückziehe, kleben Spinnweben daran.

Ich wende mich vom Bett weg und schlendere langsam durch das Zimmer. Der wuchtige Eichenschrank steht neben dem Fenster. An ihn kann ich mich auch noch erinnern. Als wir Kinder waren und das Häuschen einfach nur ein Gartenhaus war, wollte Ben, dass wir uns mit geschlossenen Augen hineinstellen. »Wenn du die Augen aufmachst, sind wir in Narnia«, sagte er zu mir.

Aber da waren wir nie.

Ich öffne die Schranktüren, und eine Woge aus Staub und Mottenkugeln schlägt mir entgegen. Der Schrank ist leer, bis auf ein paar Drahtkleiderbügel und einen Smiley-Sticker auf der Innentür, mit dem Namen Benjamin darauf, aus Sternchen gebildet.

Ich schließe den Schrank wieder und wende mich der Kommode zu, die auf der anderen Seite des Fensters an der Wand steht. Ich ziehe die oberste Schublade auf. Sie ist voller Papiere. Ich nehme ein Blatt heraus. Es ist eine Urkunde aus Pappe: »Verliehen an Benjamin Cosgrove für hervorragende Leistungen in der Rechtschreibung 13. 9. 1980«. Warum haben sie bloß diesen ganzen Müll aufgehoben, denke ich bei mir, als ich die Urkunde zurücklege und die Schublade zuschiebe.

Ich ziehe die mittlere heraus. Ich erwarte noch mehr Unrat, doch diese Schublade enthält Fotoalben. Das oberste hat einen Union-Jack-Einband. Ich nehme es zur Hand und schlage die erste Seite auf. Lauter Babyfotos von Ben. Das erste zeigt ihn strahlend und pausbäckig auf einem Schaukelpferd im Wohnzimmer von Ketton House. Das nächste Bild zeigt Bens Vater Harry auf einem Pferd.

Als ich sein freundliches Gesicht betrachte, erinnere ich mich daran, wie er mich in der Psychiatrie besuchte. Niemand sonst hatte sich die Mühe gemacht, zu mir zu kommen. Meine Eltern hatten gemeint, es sei das Beste, wenn sie mich in Ruhe ließen; Barbara war immer noch wütend. Und Ben, Ben war an die Universität zurückgekehrt und hatte mich völlig aus seinem Leben gestrichen. Mit der Zeit schien das, was zwischen uns passiert war, nichts als ein merkwürdiger Traum. Diese Vorstellung war so übermächtig, dass ich langsam bezweifelte, dass es Ben Cosgrove überhaupt gab. Der einzige Mensch, der sich um mich sorgte, war Harry. Ich weiß noch, wie ich schluchzte, als ich ihn im Warteraum stehen sah. Er hatte einen Anzug angezogen. Das war sehr rührend von einem Mann vom Lande, der die meiste Zeit in Wachsjacke und Gummistiefeln unterwegs war. Harry blieb den ganzen Nachmittag bei mir. Wir redeten hauptsächlich über Belangloses. Ich erzählte ihm, wie schlecht das Essen war, und er sagte, wenn er das gewusst hätte, hätte er mir ein paar Cornish Pasties mitgebracht. Er wusste, wie gerne ich sie mochte. Ich brachte nicht den Mut auf, ihm zu sagen, dass ich eigentlich gar nichts mehr aß. Als ich mit Harry sprach, kam ich mir wieder vor wie ein Kind. Ich war immer noch erst vierzehn, ein Baby, und doch war ich gezwungen worden, über Nacht erwachsen zu werden. Als es für Harry Zeit wurde, wieder zu fahren, hielt ich mich an ihm fest. Ich hatte Angst, alleine zurückgelassen zu werden. Aber Harry war unheimlich nett. Er versprach mir, alles würde wieder gut werden, ich würde nur noch ein paar Monate bleiben müssen, um wieder gesund zu werden, dann könnte das Leben von Neuem beginnen. Ich merkte mir seine Abschiedsworte. Sie halfen mir, die nächsten paar Monate durchzustehen, ohne den Verstand zu verlieren. An der Tür des Besucherraums nahm er meine Hand und drückte sie fest. »Du bist ein guter Mensch, Maggie Carrington«, erklärte er, während mir Tränen über das Gesicht strömten. »Vergiss das nie.«

Und das sagte er so ernst, dass ich es glaubte.

Ich blättere um und mustere die Bilder von Ben in

unterschiedlichem Alter, und dann bin da plötzlich auch ich. Ich muss ungefähr vier Jahre alt sein und sitze auf der Eingangsstufe von Ketton House. Zahnlückig strahle ich in die Kamera. Ich blicke das Foto eine Weile an und überlege, woher dieses merkwürdige Gefühl rührt. Auf einmal wird es mir klar: Es liegt daran, dass ich Elspeth so ähnlich sehe. Als die schlimme Sache passierte, warf meine Mutter in einem Wutanfall alle Bilder von mir weg, sodass ich nie wusste, wie ich früher ausschaute. Ich dachte immer, Elspeth wäre Sean ähnlicher, aber wenn ich jetzt dieses Bild betrachte, so sind die Gemeinsamkeiten doch verblüffend.

Ich will nicht noch mehr sehen, denke ich bei mir, klappe das Album zu und schiebe es wieder in die Schublade. Trotzdem kann ich der Versuchung nicht widerstehen, das unterste Fach der Kommode zu öffnen. Es ist mit geblümtem, duftendem Papier ausgelegt. Schrankpapier. Meine Mutter benutzte das immer. Auf dem Schrankpapier liegen Schreibhefte. Ich nehme eines und blättere Notizen zu *Macbeth* durch. Das müssen Bens Hefte aus Oxford sein. Ich stöbere weiter darin, da entdecke ich etwas, das mir das Blut in den Adern gefrieren lässt. Dort, ganz unten in der Schublade, liegt ein vergilbter Zeitungsausschnitt mit dem Titel DRAMA AM FLUSSUFER. Er trägt das Datum vom 15. Januar 1989. Ich nehme ihn heraus. Unter der Überschrift ist eine Schwarz-Weiß-Aufnahme von mir.

»Nein.« Ich schnappe nach Luft, lasse den Ausschnitt auf den Boden fallen und laufe nach draußen. »Nein, nein, nein.«

43

Liebe Mummy,

was muss ich tun, um deine Tochter zu sein?
Muss ich hübsch sein?
Muss ich klug sein?
Muss ich beliebt sein?
Ich bemühe mich so sehr, das alles zu sein, damit du nicht enttäuscht bist, wenn du mich besuchst. Aber ich verstehe einfach nicht, warum du nicht auf meine Briefe antwortest. Du merkst ihnen doch an, wie traurig ich bin und wie viel Angst ich habe, und dann war da noch die Sache mit Zoe. Es ist, als hättest du kein Herz, als hättest du mich einfach weggeworfen und dir danach die Hände in Unschuld gewaschen.
Ich hatte nie eine Schwester, aber Zoe war für mich, was einer Schwester am nächsten kam. Sie war der einzige Mensch, der sich in den letzten Monaten um mich kümmerte, der Einzige, der mir zuhörte und der mich verteidigte, als die Jungs mich schikanierten. Jeden Abend, wenn ich ins Bett gehe, habe ich dieses Lied im Kopf, das Lied, das wir am Abend vor ihrem Tod gehört haben, und da ich es jetzt auswendig kann, verstehe ich, was es ihr bedeutet hat. Sie

wollte nach Hause, zurück in die Küche, wo sie mit ihrer Mutter getanzt hat. Aber sie ist nie dort hingekommen, stattdessen war das Bahngleis ihr Ende.
Zoe und ich waren uns ähnlicher, als mir klar war. Wir wollten beide, dass uns unsere Mütter abholen. Wir wollten beide einfach nur nach Hause. Zoe war nicht die Klügste oder die Hübscheste, aber sie hatte ein freundliches Herz, und sie hat auf mich aufgepasst. Ich hätte gerne das Gleiche für sie getan, und es tut mir leid, dass ich sie nicht daran hindern konnte, was sie gemacht hat.
Mir ist nicht klar, was du von mir willst, Mummy, aber ich versuche weiterhin, möglichst brav zu sein. Warum auch immer ich weggeschickt wurde, ich will nicht glauben, dass du mich nicht mehr haben wolltest. Freya sagt, du musst einfach wieder gesund werden, und vielleicht ist das der Grund. Ich hoffe es.
Bitte schreib mir zurück, Mummy.
Bitte gib mich nicht auf.

Ich brauche dich.
Deine liebe Tochter xxx

44

Ich zittere, als ich eine Stunde später in der Wohnung ankomme. Der Geruch des Gartenhauses umgibt mich immer noch. Wie konnte Barbara es die ganzen Jahre über nur so unberührt lassen? Und der alte Zeitungsausschnitt ganz unten in der Schublade: Weshalb hatte Ben ihn aufgehoben? Warum brauchte er eine Erinnerung an diesen schrecklichen Tag? Ich nehme den Schlüssel aus der Tasche und mache mir am Schloss zu schaffen. Warum klappt das nicht? Dann drehe ich den Knauf, und die Tür gibt nach. Habe ich vergessen abzusperren?

Mit pochendem Herzen trete ich ein. Ich schließe die Tür hinter mir, und als ich Richtung Wohnzimmer gehe, höre ich etwas. Da ist jemand in der Küche. Dreh einfach um und hole Hilfe, sage ich mir, aber ich bin vor Angst wie erstarrt und kann mich nicht rühren. Dann ertönen Schritte. Sie kommen in meine Richtung. Bitte mach, dass sie mir nicht wehtun.

»Maggie?«

Erleichterung erfasst mich, als ich die vertraute Stimme vernehme.

»Sonia«, rufe ich atemlos. »Was tun Sie denn da? Ich hätte fast einen Herzanfall bekommen.«

»Das tut mir leid.« Mit errötetem Gesicht tritt die Pflegerin auf mich zu. »Ich war schon auf dem Weg hierher, da erhielt ich Ihre SMS, dass Sie ausgehen. Ich dachte, ich könnte doch einfach aufschließen und ein bisschen putzen. Sie haben hoffentlich nichts dagegen.«

»Entschuldigung?« Ich bin immer noch ganz durcheinander. »Was … was haben Sie gesagt?«

»Ich habe gesagt, Sie haben hoffentlich nichts dagegen, dass ich aufgesperrt habe.« Sonia wirkt peinlich berührt. »Ich hatte den Schlüssel, ich bin ja nicht eingebrochen oder so.«

»Natürlich nicht.« Ich beruhige mich wieder. »Sie haben mich nur ein wenig erschreckt, das ist alles.«

»Das tut mir leid.« Sonia bekommt große Augen. »Ich wollte wirklich nicht …«

»Schon gut, Sonia. Ehrlich.« Ich folge ihr in die Küche.

»Im Bad bin ich schon fertig.« Die junge Pflegerin fährt sich mit dem Handrücken über die Stirn. »Und dann wollte ich gerade mit Staubsaugen anfangen, als ich auf die Idee kam, Brot zu backen. Ich dachte, das passt ganz gut zur Suppe.«

Sie hebt ein Geschirrtuch von dem frisch gebackenen Laib und trägt ihn zu mir herüber.

»Wie finden Sie es? Es ist unten ein bisschen verbrannt, aber es sollte trotzdem schmecken.«

»Das sieht wunderbar aus, Sonia.« Meine Augen flattern vor Erschöpfung. »Einfach wunderbar.«

Plötzlich wird mir ganz schwach, und ich halte mich an der Küchentheke fest.

»Alles in Ordnung, Maggie?« Sonia legt das Brot auf den Tisch. »Mein Gott, ich bin so dumm. Da quatsche ich irgendwas von Brot daher, dabei habe ich Sie noch nicht einmal gefragt, wie es heute lief. Sie meinten, Sie wollten eine alte Freundin besuchen?«

Ich atme langsam aus, und als der Schwindel nachlässt, hebe ich den Kopf. Sonia legt mir die Hand auf die Schulter.

»Möchten Sie darüber reden?«, fragt sie sanft.

»Ich bin sehr, sehr müde. Ich glaube, ich lege mich kurz mal hin.«

»Natürlich. Kann ich Ihnen irgendwas bringen? Ein Glas Wasser? Etwas Warmes?«

»Nein danke. Ich … Ich will bloß etwas schlafen.«

Als ich endlich allein in meinem Zimmer bin, falle ich aufs Bett und lasse den Schock der letzten paar Stunden auf mich wirken. Es war wie ein Alptraum, wieder in dem Gartenhaus zu sein. Jede Einzelheit dieser Nacht kam vergrößert wieder zu mir zurück. Der Schwindel, das Blut. Es hört einfach nicht auf, denke ich bei mir, während ich die Augen schließe und einschlafe. Es hört nie auf.

Alles ist ruhig jetzt. Sonja hat den Kopf durch die Tür gesteckt, um zu vermelden, dass sie nach Hause fährt und ich in der Küche Suppe und Brot finde, wenn ich Hunger habe. Ich habe mich bedankt, aber essen ist das Letzte, was ich im Moment möchte.

Ich fühle mich seltsam, als würde ich über mir schweben. Vielleicht ist das der Schock. Ich drehe mich auf die Seite und versuche wieder einzuschlafen, doch als ich die Augen schließe, klingelt es an der Tür.

Ich nehme das Handy vom Nachttisch und sehe nach,

wie spät es ist. Halb neun. Wer kommt mich um diese Zeit noch besuchen? Vielleicht verschwindet der Besuch wieder, wenn ich ihn ignoriere. Aber dann klingelt es noch einmal, und jemand ruft mich durch den Briefkastenschlitz.

»Maggie. Sind Sie da drinnen? Ich bin es, Julia.«

Julia?, wundere ich mich im Stillen, als ich durch den Korridor trotte. Was will sie?

Im Vorbeigehen werfe ich einen kurzen Blick in den Wohnzimmerspiegel. Ich sehe fürchterlich aus. Es ist Tage her, seit ich mir zuletzt die Haare gewaschen habe, und mein Gesicht ist bleich und fleckig. Ich fahre mir mit den Fingern durch die Haare, um etwas vorzeigbarer zu sein, dann nehme ich die Kette von der Tür und öffne.

»Hallo, Maggie«, sagt Julia. »Ich wollte nur mal vorbeigucken und fragen, wie Sie sich mit den neuen Medikamenten zurechtfinden. Darf ich reinkommen?«

Wie immer sieht sie unglaublich elegant aus. Heute ist es ein Hosenanzug aus dunkelviolettem Samt mit einem hübschen fliederfarbenen Spitzenhemdchen darunter.

»Natürlich«, antworte ich. »Kommen Sie doch rein.«

»Das riecht ja köstlich hier«, meint Julia und tritt ein. »Haben Sie gekocht?«

»Nein, das war Sonia.« Ich laufe voraus ins Wohnzimmer. »Sie hat Brot gebacken.«

»Sie essen es hoffentlich auch«, sagt Julia. »Gute Ernährung ist sehr wichtig bei der Genesung, bei der geistigen genauso wie bei der körperlichen.«

»Ich habe es versucht. Aber ich war noch nie eine große Esserin.«

»Maggie, hören Sie, ich habe gehofft, wir könnten uns kurz unterhalten.« Julias Stimme wird weicher. »Wäre das möglich?«

»Unterhalten? Worüber?«

»Kein Grund zur Beunruhigung.« Die Ärztin lächelt. »Setzen Sie sich doch, und ich koche uns einen Tee. Was hätten Sie denn gerne?«

»Ach, das ist mir eigentlich egal«, erwidere ich. »Im Schrank ist Kamillentee.«

»Okay.« Julia verschwindet in der Küche. »Ich bin sofort wieder da.«

Ich setze mich auf das Sofa und schließe die Augen. Als ich Julia in der Küche den Tee zubereiten höre, werde ich plötzlich ganz ruhig. Ich mag es, dass sie da ist.

»So, fertig.«

Ich blicke auf, als sie mit dem Tee hereinkommt. Sie stellt eine Tasse vor mich hin.

»Wollen Sie keinen?« Ich nehme die Tasse in die Hand.

»Nein.« Julia setzt sich in den Sessel gegenüber. »Ich trinke Wasser.«

Sie nimmt eine Flasche Mineralwasser aus ihrer Tasche, eine teure Marke. Sie schraubt den Deckel ab, trinkt einen Schluck und steckt die Flasche dann wieder ein.

»So, Maggie.« Julia setzt sich gerade auf. »Es ist ein paar Tage her, seit ich Ihnen die neuen Medikamente verschrieben habe. Wie kommen Sie mit den Tabletten klar?«

Ich überlege und überlege, aber mir fällt keine Antwort ein.

»Maggie?«

»Ach, gut. Mir war heute ein bisschen schwummrig, aber ich weiß nicht, ob das an den Tabletten liegt oder an mir.«

»Wann haben Sie die letzte genommen?«

»Vor etwa einer Stunde.«

Julia kneift die Augen zusammen.

»Und Sie fühlen sich immer noch schwummrig?«

»Ich bin einfach nur sehr müde.« Ich lehne mich zurück. »Ich habe keine Ahnung, ob es die Tabletten sind oder der Schock.«

»Der Schock?« Julia runzelt die Stirn.

»Ich wollte heute jemanden besuchen, den ich früher kannte.« Ich spreche langsam, es fällt mir schwer. »Und das hat schmerzliche Erinnerungen zurückgebracht, das ist alles.«

»Verstehe.« Julias Miene wird weich.

»Da gibt es noch etwas anderes, das mir zu schaffen macht«, sage ich. »Etwas, das ich gefunden habe.«

»Ach ja? Und was ist das?«

»Ich zeige es Ihnen.«

Ich stelle meine Teetasse auf den Tisch neben mir, stehe auf und gehe ins Schlafzimmer. Der Brief ist noch da, wo ich ihn hingelegt habe, auf der Heizung. An dem Abend neulich wurde er so nass, dass ich fürchtete, er sei ganz ruiniert, aber in der Wärme ist er getrocknet, und die Schrift ist noch leserlich. Vorsichtig nehme ich ihn und bringe ihn ins Wohnzimmer.

»Sean oder jemand, der ihm nahesteht, hat alle meine Sachen einlagern lassen«, erkläre ich Julia. »Ich war neulich dort und habe das hier gefunden.«

Ich reiche ihr den Brief.

»Er lag unter einer der Kisten.«

»Was ist das?« Sie nimmt das Blatt zögerlich entgegen.

»Lesen Sie es.« Ich kehre zum Sofa zurück.

Julia faltet das Blatt auf. Beim Lesen schnappt sie kurz nach Luft, dann lässt sie den Brief auf ihren Schoß fallen. Als sie aufblickt, sind ihre Augen wässrig. Vor Müdigkeit? Oder sind es Tränen? Ich kann es nicht sagen.

»Das ist von Elspeth«, erkläre ich. »Ich weiß aber nicht, wann sie das geschrieben hat.«

»Elspeth«, wiederholt Julia und nickt.

»Ja. Sie muss es verfasst haben, bevor sie … Mein kleines Mädchen hat mir ein wunderschönes Gedicht geschrieben, und ich wusste es nicht einmal.«

»Was heißt, Sie wussten es nicht?«

»Na ja, sie hat immer irgendetwas geschrieben und wollte es mir dann zeigen, aber meistens war ich so vertieft in meine eigenen Angelegenheiten, dass ich es nicht wahrgenommen habe. Ich kann mich überhaupt nicht erinnern, dieses Gedicht jemals gelesen zu haben. Oder ich habe es gelesen und danach völlig vergessen.«

Julia liest das Gedicht noch einmal, dann blickt sie mit einem seltsamen Gesichtsausdruck zu mir auf. Sie verurteilt mich. Das spüre ich. Sie fragt sich, was ist das wohl für eine Mutter, die so etwas vergisst?

»Und es lag auf dem Boden des Lagerraums?« Julia faltet das Blatt Papier wieder zusammen.

»Ja. Ich wollte gerade gehen, da habe ich es entdeckt. Es steckte zwischen zwei Kisten.«

»Sehr merkwürdig.« Julia wischt sich mit der Spitze

ihres manikürten Fingers die Augen ab. »Dass Sie sich nicht daran erinnern.«

»Wie gesagt, Elspeth ist immer herumgewuselt, wenn ich in meinem Büro arbeitete, aber meistens war ich so mit meinen Sachen beschäftigt, dass ich nicht darauf geachtet habe.«

Julia sieht mich an und nickt.

»Mir ist schon klar, was Sie denken. Sie denken, ich habe sie vernachlässigt und bin eine schlechte Mutter.«

»Das denke ich überhaupt nicht, Maggie«, erwidert Julia. »Im Gegenteil, das hört sich an, als hätten Sie sie sehr lieb gehabt.«

»Ja. Und ich hätte sie noch mehr lieb haben sollen. Ich hätte dieses Gedicht lesen sollen, als sie es mir gab, und ich hätte ihr erklären sollen, dass es wunderschön ist und dass ich sie von ganzem Herzen lieb habe, aber das habe ich nicht getan, und jetzt ist es zu spät.«

»Wenigstens hatten Sie diese Zeit zusammen«, meint Julia. »Sie war vielleicht kurz, aber manche Mütter und Töchter haben nicht einmal das.«

Da fällt mir wieder ein, dass Julias Mutter gestorben ist, als sie noch ein Baby war, und mir wird bewusst, wie taktlos ich gewesen bin.

»Ein Kind ist das Wertvollste auf der Welt.« Die junge Ärztin wischt sich rasch die Augen, als wäre es ihr peinlich.

»Ja«, sage ich leise.

»Sie sollten das gut aufbewahren.« Julia gibt mir den Brief zurück.

»Wissen Sie, was am meisten wehtut?« Ich lege mir

den Brief auf den Schoß. »Dass ich sie nicht beschützen konnte … dass ich sie an dem Abend wirklich selbst in Gefahr gebracht habe.«

»Das war bestimmt nicht der Fall«, erwidert Julia. »Es war nur ein tragisches Unglück. Niemand behauptet, dass Sie etwas damit zu tun haben, oder?«

Ich schüttle den Kopf.

»Ich verschwinde jetzt besser.« Julia steht auf. »Sie wirken erschöpft.«

Sie hat recht. Ich bin so müde, dass ich kaum noch die Augen aufhalten kann.

Ich begleite Julia zur Tür. Im Windfang ist es dunkel, deshalb schalte ich das Licht ein.

»Oh, Sie haben Post.« Julia bückt sich, um etwas von der Matte aufzuheben.

Sie reicht es mir. Es ist ein zusammengefaltetes Blatt. Wahrscheinlich Werbung.

»Danke.« Ich stecke mir den Zettel unter den Arm, während ich die Tür aufsperre. »Vielen Dank noch mal, dass Sie vorbeigeschaut haben, Julia, ich weiß das sehr zu schätzen.«

»Aber gerne.« Die Ärztin tritt auf die dunkle Straße hinaus. »Jetzt aber rein mit Ihnen, und versuchen Sie, sich auszuruhen, ja?«

»Mache ich. Auf Wiedersehen, Julia.«

»Auf Wiedersehen, Maggie.«

Ich schließe die Tür und lege den Riegel vor. Kaum bin ich wieder im Wohnzimmer, fällt der Zettel auf den Boden. Ich hebe ihn auf und gehe damit in die Küche. Ich will ihn gerade wegwerfen, da fällt mir etwas auf.

Das Papier ist dünn und durchscheinend. Man kann eine Handschrift erkennen. Das ist keine Werbung.

Ich setze mich an den Küchentisch und falte das Blatt auseinander. Was ich sehe, lässt mich schaudern. Es ist ein Brief in Elspeths charakteristischer Handschrift. Ich lege ihn auf den Tisch und lese:

Liebe Mummy,

ich habe solche Angst. Ich weiß nicht, warum ich hierhergeschickt wurde. Habe ich etwas falsch gemacht? Wenn ich ungezogen war, kann ich das wiedergutmachen. Ich verspreche, dass ich nicht wieder ungezogen sein will. Hier ist es ganz kalt und dunkel. Die Wände sind kahl und weiß, und niemand lächelt. Mir fehlt mein altes Zimmer. Mir fehlt der Geruch, draußen auf dem Land riecht es immer ganz besonders. Wenn ich aus dem Fenster blicke, sehe ich nur Beton und Glas. Es ist wie im Gefängnis. Wann darf ich wieder nach Hause? Sie haben mir gesagt, du und Daddy, ihr kommt nicht mehr wieder, aber das kann doch nicht wahr sein, du hast mich doch mehr lieb als alles andere auf der Welt, das weiß ich. Ich denke die ganze Zeit an dich und frage mich, was du machst. Es gibt ein paar Bücher hier. Sie sind alt, und die Seiten sind eingerissen, aber ich will sie sowieso nicht lesen, denn Geschichten und Bücher erinnern mich nur an dich, und dann rege ich mich auf.

Mummy, du kannst mich doch nicht vergessen, selbst

wenn du böse auf mich bist. Ich bin doch immer noch deine Tochter.
Bitte lass mich nicht hier. Ich muss bei dir sein.
Ich verspreche, ich bin immer brav und du musst dich nicht über mich ärgern.
Ich hab dich lieb, Mummy, und ich will einfach nur heim.

Deine liebe Tochter xxx

45

Donnerstag, 10. August

Es ist gleich sieben Uhr morgens, und die Straßen sind menschenleer. Ich war die Nacht über wach, habe Elspeths Brief immer wieder gelesen und versucht herauszufinden, was da vor sich geht. Offensichtlich ist sie mit »anderen« irgendwo gefangen und wartet darauf, dass ich komme und sie abhole. Aber auf dem Brief steht keine Adresse, und er wurde ohne Umschlag persönlich zugestellt, sodass ich sie nicht ausfindig machen kann. Ich habe Angst, dass sie irgendwo gegen ihren Willen festgehalten wird, aber wo und von wem?

Ich drücke die Tür der Polizeiinspektion auf und gehe durch den mir mittlerweile wohlbekannten Empfangsbereich zum Schalter. Eine ältere Frau mit kurzen grauen Haaren sitzt dahinter. Sie blickt auf, als ich mich nähere. Ihr Gesicht ist faltig, und sie zieht eine säuerliche Miene, was sich noch verstärkt, als sie mich bemerkt. Ich blicke an mir herunter. In dem Moment stelle ich fest, dass ich noch meinen Schlafanzug anhabe. In meiner Eile, das Haus zu verlassen, hatte ich heute Morgen einfach den Mantel darüber angezogen und war in Turnschuhe geschlüpft. Aber das ist mir egal, ich will einfach nur herausfinden, was mit Elspeth passiert ist.

»Guten Tag, kann ich etwas für Sie tun?«, sagt die Frau.

»Äh, ja.« Ich nehme den Brief aus der Manteltasche. »Ich würde gerne mit DS Grayling sprechen.«

»Mit DS Grayling?«

»Ja.«

»DS Grayling ist zurzeit nicht hier«, antwortet die Frau. »Kann ich Ihnen vielleicht weiterhelfen?«

Ich mustere sie. Sie trägt eine Uniform, und Grayling ist nicht da. Ich habe keine Wahl.

»Das wurde gestern Abend durch meinen Briefkastenschlitz gesteckt.« Ich lege den Brief auf den Tisch.

Die Frau nimmt den Brief und liest ihn. Sie runzelt die Stirn, dann schaut sie mich an.

»Okay.« Sie seufzt. »Und warum ist das eine Angelegenheit für die Polizei?«

»Dieser Brief ist von meiner Tochter.« Mir schnürt sich die Brust vor Aufregung zusammen.

»Aha«, meint die Frau. »Und das ist ein Problem, weil …«

»Es ist ein Problem, weil meine Tochter tot ist«, entgegne ich. »Sie ist vor drei Monaten bei einem Autounfall ums Leben gekommen.«

Der Gesichtsausdruck der Frau verändert sich. Sie nimmt den Brief und liest ihn noch einmal. Endlich greift sie zum Telefon.

»Einen Augenblick«, erklärt sie. »Ich hole einen Beamten, der Sie empfängt.«

Zehn Minuten später sitze ich in einem kleinen, stickigen Verhörzimmer. Der Beamte, der »mich empfängt«, ist PC Kitson, ein kleiner, untersetzter Mann Ende dreißig. Er hat mir eine Tasse Tee gemacht und liest den Brief gerade zum zweiten Mal.

»Und Sie haben wirklich nicht gesehen, wer ihn eingeworfen hat?« Er blickt mich von der anderen Seite des Tisches aus an.

»Ganz sicher nicht«, antworte ich. »Es war schon recht spät, etwa halb zehn, und ich habe meine Freundin gerade zur Tür gebracht. Der Brief lag auf der Fußmatte im Windfang.«

Er nickt.

»Nach allem, was Sie mir erzählt haben, Mrs Allan, wirkt das auf mich wie ein dummer Scherz.«

»Nein.« Meine Stimme zittert. »Nein, es ist bestimmt von ihr. Das ist von Elspeth. Sonst schreibt niemand so, und der Tonfall, die Stimme, das ist ihre. Mein kleines Mädchen ist in Gefahr. Ich bin mir ganz sicher. Meine Tochter wird irgendwo gegen ihren Willen gefangen gehalten, und wer auch immer das bei mir abgegeben hat, muss etwas wissen. Können Sie das Papier nicht auf Fingerabdrücke untersuchen?«

PC Kitson lächelt betreten.

»Mrs Allan«, sagt er sanft, »uns ist bewusst, dass das unmöglich ist, weil Ihre Tochter verstorben ist. Sie wurde am 12. Mai von Ihrem Mann im Lewes Victoria Hospital identifiziert, und drei Wochen später fand die Beerdigung statt. Es besteht kein Zweifel daran, dass sie tot ist.«

»Aber es geschehen doch ständig Fehler.« Ich wische mir Schweißperlen von der Stirn. »In Leichenhallen werden Leichen vertauscht. Ich habe davon gelesen. Mein Gott, ich schwöre Ihnen, das ist Elspeth. Es ist ihre Schrift.«

»Ihr Mann hat die Leiche identifiziert, Mrs Allan«, sagt der Polizist mit Nachdruck. »Trotz der schweren Verletzungen im Gesicht konnte das eindeutig festgestellt werden. Deshalb war es eine klare Sache.«

Ich zucke zusammen. Wie kann er das so herzlos ausdrücken?

Neben PC Kitson liegt eine Akte mit Unterlagen. Die Details von Elspeths Tod sind darin genau erklärt. Aber das kann man nicht erklären. Das ist jenseits aller Vernunft. Meine innere Stimme sagt mir, dass der Brief von meiner Tochter ist, denn als ihre Mutter weiß ich das, ich weiß es einfach.

»Aber Moment.« Plötzlich fällt mir etwas ein. »Mein Mann stand noch unter Schock, als er sie identifiziert hat. Das hat er ins Intensiv-Tagebuch geschrieben. Er war nur ein paar Minuten in der Rechtsmedizin, wie soll er da hundertprozentig sicher gewesen sein können, dass es unsere Tochter war?«

Kitson schaut mich verwirrt an.

»Ich kann es vorbeibringen, wenn Sie es möchten, das Tagebuch, meine ich.« Ich überlege, wo ich es hingelegt habe. »Dann können Sie es selbst nachlesen.«

»Mrs Allan, Ihr Mann hat die Leiche offiziell als die Ihrer Tochter Elspeth identifiziert.«

Ich will etwas erwidern, aber in Anbetracht seines Gesichtsausdrucks beschließe ich, dass es keinen Sinn hat, darauf zu beharren.

»Ich habe das Gefühl, irgendein Idiot wollte sich einen Spaß erlauben«, fährt PC Kitson fort und betrachtet den Brief noch einmal. »Das ist krank und gefühllos, aber ein paar Schwachköpfe haben ihre helle Freude an solchen Dingen. Um ehrlich zu sein, ich dachte, diese Trolle gibt es heutzutage nur noch im Internet, aber offensichtlich stimmt das nicht.«

»Aber warum sollte jemand so etwas tun?« Meine Augen brennen vom Weinen. »Warum sollte jemand so tun, als wäre er meine Tochter?«

»Ich weiß es nicht. Wie gesagt, da draußen sind ein paar kranke Leute unterwegs. Sie erfahren in den Nachrichten von Unfällen und wollen sich einmischen. Dann fühlen sie sich wichtig, obwohl das Gegenteil der Fall ist.«

»Ich verstehe ja, was Sie meinen«, antworte ich. »Und ich habe von Menschen gehört, die Ihrer Beschreibung entsprechen, von Trollen im Internet und dergleichen, aber normalerweise bedrohen oder beleidigen sie andere. Dieser Brief scheint aber nicht von so jemandem geschrieben worden zu sein. Und wie sollte ein Fremder die Handschrift meiner Tochter nachahmen können?«

PC Kitson seufzt und schüttelt den Kopf.

»Keine Ahnung, vielleicht eine Schulfreundin Ihrer Tochter? Meiner Erfahrung nach gehen Kinder mit Trauer auf viele unterschiedliche Weisen um, und manchmal ist das sehr seltsam.«

»Wenn das der Fall wäre, würde das bedeuten, ein zehnjähriges Kind hätte sich gestern Abend hinausgeschlichen, um den Brief einzuwerfen. Das ist doch unlogisch.«

»Hatten Sie nicht gesagt, der Brief lag um halb zehn auf der Fußmatte?«, fragt Kitson. »Und Sie und Ihre Freundin saßen eine ganze Weile im Wohnzimmer, ohne zu hören, wie etwas durch den Briefkastenschlitz geworfen wurde?«

Ich nicke.

»Dann kann es irgendwann im Laufe des Abends passiert sein. Es ist Sommer. Die Abende sind hell. Die Kinder spielen länger draußen.«

»Manche Kinder.« Ich funkle ihn zornig an.

»Es tut mir leid.« Der Polizist errötet. »Ich wollte nicht taktlos sein.«

»Schon gut«, sage ich. »Ich will Elspeth einfach nur finden.«

»Mrs Allan.« PC Kitson steht auf. »Es tut mir leid, dass Sie dem ausgesetzt wurden. Das ist das Letzte, womit sich eine trauernde Mutter herumschlagen müssen sollte.«

Ich nicke und erhebe mich langsam. Von der Hitze ist mir schwindelig. Mir ist klar, PC Kitson wird mir niemals helfen. Ich bin auf mich allein gestellt.

»Aber wenn Sie noch weitere solche Briefe bekommen, geben Sie uns Bescheid.« Er öffnet die Tür.

»Das mache ich«, sage ich, als wir hinaus auf den Gang treten. »Ach ja, und dürfte ich Sie bitten, auch DS Grayling von dem Brief zu erzählen? Sie hat den Fall bearbeitet.«

»DS Grayling ist heute nicht im Haus.« Kitson führt mich durch den Korridor zurück zur Rezeption. »Aber ich gebe ihr Bescheid, was passiert ist.«

»Danke.«

Am Haupteingang beugt er sich über mich, um die Türen zu öffnen. Da bemerke ich, dass er den Brief noch in der Hand hat.

»Darf ich den bitte behalten?« Ich wende mich zu Kitson um.

Er blickt den Brief an und runzelt die Stirn.

»Ich weiß nicht, ob das eine so gute Idee ist.«

»Bitte«, sage ich. »Ich möchte ihn gerne aufbewahren.«

Er schaut mich mitleidig an – das kann man ihm auch nicht vorwerfen. Da stehe ich, in einem alten Schlafanzug, und beharre darauf, dass meine tote Tochter irgendwo am Leben ist. Trotzdem, ganz egal, was er denkt, ich brauche diesen Brief.

»Bitte«, wiederhole ich.

Er gibt nach und reicht mir den Brief.

»Danke.« Ich stecke ihn mir in die Manteltasche.

Während ich hier auf dem Bett liege, den Brief noch in den Händen, denke ich an die Ereignisse des Morgens zurück. Der Polizeibeamte war überzeugt, dass der Brief nur ein übler Scherz war, aber trotzdem ist es Elspeths Handschrift, groß und krakelig. Wie sollte irgendein Scherzbold sie zufällig nachahmen können?

Das ergibt alles keinen Sinn, und die mangelnde Unterstützung der Polizei macht die ganze Sache nur noch niederschmetternder. Ich versuche, meine Gedanken zu ordnen. Was weiß ich? Dass Sean denkt, ich hätte Elspeth umgebracht; dass ich sie am Tag des Unfalls im Bademantel ins Auto gesteckt habe und mit ihr zum Plough Inn gefahren bin; dass eventuell jemand in roter

Kleidung am Flussufer stand; dass Elspeth womöglich gar nicht tot ist, sondern irgendwo gefangen gehalten wird; dass Barbara Cosgrove glaubt, ich hätte am Flussufer etwas Böses vorgehabt.

Und dann ist da noch Freya Nielssen. Wer ist sie?

Mir fallen die Augen zu. Eigentlich sollte ich nach all den Ereignissen gar nicht schlafen können, aber irgendetwas zieht mich nach unten. Ich bin hilflos, werde vom Schlaf übermannt. Ich träume, dass ich am Fluss bin. Ich bin wie betäubt vor Angst, aber mir ist klar, ich muss das zu Ende führen, ich habe keine Alternative. Sie ist da im Wasser, sie will, dass ich aufhöre, aber ich kann nicht. In ihrem Blick liegt Panik. Sie schreit, und ich drücke sie fest auf die Schultern. Sie strampelt unter dem Wasser. Ich weiß, ich sollte aufhören, aber ich werde von einer starken Macht gezwungen. Stimmen in meinem Kopf schreien mir zu, ich soll es tun. Im letzten Augenblick verstummen die Stimmen, und ich komme zur Besinnung. Ich lasse los und hebe sie an die Oberfläche.

Aber es ist zu spät.

46

Liebe Mummy,

ich glaube, Zoe hatte doch recht. Eltern lassen einen im Stich. Warum antwortest du nicht auf meine Briefe? Ich weiß, du hast sie bekommen, denn Freya hat mir neulich eine Karte geschickt und geschrieben, sie hätte sie dir weitergeleitet.
Was ist los, Mummy? Warum beachtest du mich nicht? War es das jetzt? Werde ich einfach hiergelassen?
Wieselgesicht hat mir ein anderes Zimmer zugewiesen. Im alten waren zu viele Erinnerungen an Zoe. Ich konnte dort nicht schlafen. Jedes Mal wenn ich die Augen zumachte, sah ich sie auf den Eisenbahngleisen liegen. Das neue Zimmer ist besser, aber ich habe immer noch Alpträume.
Die Schule ist genauso schlimm wie früher, schlimmer noch, denn jetzt kann ich auf dem Nachhauseweg nicht mehr mit Zoe reden. Die anderen Mädchen behandeln mich furchtbar. Es gibt da eine große Gruppe, angeführt von einer Jade. Jade sitzt bei mir am Tisch. Es fing damit an, dass sie mir mein Federmäppchen weggenommen haben, dann haben sie meine Jacke versteckt, lauter blödes

Zeug, aber seit Zoe tot ist, wird es immer schrecklicher.
Letzte Woche saß ich in der Bibliothek und habe mein Naturkundebuch gelesen, da spürte ich plötzlich einen Ruck. Ich drehte mich um. Jade stand grinsend hinter mir. Sie hatte in der einen Hand eine Schere und ein Büschel Haare in der anderen. Ich habe ein bisschen gebraucht, um zu begreifen, dass das meine Haare waren. Ich rannte zur Toilette, und sie lachte hinter mir her. Ich habe die Tür zugeknallt und bin zum Spiegel. Als ich entdeckte, was sie getan hatte, habe ich geschrien. Sie hatte mir ein Büschel Haare abgeschnitten. Ich sah aus wie ein Freak.
Und so haben sie mich danach auch genannt. Freak. Jedes Mal wenn ich das Klassenzimmer betrat, hörte ich es, und es war gerade leise genug, dass es die Erwachsenen nicht mitbekamen. Freak. Freak. Das Wort hämmerte in meinem Kopf. Ich hörte es den ganzen Tag lang, vom Aufwachen bis zum Einschlafen. Manchmal habe ich es auch in meinen Träumen vernommen, ein schrecklicher Mädchensprechchor, der es immer wieder wiederholt, Freak, Freak, Freak.
Aber vor ein paar Tagen hat sich alles geändert. Ich wurde Zoe ähnlicher.
Jade glaubt, sie ist in Sicherheit, solange sie diese große Gruppe von Freundinnen um sich hat. Ganz egal, wohin sie geht, alle folgen ihr. Zwei von denen sind ihre besten Freundinnen – eine kleine Dicke namens Heidi und eine große Picklige namens Paula –, die sind die Schlimmsten. Solange die bei-

den da sind und sie anstacheln, kann Jade tun und lassen, was sie will. Aber vor ein paar Tagen waren Paula und Heidi krank, und Jade war allein. In der Pause habe ich sie auf der anderen Seite des Pausenhofs beim Heizraum stehen sehen. Sie warf einen Tennisball gegen die Wand, immer wieder. Hoch und runter. Hoch und runter. Es hatte geregnet, und ich wollte Schnecken suchen. Seit dem Ausflug ins Museum sammle ich Exemplare, die ich untersuchen kann. Ich weiß nicht, warum ich dir das eigentlich erzähle. Was interessiert es dich denn? Du kannst ja nicht einmal auf meine Briefe antworten. Trotzdem fühle ich mich besser, wenn ich alles aufschreibe.
Als ich jedenfalls mit meinem neuen Insektenglas über den Pausenhof lief, spürte ich, wie Jade mich anschaute. Schnecken mit Haus fand ich nicht, aber auf dem Weg kroch eine dicke braune Nacktschnecke. Ich hatte mich gerade gebückt, um sie aufzuheben, da hörte ich es schon.
»Freak.«
Ich blickte auf. Jade stand noch an der Wand, aber sie warf den Tennisball nicht mehr. Sie hatte die Arme vor der Brust verschränkt, und ihr Mopsgesicht war vor Hass verzerrt. Ich habe die Nacktschnecke in das Glas gesteckt und bin den Weg entlanggegangen. Ich wollte nur in die Schulbibliothek und mich auf mein Experiment konzentrieren. Aber als ich auf ihrer Höhe war, hat sie mir ein Bein gestellt, sodass ich hingefallen bin. Das Glas ist auf dem Boden zersplittert. Ich bin aufgesprungen und

wollte die Schnecke retten, aber Jade war vor mir da, zumindest ihr Fuß. Es machte ein schreckliches quetschendes Geräusch, als sie die Schnecke mit dem Schuh zermalmte.

Ich fragte sie, warum sie das getan hätte. Sie meinte, ich sei ein Freak, eine Spinnerin, die tote Sachen in Gläser steckt. Ich sei ein Loser, fuhr sie dann fort, und meine Eltern hätten mich loswerden wollen, und es sei kein Wunder, dass Zoe sich umgebracht hätte, wo sie doch mit mir zurechtkommen musste.

Als sie das sagte, ist mein Kopf total heiß geworden, und ich war ganz benebelt. Ich konnte nicht mehr klar denken. Ich habe nur noch Jades widerliches Lächeln gesehen. Es war furchtbar, als wäre sie ein böser Clown. Ich wollte ihr dieses Lächeln aus dem Gesicht vertreiben, und so habe ich sie an den Haaren gepackt und ihren Kopf gegen die Wand geknallt, immer wieder und wieder und wieder. Sie hat geschrien, aber ich habe nicht aufgehört. Es hat mir gefallen, dass sie Angst vor mir hatte, und ich wollte ihr eine Lektion erteilen. Ich wollte ihr all die schrecklichen Dinge, die sie über mich gesagt hatte, aus dem Hirn schlagen.

Als sie losschrie, sind ein paar Lehrer herausgekommen und zogen mich von ihr weg. Sie machten ein Mordsgetue um Jade, und ich wurde ins Büro der Rektorin geschickt. Ich bekam eine Woche Arrest und muss wieder zum Schulpsychologen, um mit meiner Wut fertigzuwerden.

Das ist mir alles egal. Ich bin einfach nur froh, dass ich mich gegen diese Hexe gewehrt habe. Immer wenn sie mich jetzt sieht, zieht sie sich zurück. Ich habe ihr Angst eingejagt, und das freut mich.

47

Ich wache schwitzend auf. Langsam atme ich aus, erleichtert, dass es nur ein Traum war.

Und dann höre ich es. Stimmen. Ich bleibe einen Moment im Bett liegen. Lähmende Angst ergreift mich. Jemand ist in der Wohnung. Zögernd richte ich mich auf, gehe zur Schlafzimmertür und öffne sie einen Spalt. »Hallo«, rufe ich, aber verschlafen, wie ich bin, dringt nur ein schwaches Krächzen aus meinem Mund.

Jemand läuft über den Holzboden im Wohnzimmer.

Was ist, frage ich mich im Stillen, während ich mich gegen die Wand im Korridor drücke, wenn der Mensch, der Mensch, der Elspeth festhält, was ist, wenn dieser Jemand gekommen ist, um mich zu holen?

Die Schritte nähern sich. Ich lehne mich fest an die Wand und schließe die Augen. Jeden Moment wird mich jemand packen und …

»Maggie. Was machen Sie denn?«

Ich öffne die Augen. Sonia steht da, mit einem Besen in der Hand.

»Gott sei Dank«, keuche ich. »Ich dachte, Sie wären ein Einbrecher.«

»Seien Sie doch nicht albern«, sagt die Pflegerin lächelnd. »Welcher Einbrecher erledigt denn die Hausarbeit?«

Sie dreht sich um und kehrt ins Wohnzimmer zurück. Ich folge ihr; mein Herz klopft noch vor Schreck.

»Warum haben Sie mir nicht gesagt, dass Sie da sind?« Ich lasse mich auf das Sofa fallen.

»Ich habe nach Ihnen gesehen, als ich kam, aber Sie haben tief und fest geschlafen.« Sonia kniet sich hin, um die überquellende Kehrschaufel aufzuheben. »Ich fand, ich putze ein bisschen, bevor Sie aufstehen.«

»Wie spät ist es?« Ich bin verwirrt.

»Viertel vor zwei. Wir sollten uns beeilen. Um drei haben Sie Ihren Physiotermin im Krankenhaus. Soll ich Ihnen etwas zum Mittagessen kochen?«

Bei den ganzen Informationen dreht sich mir der Kopf. Viertel vor zwei? Um zehn Uhr bin ich von der Polizei zurückgekommen. Danach habe ich mich aufs Bett gelegt, Elspeths Brief gelesen, und dann … dann folgte der Traum. Es war entsetzlich.

»Maggie?«

»Entschuldigung, wie bitte?«

»Ich habe gefragt, ob ich Ihnen etwas zum Mittagessen kochen soll?«

»Ich habe keinen Hunger«, erwidere ich zerstreut. Ein Teil von mir ist immer noch in dem Traum gefangen.

»Sie müssen etwas essen, Maggie«, drängt Sonia. »Und wenn es nur eine Kleinigkeit ist.«

»Gut, danke.« Ich seufze. »Aber wirklich nur eine Kleinigkeit.«

Sonia verschwindet lächelnd wieder in der Küche. Ich setze mich hin, reglos, und lasse den Traum Revue passieren. War es nur ein Alptraum, zeigten sich meine schlimmsten Ängste durch mein Unterbewusstsein, oder …?

Ich mag gar nicht über die Alternative nachdenken.

»Ist wirklich alles in Ordnung mit Ihnen, Maggie? Sie sind so still.«

Sonia schaut zu mir herüber, als wir im Wartezimmer des Krankenhauses sitzen.

»Es geht mir gut, Sonia«, antworte ich. »Ich bin nur ein bisschen müde, das ist alles.«

In Wahrheit geht es mir gar nicht gut. Ich bin zum ersten Mal seit meiner Entlassung im Krankenhaus. Immer wenn ich draußen Sirenen höre, erschrecke ich. Ich blicke den Korridor entlang, als ein Mann in Ärztekluft und Maske hindurcheilt. Läuft er zum Rettungswagen? Haben sie einen Erwachsenen oder ein Kind gebracht? Kann er sie retten? Und dann kehrt der Traum zurück, und ich muss keuchen.

»Alles okay, Maggie?«, fragt Sonia neben mir. »Es ist heiß hier drin. Brauchen Sie Ihren Inhalator?«

Ich nicke. Die junge Pflegerin greift in meine Tasche und holt das Gerät heraus.

»Hier, bitte.«

Ich nehme gerade einen langen Atemzug, als mein Name aufgerufen wird. Ich blicke auf. Ein Mann steht im Eingang des Behandlungszimmers auf der anderen Seite des Korridors. Er trägt ein marineblaues Polohemd und helle Hosen.

»Wir sind dran.« Sonia nimmt mich am Arm und hilft mir auf.

»Guten Tag, Maggie. Mein Name ist Adil. Kommen Sie doch bitte herein.«

Der Mann führt uns in das Besprechungszimmer. Die Wände sind leuchtend gelb bemalt, und überall stehen irgendwelche Gerätschaften. An der Wand gegenüber hängt ein großes Poster mit der Aufschrift: DIE GRÖSSTEN REISEN BEGINNEN MIT EINEM KLEINEN SCHRITT.

»Setzen Sie sich doch.« Adil zieht zwei Stühle heraus.

Wir tun, was er sagt. Ich versuche, die Panik, die in mir aufsteigt, in Schach zu halten, indem ich mir mit den Fingern aufs Knie tippe.

»Gut, herzlich willkommen«, meint Adil lächelnd. »Da das Ihr erster Termin ist, wollte ich Ihnen zunächst ein paar Fragen über Ihre Vergangenheit und Ihren Lebensstil stellen, damit wir einen Behandlungsplan für Sie ausarbeiten können, der für Sie funktioniert. In Ordnung?«

»Ja.« Ich fasse mir an die Stirn. Sie ist feucht.

»Sehr schön«, fährt er fort. »Ich habe Ihre Krankengeschichte hier.«

Er schaut auf seinen Computer, dann blinzelt er verlegen.

»Sie haben offenbar ein unglaubliches Trauma hinter sich.« Er wendet sich mir zu. »Es tut mir sehr leid wegen Ihrer Tochter.«

Ich nicke, dann blicke ich zu Boden. Zum Glück versteht er den Hinweis und wechselt das Thema.

»Okay.« Der Arzt räuspert sich. »Jetzt würde ich gerne ausloten, welchen physischen Anforderungen Sie in Ihrem Alltag ausgesetzt sind. Darf ich fragen, ob Ihr Beruf körperlich anstrengend ist?«

»Ich habe keinen Beruf.« Ich bin zu erschöpft, um mir irgendwelche Ausreden auszudenken. »Ich war Vollzeitmutter.«

»Aha.« Adil verzieht ganz leicht das Gesicht. »Ähm, ja, und wie ist es bei Ihnen zu Hause? Haben Sie Treppen?«

Ich schüttle den Kopf.

»Würden Sie sagen, Sie waren ein aktiver Mensch?«

»Aktiv?«

»Gingen Sie zum Beispiel gerne joggen? Oder waren Sie oft schwimmen? Vor dem Unfall natürlich.«

Da lächelt er. Es ist ein unschuldiges Lächeln, aber in mir wird irgendein Schalter umgelegt.

»Warum fragen Sie mich das?«, rufe ich und springe auf. »Ich war das nicht.«

»Mrs Allan?«

»Maggie. Alles gut.«

Ich wende mich Sonia zu. »Ich war das nicht.«

Ich schaue sie an, und Sonia verschwimmt vor meinen Augen. Ich bin wieder in dem Traum. Mein Herz schlägt so schnell, dass es sich anfühlt, als würde es mir gleich aus der Brust springen.

»Ich … bekomme … keine Luft.« Ich sinke auf die Knie. »Helfen … Sie … mir.«

Adil ist innerhalb von Sekunden neben mir. Er packt mich an den Schultern und richtet mich wieder auf.

»Maggie, Sie müssen ganz langsam ausatmen. So.«

Er formt ein »O« mit den Lippen, und ich spüre seinen Atem im Gesicht, während er ruhig ausatmet. Ich versuche zu tun, was er sagt, aber mein Brustkorb wird immer enger. Ich fürchte, ich werde ohnmächtig. Ich halte mich an Adils Arm fest. Sein Gesicht ist das Letzte, was ich sehe, bevor ich zu Boden sinke.

»Maggie.«

Es riecht nach Flusswasser. Es ist überall. In meinen Augen, in der Nase, in den Haaren. Ich gehe unter, aber ich muss oben bleiben. Ich muss Elspeth finden.

»Können Sie mich hören, Maggie?«

Ich versuche, das Auto aufzuhalten, aber es entgleitet mir. Schmerz fährt mir durch die Finger, so heftig, dass ich keine andere Wahl habe, als loszulassen. Ich spüre, wie ich aufsteige, nach oben, an die Oberfläche des Flusses. Wasser dringt in meine Lunge, ich muss husten, atme große Mengen Luft.

»Maggie, na Gott sei Dank.«

Hustend und prustend tauche ich auf. Sonia und Adil stehen über mir.

»Was ist passiert?«, frage ich.

»Sie sind ohnmächtig geworden.« Adil bringt mich vorsichtig wieder zum Sitzen. »Das sah aus wie eine Panikattacke.«

»Ich muss hier raus«, flüstere ich und will mich aufrappeln.

»Langsam, Mrs Allan.« Adil hält mich an den Armen. »Sie müssen erst ein bisschen warten.«

»Nein«, rufe ich. »Es geht schon. Ich will einfach nur weg hier.«

Es regnet, als wir die Western Road erreichen, ein leichter Sommerregen, der wie ein sanfter Nebel fällt. Als ich aus dem Auto aussteige, riecht es nach frischer Erde, und ich atme tief ein. Nach der Panikattacke fühle ich mich schwach und benommen, als hätte mein Körper gerade einen harten Kampf durchgemacht. Ich halte mich an Sonias Arm fest und warte, während sie die Haustür aufsperrt.

»Komisch«, sagt sie, als sie versucht, die Tür aufzudrücken.

»Was?«, frage ich ungeduldig. Ich will in mein Bett.

»Etwas blockiert die Tür.« Sonia stemmt sich seitlich gegen das Holz. »Auf der anderen Seite.«

Es gelingt ihr, die Tür einen Spalt aufzuschieben, dann steckt sie die Hand hinein.

»Ah, jetzt erkenne ich es.« Ihre Stimme klingt gedämpft, als sie etwas auf der anderen Seite der Tür aufhebt. »Sie haben es wohl beim Rausgehen fallen lassen.«

Die Pflegerin öffnet die Tür ganz, und als ich auf sie zugehe, geben meine Knie nach. Sonia hält eine kleine lila Strickjacke in der Hand. Elspeths Schuljacke.

»Das hier hat die Tür blockiert«, sagt sie munter. »Wie gesagt, Sie haben wohl …«

»Geben Sie mir das.« Ich reiße es ihr aus der Hand.

Ich drücke mir die Jacke ans Gesicht, aber da ist keine Spur von Elspeth. Die Jacke riecht nach einem unbekannten Weichspüler, nach einem, den ich nicht benutze. Jemand hat die Jacke gewaschen. Jemand Fremdes.

»Was ist los, Maggie?«, fragt Sonia. Sie schließt die Tür hinter uns, während ich ins Wohnzimmer laufe.

Ich setze mich auf das Sofa und breite die Jacke auf meinen Knien aus. Auf dem Etikett steht: Marks & Spencer. 8–9 Jahre. Elspeth trug immer eine Größe kleiner.

Sie war zart für ihr Alter. Ich ziehe das Etikett hoch und betrachte die Rückseite. Dort wird ihr Name zu finden sein. Ich weiß noch, wie ich ihn am ersten Schultag mit schwarzem Stift auf das Etikett geschrieben habe: *Elspeth Allan. 5. Klasse.* Aber ich kann ihren Namen nirgends entdecken. Er ist herausgewaschen worden.

»Maggie?«

Sonia setzt sich neben mich und legt mir die Hand auf den Arm.

»Die gehörte Elspeth.« Ich drehe mich zu ihr. »Das ist ihre Schuljacke. Jemand hat sie durch den Briefschlitz geworfen.«

Sonia schaut erst mich an, dann die Jacke.

»Warum sollte jemand so etwas tun?«

»Weil sie als Geisel festgehalten wird.« Ich drücke mir die Jacke an die Brust. »Das hat sie in ihrem Brief geschrieben.«

»In welchem Brief?«

Ich hole den Brief aus der Tasche und reiche ihn der Pflegerin. Sonia öffnet ihn und liest.

»Woher haben Sie das?« Sie reicht mir das Blatt Papier wieder zurück.

»Der wurde gestern Abend bei mir eingeworfen«, erkläre ich ihr. »Ich bin heute Morgen zur Polizei, aber sie halten das anscheinend für einen üblen Scherz. Elspeth ist offiziell tot, sagen sie. Sean hat sie identifiziert, also ist das offensichtlich wahr.«

»Die haben recht, Maggie«, erwidert Sonia sanft. »Elspeth ist … sie ist gestorben. Und was die Jacke betrifft, also wenn Ihnen jemand einen Streich spielt, dann braucht dieser Jemand dringend Hilfe. Ich meine, was für ein Mistkerl …«

»Sie braucht mich.« Ich wiege die Strickjacke in den Armen. »Das hier bestätigt es nur.«

»Maggie«, beginnt Sonia zögerlich. »Sie waren heute so müde. Vielleicht haben Sie die Jacke aus einer von Elspeths Kisten genommen.«

»Aber warum liegt sie dann auf der Fußmatte?«, fahre ich sie an.

»Vielleicht hatten Sie sie in der Hand, als wir aus dem Haus gegangen sind. Wir hatten es ja ein bisschen eilig. Sie könnten sie fallen gelassen haben …«

»Ich bin doch nicht verrückt, Sonia.« Ich bin jetzt aufgebracht. »Ja, ich bin müde, ich trauere, und ich bin bis obenhin vollgepumpt mit Medikamenten, aber ich weiß, dass ich die Jacke nicht aus der Kiste genommen habe und dass hier etwas nicht stimmt. Elspeth ist am Leben. Da bin ich mir sicher.«

»Sie müssen damit aufhören, Maggie. Sie werden noch ganz krank davon. Soll ich Dr. Mathers anrufen?«

»Nein, Sie sollen Dr. Mathers nicht anrufen«, schnauze ich die Pflegerin an. »Ich will meine Ruhe haben.«

»Maggie?«

Ich stehe auf und drücke mir die Strickjacke an die Brust.

»Könnten Sie bitte einfach gehen, Sonia?« Ich steuere Richtung Schlafzimmer. »Ich möchte jetzt mit Elspeth zusammen sein.«

Vor dem Schlafzimmer bleibe ich stehen und höre, wie Sonia die Tür zum Windfang öffnet und das Haus verlässt. Dann betrete ich das Zimmer und lege mich aufs Bett, die Strickjacke in den Armen wie ein schlafendes Baby, und ich weine so sehr, dass ich das Gefühl habe, mein Herz bricht in zwei Teile.

48

Liebe Mummy,

hier sind ein paar psychologische Fachausdrücke für dich:

- *geistig labil*
- *gefühlsarm*
- *obsessiv*
- *wahnhafte Störungen*
- *sozial unbeholfen*
- *neigt zu spontanen Gewaltausbrüchen*
- *Unfähigkeit, Freundschaften einzugehen*

Der Schulpsychologe hat mich zu einer Kindertherapeutin überwiesen, die mich so in ihren Notizen beschrieben hat. Die Frau ist derart blöd, dass sie nicht gemerkt hat, dass ich lesen kann, was sie in ihr lausiges Buch notiert hat, obwohl es auf dem Kopf stand.
Ich werde jetzt also psychologisch begutachtet, weil irgendein Mädchen, das mich seit Monaten schikaniert, endlich bekommen hat, was es verdient. Ich! Ich bin hier das Opfer. Das habe ich der Therapeutin auch gesagt, aber sie wollte nicht auf mich hören. Sie

hat weiter über meine Probleme mit Wut geredet und dass ich die Hoffnung aufgeben soll, dass ihr, du und Daddy, mich abholt, denn das würde nicht passieren. Das war es jetzt. Es war mir egal, was sie über meinen Geisteszustand gesagt hat oder das ganze Zeug, was ich oben aufgezählt habe, aber dass ich euch aufgeben soll! Meine Eltern! Die beiden Menschen, die mich mehr als alles auf der Welt lieben sollten? Ist die Frau total bescheuert? Wenn ich nicht fähig bin, Gefühle zu empfinden, wie kommt es dann, dass ich dich und Daddy so lieb habe, dass es wehtut? Und was ist mit Zoe? Ich habe sie geliebt wie eine Schwester. Sie war die Einzige, die wusste, wie es ist, wenn man verlassen wird.

Aber ich habe Zoe nicht in das Gespräch mit eingebracht, und die Therapeutin auch nicht. Sie war zu sehr damit beschäftigt, über dich und Daddy zu schwafeln und dass ich die »Vorstellung« von euch loslassen soll.

Ich habe ihr erklärt, dass sie keine Ahnung von Vorstellungen hat, und dann habe ich ihr von Charles im Museum erzählt und von dem Bild von der Frau ohne Beine. Ich beschrieb ihr meine Gläser mit den Tieren und sagte ihr, dass Wissenschaft bedeutet, aus der Dunkelheit ins Licht zu treten. Charles sei es auch gewesen, der mir klargemacht hätte, dass Vorstellungen dazu da seien, bewiesen zu werden, meinte ich noch. In diesem Fall hätte meine »Vorstellung« von dir und Daddy also gute Chancen, Wirklichkeit zu werden.

Aber die Psychologin hat mir nicht zugehört. Sie hat nur geseufzt und den Kopf geschüttelt. Dann hat sie etwas in ihr Heft geschrieben, aber ich war noch nicht fertig.
Ich sagte ihr, dass ich dich und Daddy auf gar keinen Fall aufgebe und ihr beide nur gerade versucht, euer Leben zu ordnen, dann würdet ihr mich abholen.
Und dann, weißt du, was die Frau dann gemacht hat? Sie hat den Kopf geschüttelt und verkündet: »Du musst diese Fantasievorstellung jetzt loslassen. Du musst anfangen, in der echten Welt zu leben. Es tut dir nicht gut, wenn du dir einredest, dass etwas kommen wird, was nicht den Tatsachen entspricht. Deine Eltern werden dich nicht abholen. Das musst du akzeptieren.«
Und dann hat sie mit ihren spitzen gelben Zähnen gelächelt. Sie hat verdammt noch mal gelächelt – tut mir leid, dass ich fluche, Mummy, aber manchmal geht es nicht anders, das musst du verstehen. Und das war es dann. Ich bin aufgesprungen, habe ihr schäbiges kleines Notizbuch gepackt und es zerfetzt. Die Liste, die sie aufgeschrieben hatte, kannte ich längst auswendig. Habe ich dir schon erzählt, dass ich ein fotografisches Gedächtnis besitze?
Jedenfalls hat die Frau sich mordsmäßig aufgeregt und einen Knopf gedrückt, und dann kamen die anderen angerannt, die Leute, die in der Klinik arbeiten. Zwei Frauen und ein Mann. Sie liefen auf mich zu, brachten mich zu Boden und hielten meine Arme fest. Ich verstehe nicht, warum sie so ein Thea-

ter veranstalten mussten. Ich wollte die blöde Kuh ja nicht umbringen. Es hat mir nur nicht gefallen, was sie zu mir gesagt hat, und ihr Lächeln mochte ich auch nicht.
Ich habe keine Ahnung, warum ich das alles in einen Brief an dich schreibe. Es ist ja nicht so, dass du zurückschreibst, oder?
Ich habe dieser Frau erklärt, ich würde an dich glauben und ich hätte dich lieb, denn ich wollte nicht, dass sie recht behält. Ich wollte, dass sie denkt, ich bin stark. Aber weißt du was? Je mehr Zeit vergeht, desto mehr wünsche ich mir, du wärst gestorben und nicht Zoe. Sie war mehr Mutter für mich, als du es jemals warst. Sie hat auf mich aufgepasst, zugesehen, dass ich ordentlich esse. Sie war ein echter Mensch in meinem Leben, dem ich wichtig war, keine Vorstellung, keine Fantasie. Aber langsam wird mir klar, dass genau das passiert, wenn man andere Menschen lieb hat. Sie verlassen einen.

49

Freitag, 11. August

Durch die geöffneten Vorhänge dringt goldenes Licht. Mittlerweile ist es Morgen, und ich halte Elspeths Strickjacke immer noch in der Hand. Sie riecht zwar nicht mehr nach ihr, aber Elspeths Form hat sie behalten. Ich breite sie vor mir auf dem Bett aus, und als ich die Jacke betrachte, sehe ich Elspeth in der Auffahrt von Larkfields stehen. Ihr Pferdeschwanz ist zu einem Zopf geflochten, und sie hat eine Hello-Kitty-Brotbox in der Hand.

»Beeil dich, Mummy«, sagt sie ungeduldig. »Wir dürfen nicht zu spät kommen. Nicht am ersten Tag.«

»Ich will nur schnell noch ein Foto von dir machen, damit wir es Daddy schicken können.« Ich halte das Handy vor mich. »Ich will ihm zeigen, wie erwachsen du jetzt bist, in der fünften Klasse.«

»Na gut.«

Sie hält die Hände hoch, springt in die Luft, und ich tippe auf den roten Knopf.

»Zeig mal. Zeig her!« Sie läuft zu mir und blickt mir über die Schulter, während ich das Bild auf den Monitor hole. »Wow, das sieht aus, als würde ich fliegen.«

Und sie hat recht. Das Bild zeigt ein strahlendes Mädchen, die Arme zum Himmel gereckt, die Beine unter sich angewinkelt, das in der Luft schwebt wie ein zahnlückiger Engel.

»Schick es Daddy. Mal schauen, was er dazu sagt«, meint sie aufgeregt, als wir auf das Auto zusteuern.

Ich öffne Elspeth die hintere Tür und helfe ihr beim Anschnallen. Dann setze ich mich auf den Fahrersitz und schreibe Sean rasch einen Satz zu dem Bild dazu:

Unser großes Mädchen hebt ab – in die 5. Klasse

Innerhalb einer Minute schreibt er zurück:

Zeig's ihnen, Elspeth! Daddy hat dich ganz doll lieb xxx

»Was hat er geantwortet?«

Ich reiche ihr das Telefon. Sie kichert. Dann küsst sie den Bildschirm und sagt: »Ich hab dich auch lieb, Daddy.«

»Er kann dich nicht hören, Elspeth«, erkläre ich, während ich den Motor anlasse und aus der Zufahrt hinausfahre.

»Und ob«, widerspricht sie. »Daddy hat besondere Kräfte. Ist das nicht toll, dass meine Schuluniform lila ist, Mummy? Woher wussten die, dass das meine Lieblingsfarbe ist?«

Ich betrachte die Strickjacke und fahre über den Stoff. Würde er doch nur Gestalt annehmen.

»Wo bist du, Kleines?«, flüstere ich. »Wo bist du?«

Und dann denke ich über ihre Worte nach: »Daddy hat besondere Kräfte.« Ich muss Seans Stimme hören. Er muss mir persönlich versichern, dass unser kleines Mädchen wirklich tot ist.

Ich setze mich auf und nehme das Intensiv-Tagebuch vom Nachttisch, wo ich es gestern Abend hingelegt habe. Ich schlage es beim ersten Eintrag auf und lese es genau durch, suche nach irgendeiner Kleinigkeit, die beweisen könnte, dass das Kind, das mein Mann identifiziert hat, nicht Elspeth war.

»… ich wollte nur antworten: ›Nein, das ist nicht meine Tochter. Meine Tochter ist zu Hause, es geht ihr gut.‹«

Aber der nächste Satz, den ich mir Wort für Wort eingeprägt habe, bestätigt, was ich die ganze Zeit über gewusst habe.

»… aber als ich nach unten blickte, gab es gar keinen Zweifel, wer das war.«

Ich klappe das Tagebuch zu und lege es aufs Bett. Wenn Elspeth tot ist, wo kam dann die Strickjacke her? Und wie ist der Brief in ihrer Handschrift zu erklären? Hat sie ihn vor dem Unfall geschrieben? Hat sie geschauspielert? Mir pocht der Kopf. Das ist alles völlig unbegreiflich.

Ich betrachte das Tagebuch und denke daran, was Amanda sagte, als sie es mir gab: Manche Patienten finden, dass es hilft. Ich nehme das Buch wieder in die

Hand. Ganz egal, wie weh es tut, ich will Seans letzten Eintrag noch einmal lesen, will versuchen herauszufinden, was er meinte. Ungeduldig blättere ich durch das Buch, da fällt etwas auf das Bett. Ein kleines, quadratisches Foto.

Ich mustere es ungläubig. Wie ist das dahin gelangt?

Ich nehme es auf und erkenne mich selbst mit vierzehn Jahren. Ich liege auf dem Rücken, die Arme hinter mir ausgestreckt. Mein Blick ist glasig, und die Lider sind halb geschlossen. Jemand hat mir lose eine Kette aus rosa Blüten auf den Kopf gelegt. Ben ist neben mir. Er umfängt mich mit nackten Armen, seine Lippen berühren mein Gesicht.

»Nein«, rufe ich und lasse das Foto aufs Bett fallen. »Gott, nein.«

Wir sind im Gartenhaus. Auf Bens inoffizieller Party. Ich habe den größten Teil des Abends damit zugebracht, in der Ecke zu stehen und zuzusehen, wie Bens Freunde immer betrunkener werden. Ben, gesellig wie immer, schwirrt herum, schenkt den Leuten nach und tanzt mit den Mädchen. Um neun habe ich genug von meinem Mauerblümchendasein und will verschwinden, aber als ich an der Tür bin, berührt mich jemand an der Schulter.

»Wo willst du denn hin, du Partymuffel?«

Ich drehe mich um. Es ist Ben. Seine Haare sind schweißnass, das viele Tanzen zeigt seine Wirkung. Aber seine Augen funkeln. Er wirkt strahlend und glücklich, wie der Ben, den ich als Kind gekannt habe.

Ich sage ihm, dass mich meine Eltern bald am Tor

erwarten, aber er nimmt meine Hand und legt sie sich auf die Brust.

»Ich wollte dich den ganzen Abend schon sehen. Du weißt ja, wie das auf Partys ist. Man muss zu allen hingehen, muss dafür sorgen, dass sie sich amüsieren. Todlangweilig. Dabei wollte ich nur, dass du hier bist.«

»Echt?« So abgegriffen das klingen mag, aber das ist so ein Augenblick, in dem der Raum stillzustehen scheint, ein Moment, den man festhalten und für immer aufbewahren möchte.

»Echt«, antwortet er. »Jetzt komm mit. Hier ist es viel zu laut.«

Er nimmt mich an der Hand und führt mich durch den vollen Raum. Das Mädchen mit der Bobfrisur tanzt zu Sade, ein Typ mit schlaffen Haaren hat die Arme eng um sie gelegt. Sie grinst, als sie bemerkt, dass Ben meine Hand hält. Als wir an ihr vorbeilaufen, murmelt sie: »Du könntest ja ihr Vater sein.«

Aber mir ist das egal. Nur Ben und ich sind wichtig und wie sich meine Hand in seiner anfühlt.

Er öffnet die Schlafzimmertür. Wir treten hinein. Das Licht ist aus, und wir küssen uns. Ich wollte das schon so lange. Ben schmeckt nach Alkohol, aber seine Lippen sind weich, und es fühlt sich an, als würde ich mich in ihm auflösen. Dann schiebt er mir die Zunge in den Mund. Ich erschrecke zuerst, aber ich gewöhne mich daran, und dann mache ich das Gleiche mit meiner und bewege sie in seinem Mund. Es ist ein wunderbares Gefühl.

»Komm her«, flüstert er. Mein ganzer Körper kribbelt, als er mich weiter in das Zimmer hineinführt.

Der Mond scheint durch das Fenster und überzieht alles mit einem silbernen Schimmer, sodass Bens Gesicht gespenstisch wirkt. Er setzt sich auf das Bett und winkt mich zu sich. Wir kuscheln uns aneinander, und er streicht mit den Händen an meinem Körper hinunter. Er schiebt mein Kleid hoch, und plötzlich sind seine Finger in mir. Es ist ein stechendes, eher unangenehmes Gefühl, aber bald fühlt es sich fast schon gut an. Ich lege mich zurück, schließe die Augen und spüre Bens warmen Atem im Gesicht. Da geht die Tür auf, und jemand schaltet das Licht ein.

»Scheiße, sorry, Leute«, sagt ein Mädchen in einem roten Kleid. »Ich hab das Klo gesucht.«

»Auf der anderen Seite«, zischt Ben. »Am Eingang.«

»Wo is'n das?«, lallt sie.

Während Ben mit dem Mädchen redet, setze ich mich auf und bemerke einen roten Fleck auf der Bettdecke. Mein erster Gedanke ist, dass ich meine Periode bekommen habe. Es ist mir entsetzlich peinlich.

»Raus jetzt, blöde Kuh«, schnauzt Ben das Mädchen an.

»Reizend«, brummt sie und trottet unbeholfen rückwärts aus dem Zimmer.

»So, wo waren wir stehen geblieben?« Ben wendet sich wieder mir zu.

Ich bedecke den Fleck mit der Hand, um ihn zu verbergen, aber er hat ihn schon gesehen. Er lächelt mich an.

»Das ist normal.« Er streichelt mir langsam über das Gesicht. »Wenn man es zum ersten Mal macht.«

»Echt?« Ich merke, wie ich erröte.

Er nickt.

»Hör mal, hier werden wir auf keinen Fall unsere Ruhe haben, und ich möchte, dass es etwas ganz Besonderes wird. Hast du Lust auf ein Abenteuer?«

»Na ja, ich habe meinen Eltern versprochen, dass ich um elf am Tor bin.«

»Bis elf können wir das schaffen.« Ben steht auf. »Wir gehen nicht weit. Nur zum Fluss.«

Die Nacht riecht nach Mädesüß und Holzrauch, als wir über den Gerstenacker auf das kleine Stück am Fluss zulaufen. Ben hält meine Hand. Die Abenddämmerung ist pfirsichrot, saftig und warm, und meine Haut prickelt vor Aufregung.

Am Fluss zieht Ben seine Jacke aus und breitet sie zwischen zwei Erlen auf dem Boden aus. Ich setze mich schon hin, während er noch dasteht und einen Joint dreht. Er zündet ihn an und zieht daran. Das Haschisch riecht nicht gut, aber ich nicke trotzdem, als Ben mir den Joint reicht. Ich möchte nicht, dass er denkt, ich wäre ein dummes kleines Mädchen. Als wir fertig geraucht haben, lege ich mich hin. Ich bin etwas benommen. Da kommt Ben und legt sich neben mich. Er streicht mir über die Haare und küsst mich sanft auf die Nase.

»Mein Gott, bist du schön«, sagt er. Und ich spüre es. Ich spüre es wirklich.

Wir küssen uns, erst ganz sanft, dann fester. Ben ändert die Position, und etwas Spitzes drückt mir in den Bauch.

»Au«, rufe ich.

Ben hört auf, dann macht er sich an seiner Hose zu schaffen.

»Scheiße, entschuldige.« Er hält eine eckige schwarze Kamera hoch. »Die war noch bei mir in der Tasche, von der Party.«

Wir sehen einander an und brechen in Lachen aus.

»Apropos Stimmung verderben.« Er verdreht die Augen. »Klasse hingekriegt, Ben.«

Ich weiß nicht, ob es an dem Joint liegt oder ob Bens Schmeichelei mich mutig hat werden lassen, jedenfalls ziehe ich mich aus. Ben bekommt große Augen, dann lächelt er verschmitzt und zieht sich ebenfalls aus.

Er legt sich neben mich, und wir küssen uns.

»Ben«, flüstere ich. »Ich hätte eine Bitte.«

Er sieht mich an.

»Ich habe nichts dabei«, sagt er. »Ich passe auf, versprochen.«

Da lache ich, bekifft und ohne mir irgendeines Risikos bewusst zu sein.

»Das meine ich nicht«, kichere ich. »Etwas anderes.«

»Was denn?« Auch Ben kichert jetzt. Es ist ansteckend.

»Würdest du ein Foto von uns beiden machen?«, frage ich schleppend. »Für den Nachruhm.«

»Für die Nachwelt, du Huhn«, lacht er. »Aber klar, wieso nicht.«

Lächelnd sehe ich zu, wie er aufsteht, um die Kamera aufzuheben, die neben unseren Kleidern auf dem Boden liegt.

»Du brauchst Blumen.« Er stolpert am Flussufer herum. »Schau mal, die sind schön. Die rosafarbenen hier.«

Mit einer Handvoll rosa Klee kommt er zu mir und

flicht mir die Blumen in die Haare. Als er fertig ist, betrachtet er mich und lächelt.

»Perfekt«, flüstert er. Dann küsst er mich lang und sinnlich auf den Mund.

»Na los!« Ich schiebe ihn spielerisch weg. »Bau die Kamera auf.«

»Du kannst es nicht lassen«, stöhnt er und steht auf.

Er legt die Kamera auf einen Steinbrocken direkt vor uns.

»Achtung, wir haben zehn Sekunden«, ruft er und rennt zu mir herüber.

»Eins, zwei, drei, vier …«

Ich packe ihn an den Schultern und ziehe ihn über mir herunter, die Arme um seinen Hals gelegt. Als die Kamera klickt, werfe ich den Kopf zurück. Ich habe mich noch nie so frei gefühlt.

Ich lege das Foto weg. Meine Hände zittern so heftig, dass ich sie aneinanderpressen muss, damit es aufhört. Jetzt ist mir alles klar, bis ins kleinste Detail.

Die Einzelheiten, die ich in den letzten Wochen verzweifelt vor mir selbst verbergen wollte, dringen plötzlich an die Oberfläche. Der Tag, an dem der Unfall geschah. Ich saß an meinem Schreibtisch und schrieb das nächste Kapitel meines Romans. Mein Handy klingelte. Ich nahm es und las die Nachricht. Sie war von Ben.

Kannst du mich heute Abend treffen? Es wäre schön, sich einmal wiederzusehen. Um der alten Zeiten willen …

Ich hielt das Telefon kurz in der Hand und versuchte, meine Gedanken zu ordnen. Ich hatte angenommen, sein Anruf am Tag zuvor sei eine einmalige Sache gewesen. Ich hätte nie gedacht, dass er sich mit mir treffen wollte. Das kann ich nicht, sagte ich mir, ich kann die ganzen Gefühle nicht wiederauferstehen lassen. Am besten sollte ich ihm antworten, vielen Dank, kein Bedarf. Aber dann fielen mir die letzten paar Monate ein, Seans lange Abende, seine Reise nach Stockholm, an Heiligabend. Ich dachte an meinen Roman – die Geschichte einer Frau, die imaginäre Gespräche mit einer längst toten Autorin führt – und an die Einsamkeit, die mich dazu brachte, so etwas schreiben zu wollen.

Heute ist mir bewusst, warum ich mich dafür entschieden habe, die Ereignisse dieses Tages auszublenden. Sie bestätigen nämlich, was ich bin: eine Egoistin, eine treulose Ehefrau, eine fürchterliche Mutter.

Aber als ich meine Antwort an Ben schrieb, empfand ich nicht so. Vielmehr war ich aufgeregt, fühlte mich lebendig. Selbst nach allem, was er mir angetan hatte.

Ben hatte sofort zurückgeschrieben und vorgeschlagen, sich in dem Pub am Fluss zu treffen. Im Plough Inn. Ich sagte ihm, ich müsste Elspeth mitbringen, und es dürfte nicht zu spät werden, weil am nächsten Tag Schule wäre. Er erwiderte, er würde sich freuen, sie zu sehen, und einmal später ins Bett zu gehen würde bestimmt nicht schaden.

Daraufhin packte ich Elspeth ins Auto und fuhr zum Fluss.

Ihre Strickjacke liegt neben mir auf dem Bett. Ich

nehme sie in die Hand und reibe die grobe Wolle zwischen Daumen und Zeigefinger. Langsam leuchtet mir alles ein. Sean hat mir die Jacke geschickt. Er ist der einzige Mensch, der außer mir Zugang zu Elspeths Sachen hat. Das ist Seans Art, mich zu bestrafen, mich den Schmerz fühlen zu lassen, den er in den letzten Monaten gespürt hat. Es ist seine Art, mir deutlich zu machen, dass er Bescheid weiß.

Ich habe einen gewaltigen Fehler begangen, und Elspeth hat dafür mit ihrem Leben bezahlt. Mehr gibt es nicht herauszufinden. Jetzt kenne ich die Wahrheit, und ich habe nur eine Lösung.

Ich stehe vom Bett auf, hole ein Notizheft aus meiner Tasche und reiße zwei Seiten heraus. Dann laufe ich ins Wohnzimmer, lege sie auf den Sofatisch und schreibe zwei identische Briefe: einen für Sonia und einen für Julia. Ich danke den beiden dafür, was sie in den letzten Wochen für mich getan haben. Ich schreibe, dass ich diese Freundlichkeit nicht verdient habe, weil ich ein schlechter Mensch bin. Und dass ich die Wahrheit über den Tag, an dem der Unfall geschah, herausgefunden habe und mir die Schuld an Elspeths Tod zuzusprechen ist.

Was ich ihnen nicht schreibe, ist, dass ich dahin zurückgehe, wo alles angefangen hat, an den Ort, wo ich eine Gewalttat gegen mein Kind begangen habe, den Ort, der meine Geheimnisse kennt.

Ich gehe zurück zum Fluss.

50

Liebe Mutter,

wie ich dich hasse? Lass mich zählen wie.
Ich dachte, die literarische Anspielung würde dir gefallen. Immerhin liebst du ja Wörter, oder? Zumindest hat mir Freya das gesagt. Sie erzählte, man hätte dich nie ohne ein Buch gesehen. Und ja, du musst richtig glücklich gewesen sein, verloren in deiner Traumwelt, umgeben von deinen kostbaren Büchern, während man deine kleine Tochter weggebracht hat, ängstlich und verwirrt.
Man hat mich jetzt woanders hingeschickt. Dort ist es fast so wie vorher, nur ich habe mich geändert. Ich bin jetzt tougher. Ich komme selbst klar. Wenn die anderen mir Schwierigkeiten bereiten, kann ich sie abservieren. Das hat mir Zoe beigebracht. Sie hat mir vieles beigebracht, zum Beispiel, dass man Eltern nicht vertrauen soll. Sie richten nur Chaos in deinem Kopf an, hat sie mir erklärt, und sie hatte recht. Du hast in meinem Kopf Chaos angerichtet, Mutter, und zwar so sehr, dass ich fast verrückt geworden wäre. Aber ich bin hier nicht diejenige, die verrückt ist. Das weiß ich jetzt.
Bevor ich umzog, hat Freya mich ein letztes Mal

besucht. Ich sollte mich mit ihr hinsetzen, und sie berichtete mir, was ich in meinem tiefsten Innersten immer gewusst habe, dass du mich nämlich gar nicht suchst und es auch nie mehr tun wirst. Mein Vater sei irgendwo weit weg, meinte sie, wegen der Arbeit und auch weil er einen klaren Kopf bekommen und von vorne anfangen musste. Ich habe Freya noch einmal gefragt, ob sie dir meine Briefe gegeben hat, und sie hat Ja gesagt, sie hat es mir fest zugesichert. Deine Mutter ist ein sehr komplizierter Mensch, erklärte sie mir, sie hat Probleme, und Menschen mit Problemen können nur an sich denken. Manche Leute wären nicht dafür geschaffen, Mutter zu sein, fuhr sie dann fort, manche Menschen könnten nur Schmerzen verursachen.

In diesem Punkt fand ich Freya zu hart. Schon, du hattest meine Briefe nicht beantwortet, aber das bedeutet ja noch nicht, dass du ein schlechter Mensch bist. Ich antwortete, du bräuchtest vielleicht einfach noch mehr Zeit, und womöglich ginge es dir noch nicht wieder richtig gut. Du wärst meine Mutter, sagte ich ihr, und du müsstest mich lieb haben, auf jeden Fall. Mütter schicken ihre Kinder nicht einfach so weg und kommen nie mehr wieder.

Freya hörte mir ungefähr zehn Minuten zu. Schließlich rief sie: »Genug!«, sie klang richtig wütend. So hatte ich sie noch nie erlebt. Sie hatte ein ganz rotes Gesicht, und ihre Augen traten hervor. Ich lehnte mich zurück und wartete, bis sie sich beruhigt hatte. Das hat ein paar Minuten gedauert, dann atmete sie

tief ein, drehte sich zu mir und erzählte mir etwas so Entsetzliches, dass ich fast ohnmächtig geworden wäre.
Sie hat mir von dir erzählt, Mutter, und was du in der Nacht am Fluss gemacht hast. Ich versuchte, es zu begreifen, aber es war einfach zu viel, und ich fing an zu schreien. Freya wollte mich umarmen, aber ich stieß sie weg. Ich wollte nicht, dass mich irgendjemand anfasst. Schließlich griffen dann die Leute von dem neuen Haus ein und sagten Freya, sie solle gehen. Ich habe mich aufs Bett gesetzt. Kurz überlegte ich, das Gleiche zu tun wie Zoe. Alles zu beenden. Aber dann dachte ich mir, das macht es dir zu einfach. Stattdessen bemühe ich mich, erfolgreich zu werden. Ich will so hart arbeiten, dass nichts und niemand mir jemals wieder wehtun kann. Ich trete aus der Dunkelheit ins Licht. Du warst meine Dunkelheit, Mutter, das weiß ich jetzt. Es wird Zeit, dass ich dich hinter mir lasse.

Und da hast du ihn nun: meinen allerletzten Brief. Ich hoffe, das Leben, das du seit jener Nacht geführt hast, war es wert. Ich hoffe, dass du jede Nacht von mir träumst. Ich hoffe, du findest keinen Frieden, solange du lebst.

51

Es ist ein perfekter Spätsommervormittag. Die Sonne hängt faul neben einer weißen Wolke, als müsste sie sich noch entschließen, ob sie sich verstecken oder scheinen will. Ich lege die Decke unter die Erlen auf den Boden und beobachte, wie am anderen Flussufer ein Reiher mit dem Schnabel im Wasser herumstochert. Elspeth liebte Reiher. Reiher waren ihre Seelenverwandten, die ihr Kraft spendeten. Immer wenn sie einen schlechten Tag hatte, tauchte einer auf, und alles wurde besser.

Der Reiher ist ein Zeichen, dass ich das Richtige tue. Elspeth ist in der Nähe, und bald bin ich wieder bei ihr.

Ich setze mich auf den Boden, öffne meine Tasche und hole die Schachteln mit den Schmerzmitteln heraus. Ich nehme die Flasche mit billigem Wodka, die ich auf dem Weg hierher gekauft habe. Wenn ich genug trinke, bin ich hoffentlich bewusstlos, bevor die Medikamente wirken.

Ich erinnere mich an das letzte Mal. Es war Winter, ganz anders als jetzt. Der Fluss war zugefroren, und die beiden Erlen waren kahl. Ich war vierzehn Jahre alt und im siebten Monat schwanger mit dem Baby, das Ben und ich am Abend der Party genau an dieser Stelle gezeugt hatten. Zuerst wollte ich es nicht anerkennen, verbarg meinen wachsenden Bauch unter weiter Kleidung, aber im siebten Monat wurde er zu groß, und ich musste es meinen Eltern gestehen. Meine Mutter reagierte wie üblich: mit Schweigen. Nachdem ich es ihr gesagt hatte, lief sie tagelang wie ein Geist durch das Haus und weigerte sich, mit mir zu reden. Dad versuchte wie immer hilfreich und pragmatisch zu sein, und er sprach davon, »das Richtige zu tun«. Als Mum das hörte, fand sie ihre Stimme wieder. »Das Richtige tun? Dafür ist es viel zu spät. Sie wird das durchstehen müssen. Sieh sie dir nur an, sie ist ja selbst noch ein Kind.« Ben war ein paar Tage nach der Party nach Oxford zurückgekehrt, und ich hatte über meine Mutter von Barbara erfahren, dass er jetzt mit Zosha zusammen war, der jungen Frau von der Party. »Das ist ein sehr intelligentes Mädchen«, hatte Barbara gemeint. »Ihr Vater ist sogar im Kabinett. Ein ziemlich hohes Tier. Und sie haben ein wundervolles Haus in Holland Park.« Zu dem Zeitpunkt hatte meine Mutter noch keine Ahnung, was zwischen Ben und mir vorgefallen war, und sie erzählte mir das alles als Klatsch und Tratsch. Ich erinnere mich noch, wie mir ganz leise das Herz brach, als ich dasaß und mir die Geschichte anhörte. Ich hatte es Ben nicht sagen wollen, aber meine Mutter war so wütend, dass sie sofort zu Ketton House hinübermarschierte und ihn damit konfrontierte. Er stritt ab, davon zu wissen, behauptete, ich sei besessen von ihm gewesen, er hätte mich höflich zurückgewiesen, und ich würde Lügen erzählen, um mich an ihm zu rächen. Barbara hatte ihm den Rücken gestärkt. Sie bezeichnete mich als kleine Schlampe, die versucht hätte, das Leben ihres Sohnes zu zerstören. Er hat eine schöne

Freundin, brüllte sie. Warum zum Teufel sollte er sich für Margaret interessieren?

Nach und nach zogen sich alle, die ich geliebt hatte, alle, denen ich vertraut hatte, von mir zurück. Ben, meine Mutter. Sogar mein Vater. Eines Abends hörte ich mit an, wie er mit Mum redete; sie dachten, ich sei schon im Bett. »So ein Unglück«, sagte er. »Ein schlimmes Unglück. Das wird ihr Leben ruinieren. Es wird das Leben von uns allen ruinieren. Was hat sie denn für Aussichten, als junge Mutter? Gott helfe ihr, Marion, Gott helfe ihr.«

Und in diesem Moment wusste ich, dass es nur eine Möglichkeit gab.

Und so kam ich an jenem Januarmorgen mit einer Flasche Wodka und dem Inhalt der Tablettenschublade meiner Mutter hierher. Bevor ich die Tabletten schluckte, hinterließ ich Ben einen Brief. Ich schrieb ihm, was ich vorhatte und wie sehr ich ihn liebte, denn damals glaubte ich, was zwischen uns beiden war, wäre Liebe gewesen. Ich wusste, ich würde auch unser Kind umbringen, aber was für eine Wahl hatte ich?

Es war Harry, Bens Vater, der mich fand. Er ging mit dem großen alten Labrador Tilly spazieren und sah mich bewusstlos am Flussufer liegen. Er rief einen Rettungswagen, und ich wurde ins Krankenhaus gebracht. Was dort passierte – ich kann immer noch nicht daran denken.

Barbara erschien zu Besuch und sagte, ich solle den Mund halten, um meinen und Bens guten Ruf nicht zu gefährden. Obwohl sie eigentlich *ihren* guten Ruf meinte.

Aber ich nickte und versprach ihr, keine Probleme zu machen; ich sei für immer aus ihrem Leben verschwunden.

Als ich nach Larkfields zurückkehrte, ging alles in die Brüche. In der Schule fiel ich zurück, ich aß nicht mehr. Ich schloss mich in meinem Zimmer ein und versuchte zu lesen, aber die Bücher, die ich so geliebt hatte, spendeten mir keinen Trost mehr. Vielmehr erinnerten sie mich an alles, was ich verloren hatte. Ich hatte nichts mehr. Als ich zum zweiten Mal probierte, mich umzubringen, mit den Rasierklingen meines Vaters, erklärte Mum, sie schaffe das nicht, und schickte mich in die psychiatrische Klinik, wo ich drei Jahre lang blieb. Mit achtzehn kam ich hinaus in eine Welt, die mich überholt hatte. Meine Schulfreunde studierten alle an der Universität, Ben arbeitete für ein Modemagazin in den USA, meine Eltern hatten Larkfields verkauft. Nichts würde wieder so sein wie zuvor.

Als ich die Schachtel mit den Schmerzmitteln öffne, weiß ich, dass das meine einzige Option ist. Ich habe es verdient zu sterben. Ich greife eine Handvoll Tabletten und spüle sie mit dem Wodka hinunter. Der Fluss wogt vor meinen Augen, die Wasseroberfläche funkelt in der Hitze. Ich starre auf das Wasser und fasse Mut, um die nächste Dosis Tabletten zu schlucken. Währenddessen spüre ich, wie ich immer leichter werde.

Diesmal ist es anders. Mein Körper ist älter, schwächer. Der innere Kampf ist vorbei. Ich nehme noch einen großen Schluck Wodka. Er schmeckt ekelhaft, aber ich brauche ihn, wenn ich das hier durchziehen will. Ich stürze den Alkohol herunter, und mir dreht sich der Kopf. Mit Mühe konzentriere ich mich auf das Wasser vor mir, aber es hat sich in einen Strudel verwandelt. Die Wellen verzerren sich zu grotesken Formen; Dämonen tanzen auf der Oberfläche. Es ist Zeit. Ich taste nach der Tablettenschachtel, doch ich entdecke sie nicht. Alles ist verschwommen. Ich will aufstehen, aber ich verliere das Gleichgewicht und falle auf den Rücken. Und dann passiert etwas Seltsames: Ich merke, wie ich meinen Körper verlasse.

Ich schwebe jetzt in der Luft, und der Himmel über mir ist nicht mehr golden, sondern schwarz, tief und schwer und völlig undurchdringlich. Er legt sich um mich, immer fester. Ich bin meinem Körper entrückt, und einen Augenblick lang fühle ich mich euphorisch, als wäre eine große Last von mir genommen. All der Schmerz, all die Traurigkeit ist weg, während ich in der Luft schwebe wie eine Feder im Wind. Dann blicke ich nach unten auf das Flussufer. Da steht mein Auto, mein roter Nissan. Er rollt los. Eine Gestalt rennt darauf zu. Die Euphorie wird von Panik und Entsetzen abgelöst. Ich brülle und schreie die Gestalt an, aber dann begreife ich, dass ich das bin. Ich will das Auto aufhalten, aber es wird immer schneller. Plötzlich höre ich eine Stimme, eine Frauenstimme. Sie ist gedämpft und fern, als käme sie durch eine Leitung. Ich folge der Richtung der Stimme, da blitzt etwas Rotes zwischen den Bäumen auf. Die Person sieht hoch, und unsere Blicke treffen sich.

Ich falle. Nach unten, nach unten auf den Boden zu. Wieder vernehme ich die Stimme, voller Gehässigkeit ruft sie meinen Namen.

Ich stehe auf, mir dreht sich der Kopf. Eine heftige Übelkeit befällt mich, und ich übergebe mich auf das Gras. Der Wodka und die Tabletten kommen in einer widerlichen, kreidigen Galle heraus, die mir im Hals brennt.

Am ganzen Körper zitternd nehme ich meine Tasche und entferne mich wankend vom Flussufer.

TEIL DREI

52

Starr vor Angst stehe ich vor dem Haus. Ich hebe die Hand und klopfe dreimal an die Tür. Hinter der Glasscheibe durchquert ein Schatten den Korridor, und ich muss mich zwingen, nicht wegzulaufen. Bleib stark, sage ich mir, als jemand auf der anderen Seite der Tür den Schlüssel dreht, du bist doch kein verängstigtes Kind mehr.

Sie ist winterlich gekleidet und trägt eine taubenblaue Jacke und einen langen silbernen Rock.

»Hallo, Barbara.« Ich blicke ihr unverwandt in die Augen. »Darf ich hereinkommen?«

Die Farbe weicht aus ihrem Gesicht, sodass sie so bleich wird wie ihre Kleidung. Sie will die Tür zudrücken, aber ich stelle den Fuß in den Spalt.

»Was tust du da?«, ruft sie, als ich an ihr vorbeigehe. »Du kannst doch nicht einfach hier hereinplatzen!«

»So wie du in mein Leben hereingeplatzt bist?«, fauche ich und drehe mich auf den Fersen um, bis ich ihr gegenüberstehe. »So wie du am Ort des Unfalls aufgetaucht und weggerannt bist und meine Tochter einfach ertrunken ist? Ich weiß, dass du an dem Abend dort warst, Barbara, vielleicht kannst du jetzt aufhören, mich anzulügen.«

Sie will etwas erwidern, dann bekommt sie große Augen, als wäre sie einem Geist begegnet.

»Barbara«, sagt eine Stimme hinter mir. »Ist alles in Ordnung?«

Als ich mich umwende, tritt eine große, vertraute Gestalt durch die Diele auf uns zu.

»Julia?« Ich ringe nach Luft. »Was … was machen Sie hier?«

»Das geht dich nichts an, Margaret«, zischt Barbara hinter mir.

Ich schaue Julia an. Abwehrend verschränkt sie die Hände vor der Brust.

»Was ist denn hier los?« Ich blicke von einer zur anderen. »Warum sind Sie hier?«

»Ich wollte über ein paar Reparaturen sprechen, die am Haus nötig sind«, antwortet Julia, aber sie weicht meinem Blick aus.

»In Larkfields?«, rufe ich. »Was hat das denn mit Barbara zu tun?«

»Sie ist meine … also, sie ist meine Vermieterin«, antwortet Julia.

»Ihre was?« Ich wende mich Barbara zu. »Was soll das heißen?«

»Das ist wahr, fürchte ich.« Der Mund der älteren Frau verzieht sich zu einem makabren Lächeln. »Julia ist meine Mieterin. Ich wollte wirklich nie, dass du das auf diese Weise herausfindest, Margaret, aber da du hier hereingeplatzt bist und mir Anschuldigungen an den Kopf geworfen hast, habe ich wohl keine andere Wahl.«

»Deine Mieterin?«, wiederhole ich ungläubig. »Das heißt, dir …«

»Mir gehört Larkfields«, sagt Barbara. »Genau, so ist es.«

Ich stehe einen Augenblick lang erstarrt da. Der blumige Geruch von Lufterfrischer verstopft meine Lunge.

»Ich muss jetzt los«, meint Julia verlegen. »Ihr beide habt viel zu besprechen.«

»Nein«, rufe ich und laufe ihr nach, als sie zur Tür geht. »Sie können nicht einfach so verschwinden. Ich will mit Ihnen reden.«

»Es tut mir leid«, sagt Julia errötend. »Ich muss wirklich los. Ich muss in die Praxis.«

Sie wirft Barbara einen kurzen Blick zu; zwischen den beiden wird etwas ausgetauscht.

»Ich bringe dich zur Tür.«

Barbara öffnet die Tür und lässt Julia hinaustreten. Dann schließt sie sie wieder und wendet sich mit ernster Miene mir zu.

»Gehen wir in die Küche. Ich weiß ja nicht, wie es mit dir steht, aber ich brauche etwas zu trinken.«

Sie steigt eine schmale Steintreppe hinunter in die große Küche im Untergeschoss. Es ist ein dunkler, höhlenartiger Raum, in den nur durch ein kleines Fenster über der Spüle Licht eindringt. Seine Ziegelwände sind unverputzt und mit Ölbildern von ländlichen Idyllen geschmückt. Barbaras »andere« Küche, in der sie Gäste empfängt, liegt im Erdgeschoss, wenn ich es recht in Erinnerung habe. Meine Mutter hat sie sehr darum beneidet. Diese Küche im Keller war früher für das Personal vorgesehen, aber jetzt wirkt sie ziemlich vernachlässigt. Nach Harrys Tod wird Barbara vermutlich keine so aufwändigen Einladungen mehr aussprechen. Seit meiner Kindheit war ich nicht mehr hier. Ich verziehe das Gesicht, als mir wieder einfällt, wie Ben und ich uns hier unten in der Vorratskammer verkrochen, wenn wir Verstecken spielten. Ich fand den Raum schon damals bedrückend, und jetzt, während ich mich an den großen Holztisch setze, empfinde ich die Beklemmung noch viel stärker.

»Du trinkst doch eine Tasse Tee, Margaret.« Barbara zündet eine Herdplatte an.

Es ist eher eine Aussage als eine Frage. Ich gebe keine Antwort. Stattdessen denke ich über Julia nach. Wie konnte sie das vor mir geheim halten? Sie wusste doch, wie verzweifelt ich war? Und ihre Körpersprache gerade eben war auch sehr seltsam; es schien fast, als hätte sie Angst vor Barbara.

»Hier.« Barbara stellt ein Tablett mit Tassen und einer Teekanne auf den Tisch. »Bedien dich. Ich habe leider nur trockene Kekse.«

»Herrgott noch mal, Barbara!« Ich schlage die Hand auf den Tisch. »Diese verdammten Kekse sind mir scheißegal. Würdest du mir vielleicht endlich erklären, was hier los ist?«

Die Miene der älteren Frau verhärtet sich. »Was willst du wissen?« Sie setzt sich auf einen Stuhl am anderen Ende des Tisches.

»Ich bin hergekommen, um dich wegen des Unfallabends zu konfrontieren. Und warum du überhaupt dort warst.« Meine Stimme zittert vor Wut. »Aber dann treffe ich hier ein und begegne meiner Ärztin, die ich für eine

Freundin gehalten habe. Und sie erzählt mir, du wärst ihre Vermieterin. Ich will wissen, was zum Teufel hier vor sich geht.«

»Julia hat es dir ja schon erklärt, Larkfields gehört mir.« Barbara spricht bedächtig.

»Aber wieso?«, rufe ich. »Seit wann?«

»Wir haben das Haus 2009 gekauft.« Barbara hebt die Augenbrauen. »Und wenn du den Grund dafür hören willst, ich fürchte, es war Harry, der mich dazu überredet hat.«

»Harry?«

»Ja. Er und dein Mann haben sich die Sache ausgedacht.«

»Aber Sean kannte Harry doch gar nicht«, entgegne ich fassungslos. »Das ergibt überhaupt keinen Sinn.«

»Du hast recht, er hat ihn nicht gekannt.« Barbara kneift die Augen zusammen. »In der ganzen Zeit, in der ihr dort gewohnt habt, habt ihr, weder du noch er, irgendwelche Anstrengungen unternommen, eure Nachbarn wiederzutreffen.«

»Meinst du das ernst?«, rufe ich. »Glaubst du, nach allem, was mir als Teenager passiert ist, würde ich mit dir befreundet sein wollen?«

»Soll ich es dir nun erzählen oder nicht?« Barbara funkelt mich wütend an.

Sie fährt fort, als ich nicke.

»Die Sache ist die, Margaret«, Barbara dreht ihren Diamantring zwischen Daumen und Zeigefinger, »du bist deiner Mutter ähnlicher, als du denkst.«

»Was meinst du damit?«

»Ich rede davon, dass du in einer Fantasiewelt lebst. Über deine Verhältnisse lebst. Dein armer Vater war mit Hypotheken belastet, damit seine geliebte Marion ihren Traum vom ›Landleben‹ verwirklichen konnte, und offensichtlich ist der Apfel nicht weit vom Stamm gefallen.«

»Wie kannst du es wagen, meine Eltern mit reinzuziehen?« Wut kocht in mir hoch. »Sie waren tausendmal mehr wert als du. Das alles, die ländliche Gesellschaft von Sussex, die Partys, die Etikette, das ist alles nur ein Haufen Blödsinn.«

»Ach ja?«, sagt Barbara. »Wenn das so ist, warum hast du dann deinen armen Mann gezwungen, sich bis über beide Ohren zu verschulden, damit du im Haus deiner Kindheit leben konntest? Wenn das alles nur ›ein Haufen Blödsinn‹ ist, wie du es ausdrückst, warum bist du dann hierher zurückgezogen?«

»Schulden?«, frage ich. »Was für Schulden?«

»Sean war bis über beide Ohren verschuldet.« Barbara reißt die Arme hoch. »Er hat gut verdient, aber nicht genug, um die gewaltige Hypothek abzuzahlen. Nach dem Finanzcrash wurde sein Einkommen gedeckelt, und er hat angefangen, Kredite aufzunehmen. Kredite, die er sich nicht leisten konnte.«

»Woher weißt du das alles?« Mir dreht sich der Kopf.

»Lass mich erst zu Ende erzählen. Dein Mann konnte es sich nicht leisten, die Darlehen zurückzuzahlen, also hat er Kreditkarten verwendet. Die Schulden wurden immer mehr. Er hat versucht, eine Anschlussfinanzierung für Larkfields zu bekommen, aber die Banken fanden das sehr riskant.«

»Nein.« Ich schüttle den Kopf. »Du lügst. Hätte Sean solche Schwierigkeiten gehabt, wäre ich im Bild gewesen. Er hätte es mir erzählt.«

»Herrgott, komm doch mal aus deiner verdammten Fantasiewelt heraus«, sagt Barbara. »Er hat es dir nicht erzählt, weil er Angst hatte. Du warst froh, voll und ganz Mutter zu sein und den Landhaustraum zu leben und ein bisschen herumzuschreiben. Sean wusste, dass du seelisch labil bist. Er hatte Angst, du würdest so etwas wie einen Rückfall erleiden, wenn er dir erklärt, dass ihr das Haus vielleicht nicht mehr halten könnt.«

Ich will etwas antworten, bringe aber kein Wort heraus. Ich habe das Gefühl, eine Parallelwelt betreten zu haben.

»Der arme Kerl wusste jedenfalls weder ein noch aus«, fährt Barbara fort, ohne meine Not zu bemerken. »Rechnungen und letzte Mahnungen trafen aus allen Richtungen ein. Er hatte gerade erfahren, dass die Bank seinen Antrag auf Anschlussfinanzierung abgelehnt hatte, als er mit Harry im Pub ins Gespräch kam. Harry hat ihn gefragt, ob es ihm gut geht, und da hat Sean alles rausgelassen. Sobald er dich und die Kleine erwähnte und dass ihr womöglich bald obdachlos seid, hat sich Harry eingeschaltet und angeboten, Larkfields zu kaufen.«

»Aber warum?«

»Mir ist klar, was für ein Mensch mein Mann war«, meint Barbara bitter. »Er fiel auf jede rührende Geschichte rein, und trotz der Unannehmlichkeiten, die du unserer Familie bereitet hattest, hatte er immer eine Schwäche für dich. Er versprach Sean, alles würde diskret ablaufen, und die Umstellung sollte so wenig wie möglich spürbar sein. Ihr könntet im Haus wohnen bleiben und ein Minimum an Miete zahlen, bis Sean finanziell wieder auf den Beinen wäre.«

Mir steigen Tränen in die Augen, als ich daran denke, wie Harry im Besucherraum der Psychiatrie saß. So viele Jahre später hatte er mir wieder geholfen.

»Die Maklerin hat mir mitgeteilt, eine Firma namens BH2 Immobilien hätte Larkfields gekauft«, sage ich, als mein Gehirn wieder arbeitet. »Wer ist das denn dann?«

»Der Name besteht aus den Anfangsbuchstaben von meinem und Harrys Namen.« Barbara blickt mich verstohlen von der anderen Seite des Tisches aus an. »Wir fanden, der Käufer sollte anonym bleiben.«

»Gut, ich kann ja verstehen, dass Harry mir helfen wollte. Aber du? Du hast mich immer gehasst. Du wärst doch sicher froh gewesen, mich endgültig los zu sein.«

»Das stimmt.« Barbara kräuselt die Lippen. »Aber um ehrlich zu sein, hat mir die Vorstellung gefallen, das Haus zu besitzen. Nach dem Unfall konnte ich euch natürlich auf keinen Fall mehr helfen. Ich habe Sean gesagt, er müsse kündigen. Allerdings hat sich herausgestellt, dass er heilfroh war, hier wegzukommen, nach dem, was du ihm angetan hast.«

Worauf will sie hinaus? Wirft sie mir etwa vor, ich hätte Elspeth etwas zuleide tun wollen? Ich habe Angst und fühle mich schwach, genau wie damals mit vierzehn, als meine Mutter zu Ketton House hinübermarschiert ist, um Ben zur Rede zu stellen.

»Hast du eine Ahnung, wo er ist?«, frage ich mit zitternder Stimme. »Sean.«

»Nein«, entgegnet Barbara. »Aber wahrscheinlich so weit wie möglich weg von dir.«

»Du weißt, dass er eine Affäre hatte? Mit einer Frau namens Freya Nielssen.«

Barbara starrt mich einen Augenblick an, dann verzieht sich ihr Gesicht zu einem grässlichen Lächeln.

»Wieso lächelst du?«, rufe ich. »Herrgott noch mal, findest du das lustig?«

Sie beugt sich vor, die Hände vor sich gefaltet.

»*Ich* bin Freya Nielssen.« Ihre glasigen grünen Augen werden hart.

»Was?«

»Das ist mein amtlicher Name, Freya Barbara Nielssen«, sagt die ältere Frau mit großer Geste. »Allerdings war mir Barbara immer lieber. Als wir heirateten, habe ich Harrys Namen nicht angenommen, er gefiel mir nicht. Cosgrove ist so ein hässlicher englischer Name.«

»Dann war das dein Name in den Unterlagen der Maklerin. Und du hast auch meine Sachen einlagern lassen?«

Jetzt ergeben die Wörter auf den Kisten Sinn. Es lebt nur ein Mensch hier in der Gegend, der mich als Aas bezeichnen würde, und er sitzt mir direkt gegenüber, das Gesicht hassverzerrt.

»Ich hatte keine Wahl«, erwidert Barbara. »Mit dem ganzen Zeug im Haus hätten wir keine neuen Mieter gefunden. Also habe ich alles abholen und deinen Namen als Schlüsselinhaberin eintragen lassen. Ich hätte auch einfach alles entsorgen können, aber da waren viele Sachen von dem Kind, und … na ja, ich dachte, ich hätte ein Druckmittel, wenn ich dafür sorgen müsste, dass du von hier verschwindest.«

»Ein Druckmittel?«, rufe ich. »Was bist du …«

Ich halte inne und sehe Barbara an. Jetzt wird mir alles klar.

»Du warst das«, sage ich. »Du hast mir Elspeths Strickjacke gebracht.«

»Was redest du denn jetzt, Margaret?« Barbara schüttelt herablassend den Kopf. »Du bist ja wirklich ziemlich gestört.«

»Ich bin nicht verrückt«, brülle ich und schiebe den Stuhl so abrupt zurück, dass er umkippt. »Selbst wenn du versucht hast, mich in den Wahnsinn zu treiben. Ich weiß genau, was du gemacht hast.«

»Herrgott, Mädchen, jetzt beruhige dich doch mal.« Die ältere Frau schlägt mit der Hand auf den Tisch. »Du redest Unsinn.«

»Nein. Das wäre dir recht, aber ich habe einen vollkommen klaren Kopf. Du hast mir Elspeths Strickjacke gebracht, und du warst am Abend des Unfalls da. Du hast etwas Rotes angehabt.«

»Ach ja?«, entgegnet Barbara. »Und waren da auch ein rosa Elefant und kleine grüne Männchen?«

Doch ich merke, dass sie etwas ins Wanken geraten ist. Sie hustet hohl, und die ängstliche Vierzehnjährige in mir wird plötzlich wütend. Ich stürze mich auf sie, sodass das feine Teegeschirr vom Tisch fällt.

»Du böse Hexe«, rufe ich und packe sie am Arm. »Du findest das wohl lustig? Du findest es lustig, dazustehen und zuzusehen, wie ein Kind stirbt? Zuzusehen, wie die

Mutter im Wasser versucht, das Mädchen zu retten, und einfach nichts zu tun?«

Barbara befreit sich aus meinem Griff und geht zur Tür.

»Komm zurück«, rufe ich. »Ich lasse dich nicht einfach davonmarschieren, ohne dass du mir die Wahrheit erzählst.«

Sie bleibt stehen und schaut mit hassverzerrtem Gesicht zu mir her.

»Die Wahrheit?«, faucht sie, das Gesicht nur Zentimeter von meinem entfernt. »Du verdienst die Wahrheit nicht.«

Sie dreht sich um und öffnet die Tür. Ich höre ihre Schritte auf den Steinstufen.

»Komm zurück!«, rufe ich ihr nach und folge ihr die Treppe hinauf Richtung Diele.

Es ist dunkel, ich sehe nichts. Aber ich spüre die Stufen unter den Füßen. Meine Brust zieht sich zusammen, und ich habe meinen Inhalator nicht dabei. Zähle, sage ich mir, eins nach dem anderen. Dann höre ich jemanden oben an der Treppe. Ich wende den Kopf und laufe auf das Geräusch zu, doch als ich an der obersten Stufe angelangt bin, versetzt mir jemand einen festen Stoß gegen die Brust. Ich schreie, meine Beine geben nach, und ich falle. Ich will mich am Geländer festhalten, aber da ist nichts.

53

Als ich die Augen öffne, bin ich wieder in der Küche. Ich habe brennende Kopfschmerzen. Ich will meine Stirn berühren, aber meine Arme bewegen sich nicht. Ich werfe einen Blick nach unten und stelle fest, dass ich gefesselt bin.

»Hallo?« Meine Stimme ist heiser und brüchig. »Hilfe!«

Schritte nähern sich. Ich blicke auf. Barbara steht im Eingang.

»Mach mich los«, fordere ich, als sie auf mich zukommt. »Das ist doch Irrsinn. Mach mich los und lass mich gehen.«

Barbara ignoriert mich und setzt sich gegenüber an den Tisch. Sie beugt sich vor und faltet die Hände fest.

»Ich habe dir gesagt, du sollst aufhören, und jetzt siehst du, was passiert ist. Warum hast du dich nicht einfach von hier ferngehalten?«

»Warum hast du mich gefesselt, du Wahnsinnige?«, rufe ich.

»Das hat sie nicht«, antwortet eine Stimme. »Ich war das.«

Ich wende mich um. Julia steht an der Spüle. Ihre Hände sind blutig.

»Julia? Was …«

Da bemerke ich es. Das Messer. Ein einfaches Küchenmesser, aber die Art, wie Julia es in der rechten Hand hält, macht mir Angst. Die Klinge funkelt im Licht.

»Bitte.« Ich bemühe mich, ruhig und gleichmäßig zu sprechen. »Ich habe keine Ahnung, was hier passiert. Ich weiß nicht, was ich getan habe.«

Ich mustere Barbara. Die Farbe ist aus ihrem Gesicht gewichen. Da wird mir klar: Auch sie hat Angst.

»Julia«, sagt sie mit zittriger Stimme. »Leg das doch weg. Wir brauchen wirklich kein …«

»Ich entscheide, was wir brauchen«, schnauzt Julia mit flammenden Augen.

Dann geht sie auf mich zu, und ich zucke unwillkürlich zusammen.

»Nicht so schreckhaft.« Sie zieht einen Stuhl neben mich. »Ich will nur reden.«

Sie setzt sich, das Messer immer noch in der Hand.

»Worüber wollen Sie denn reden?« Ich halte den Blick auf das Messer gerichtet.

»Über mich will ich reden.« Julia beugt sich vor. »Ich will dir von meinem Leben erzählen.«

»Julia, hör doch auf, lass das«, mischt Barbara sich ein. »Du tust dir damit keinen Gefallen.«

»Ich will keinen Gefallen.« Die junge Frau spuckt die Worte förmlich aus. »Ich will nur, dass dieses Aas erfährt, was es mir angetan hat.«

»Ihnen angetan? Ich habe Ihnen überhaupt nichts getan. Ich kenne Sie kaum.«

»Ganz genau, du kennst mich nicht«, ruft Julia und springt auf. »Du weißt überhaupt nichts über mich.«

»Julia, beruhige dich«, sagt Barbara. »Sonst wird noch jemand verletzt.«

»Dafür ist es jetzt wohl zu spät«, erwidert Julia ruhig.

Dann kniet sie sich vor mich hin und hält mir das Messer an die Kehle. Es drückt gegen meine Haut. Ich wage nicht zu atmen.

»Bitte«, flüsterte ich. »Bitte, ich flehe Sie an. Tun Sie mir nicht weh. Was auch immer es ist. Was auch immer ich Ihnen vermeintlich angetan haben soll. Wir kriegen das hin. Ganz sicher.«

»Du hast Angst, was?«, sagt Julia. Ich spüre das Messer, spüre das Zittern ihrer Hand, das sich überträgt. »Du hast echt Angst.«

»Julia, das reicht jetzt«, ruft Barbara. »Leg das Messer weg.«

»Ich hatte auch einmal Angst.« Julia ignoriert die Bitten der alten Frau. »Aber dann habe ich gelernt, selbst auf mich aufzupassen. Das muss man, wenn man ganz allein auf der Welt ist.«

»Das tut mir leid.« Mir fällt ihre tote Mutter ein. »Das muss hart für Sie gewesen sein.«

Julia starrt mich an, und einen Moment lang wird ihr Gesichtsausdruck weich; sie entscheidet sich um. Doch plötzlich zieht sie wieder eine Grimasse und fährt mir mit dem Messer über die Wange.

»Nein«, ruft Barbara. »Hör auf, Julia.«

»Das ist nur ein oberflächlicher Schnitt.« Julia legt die Finger darauf.

Es sticht. »Da hast wohl vergessen, dass ich Ärztin bin.«

»Warum tun Sie mir das an, Julia?«, frage ich. »Ich verstehe das nicht.«

»Ich habe es auch nicht verstanden.« Sie nimmt das Messer weg. »Ich habe nicht verstanden, warum ich verlassen wurde. Ich war ein kleines Mädchen, ein kleines, verängstigtes Mädchen, das nur zu seiner Mutter wollte. In einem Drecksloch nach dem anderen war ich gefangen und habe geduldig auf den Tag gewartet, an dem sie durch die Tür kommen und mich retten würde. Aber das hat sie nie getan, und so habe ich mein Leben ohne sie gelebt. Und rate mal, was dann passiert ist. Ich habe sie gefunden.«

»Was?«

»Du hast mich verstanden.«

Da schaue ich Julia an. Die glatten blonden Haare, die hellgrünen Augen, die scharfsinnige Intelligenz. Ich sehe mich selbst, Elspeth und Ben, verschmolzen in einem Menschen.

»Du meinst … du bist …«

»Deine Tochter?«, sagt Julia. »Ja. Das bin ich. Die Tochter, die du umbringen wolltest.«

54

Während ich dasitze und in Julias hasserfüllte Augen blicke, kommt mir das Ereignis, das ich mein ganzes Leben lang verdrängt habe, wieder in Erinnerung. Ich kann es nicht verhindern, obwohl ich mich bemühe. Bei meinem ersten Selbstmordversuch war es den Ärzten gelungen, das Baby zu retten, mit dem ich schwanger war. Ich war so mit Medikamenten vollgepumpt, dass ich kaum noch etwas davon weiß. Nur das, was mir meine Mutter danach erzählte, fällt mir wieder ein. Dass das Baby durch einen Kaiserschnitt zur Welt kam, dass es ein Mädchen war, dass es 1500 Gramm wog, dass es sofort auf die Neugeborenenintensivstation verlegt wurde. Dort wurde es sofort dem Sozialamt überantwortet, was »das Beste« war, wie meine Mutter es ausdrückte. Seither habe ich es vermieden, über dieses Baby und was aus der Kleinen wurde nachzudenken. Ich versuchte, sie aus meinem Kopf zu verdrängen, aber es ging einfach nicht; sie war immer da. Mein fehlendes Stück.

»Wie … wie hast du mich gefunden?«

»Das ist nicht wichtig.« Julia nimmt das Messer wieder auf.

»Bitte, lass uns reden.« Meine Stimme ist ganz schrill vor Angst. »Ich erzähle dir alles, was du wissen willst.«

Julia starrt mich an, dann bricht sie in Lachen aus.

»Mein Gott, du hast ja Wahnvorstellungen.« Sie schüttelt den Kopf. »Es sieht nämlich so aus, *Mutter*: Ich habe alles über dich in Erfahrung gebracht. Ich weiß, was passiert ist und was du getan hast. Und ich weiß auch, was du nicht getan hast. Du scheinst nicht zu begreifen, dass du in diesen ganzen Jahren meine Obsession warst, mein ganz besonderes Thema.«

Saure Galle kommt mir hoch. Ich will sie herunterschlucken, aber meine Kehle brennt, und ich muss husten. Barbara steht auf und geht zur Spüle. Sie lässt ein Glas mit Wasser volllaufen, kommt zu mir und hält es mir an den Mund.

Als sie sich nähert, rieche ich ihr Parfüm. Must de Cartier: ein süßlicher, moschusartiger Duft. Meine Mutter hatte es in den Achtzigerjahren flaschenweise gekauft, um Barbara ähnlicher zu sein.

»Du verstehst also«, fährt Julia fort, die ihren Redeschwall unterbrochen hat, solange ich trank, »ich habe kein Interesse daran, was du zu sagen hast. Ich will vielmehr, dass du zuhörst.«

Ich habe solche Schmerzen, dass ich kaum atmen kann, geschweige denn erfassen, was gerade geschieht. Aber ich nicke, und Julia scheint das als Zeichen der Einwilligung aufzufassen.

»Ich nehme mal an, gute Eltern wollen wissen, dass ihr Kind wohlauf ist, oder?« Julia lehnt sich zurück.

Ich mustere sie argwöhnisch. Ich habe keine Ahnung, worauf sie hinauswill.

»Oder?«, brüllt sie mich an.

»Ja«, flüstere ich. »Ja, natürlich.«

»Wie deine kostbare Elspeth. Ihr ging es doch immer gut, wie?«

Sie grinst und wirft Barbara, die sich jetzt ein Glas Brandy eingeschenkt hat, einen Blick zu.

»Lass Elspeth da raus.« Ich zucke zusammen, als die Sehnen in meinen Armen gegen die Fesseln drücken; womit auch immer Julia mich festgebunden hat. »Das hat nichts mit ihr zu tun.«

»Ich denke schon, das wirst du noch merken.« Julia wendet sich mir zu. »Du wirst feststellen, dass das alles mit ihr zu tun hat. Denn du, Mutter, du bist hier der gemeinsame Nenner. Zwei Töchter. Beide vernachlässigt. Eine weggeschickt, misshandelt und schikaniert, die andere ertrunken, während du auf sie aufgepasst hast.«

»Hör auf«, rufe ich und ziehe mich in dem Stuhl ein Stück vor. »Hör jetzt auf.«

»Warum? Ist die Wahrheit zu schmerzhaft für dich? Na los, dann zeig mir doch, was für eine gute Mutter du warst. Sag mir den Namen der ersten Einrichtung, in die ich geschickt wurde.«

Mein Gehirn schaltet sich ab, in der Küche ist es heiß, und alles um mich herum verschwimmt. Warum hört sie nicht einfach auf?

»Genau, du kennst ihn nicht«, erklärt Julia. »Dann verrate ich es dir. Es war das Elmfield Children's Centre in Southampton. Ich habe zehn Jahre dort verbracht, bis es geschlossen wurde und ich woandershin kam.«

Sie spricht weiter, aber ich kann kaum aufnehmen, was sie sagt.

»Und wo ging es dann hin?«, fährt Julia fort. »Ach,

ja. Das Fallow Mill Home in Eastleigh. Dorthin haben sie mich als Nächstes hingekarrt, und dort wurde ich so gequält, dass ich mir fast das Leben genommen hätte. Als ich mich wehrte, hieß es, ich hätte psychologische Probleme. Ich hätte wahnhafte Ideen, weil ich glaubte, du würdest eines Tages kommen und mich holen. Das einzig Gute war, dass ich eine Ersatzschwester fand, ein Mädchen, das sich für mich einsetzte und dafür sorgte, dass es mir gut ging. Sie hieß Zoe, und sie war meine Familie. Ich habe sogar ihren Nachnamen angenommen, weil er mir mehr bedeutet hat als deiner. Aber sie ist gestorben, Mutter, sie hat sich vor einen Zug geworfen, weil sie der Meinung war, ohne richtige Eltern, die sie liebten und behüteten, hatte sie nichts, wofür es sich zu leben lohnte.«

»Das tut mir leid.« Meine Stimme zittert. »Es tut mir leid, dass du das durchmachen musstest. Das muss sehr schwer gewesen sein.«

»O ja. Aber ich habe allen die Stirn geboten, denn mit der Zeit wurde ich tougher und lernte, für mich selbst einzustehen. Ich habe erkannt, dass es sonst niemanden gibt, der das für mich tut. Und dann habe ich hart gearbeitet. Ich habe alle Prüfungen geschafft, habe zugesehen, dass ich aus dem Heim rauskam, und habe etwas aus meinem Leben gemacht.«

Der Schmerz lässt ein wenig nach, und ich blicke zu ihr auf. Die Ähnlichkeit zu Elspeth ist verblüffend. Ihre Augenfarbe, die Form ihres Mundes, selbst ihre Abwehrhaltung: Sie sind sich so ähnlich, dass es fast schon unheimlich ist. Warum habe ich das zuvor nicht bemerkt? Andererseits weiß ich nur zu gut, dass das Gehirn sich aussucht, was es sehen möchte.

»Ich bin stolz auf dich«, sage ich. »Und zwar sehr.«

»Du hast kein Recht dazu. Nicht nach dem, was du getan hast; und angesichts dessen, wohin du mich geschickt hast.«

»Aber ich hatte keine Ahnung, was mit dir passiert war«, rufe ich. »Meine Mutter hat sich geweigert, mir zu erzählen, wo du bist. Ich war doch selbst noch ein Kind.«

Julia schaut mir tief in die Augen, und einen Moment lang scheint es, als würde sie weich werden, aber dann ballt sie die Fäuste und knallt sie auf den Tisch.

»Du warst ein Kind, das nichts anderes als Liebe und Glück und Fürsorge gekannt hat«, brüllt sie. »Deine Eltern haben dich nicht einfach weggeworfen.«

»O doch.« Jetzt ärgere ich mich über diese Vorwürfe. »Und das weißt du auch, denn es steht alles in meinen Unterlagen. Ich wurde weggeschickt, und mein Leben war ruiniert. Ich bin durch die Prüfungen gerasselt, ich hatte nichts.«

»Durch die Prüfungen gerasselt?« Julia springt auf. »Das nennst du nichts haben? Du bist in einer privaten psychiatrischen Klinik gelandet, wo man sich um jede deiner Launen gekümmert hat. Du hattest dein eigenes Zimmer, deine eigenen Sachen, Menschen, die dich besucht haben. Was hatte ich? Nichts. Nachts habe ich mich in den Schlaf geweint, ich wollte, dass du mich holst, ich wollte, dass du meine Mutter bist.«

»Komm schon, Julia.« Barbara legt Julia die Hand auf

den Arm. »Reg dich nicht so auf. Das macht dich noch ganz krank.«

Julia sieht sie an und lächelt. Es ist ein warmes, echtes Lächeln.

»Freya war der einzige Mensch, der sich um mich gekümmert hat«, sagt sie. »Weißt du das? Du überhäufst sie mit Schimpfworten, nennst sie Miststück, aber wo warst du, als ich Freak und Verrückte genannt und von den anderen Kindern angegriffen wurde? Du warst nicht da, Freya schon.«

»Was?« Ich werfe Barbara, deren Gesicht vom Alkohol gerötet ist, einen Blick zu. »Du hast sie besucht? Nach allem, was du zu mir gesagt hast? Dass ich stillhalten soll, um deinen Ruf nicht zu schädigen? Du bist mit dem Kind in Verbindung geblieben, das ich weggeben musste?«

»Sie war meine Enkelin«, erwidert Barbara. »Sie *ist* meine Enkelin. Sie war ein Teil von Ben. Ich konnte sie doch nicht einfach allein lassen.«

»Woher wusstest du, wo sie war?«

»Ich habe mit dem Sozialamt gesprochen.« Die Augen der älteren Frau füllen sich mit Tränen. »Ich war in der Neugeborenenintensivstation und habe sie in diesem winzigen Brutkasten gesehen, als man sie abholte. Ich war am Boden zerstört. Sie wirkte so verletzlich, so winzig, aber die Ärzte meinten, sie kann entlassen werden.«

Sie unterbricht sich und streichelt Julias Hand. Ich habe Barbara noch nie so zärtlich erlebt.

»Ich habe Harry angebettelt, sie zu behalten, aber er meinte, wir müssen sie gehen lassen, das sei das Beste. Es wäre grausam für dich, wenn du mit ansehen müsstest, wie wir dein Kind großziehen. Das war typisch Harry, er hat nur an dich gedacht und daran, dass es dir gut geht. Der Leiter des Sozialamts von Lewes war jedenfalls ein alter Freund unserer Familie. Er hat ein paar Beziehungen spielen lassen und dafür gesorgt, dass man mich darüber informierte, wo das Kind hingeschickt wurde. Ich habe meinen anderen Namen angegeben, für den Fall, dass jemand davon Wind bekommt.«

»Du kennst sie also, seit sie ein Baby war?« Schuldgefühle und Neid brennen mir im Magen.

»Leider nicht.« Barbara schaut kurz zu Julia hinüber. »Das erste Mal habe ich Kontakt aufgenommen, als Julia zehn war. 1998 war ein hartes Jahr. Bei mir bestand Verdacht auf Brustkrebs, Harry und ich hatten eine schlechte Phase. Benjamin war in die USA gezogen und besuchte uns kaum noch. Ich fühlte mich komplett allein. Ich saß stundenlang am Fenster, starrte auf das Gartenhaus und dachte darüber nach, was passiert war und wie es meinen armen Ben zerstört hatte.«

»Ich habe das Gartenhaus gesehen«, sage ich. »Du hast es die ganzen Jahre über unverändert gelassen.«

»Nach all diesen Geschehnissen habe ich es nicht über mich gebracht, auch nur in die Nähe zu gehen.« Barbara guckt gequält. »Ich habe die Tür zugesperrt und alles verstauben lassen. Andererseits hat es mich wohl irgendwie getröstet zu wissen, dass Bens Sachen dort drin sind, so wie immer. Es war, als wäre ein kleiner Teil von ihm hier in Ketton House geblieben.«

Sie lächelt seltsam und schaut verträumt. Ihr geliebter Ben: der Junge, der nichts falsch machen konnte.

»Nun gut«, fährt sie dann forsch fort. »Der Krebsverdacht entpuppte sich letztlich als gutartige Zyste, aber zu diesem Zeitpunkt dachte ich, ich würde sterben, und ich wollte alle meine Angelegenheiten regeln. Ich musste meine Enkelin sehen.«

»Barbara hat mich besucht, so oft es ging«, erklärt Julia. »Sie hat mir Puppen und Bücher und Malstifte mitgebracht.«

»Ich habe mein Möglichstes versucht«, setzt Barbara hinzu. »Aber dann hat Harry herausgefunden, was ich tue, und den Kontakt unterbunden. Er wollte, dass ich es bleiben lasse. Das waren seine Worte. Und ich habe das dann auch befolgt, schweren Herzens, und ich habe es mir nie verziehen. Ich wollte einfach das Richtige tun.«

»Das Richtige?«, frage ich. »Du hast geschwiegen und nichts gesagt, als dein Sohn mich geschwängert hat. Du hast mir das Gefühl gegeben, ich hätte etwas falsch gemacht.«

»Sei still!« Julia umklammert den Griff des Messers fester und bewegt sich auf mich zu. »Es war nicht Barbaras Schuld. Sie hat sich nach Kräften bemüht. Und sie war auch nicht meine Mutter, sondern du warst das. Und du wusstest genau, wo ich war, du kanntest den Namen und die Adresse von jeder verdammten Einrichtung, in die ich gesteckt wurde. Dir war nur allzu bewusst, dass ich dich brauchte, und du hast mich einfach allein gelassen.«

»Wovon redest du da, Julia?« Ich bemühe mich, mit ihrem Kugelhagel von Anschuldigungen Schritt zu halten. »Ich hatte keine Ahnung, wo du warst. Ich durfte dich nicht einmal nach der Geburt sehen. Sie haben dich einfach weggebracht.«

»Lüg mich nicht an.« Julia schwingt das Messer in meine Richtung. »Du wusstest, wo ich war, weil ich es dir wiederholt erzählt habe. Und trotzdem hast mich ignoriert, selbst als ich dich angefleht habe, zu kommen und mich zu retten. Als ich dann gehört habe, dass du in einen Unfall verwickelt warst, war ich froh, weil ich wollte, dass du den gleichen Schmerz empfindest, den ich gespürt habe. Du solltest wissen, wie es ist, verängstigt und allein zu sein.«

»Du warst für mich da.« Ich schlucke die Übelkeit herunter, die in mir aufsteigt. »Du wolltest meine Ärztin sein. Du hast mir geholfen. Warum das alles?«

»Ich gebe zu, am Anfang wollte ich dich nur um meinetwillen kennenlernen. Ich wollte all deine Gedanken erfahren. Aber dann wurde mir klar, dass du gar kein schlechtes Gewissen hast. Du hattest mich vergessen. Dann habe ich gemerkt, wie schwach du bist.« Julia beugt sich näher zu mir. »Ich habe erkannt, wie leicht es für dich wäre, es noch einmal zu versuchen.«

»Was … was meinst du?«

»Ich meine damit, dass ich dir alles heimzahlen wollte, was ich wegen dir durchmachen musste, Mutter.« Ihr Gesicht ist nur Zentimeter von meinem entfernt. »Ich wollte mit dir spielen, so wie du mit meinem Leben gespielt hast, und ich wollte, dass du das Gefühl hast, du hättest keine andere Wahl als …«

Sie schöpft Atem.

»Keine andere Wahl als was, Julia?«, frage ich mit zitternder Stimme.

Sie blickt zu mir auf und lächelt, und Wärme durchströmt mich, weil es Elspeths Gesicht ist und ich einfach nur aus diesem verdammten Stuhl aufstehen und sie umarmen will. Doch dann ändert sich Julias Gesichtsausdruck. Ihre Augen werden glasig, und sie verzieht den Mund. Sie beugt sich ganz nah zu mir und flüstert mir ins Ohr.

»Keine andere Wahl, als zu sterben. Ich wollte, dass du stirbst.«

55

Barbara steht auf und gießt sich noch einen großen Brandy ein. Ihre Frisur hat sich aufgelöst, ihre Wimperntusche ist verschmiert. Zögerlich wankt sie zurück an den Kopf des Tisches.

»Bitte, Barbara. Lass mich gehen«, flehe ich, während sie einen großen Schluck Brandy nimmt. »Was ich auch getan haben mag, sosehr ihr beide glaubt, ich hätte das verdient, ihr könnt mich nicht einfach hierbehalten. Sonia wird irgendwann kommen.«

»Sonia denkt, du bist tot.« Julia verdreht die Augen. »Du hast ihr einen Abschiedsbrief hingelegt, weißt du nicht mehr?«

Ich erinnere mich. Auch dass mein Handy in der Gesäßtasche meiner Hose steckt, fällt mir plötzlich wieder ein. Mit gefesselten Händen kann ich unmöglich jemanden anrufen.

»Bitte«, bettle ich Julia an. »Hör auf. Das bist nicht du. Du bist nicht böse.«

»Woher willst du das wissen?«, fragt sie ungehalten. »Du weißt nichts über mich.«

»Ich habe genug Zeit in deiner Nähe verbracht, um zu merken, dass du ein guter Mensch bist, Julia. Du hast ein Herz. Du bist keine Mörderin. Du bist ein verletztes und verängstigtes kleines Mädchen.«

Als ich das sage, läuft ihr Gesicht rot an. Sie springt auf und geht auf mich los.

»Wage es nicht, mich so zu nennen«, schreit sie und fuchtelt mit dem Messer vor meinem Gesicht herum. Ich spüre fast seinen grausamen Schnitt. »Früher war ich ein verletztes und verängstigtes kleines Mädchen, aber jetzt bin ich erwachsen. Du hattest jede Gelegenheit, meine Mutter zu sein, jede Gelegenheit, und du hast einfach beschlossen, so zu tun, als gäbe es mich gar nicht.«

»Das stimmt nicht«, rufe ich. Tränen steigen mir in die Augen. »Ich hatte dich lieb. Ich hatte dich so sehr lieb. Das hat nie aufgehört. Der Gedanke an dich und alles, was du sein könntest, hat mich Jahre verfolgt. Ich wollte mit dir sprechen, aber meine Eltern meinten, ich solle mich weiterbewegen, soll dich vergessen, aber das konnte ich nicht, das wollte ich nicht.«

»Du lügst.«

»Nein, das schwöre ich dir.« Die kalte Klinge drückt sich tiefer in meine Haut. »Ich habe dich überall gesehen. In Bussen und U-Bahnen. Jedes kleine Mädchen warst du. Du warst der leere Raum, den ich nie füllen konnte. Verstehst du denn nicht? Sie haben dich mir weggenommen. Sie haben dich aus mir herausgerissen und weggeschickt. Ich hatte keine Wahl.«

»Du hast versucht, mich umzubringen.« Julia spricht leise, grüblerisch.

»Ich habe versucht, *mich selbst* umzubringen.« Ich unterdrücke meine Tränen. »Denn ich dachte, mir bliebe nichts anderes übrig. Dein Vater wollte nichts von dir wissen, Barbara war der Meinung, ich bringe Schande über ihre Familie; meine Eltern waren ratlos. Ich war ganz allein und brauchte Hilfe, aber es war niemand da, der sie mir geben konnte. Das begreifst du doch sicher?«

Der Druck des Messers lässt ein wenig nach. Ihre Augen sind rot. Ich bemühe mich, ihr mit Blicken zu zeigen, wie ernst es mir ist. Ich will sie trösten, will ihre Mutter sein.

»Julia?«, flüstere ich. »Julia, schon gut.«

»Was ist mit den Briefen?« Ihre Miene verhärtet sich.

»Briefe?« Ich schüttle den Kopf. »Welche Briefe?«

»Ich habe dir fast jede Woche einen Brief aus dem Heim geschrieben.« Julia wirft einen Blick zu Barbara hinüber. Der älteren Frau ist der Kopf auf den Tisch gefallen.

»Ich habe nie Briefe bekommen, Julia«, sage ich. »Das wäre das Größte für mich gewesen, aber es sind nie welche eingetroffen. Und woher hättest du überhaupt wissen sollen, wohin du sie schicken musst?«

Sie wirft wieder einen Blick zu Barbara hinüber, dann wendet sie sich mir zu.

»Ich habe sie ihr geschickt.« Sie zeigt auf Barbara. »Sie hat versprochen, sie würde sie an dich weitergeben.«

»Ich schwöre dir, Julia, ich habe diese Briefe nie gesehen.«

»Natürlich habe ich ihr deine Zeilen geschickt«, entgegnet Barbara. »Sie lügt dich an.«

Julia mustert mich. Wenn ich doch nur zu ihr durchdringen könnte …

»Bitte, Julia«, rufe ich. »Du musst mir glauben. Ich habe keine Briefe erhalten.«

»Doch, ich bin mir ganz sicher. Ich habe das Gedicht

gesehen, das ich für dich geschrieben habe. Es liegt in deiner Wohnung.«

Da erinnere ich mich. Das Gedicht, von dem ich dachte, es sei von Elspeth.

»Das war von dir?«, frage ich fassungslos.

»Du weißt doch, dass es von mir war«, ruft sie. »Woher hättest du es denn sonst haben sollen?«

»Das habe ich dir erzählt. Ich habe es in dem Mietlager gefunden.«

»Ja. Bei deinen Sachen.«

»Aber ich hatte es noch nie zuvor zu Gesicht bekommen. Bitte, Julia, du musst mir glauben.«

Julia antwortet nicht. Sie steht totenstarr da und umklammert das Messer mit beiden Händen. Ich schaue zu Barbara hin.

»Genau genommen, Julia«, ich halte den Blick fest auf Barbara gerichtet, »habe ich einen der Briefe erhalten. Jemand hat ihn mir vor ein paar Tagen durch den Briefkastenschlitz geworfen, nicht wahr, Barbara?«

Die ältere Frau blickt zu mir auf. Hass lodert in ihren Augen.

»Ich habe keine Ahnung, wovon du redest.« Sie trinkt noch einen großen Schluck Brandy.

»Ich vermute doch«, meine ich.

Barbara gibt keine Antwort. Sie starrt nur auf ihr Glas.

»So wie du mir Elspeths Strickjacke geschickt hast«, fahre ich fort. »Wie hast du es genannt, dass du Zugang zu ihren Sachen hast? Ein Druckmittel.«

»Barbara, wovon redet sie da?«, fragt Julia zittrig.

»So ein Unsinn, das alles.« Barbara fährt mit der Fingerspitze um den Rand ihres Brandyglases. »Hör nicht auf sie, Julia, diese Frau ist total gestört.«

»*Ich* bin total gestört?«, rufe ich. »Du hast den Tod meines Kindes benutzt, um mich zu verspotten, um mir Angst zu machen, und jetzt nennst du mich gestört?«

»Du hast doch keine Ahnung«, sagt Barbara. »Überhaupt keine Ahnung.«

»Und ob, Barbara.« Ich halte ihrem Blick stand. »Ich habe sehr viel Ahnung. Du wolltest immer andere Menschen kontrollieren. Harry, Ben, jetzt Julia, und wenn sich die Leute nicht kontrollieren lassen, wenn sie deiner perfekten Ordnung in die Quere geraten, dann wirst du wütend, stimmt's?«

»Barbara, sag mir, dass sie lügt.« Julias Augen treten hervor. »Sag mir, dass du ihr damals die Briefe geschickt hast, als ich dich darum bat. Du hattest es mir versprochen.«

Barbara reagiert nicht. Stattdessen starrt sie mich an.

»Was hast du in der Nacht, als der Unfall geschah, am Fluss gemacht?« Meine Stimme klingt ruhig, aber mein Herz hämmert vor Wut. »Warum bist du davongelaufen?«

»Du fantasierst doch, Margaret«, wehrt Barbara ab. Aber sie wirkt verunsichert. »Das hast du schon immer, und das wird sich auch nie ändern. Deine arme Mutter hatte alle Hände voll mit dir zu tun, kein Wunder, dass sie sich umgebracht hat.«

»Sprich die Wahrheit aus. Was wolltest du an dem Abend am Fluss? Bist du Ben gefolgt? War das der Grund? Du wolltest ihn überwachen.«

»Herrgott noch mal, Ben hatte nichts damit zu tun.« Barbara schlägt mit der Faust auf den Tisch. »Er war noch nicht einmal da.«

»Wie bitte?«

»Julia, mach sie los und sieh zu, dass sie aus dem Haus verschwindet.«

Julia rührt sich nicht. Stattdessen bleibt sie wie ich sitzen und mustert Barbara.

»Ich frage dich noch einmal«, sage ich. »Was wolltest du da?«

Barbara erwidert meinen Blick, mit vom Alkohol glasigen Augen, dann beugt sie sich vor und trinkt noch einen Schluck Brandy.

»Ich wollte dich aufhalten.« Sie setzt das Glas auf dem Tisch ab. »Ich wusste, dass mein Sohn Kontakt zu dir aufgenommen hatte, und ich konnte das nicht noch einmal zulassen. Ich konnte nicht zulassen, dass du sein Leben ruinierst.«

»Und? Du hast seine Nachrichten gelesen? Du bist ihm gefolgt. War das so?«

Barbara schüttelt den Kopf.

»Wie denn dann, Barbara? Herrgott, erzähl es mir endlich.«

»Die Nachricht mit der Bitte, ihn zu treffen, kam nicht von Ben«, erwidert sie. »Ich habe sie dir geschickt.«

56

Ein paar Sekunden sitze ich schweigend da. Was Barbara gerade gesagt hat, muss sich erst setzen. Julia neben mir hat den Kopf in die Hände gestützt. Sie schluchzt leise.

»Du hast mir von Bens Handy aus Nachrichten geschickt?« Es gelingt mir nicht, den Hass in meiner Stimme zu verbergen. »Und dann hast du zugesehen, wie meine kleine Tochter ertrank? Du hast verdammt noch mal *zugesehen*?«

»Ich habe nicht zugesehen.« Barbara legt die Hände auf den Tisch vor sich. »Ich … ich war entsetzt. Ich wusste nicht, was ich tun soll.«

»Du hast zugesehen, wie sie stirbt«, sage ich bitter. »Du hast nichts unternommen.«

»Ich habe den Rettungsdienst angerufen.«

»Aber erst als es schon zu spät war. Sie hatte nur ein paar Minuten, Barbara. Du hattest einfach nur Angst, dass man dich mit hineinzieht.«

Ein Wimmern dringt aus ihrer Kehle, und die ältere Frau legt den Kopf in die Hände. »Es tut mir leid, Margaret. Es tut mir wirklich leid. Ich wusste wirklich nicht, was ich tun soll.«

»›Leid‹. Dir ist doch gar nicht klar, was das Wort bedeutet. Wie kann es dir leidgetan haben, als du dich hingesetzt und diese hasserfüllte Mail geschrieben hast?

Als du mir vorwarfst, ich sei schuld am Tod meiner Tochter?«

Ich schaue zu Julia. Sie hält den Messergriff fester umklammert.

»Man hat mir damals versichert, du würdest in eine gute Familie kommen.« Ich will sie dazu bringen, mir in die Augen zu sehen. »Es hieß, du würdest zu jemandem kommen, der dir alles geben würde, was ich dir nicht geben konnte.«

»Die behaupten viel, diese Sozialarbeiter«, meint Julia. »Und meiner Erfahrung nach sind das meistens Lügen.«

»Du musst mir glauben. Wenn ich auch nur eine Sekunde gewusst hätte, dass du nicht gut behandelt wirst, wäre ich auf der Stelle da gewesen. Ich habe dich immer von ganzem Herzen geliebt, Julia. Du hast mir so sehr gefehlt.«

»Ich glaube dir nicht«, erwidert sie. »Das kann doch nicht wahr sein, wenn du mich weggegeben hast, sobald ich geboren war?«

»Am Tag, an dem der Unfall geschah«, ich spreche so ruhig wie möglich, trotz der Schmerzen, die in meiner Brust aufsteigen, »da wollte ich … ich wollte deinen Vater treffen, zumindest nahm ich es an. Aber eigentlich wollte ich über dich sprechen. Das war der einzige Grund, weshalb ich eingewilligt hatte. Er war der einzige Mensch, der vielleicht verstehen konnte, wie es war, dich zu verlieren.«

»Ich dachte, er wollte nichts mit mir zu tun haben?«

»Nein, damals nicht«, sage ich. »Aber Ben war ein achtzehnjähriger Junge, der einfach wieder zurück an die Universität und sich amüsieren wollte. Ich hoffte, mit zunehmendem Alter und mehr Erfahrung hätte er sich vielleicht geändert. Dass er sich mit mir treffen wollte, hätte ja bedeuten können, dass auch er darüber reden wollte. Aber ich habe mich getäuscht, Barbara, wie?«

Ich drehe mich um. Barbara ist damit beschäftigt, sich noch einen Brandy einzugießen. Sie blickt auf, und plötzlich steht es mir wieder vor Augen: Barbara, wie sie vom Ort des Geschehens wegläuft, der rote Mantel, der zwischen den Bäumen verschwindet.

»Sag mir, warum du das getan hast, Barbara.«

»Harry lag im Sterben, und Ben war nach Hause gekommen, um ihn zu besuchen.« Barbara schaut auf ihr halb leeres Glas. »Aber ich wusste, dass da etwas im Busch war. Er klebte an diesem verdammten Telefon. An dem Vormittag damals war Ben oben bei Harry im Zimmer. Das Handy hatte er auf dem Küchentisch liegen lassen. Es war nicht gesperrt, deshalb habe ich seine Anrufliste durchgelesen. Ich wollte erfahren, was ihn so beschäftigte. Und da habe ich deinen Namen entdeckt.«

Sie sieht kopfschüttelnd zu mir auf. »Du«, ruft sie. »Das Mädchen, das unserer Familie so großen Schaden zugefügt hat, das Mädchen, das Bens Leben zerstört hat, das eine Kluft zwischen meinem Mann und mir hat entstehen lassen, die sich nie wieder ganz geschlossen hat. Ich konnte es nicht fassen. Das konnte nicht wahr sein. Jedenfalls habe ich festgestellt, dass es nur ein einziger Anruf war, der allerdings eine Stunde gedauert hatte. Ich wusste, es würde eskalieren, und wenn du dich wieder in unsere Familie hineindrängen würdest, hätte Ben keine

Chance. Deshalb habe ich dir eine Nachricht geschickt und gefragt, ob wir uns an diesem Abend treffen wollen.«

»Warum wolltest du dich mit mir treffen?«

»Ich wollte dem Einhalt gebieten, was auch immer sich zwischen euch beiden entwickelte«, sagt Barbara. »Mir war klar, was dein armer Mann gerade durchmachte, nachdem er das Haus hatte verkaufen und so unglaublich viel arbeiten musste, nur um dich zu behalten, und ich wollte dich zur Vernunft bringen.«

»Aber warum hast du so getan, als wärst du Ben?«

»Ach, Margaret«, seufzt sie. »Mit mir hättest du dich ja wohl kaum getroffen. Was hatte ich denn für eine Wahl?«

Ich lasse ihre Worte auf mich wirken.

»Du hast Rot getragen«, erwidere ich. »Einen roten Mantel.«

»Ich glaube schon.«

In diesem Moment kehrt die Erinnerung an das Ende zu mir zurück.

»Ich habe die Tür zugesperrt, weil ich nicht wollte, dass Elspeth hört, was du zu sagen hattest«, fahre ich fort. »Ich wusste, du würdest Gift verspritzen, und sie sollte keine Angst bekommen.«

»Das war deine Entscheidung, und zwar eine ziemlich dämliche.«

Und da wird mir, mit einem flauen Gefühl, bewusst, dass die ältere Frau recht hat. Ich denke zurück an die Textnachricht, das Prickeln und die Aufregung, die ich spürte, als ich Bens Namen erkannte. Warum hatte ich das nicht einfach auf sich beruhen lassen?

»Das arme Kind.« Barbara tupft sich die Augen mit

einem Taschentuch ab. »Soweit ich weiß, Margaret, warst du diejenige, die den Tod deines Kindes verursacht hat. Du bist an einem steilen Flussufer aus dem Auto ausgestiegen und hast die Handbremse nicht angezogen.«

»Wage es nicht, mir vorzuwerfen, ich hätte mein Kind getötet«, schreie ich sie an. Tränen laufen mir über das Gesicht. »Du bist weggelaufen, während ich alles in meiner Macht Stehende getan habe, um Elspeth zu retten. Ich war ihr eine gute Mutter. Das war ich. Und ich wäre auch Julia eine gute Mutter gewesen. Du bist ein Ungeheuer.«

»Ach ja?« Barbara verschränkt die Arme vor der Brust. »Du kannst dieser Meinung sein, wenn du willst, aber ich finde eher, ich bin einfach nur eine Mutter, und eine Mutter tut alles, um ihr Kind zu schützen, nicht wahr, Margaret?«

»Um ihr Kind zu schützen?« Ich schüttle den Kopf. »Ben ist ein siebenundvierzigjähriger Mann. Wovor musstest du ihn denn schützen?«

»Vor dir!«, ruft Barbara und springt auf. »Vor dem Schmerz, den du ihm bereitet hast. Du hast doch keine Ahnung, oder? Keine Ahnung, was eure schmutzige kleine Fummelei ihn gekostet hat? Es hat ihm Jahre seines Lebens verdorben.«

Ich will etwas antworten, aber sie brüllt mich an.

»Du hast dein Leben darum aufgebaut, ein Opfer zu sein«, faucht sie. »Die arme kleine Maggie, das Mädchen, das keine Freundinnen hatte, weil es Selbstgespräche führte, das Kind, das ein Auge auf meinen Sohn geworfen und den Schlüpfer fallen gelassen hat, zum Teufel mit den Konsequenzen.«

Ich schüttle den Kopf, und Wut steigt in mir auf.

»Ben war verzweifelt wegen des Babys.« Ihre Augen werden glasig. »Völlig verzweifelt. Er wollte dauernd mit dir sprechen, und wir mussten ihm erklären, dass du dich weigerst, ihn zu treffen.«

»Was habt ihr?«

»Wir haben getan, was am besten für unseren Sohn ist. Aber trotzdem hat er Oxford vor dem Ende des Studiums abgebrochen. Er hat Jahre gebraucht, um wieder auf den richtigen Weg zu kommen. Er hat immer noch keine Frau. Keine Enkelkinder. Du hast ihn zerstört. Dabei war er so schlau, so klug.«

»Aha«, meine Hände zittern vor Zorn, »du glaubst also, dass Ben sein Studium in Oxford abbrach, rechtfertigt dein Verhalten? Du hast zugesehen, wie mein Kind um Hilfe schrie, ohne etwas zu tun!«

»Es war deine Schuld, dass sie da war. Deine Schuld. Du hast die Handbremse nicht angezogen«, brüllt Barbara.

»Findest du etwa, das ist eine Entschuldigung dafür, dass du mit deiner Enkeltochter gespielt und ihr vorgemacht hast, du hättest ihre Briefe an mich weitergeleitet?«

»Ich habe nicht mit ihr gespielt, ich habe sie vor dir geschützt«, schreit Barbara. »Was hätte es denn gebracht, dir die Briefe zu geben? In deinem Zustand hast du nicht dazu getaugt, Mutter zu sein, und schon gar nicht die Mutter eines geschädigten Kindes.«

Julia schnappt hinter mir Luft. »Was hast du gesagt?«

Sie steht wie erstarrt da, den Blick auf Barbara gerichtet.

»Julia, bitte, du weißt nicht, was für ein Mensch deine Mutter war.« Barbaras Stimme zittert. »Sie war – sie ist – hochgradig gestört. Ich habe dich geschützt. Ich …«

»Nein«, erwidert Julia. »Nein.«

»Beruhige dich, Julia. Lass mich dir das erklären.«

»Da gibt es nichts zu erklären.«

»Du warst in diesem schrecklichen Heim.« Barbaras Stimme wird schrill vor Angst und Anspannung. »Ich wollte dir nur ein bisschen Hoffnung schenken.«

Julia nickt finster.

»Du hast es mir versprochen.« Ihre Stimme klingt leise und bedrohlich. »Du hast mir in die Augen gesehen und es mir versprochen. Warum?«

»Ich wollte helfen«, sagt Barbara flehend. »Du hattest doch dort nichts, du brauchtest irgendetwas.«

»Ich hatte Zoe«, erwidert Julia. »Sie war immer für mich da.«

»Ach bitte.« Barbara verdreht die Augen. »Diese kleine Zigeunerin? Die war nicht wie du, Liebes. Die war total kaputt. Die Eltern waren Drogenhändler, wenn ich es richtig in Erinnerung habe. Und sie war ein ganz schlechter Einfluss für dich. Du warst viel besser dran, nachdem sie weg war.«

»Du Miststück«, schreit Julia. »Du verdammtes Miststück.«

Sie stürzt sich auf Barbara. In ihrer Hand schimmert das Messer.

»Julia, nicht!«, rufe ich.

Aber es ist zu spät. Innerhalb einer Sekunde ist es vorbei. Ein Aufblitzen, als die Klinge sich durch die Luft bewegt. Ein scheußliches dumpfes Geräusch, als das Messer auf Fleisch trifft. Barbara will schreien, doch stattdessen dringt nur ein entsetzliches Gurgeln aus ihrem Mund. Sie taumelt kurz, die Hand an der Kehle. Dann sieht sie mich an. Ein völlig verwirrter Ausdruck liegt auf ihrem Gesicht. Sie ringt um Atem, fällt auf den Steinboden, und ihr silberner Rock wellt sich wie Mondlicht auf einem Fluss.

57

Ein tiefes Heulen erfüllt den Raum. Zuerst so tief, dass ich fürchte, es ist ein Alarm, doch dann merke ich, woher es stammt. Julia steht über Barbaras Körper, das Messer noch in der Hand, und das Geheul kommt aus ihrem Mund.

»Binde mich los, Julia.« Ich bemühe mich, ruhig zu bleiben.

Sie antwortet nicht, der Klagelaut hört jedoch nicht auf.

»Julia.« Ich erhebe die Stimme. »Binde mich los. Sofort.«

Mein Tonfall zeigt Wirkung. Sie verstummt und dreht sich zu mir um. Ihr Gesicht ist weiß wie Pergament.

»Ich … ich wollte nicht …« Ihre Augen weiten sich vor Angst.

»Darüber müssen wir jetzt noch nicht nachdenken.« Ich bemühe mich, gleichmäßig zu atmen. »Binde mich los, dann kümmern wir uns darum.«

Julia wirft mir einen Blick zu und nickt kurz. Einen Moment lang sehe ich das Kind, das sie einst war, verloren und verunsichert, und mir ist klar, ich muss jetzt stark für sie sein.

»Braves Mädchen«, sage ich, als sie das Messer fallen lässt und langsam auf mich zugeht. »Genau so. Bind mich einfach los. Es kommt alles in Ordnung.«

Doch Julias Hände zittern so sehr, dass sie die verknoteten Kabel zuerst gar nicht greifen kann.

»Das funktioniert nicht«, ruft sie.

»Bleib ruhig.« Ich spüre, wie sich die Fesseln lockern. »Du hast es fast geschafft.«

Als es Julia schließlich gelingt, die Kabel zu lösen, sacke ich auf dem Stuhl nach vorne. Langsam setzt sich alles, was passiert ist. Dann zieht sich meine Brust zusammen. Mein Atem wird flach. Aber ich habe keinen Inhalator. Ich muss mich konzentrieren, besonnen bleiben.

»Ich … ich weiß nicht, was ich tun soll.« Julia schluchzt. »Sie ist tot. Sie ist eindeutig tot.«

Sie steht neben der Leiche und starrt auf das silbrige Fiasko.

»Ich sollte ihren Puls fühlen«, meint sie.

»Fass sie nicht an!« Ich raffe mich auf. Der Raum dreht sich, und ich halte mich am Tisch fest, um mich zu stützen. »Fass sie bloß nicht an.«

Plötzlich heben und senken sich Julias Schultern heftig.

»Ich habe Angst.« Sie blickt zu mir her. »Ich wollte das nicht. Sie schicken mich ins Gefängnis. Ich kann da nicht hin.«

Ich löse mich von dem Tisch und bewege mich bedächtig auf sie zu. Ich packe ihre Schultern mit den Händen und drehe sie um, bis Julia direkt vor mir steht. Ich sehe ihr in die Augen, und es zerreißt mir das Herz. Das Gefängnis würde sie umbringen. So wie es das Heim beinahe getan hätte. Ich kann ihr das nicht noch einmal antun.

»Hör zu«, sage ich entschlossen. »Du gehst nicht ins Gefängnis.«

Julias Lippen fangen an zu beben. Sie zittert am ganzen Körper, und das so stark, dass ich fürchte, sie bekommt eine Panikattacke. Es ist Elspeths Gesicht, wie es mich in der Nacht des Unfalls ansieht, die grünen Augen, die flehen: »Nein, Mummy, nein.«

»Du gehst nicht ins Gefängnis, Julia.« Ich reibe ihre Arme, um sie aufzuwärmen. »Aber du musst tun, was ich dir sage, verstanden?«

Sie nickt.

»Braves Mädchen«, fahre ich fort. »Ich habe dich im Stich gelassen, das weiß ich, aber ich mache das wieder gut. Das verspreche ich dir, Julia. Ich bin jetzt hier, und ich werde nicht zulassen, dass dir irgendjemand oder irgendetwas noch einmal Schaden zufügt.«

Sie blickt mich an. Ihr Gesicht ist vom Weinen rot.

»Ich dachte, du … Ich dachte, du willst mich nicht. Es tut mir so leid …«

»Dir muss gar nichts leidtun, hörst du? Nichts. Aber jetzt musst du ungefähr eine Stunde lang stark sein. Wir beide müssen das.«

Sie sieht zu Barbaras Leiche hinüber und nickt.

»Gut.« Sie wischt sich die Augen. »Was soll ich tun?«

»Wasch dir die Hände.« Ich zeige zum Spülbecken. »Schrubbe sie richtig ab.«

Julia betrachtet ihre Hände. Sie sind voller Blutspritzer. Aber wie ein gehorsames Kind tut sie, was ich ihr befohlen habe.

Während sie sich die Hände wäscht, stelle ich die Stühle

ordentlich hin und lege das Kabel, mit dem Julia mir die Arme festgebunden hat, in eine Schublade. Sobald das erledigt ist, trete ich zu Barbaras Leiche. Ich betrachte das perfekt gestylte blonde Haar, das jetzt voller Blut ist, die mit Edelsteinringen geschmückten, zu Fäusten geballten Hände. Plötzlich denke ich an die Panik, die meinen ganzen Körper erfüllte, als ich an jenem Abend in den Fluss watete. Ich hatte mich zu Barbara umgedreht, als sie am Flussufer stand; ihr roter Mantel war wie ein Leuchtfeuer in der Dämmerung. Ich hatte sie angefleht, mir zu helfen. Elspeths Schreie klingen mir noch in den Ohren, als mir wieder einfällt, wie ruhig Barbara sich vom Ufer entfernte. Sie hat eine Tochter sterben lassen, die andere wird sie nicht zerstören.

»Julia, darf ich bitte dein Handy benutzen?« Ich halte den Blick weiter auf die Leiche gerichtet.

»Was?« Sie trocknet sich die Hände an einem Geschirrtuch.

»Ich rufe die Polizei.«

»Nein!« Sie lässt das Tuch fallen. »Nein, du kannst nicht …«

»Du kommst nicht ins Gefängnis. Das habe ich dir versprochen. Und jetzt gib mir das Telefon.«

»Wie kannst du dir da so sicher sein?«

»Du musst mir vertrauen. Kannst du das?«

Sie fängt wieder an zu weinen.

»Julia, du musst jetzt stark sein, okay? Du brauchst einen klaren Kopf, und du musst mir glauben, wenn ich sage, du kommst nicht ins Gefängnis. Jetzt reich mir das Telefon.«

Zitternd schiebt Julia die Hand in die Tasche und nimmt das Telefon heraus.

»Ich habe Angst.« Sie drückt es sich an die Brust. »Ich habe solche Angst.«

»Du musst dich nicht fürchten.« Ich nehme ihr das Telefon aus der Hand. »Ich kümmere mich darum.«

Ich wende mich Barbaras Leiche zu. Das Messer liegt neben ihren Füßen auf dem Boden. Ich bücke mich und hebe es auf, fahre mit den Händen über Klinge und Griff. Dann nehme ich das Telefon und drücke auf »Notruf«.

»Die Polizei, bitte.«

Ich warte, bis ich verbunden werde. Julia schluchzt hinter mir.

»Hallo«, sage ich, als sich eine weibliche Stimme meldet. »Mein Name ist Maggie Allan. Ich rufe Sie von der Ketton House Farm an. Die Besitzerin, Barbara Cosgrove, wurde erstochen.«

Die Frau fragt mich, ob sie noch atmet. Ich blicke zu dem leblosen Körper zu meinen Füßen hinunter und schüttle den Kopf.

»Nein, sie atmet nicht.« Mein Herz vollführt einen Sprung. »Sie ist tot. Ich habe sie umgebracht.«

58

»Nein«, ruft Julia, als ich das Gespräch beende. »Das kannst du nicht machen.«

Ich drehe mich um. Sie lehnt an der Küchentheke, die Hände vor den Mund geschlagen.

»Es ist die einzige Möglichkeit«, erkläre ich ihr.

»Ich kriege keine Luft. Ich muss raus.« Sie läuft zur Hintertür, schiebt den Riegel auf und rennt in die Nacht.

»Warte, Julia!«, rufe ich und stolpere hinter ihr her.

Ich bin im Freien. Der Hof der Farm ist von Mondlicht durchflutet. Ein Stück voraus erkenne ich den dunklen Umriss des Gartenhauses, die Tür, die lose in den Angeln hängt. Da entdecke ich Julia. Sie kauert davor. Ich gehe über den Kies zu ihr. Als sie mich bemerkt, hebt sie den Kopf.

»Ich hätte nicht herkommen sollen.« Sie steht auf. »Ich hätte die Vergangenheit ruhen lassen sollen.«

»Nein.« Ich lege ihr die Hand auf die Schulter. »Ich bin froh, dass du hier bist. Du bist das Beste, was ich habe, nach all diesem Grauen.«

Sie wendet sich mir zu, das Gesicht vom Weinen gerötet.

»Meinst du das ehrlich?«

Ich nicke.

»Ich war so wütend auf dich.« Sie senkt den Blick. »Ich

war jahrelang wütend. Frey… Barbara hat mir nach einer Weile gesagt, ich solle aufhören, dir Briefe zu schicken. Angeblich wolltest du mich nicht kennenlernen, du seist ein schlechter Mensch, meinte sie, und hättest versucht, mich umzubringen.«

»Ach, Julia.« Ich nehme ihre Hand und drücke sie. »So war das nicht. Ich wollte mich selbst umbringen, nicht dich. Ich war so jung und durcheinander. Ich brauchte Hilfe, aber da war niemand, der sie mir geben konnte.«

»Danach kam sie nicht mehr zu Besuch. Sie hat mir noch gelegentlich geschrieben. Als ich den Abschluss in Cambridge machte, hat sie mir eine Karte geschickt.«

»Du hast in Cambridge studiert?« Plötzlich wird mir klar, wie viel ich über meine Tochter nicht weiß. »Das ist ja großartig.«

»Es war die glücklichste Zeit meines Lebens«, erwidert Julia. »Der einzige Ort, an dem ich je gelebt habe, wo ich mir nicht wie ein Freak vorkam.«

»Du bist kein Freak. Du bist eine außergewöhnlich begabte junge Frau.«

Sie bringt ein kleines Lächeln zustande.

»Ich habe so lange darauf gewartet, das zu hören. Darauf, dass du stolz auf mich bist. Auf eine merkwürdige Art hat mich deine Zurückweisung sogar angespornt, glaube ich. Ich habe mich gezwungen, die Beste zu sein, damit ich dir zeigen konnte, dass ich etwas wert bin.«

Mir steigen Tränen in die Augen. Es gibt so vieles, was ich ihr sagen möchte, aber es ist so groß, so fundamental, dass ich gar nicht weiß, wo ich anfangen soll.

»Warum bist du hierhergekommen?« Ich denke daran,

wie ich ihr zum ersten Mal begegnete. Sie stand in der Tür von Larkfields und schaute mich böse an. »Es kann doch kein Zufall gewesen sein, dass du in diesem Haus gewohnt hast.«

»Ich habe die Stelle in Lewes erhalten«, erwidert sie. »Bis dahin hatte ich in London gewohnt, aber als ich die Anzeige entdeckte, kam es mir vor wie ein Wink des Schicksals. Wahrscheinlich habe ich geglaubt, es könnte mir helfen, mich von meinen Dämonen zu befreien. Ich habe wieder Kontakt zu Barbara aufgenommen und gefragt, ob sie mir bei diesem Schritt helfen könne. Aber dann hat sie angerufen und erklärt, dass es einen Unfall gegeben hat.«

»Meinen Unfall?«

Julia nickt.

»Sie sagte, du würdest im Krankenhaus um dein Leben kämpfen«, fährt sie fort. »Und deine kleine Tochter sei umgekommen. Ich war erschüttert und meinte, dass ich dich besuchen wolle. Und da fing sie an zu lügen.«

»Was hat sie dir denn erzählt?«

»Sie hat behauptet, du wärst verantwortlich dafür. Du hättest die Kleine getötet, so wie du versucht hättest, mich umzubringen. Und du hättest eine lange Vorgeschichte mit psychischen Störungen und Gewalttaten und seist gefährlich.«

Ich sehe Barbara vor mir, am Flussufer, wie sie mich beobachtet, und schüttle den Kopf.

»Ich wollte dann gar nicht mehr hierherkommen, aber Barbara war sehr nett. Sie hat sich entschuldigt, weil sie mich nicht mehr besucht hat. Sie ließ mich in Larkfields wohnen, ging mit mir einkaufen, kochte für mich. Im Grunde wurde sie die liebevolle Großmutter, die ich mir immer gewünscht hatte. Aber dann bist du aus dem Koma aufgewacht, und alles hat sich geändert; sie hat sich geändert.«

»Inwiefern?«

»Ich weiß es nicht.« Julia schüttelt den Kopf. »Sie schien eine Mission zu haben, und niemand durfte sich ihr in den Weg stellen. Sie wollte dich zerstören, wollte sich für alles rächen, was du ihr angetan hast.«

»Ich hatte keine Ahnung. Ich dachte nur, ich werde verrückt.«

»Es tut mir leid, wirklich.« Julias Augen füllen sich mit Tränen. »Aber ich war so wütend auf dich. In meiner Vorstellung warst du das Ungeheuer, das erst mich töten wollte und dann sein eigenes Kind umgebracht hat.«

»Julia, das ist alles nicht wahr«, entgegne ich. »Du musst mir glauben. Und diese Briefe – du hast gesehen, wie ich reagiert habe, als ich das Gedicht las. Es war wunderschön.«

»Ich glaube dir.« Julia wischt sich mit dem Ärmel die Augen. »Es war schwer ... niemanden zu haben. Ich habe mich so sehr nach einer Mutter gesehnt, dass es wehtat.«

»Mein Gott, das tut mir leid. Wenn ich nur die Uhr zurückdrehen könnte ... Hättest du mir doch am ersten Tag, als ich nach Larkfields kam, gesagt, wer du bist. Wenn du es mir erzählt hättest, hätte ich dir alles erklären können.«

»Schon gut«, erwidert Julia sanft. »Du musst mir nichts erklären.«

»Ich will das wiedergutmachen«, gestehe ich mit zitternder Stimme. »Ich will dich kennenlernen, und wenn du mich lässt, will ich deine Mutter sein.«

Aus der Ferne erklingt ein Heulen. Zuerst hört es sich an wie der Wind in den Bäumen. Dann wird mir klar, dass es Sirenen sind.

Ich wische mir die Tränen aus den Augen. »Okay, Liebes, jetzt musst du mir genau zuhören.«

»Ich kann das nicht zulassen«, meint Julia. »Ich kann nicht zulassen, dass du die Schuld dafür, was ich Barbara angetan habe, auf dich nimmst.«

»Schsch.« Ich lege ihr die Hand auf den Mund. »Das sagst du jetzt zum letzten Mal, ja? Ich habe Barbara getötet. Sie ist mit einem Messer auf mich los, dann habe ich es ihr abgerungen und sie erstochen. Du hast versucht, mich aufzuhalten. So ist es passiert, Julia.«

»Aber …«

»Kein Aber«, erkläre ich bestimmt. »So ist es passiert, hast du verstanden?«

Julia schaut mich kurz an, dann nickt sie.

»Und ich bin immer für dich da«, füge ich sanft hinzu. »Wie lange es auch dauert, ich werde das wiedergutmachen – was vor deiner Geburt passiert ist, die Briefe, was du in diesen Heimen durchgemacht hast. Wenn diese Geschichte vorbei ist, fangen wir von vorne an, du und ich.«

Da blickt sie zu mir auf, und ihre Augen leuchten. Sie sieht aus wie ein kleines Mädchen; *mein* kleines Mädchen.

»Alles wird gut.« Ich lege die Hand auf ihre. »Das verspreche ich dir.«

Julia will etwas antworten, aber plötzlich ist der Hof voller Lichter und ohrenbetäubendem Sirenengeheul.

»O Gott«, murmelt sie neben mir. »O Gott.«

»Sei stark«, flüstere ich und nehme sie am Arm. »Und denk daran, was ich dir gesagt habe.«

Sie nickt. Wir stehen da und beobachten, wie sich die Türen des Polizeiwagens öffnen und uniformierte Beamte auf uns zurennen. Ich trete vor ins Licht. Jemand ruft meinen Namen. Ich entdecke ein bekanntes Gesicht.

»Mrs Allan?«

DS Grayling eilt auf mich zu.

Sie stecken mich in das Auto. Ich werde in die Mitte gesetzt, zwischen zwei Polizisten. Der Motor wird angelassen, und ich recke den Hals, um zu sehen, ob Julia noch mit der Polizistin redet. Ich hoffe bei Gott, dass meine Tochter sich an unseren Plan hält. Als das Auto wegfährt, schließe ich die Augen und bete, dass sie das bewältigt, dass sie stark bleibt und tut, worum ich sie gebeten habe. Als sie voller Angst und Verwirrung zu mir aufblickte, das Messer noch in der Hand, wusste ich, dass ich für sie die Schuld auf mich nehmen würde. Es war ein Instinkt, tief in meinem Inneren, uralt und roh, derselbe Instinkt, der mich mit den Fingern das Auto festhalten ließ, und absurderweise auch derselbe, der Barbara dazu brachte, in Bens Namen ihren abscheulichen Plan zu verfolgen. Es ist der Instinkt, den die Mutterschaft mit sich bringt, ein wilder, brutaler, manchmal gewaltsamer Zwang.

Wie Barbara sagte: Eine Mutter tut alles, um ihr Kind zu schützen.

Epilog

HMP East Sutton Park

25. Januar 2018

Ich sehe ihn, bevor er mich sieht. Er sitzt auf der anderen Seite des Raums. Die Ellbogen hat er vor sich auf den Tisch gelegt, den Kopf hält er gesenkt. Während ich auf ihn zugehe, betrachte ich sein neues Erscheinungsbild.

Seine Haare, die sonst immer ordentlich und kurz geschnitten waren, sind lang, und er hat schwarz-graue Bartstoppeln im Gesicht. Das ist nicht er, denke ich bei mir, das ist sein Geist.

In diesem Moment blickt er auf. Seine hellblauen Augen blicken kühl, der Mund ist angespannt.

»Maggie.« Er bleibt sitzen.

»Hallo, Sean.«

Ich ziehe den Stuhl heraus und setze mich. Sean lehnt sich zurück und verschränkt abwehrend die Arme vor der Brust.

»Schön, dich zu sehen«, sage ich. Es hört sich brüchig an. »Ich konnte es gar nicht glauben, als ich deinen Brief erhalten habe.«

»Können wir den Smalltalk bleiben lassen?« Seine

Stimme klingt hart. »Ich bin hergekommen, weil ich Antworten will.«

Ich nicke. »Du kannst mich alles fragen.«

Er holt tief Luft. »Wie lange lief das schon? Die Affäre mit Ben Cosgrove?«

»Das war keine Affäre«, erkläre ich. »Schon, ich hatte Kontakt zu ihm. Und irgendwie habe ich mich immer gefragt, was aus ihm wohl geworden ist. Aber die Nachricht am Tag des Unfalls, die du auf meinem Handy entdeckt hast, die stammte von Barbara. Sie hat sich als Ben ausgegeben.«

»Warum hat sie das getan?«

»Ich weiß es wirklich nicht, Sean. Wahrscheinlich weil sie mich gehasst hat.«

»Ich habe es in der Zeitung gelesen.« Er beugt sich ein wenig vor. »Ben. Das Kind. Warum hast du mir nichts davon erzählt, Maggie? Wir waren so viele Jahre zusammen, und du hast das nicht ein einziges Mal erwähnt. Ich hätte es doch verstanden, so wie ich das mit der Psychiatrie verstanden habe. Es will mir einfach nicht in den Kopf.«

»Du hättest mir zugehört, natürlich.« Ich zucke zusammen, als jemand hinter mir einen Stuhl über den Boden zieht. »Aber ich habe es nicht über mich gebracht, darüber zu reden. Ich war so jung, ich … Sean, manche Dinge sind einfach zu groß, zu schmerzhaft, um darüber zu sprechen. Das Kind gehörte dazu.«

Seine Miene bleibt versteinert. Ich lege den Kopf in die Hände. So hatte ich mir das Gespräch nicht vorgestellt.

»Und was ist mit dir?« Ich blicke auf. »Warum hast du mir nichts von dem Haus und den Schulden erzählt?«

»Weil ich dir nicht wehtun wollte.« Seine Stimme wird sanfter. »Verdammte Scheiße, Maggie, ich habe dich so geliebt.«

»Warum bist du dann verschwunden?«, rufe ich. »Ich hatte keine Ahnung, was mit dir passiert war. Zuerst dachte ich, du hättest dir etwas angetan, dann glaubte ich, du wärst mit einer anderen Frau durchgebrannt.«

»Ich musste von vorne anfangen.« Sean seufzt. »Mein Leben war gerade in sich zusammengefallen. Meine kleine Tochter war tot. Du … du hattest mich betrogen, zumindest nahm ich das an. Ich konnte damit nur fertigwerden, indem ich mich so weit weg wie möglich entfernte. Du und … und Elspeth, ihr wart meine Welt.«

»Mir ging es doch auch so.« Meine Augen füllen sich mit Tränen. Ich wollte nicht weinen.

»Dir ging es genauso?« Seine Augen funkeln. »Du hast unsere Tochter in ein Auto gesperrt und es dann in den verdammten Fluss rollen lassen. Du hast sie mitten in der Nacht eingepackt, um deinen Ex zu treffen, dabei hätte sie friedlich in ihrem Bett liegen und schlafen sollen.«

»Meinst du, ich werfe mir das nicht selbst jeden Tag vor?« Ich schlage mit der Faust auf den Tisch.

Er schaut mich kurz an, dann senkt er den Kopf.

»Du hättest es mir sagen sollen. Als du die Textnachricht bekommen hast. Wenn du nichts zu verbergen hattest, warum dann die ganze Geheimnistuerei?«

»Du hast ständig gearbeitet. Wir sind uns in den Monaten vor dem Unfall kaum begegnet. Ich dachte wirklich, du hättest eine Affäre, auch wenn ich jetzt weiß, dass du nur die Schulden abzahlen wolltest. Was die Geheimnistuerei betrifft, Sean, bist du nicht gerade ein Waisenknabe.«

»Was ist passiert, Maggie?« Er spricht leiser. »Mit Barbara? Ich habe die Zeitungsmeldungen gelesen, und das klingt mir alles nicht danach, als ob es der Wahrheit entspräche. Zu so etwas bist du nicht fähig.«

»Barbara war an dem Abend dort.« Ich senke den Blick, damit ich ihm nicht in die Augen schauen muss. »Als das Auto losrollte, bin ich ihm nachgerannt, aber ich habe Elspeth nicht erreicht. Ich rief Barbara zu, sie solle helfen, aber sie ist einfach stehen geblieben und hat zugesehen. Sie hat zugesehen, wie unsere kleine Tochter ertrunken ist.«

Ich hebe den Kopf. Seans Gesicht ist schmerzverzerrt. Am liebsten würde ich den Arm ausstrecken und seine Hand nahmen, aber mir ist klar, das geht nicht.

»An dem Abend in Ketton House hat sie es wieder versucht. Sie hatte ein Messer und ist auf Julia zugestürzt. Sie hätte sie umgebracht. Davon bin ich überzeugt. Ich bin dazwischen und … es passierte alles so schnell. Mir war nicht bewusst, was ich tat.«

Er lässt sich keine Sekunde irreführen. Das spüre ich. Sean war immer der eine Mensch, der mich lesen, der mich erfassen konnte. Aber er drängt mich nicht weiter, und in diesem Moment weiß ich wieder, warum ich mich vor all den Jahren in ihn verliebt habe.

»Wie lange musst du denn hierbleiben?«

»Vier Jahre«, sage ich. »Es hätten noch mehr werden können, aber weil ich mich des Totschlags für schuldig bekannt habe, bekam ich eine geringere Strafe.«

»Vier Jahre.« Sean schlägt die Hand vor den Mund. »Herrgott, Maggie.«

»Mein Anwalt sagt, ich könnte schon in achtzehn Monaten entlassen werden. Und es ist nicht so schlimm, wie ich dachte. Ich habe eine kleine Stelle in der Gefängnisbibliothek, und …«

»Diese Julia«, er spricht den Namen aus, als wäre auch er eine Lüge. »Was ist sie für ein Mensch? Ich habe gehört, sie war im Heim?«

»Ja. Sie hatte eine schreckliche Kindheit, aber sie hat etwas aus sich gemacht. Sie hat in Cambridge studiert und ist jetzt Allgemeinärztin.«

Sean sieht mich an.

»Was ist?«, frage ich. »Was denkst du?«

»Nichts«, meint er. »Nur, na ja, ich hoffe, ihr ist klar, was du für sie getan hast.«

Ich mustere ihn. Wie vermutet hat er mich gründlich durchschaut.

Er schickt sich an aufzustehen. Ich möchte seine Hand nehmen, aber der Wachmann schaut zu mir her. Berührungen sind nicht erlaubt.

»Bitte geh nicht.« Ich beuge mich vor. »Noch nicht.«

»Ich muss.« Er schiebt den Stuhl zurück. »Ich muss meinen Flug erwischen.«

Er steht auf, und da stürzt die Mauer, die ich in den letzten paar Monaten errichtet habe, ein.

»Es tut mir leid.« Ich blinzle durch meine Tränen. »Es tut mir so leid.«

»Nicht, Maggie.«

»Ich habe euch beide so geliebt«, erwidere ich. »Aber ich wusste immer, es ist zu schön, um wahr zu sein, und ich habe es nicht verdient. Eines Tages würde mir das alles wieder entrissen werden.«

»Du hast dein Leben damit verbracht, dich zu bestrafen. Vielleicht wird es jetzt Zeit, damit aufzuhören.«

»Schreibst du mir noch einmal?«, frage ich.

»Ich glaube, das ist keine so gute Idee, Maggie.«

»Okay.« Es zerreißt mir das Herz.

»Du weißt doch, ich konnte nie wirklich gut mit Worten. Im Gegensatz zu dir.«

Ich will etwas sagen, aber meine Kehle ist wie zugeschnürt. Stattdessen nicke ich nur. Und während ich beobachte, wie der Wachmann ihn aus dem Raum führt, habe ich eine geplagte junge Frau vor Augen, die an einer Empfangstheke sitzt und in Worten versinkt, die Waterloo Station in der Abenddämmerung und ein junges Paar, das auf einen Drink geht, der das Leben der beiden verändern wird. Und dann sehe ich ein kleines Mädchen, das zu mir hochlächelt, während es sich auf die Maiprozession vorbereitet. Liebe und Tod und Leben und Trauer treffen mich wie Licht, das durch ein Prisma fällt, und tief in meinem Herzen weiß ich, dass ich ihn nie mehr wiedersehen werde.

»Mach es gut, Sean«, flüstere ich, als sich die Tür hinter ihm schließt.

Zwei Jahre später

Heute Morgen wurde ich aus dem Gefängnis entlassen. Bei mir hatte ich eine Tasche mit meinen spärlichen Habseligkeiten, darunter das fertiggestellte Manuskript für meinen Roman. Ich habe keine Ahnung, ob etwas daraus wird, aber ich musste ihn einfach zu Ende schreiben. Das Gefängnis gab mir die Zeit, mein Leben, meine Entscheidungen und meine Fehler zu überdenken, und das Schreiben war meine Art, das alles zu verstehen. Als ich ihn abgeschlossen hatte, fühlte es sich an, als hätte sich etwas gelöst, wie ein schwerer Stein, der mir jahrelang im Magen lag. Heute ist mir klar, dass es unmöglich ist, sein Leben durch seine Kinder zu leben oder zu versuchen, durch sie die Vergangenheit neu zu schreiben. Vielleicht werde ich es jetzt schaffen, mit meinem Leben voranzukommen. Vielleicht wird es noch ein Buch geben. Einen neuen Anfang.

Als ich durch das Gefängnistor trete, erwartet mich Sonia in ihrem Auto. Ich lächle. Sofort erinnere ich mich an die erste Zeit nach meiner Entlassung aus dem Krankenhaus und wie die junge Pflegerin mir geholfen hatte, meinen Weg durch den Nebel zu finden. Auch nachdem ich ins Gefängnis geschickt worden war, hielt sie zu mir. Sie kam mich besuchen und erzählte von ihren Fortschritten an der Universität. Sonia ist ein guter Mensch, und ich werde ihr immer dankbar sein.

Während wir wegfahren, drücke ich den Pfingstrosenstrauß eng an mich, der heute Morgen ins Gefängnis geliefert wurde: von Julia. Eine kleine Karte ist dabei.

Liebe Mum,

ich bin noch nicht ganz bereit. Aber vielleicht bald.

Bleib in Verbindung.
Deine Tochter x

An der Kreuzung frage ich Sonia, ob sie einen Umweg fahren würde. Da gibt es einen Ort, zu dem ich muss, jemanden, den ich besuchen will.

Sonia bleibt im Auto sitzen. Sie weiß, ich muss das allein machen. Die Luft ist ruhig und kühl, während ich über den Friedhof und zwischen den Grabsteinen hindurchwandere. Weiter vorne sitzt eine Türkentaube auf einem alten, mit Flechten bewachsenen Stein.

Plötzlich sehe ich sie. Elspeth Catherine Allan. Geboren an einem kühlen Februarmorgen im Chelsea and Westminster Hospital mit einem Geburtsgewicht von dreitausendachthundert Gramm. Ein Mädchen mit hellen Haaren und grünen Augen und schöner, weicher rosa Haut. Ein gesundes Baby, meinte die Hebamme, stark und kräftig. Als man sie mir auf die Brust legte, wärmte mich ihr Körper. Sie ballte ihr kleines Händchen zur Faust, und ich legte die Hand darum. »Hallo, schönes Mädchen«, flüsterte ich, »ich bin deine Mummy.«

Steif knie ich mich neben den Stein. Ich strecke die Beine aus, dann drehe ich mich zur Seite und lege mich hin. Ich schließe die Augen und stelle mir vor, ich liege neben Elspeth im Bett. Wir haben gerade das neueste Kapitel in ihrem Buch gelesen, und wir sind beide so müde, dass wir kaum noch die Augen offen halten können. Ihr Atem hebt und senkt sich neben mir, ich spüre die sanfte Haut ihrer Arme, als sie sich an mich schmiegt. »Mummy, singst du mir noch was vor, bis ich einschlafe?« Und so singe ich unser Lied über den Mond, der hell scheint, bis Elspeths Körper ganz schwer wird.

Die Taube sieht mich einen Moment mit glänzenden Augen an, dann breitet sie die Flügel aus und fliegt los. Ich blicke ihr nach, als sie sich in den Winterhimmel erhebt, so lebendig und voller Energie, als würde sie sich gleich auf das größte Abenteuer ihres Lebens einlassen.

»Gute Nacht, mein schönes Mädchen«, flüstere ich. »Schlaf gut.«

Danksagung

Mein besonderer Dank und meine Anerkennung gebühren Katy Loftus, der besten Lektorin, die sich eine Schriftstellerin nur wünschen kann! Es war traumhaft, mit dir und dem wunderbaren Team von Viking Penguin zu arbeiten.

Meiner Agentin Madeleine Milburn danke ich für ihre große Hilfe und Unterstützung und weil sie von Beginn an meine Texte geglaubt hat, ebenso danke ich Hayley Steed, Alice Sutherland-Hawes, Giles Milburn und Anna Hogarty von der MMLA Agency. Ihr seid ein klasse Team, und ich weiß eure Unterstützung sehr zu schätzen.

Ein großes Dankeschön geht an die unglaublich talentierte Carolyn Jess-Cooke, die mich 2015 einlud, bei ihrem Writing Motherhood Projekt dabei zu sein. Das Projekt setzte sich zum Ziel, das Zitat von Cyril Connolly zu widerlegen, dass nämlich »der finsterste Feind guter Kunst der Kinderwagen im Flur« sei. Ich glaube, das Projekt hat erfolgreich gezeigt, dass Kinderkriegen und Kreativität sich nicht gegenseitig ausschließen müssen. Die Frauen, die ich in den Workshops, die wir leiteten, kennenlernte, und die Geschichten, die sie erzählten, inspirierten und rührten mich sehr. Besonders ein Gespräch bewegte mich. Eine junge Mutter erzählte mir, sie hätte immer heimlich geschrieben. Sie hatte Gewissensbisse, weil sie einen Teil der Zeit mit ihrem kleinen Baby auf etwas verwendete, was man für Luxus halten könnte. Die Vorstellung, dass kreative Arbeit ein schuldbehaftetes Vergnügen sein könnte, insbesondere für Mütter, wollte ich in diesem Roman ausloten, und es half mir sehr dabei, die Figur Maggie zu gestalten.

Mein aufrichtiger Dank gilt Tamsin für ihre Erfahrungsberichte aus Pflegeheimen – gute wie schlechte. Deine Geschichten werden immer bei mir bleiben.

Meine Liebe und mein Dank gehen an meine wunderbare Familie: für eure unendliche Geduld, Tassen Kaffee, Gläser Wein, »wütende halbe Stunden« und ermutigende Worte. Ich hätte das alles nicht ohne euch geschafft, und ich habe euch alle sehr lieb!

Zuletzt möchte ich das schöne Dorf Rodmell in Sussex würdigen. Larkfields, die Ketton House Farm und der Plough Inn sind zwar rein fiktional, aber meine Verbundenheit mit und Faszination für diese schöne Ecke von Sussex sind sehr real. Vor elf Jahren, als ich mit meinem Sohn Luke hochschwanger war, habe ich Virginia Woolf und die von Wasser durchzogene Landschaft, in der sie einen großen Teil ihres Lebens verbrachte, wiederentdeckt. Wir waren von London nach Sussex gezogen. Ich brauchte dringend frische Luft und unternahm lange Spaziergänge durch die Downs. Der Fluss Ouse war mein ständiger Begleiter. Er schlängelte sich neben mir her, lauschte meinen Hoffnungen und den Ängsten vor dem Leben und der bevorstehenden Mutterschaft, und manchmal gab er auch seine eigenen Geheimnisse preis. Als ich mich viele Jahre später an meinen Schreibtisch setzte, in einem Haus, das auf einen anderen Fluss mit Namen Ouse hinausblickt, und »Der Unfall« zu schreiben begann, dachte ich an diese paar Monate zurück, an denen ich einsam am Fluss entlangspaziert war. Wie die junge Frau, die ich in dem Writing Motherhood Projekt kennenlernte, hatte ich damals meinen Wunsch zu schreiben verschwiegen und mich gefragt, was die Zukunft wohl für mich bereithielt. Ich hatte keine Ahnung, dass die Tatsache, Mutter zu werden, meine Kreativität neu entfachen und mir die Kraft geben würde, meinen Traum, Romane zu schreiben, zu verfolgen.

Und alles begann mit einem Spaziergang am Fluss in der Nähe von Rodmell …

HARLAN COBEN
SUCHE MICH NICHT
THRILLER
GOLDMANN